DuMonts Kriminal-Bibliothek

Charlotte MacLeod wurde 1922 in Kanada geboren und wuchs in Massachusetts, USA, auf. Sie studierte am Boston Art Institute und arbeitete danach kurze Zeit als Bibliothekarin und Werbetexterin. 1964 begann sie, Detektivromane für Jugendliche zu veröffentlichen, 1978 erschien der erste »Balaclava«-Band, 1979 der erste aus der »Boston«-Serie, die begeisterte Zustimmung fanden und ihren Ruf als zeitgenössische große Dame des Kriminalromans festigten.
Von Charlotte MacLeod sind in DuMonts Kriminal-Bibliothek bereits erschienen: »Schlaf in himmlischer Ruh'« (Bd. 1001), »... freu dich des Lebens« (Bd. 1007), »Die Familiengruft« (Bd. 1012), »Über Stock und Runenstein« (Bd. 1019), »Der Rauchsalon« (Bd. 1022), »Der Kater läßt das Mausen nicht« (Bd. 1031), »Madam Wilkins' Palazzo« (Bd. 1035), »Der Spiegel aus Bilbao« (Bd. 1037), »Kabeljau und Kaviar« (Bd. 1041), »Stille Teiche gründen tief« (Bd. 1046), »Ein schlichter alter Mann« (Bd. 1052), »Wenn der Wetterhahn kräht« (Bd. 1063), »Eine Eule kommt selten allein« (Bd. 1066), »Teeblätter und Taschendiebe« (Bd. 1072), »Miss Rondels Lupinen« (Bd. 1078), »Rolls Royce und Bienenstiche« (Bd. 1084), »Aus für den Milchmann« (Bd. 1090) und »Jodeln und Juwelen« (Bd. 1092) sowie der Sonder-Doppelband »Mord in stiller Nacht« (»Schlaf in himmlischer Ruh'« und »Kabeljau und Kaviar«, Bd. 2002).

Herausgegeben von Volker Neuhaus

Charlotte MacLeod

Arbalests Atelier

Aus dem Englischen
von Beate Felten-Leidel

DuMont

Für Sarah Booth und Richard Conroy
in tiefer Verbundenheit

Die Deutsche Bibliothek – CIP-Einheitsaufnahme

Charlotte MacLeod:
Arbalests Atelier / Charlotte MacLeod. Beate Felten-Leidel (Übers.). –
Köln : DuMont, 2001
(DuMonts Kriminal-Bibliothek ; 1097)
ISBN 3-7701-5556-4

Aus dem Englischen von Beate Felten-Leidel
Die der Übersetzung zugrundeliegende Ausgabe erschien 1993 unter dem Titel
The Resurrection Man bei The Mysterious Press, New York

Umschlagmotiv von Pellegrino Ritter
Umschlag- und Reihengestaltung: Groothuis & Consorten
Satz: Greiner & Reichel, Köln
Druck und Verarbeitung: Clausen & Bosse, Leck
Printed in Germany
ISBN 3-7701-5556-4

Kapitel 1

»Bist du ganz sicher, Max, dass ich nicht doch mitkommen soll?«

Sarah Kelling Bittersohn sah besorgt zu, wie ihr Gatte vorsichtig die Treppe ihres ererbten Backsteinhauses hinunterstieg. Ererbt von den Kellings, nicht von den Bittersohns. Die Kellings hatten zu den Ersten gehört, die Reverend William Blaxton ihre sechs Schilling für ein Stück Land auf der Halbinsel Massachusetts überreichten und für John Winthrop als ersten Gouverneur der Massachusetts Bay Colony stimmten. Sie hatten ihn auch gegen Vizegouverneur Thomas Dudley dabei unterstützt, Boston als Hauptstadt durchzusetzen. Selbstverständlich hatte ihre Seite den Sieg davongetragen. Die Kellings hatten schon immer ein untrügliches Gespür für Gewinner gehabt und stets auf das richtige Pferd gesetzt.

Seit vierhundert Jahren residierten Mitglieder des Kelling-Clans auf dem Beacon Hill. Auch Sarah war dort geboren und aufgewachsen. Selbst nachdem sie zum zweiten Mal geheiratet hatte und an die Nordküste nach Ireson's Landing gezogen war, hatte sie es nicht übers Herz gebracht, das Haus in der Tulip Street zu verkaufen, das sie von ihrem ersten Mann und Vetter ihres Vaters um fünf Ecken geerbt hatte. Inzwischen lebten ihr Cousin Brooks Kelling und seine Frau Theonia dort, spielten Hausmeister, bezahlten die laufenden Kosten und kümmerten sich um die zahllosen Reparaturen, die ein so altes Haus erforderte.

Selbstverständlich nutzten die Bittersohns das Haus weiterhin als Absteigequartier, wann immer ihnen der Sinn danach stand. Eigentlich hatten sie gar nicht vorgehabt, den Sommer auf dem Beacon Hill zu verbringen, bis Max, von Beruf Privatdetektiv und auf die Wiederbeschaffung von gestohlenen Kunstwerken spezialisiert, mit einem komplizierten Beinbruch und mehreren gebrochenen Rippen im Massachusetts General Hospital gelandet war. Die Verletzungen hatte er sich bei einer Auseinandersetzung mit zwei gewissenlosen Personen zugezogen, die sich partout nicht freiwillig von dem mit viel Mühe gestohlenen Goya trennen wollten.

Inzwischen waren die Rippen wieder ordentlich zusammengewachsen, und das Bein sprach gut auf die Therapie an. Max hatte das Gehwägelchen gegen Krücken eingetauscht und diese schließlich durch einen eleganten Spazierstock mit Silberknauf ersetzt, der einst Sarahs Großonkel Frederick gehört hatte. Frederick Kelling war vor einigen Jahren zur heimlichen Erleichterung vieler und unverhohlenen Freude weniger verschieden und ruhte nun in der Familiengruft der Kellings. Während der vergangenen Wochen hatten Sarah und Max gemeinsam kleine Spaziergänge unternommen, waren die Charles Street hinabgeschlendert, zum Krankenhaus gegangen, in dem Max weiterhin behandelt wurde. Manchmal hatten sie auch die Public Gardens besucht, wo es Bänke zum Ausruhen und genug zu sehen gab.

Sie hatten sogar begonnen, die Back Bay in alphabetischer Reihenfolge zu durchwandern, hatten Arlington, Berkeley und Clarendon abgehakt, gefolgt von Dartmouth und Exeter. Fairfield, Gloucester und Hereford hatte Max noch nicht in Angriff genommen, doch er war voller Hoffnung. Heute nun hatte er beschlossen, sich allein hinauszuwagen, was Sarah nur zu gut verstehen konnte. Ein Mann, der es gewohnt war, durchs Leben zu schreiten, als kämpfe er unablässig gegen einen Hurrikan von vierzig Meilen pro Stunde, ertrug es sicher nur schwer, urplötzlich in seiner Bewegungsfreiheit eingeschränkt zu sein und auch noch ständig von einer überfürsorglichen Gattin umsorgt zu werden.

Eigentlich fand Sarah, dass sie zurück ins Haus gehen und Max sich selbst überlassen sollte, doch sie brachte es einfach nicht fertig. Die Bürgersteige der Tulip Street mit ihren roten Backsteinpflastern gehörten zur Stadtgeschichte Bostons und sahen ohne Zweifel malerisch aus, doch für einen Mann mit Spazierstock und einem Stahlnagel im Oberschenkelknochen waren sie höllisch gefährlich. Sie waren schmal, holperig und von Generationen von Füßen, ganz zu schweigen von manch unerschrockenem Hinterteil, so abgenutzt und glatt, dass man leicht auf ihnen ausgleiten konnte. Mit riesigen Lettern in die Annalen von Beacon Hill eingegangen war die Zeit, als die Stadtväter plötzlich auf die Idee kamen, die alten Steine herauszureißen und durch modernen, pflegeleichten, ebenen Asphalt zu ersetzen. Die traditionsbewussten Anwohner hatten die bösartigen Bestrebungen vereitelt, indem sie sich einfach mit ihren durch den ständigen Genuss von Baked Beans in die Breite gegangenen Gesäßen auf ihre geliebten Ziegelsteine pflanzten und sich erst wieder erhoben, als die Barbaren fort waren.

Frederick Kelling hatte seinerzeit diesen historischen Feldzug angeführt und dabei eben jenen Spazierstock mit sich geführt, der Max mittlerweile als Stütze diente. Cousin Brooks hatte vorsichtshalber eine rutschfeste Gummispitze auf der Stockzwinge befestigt. Auch schien Max sicher auf den Beinen zu sein, jedenfalls sah es nicht so aus, als würde er stolpern oder ausrutschen. Sarah brachte ihn bis zur Ecke, warf ihm eine Kusshand zu, als er sich umdrehte, um ihr zu winken, und ging zurück in ihr Haus.

Max beabsichtigte, die Beacon Street zu überqueren und durch den Boston Common zu seinem Büro im ziemlich großen Little Building zu gehen. Seit er mit Sarah verheiratet war, hatte sich sein Einmannbüro zu einem richtigen Familienbetrieb entwickelt. Brooks, erfahrener Ornithologe und umfassend gebildet wie ein Renaissance-Mensch, legte beim Stellen von Schurken ein noch größeres Geschick an den Tag als beim Einfangen und Beringen von Vögeln. Theonia, halb Grande Dame, halb wahrsagende Zigeunerin, sprang mit ihren unzähligen Talenten ein, wann immer die Situation es erforderte. Selbst Sarah ging mit auf die Pirsch, soweit es ihre Zeit zuließ, auch wenn ihre Fachgebiete normalerweise Recherchen und der zunehmend schwierigere Papierkrieg waren.

Als Max außer Gefecht gesetzt war, hatten sie nach besten Kräften allein weitergemacht. Sobald er wieder in der Lage war, einen Telefonhörer zu halten, hatte er endlose sündhaft teure Ferngespräche mit den vielen freien Mitarbeitern geführt, die in den verschiedensten Teilen der Welt für ihn tätig waren. Brooks und Theonia hatten die nötigen Reisen übernommen. Sarah war zu Hause geblieben und hatte sich um Max und ihren kleinen Sohn Davy gekümmert, unterstützt von ihren beiden Getreuen Mariposa und Charles. Sarah hatte die beiden nach dem Tod ihres ersten Mannes als Butler und Zimmermädchen eingestellt. Damals war sie aufgrund ihrer finanziellen Probleme gezwungen gewesen, das Backsteinhaus vorübergehend in eine Pension umzuwandeln.

Davy konnte bereits laufen und sprechen und legte den gleichen Forscherdrang an den Tag wie sein Vater. Nach Sarahs Meinung war es nun höchste Zeit, das Personal um ein Kindermädchen oder eine Sekretärin oder möglicherweise sogar beides zu erweitern. Sie war jedoch noch nicht dazu gekommen, die nötigen Einstellungsgespräche zu führen. Max sann gerade über die damit verbundenen Vor- und Nachteile nach und marschierte zügig durch den Park, da sein Bein glücklicherweise nicht allzu sehr schmerzte, als seine Aufmerksamkeit plötzlich durch eine Dampfpfeife abgelenkt wurde, die seinen Namen schrillte.

»Ah, mein Gott, der umwerfende Max! Was ist dir passiert?«

Die Sonne blendete ihn. Aber vielleicht war es auch gar nicht die Sonne, und er wurde nur von Dutzenden kleinen Spiegelchen angestrahlt. Sie befanden sich auf einem weißen Gazeschal, der ungefähr so lang war wie jener, der Isadora Duncan zum Verhängnis geworden war, als er sich im Reifen ihres Wagens erfing und die Bedauernswerte strangulierte. Die Enden dieses Schals flatterten jedoch leicht und harmlos im Sommerwind, etwa eineinhalb Meter hinter der Trägerin, einer groß gewachsenen, hageren, eleganten Erscheinung. Sie trug ein schwarzes Satinkostüm, schätzungsweise von anno 1912, mit weißen Aufschlägen und einen geschlitzten Humpelrock, der ihr das Gehen gerade noch ermöglichte, aber nicht sonderlich bequem machte. Schwarze Ziegenlederhandschuhe, ein zusammengerollter schwarzer Sonnenschirm und ein breitkrempiger Strohhut ähnlichen Alters wie das Kostüm, geschmückt mit den Schwanzfedern mehrerer Hähne und ziemlich keck auf einer Seite getragen, verliehen dem ungewöhnlichen Ensemble den allerletzten Schliff.

»Mein Gott!« sagte Max.

Die Frau unter dem Hut schien seine Reaktion amüsant zu finden. »Keine Sorge, bin nur ich. Nicht mal Engel auf niedrigster Stufe, auch wenn ich bin bestrebt, mein Image aufzubessern. Du siehst mich jetzt als ehrbare Bostoner Dame.«

»Ach ja?«

Max hatte Lydia Ouspenska schon in vielen bizarren Verkleidungen und in Begleitung der sonderbarsten Personen gesehen, von denen man auch mit viel Fantasie nur sehr wenige als ehrbar hätte bezeichnen können. Einige waren kleine Diebe gewesen, andere Trickbetrüger, wieder andere Dealer, die mit schlechten, wenn nicht sogar falschen Drogen handelten. Einer war sogar ein richtig großes Tier gewesen, Betrüger, Dieb und Mörder in einer Person. Soweit Max wusste, war Lydia nie bewusst in irgendwelche Gaunereien verwickelt gewesen. Doch die meisten kleinen Fische hatten sie auf irgendeine Weise benutzt, und dem wirklich dicken Fisch wäre es fast gelungen, sie umzubringen.

Sarah und Max hatten die halbtote Russin damals ins Krankenhaus gebracht und eine schreckliche Nacht lang ausgeharrt, um herauszufinden, ob das alte Mädchen wieder aufwachen würde oder nicht. Was zum Teufel hatte sie jetzt wieder angestellt? Max umfasste den Knauf von Onkel Freds Spazierstock noch ein wenig fester und steuerte auf eine Bank zu.

»Setz dich, Lydia, und entlaste deinen Sonnenschirm. Wir haben uns ja seit einer Ewigkeit nicht mehr gesehen. Wo hast du dich denn die ganze Zeit aufgehalten?«

Max hätte besser ein anderes Verb für seine Frage gewählt, denn die Gräfin Ouspenska, wie Lydia sich mit Vorliebe anreden ließ, hielt sich nicht auf, sondern wurde ausgehalten. Vorausgesetzt natürlich, sie fand den geeigneten Mann. Während der letzten Jahre war ihr Leben als Halbweltdame alles andere als einfach gewesen. Soweit er wusste, hatte sich die alternde Sirene ihren kargen Lebensunterhalt zuletzt durch das Malen antiker byzantinischer Ikonen verdient und ihre Werke durch einen ihrer so genannten Freunde verkaufen lassen. Da sie eine echte Künstlerin war, hatte sie einige meisterhafte Kopien angefertigt. Doch die Arbeit war äußerst zeitaufwendig, und ihr angeblicher Freund hatte sie mit dem Verkaufspreis todsicher betrogen und hauptsächlich in die eigene Tasche gewirtschaftet. Als Max Lydia das letzte Mal gesehen hatte, war sie spindeldürr und bleich wie ein Gespenst gewesen.

Inzwischen war sie mehr schlank als hager. Die erschreckend hohlen Wangen hatten sich so weit gefüllt, dass ihre Besitzerin eher an eine Modezeichnung von Erté als an eine Kohlezeichnung von Käthe Kollwitz erinnerte. Ob sich ihr Teint verbessert hatte, war ohne umfangreiche Abtragungen nicht feststellbar, doch ihre Kriegsbemalung war ein echtes Kunstwerk byzantinischen Stils. Ihre dunklen Augen strahlten. Sie hatte sogar ihre Zähne in Ordnung bringen lassen und war nicht länger die Ruine einer ehemals schönen Frau, sondern eine schöne Frau, die mit Würde und Eleganz älter wurde. Lydia legte ihren Schal zusammen, nahm auf der Bank Platz und ignorierte mit stolzer Miene die Taubenexkremente.

»Ich halte mich auf in Boston, aber nicht mehr in Fenway-Studios. Gefällt dir mein *chapeau*?«

»Dein Hut ist großartig. Deine ganze Aufmachung ist großartig. Du siehst wirklich großartig aus, Lydia.«

»Du klingst langweilig, Bittersohn. Wie ist dir ergangen? Wo ist dein hübscher Hausdrachen?«

»Daheim und hütet unser Baby. Wir haben nämlich einen Sohn.« Max griff nach seiner Brieftasche, doch Lydia hielt ihn am Handgelenk fest.

»Wenn du Babyfotos zeigst, ich rufe sofort nach Polizei und behaupte, dass du mich belästigst. Ist zu deprimierend, dass sich wunderbarer Max verwandelt in *bon bourgeois* Papa mit Kind auf Knie und vielleicht bald sogar Kahlkopf. Wo ist *beau boulevardier* Champagne Charlie von damals?«

Max Bittersohn hatte immer gearbeitet, als Schüler, als Student, und natürlich auch seit seinem Examen. Sein Haar war dicht und voll. Seine Ausflüge ins »süße Leben« waren selten, kurz und rein beruflicher Art gewesen. Er zuckte mit den Achseln.

»Bist du sicher, dass du mich nicht mit ein paar anderen Herren der Schöpfung verwechselst?«

»Ist möglich«, gab Lydia zu. »Manchmal man verliert Übersicht. Was mich betrifft, ich bin tief im Herzen immer noch *Bohèmienne*. Aber weniger, seit ich einträgliche Arbeit gefunden habe bei sympathischem Arbeitgeber mit regelmäßigem Einkommen.«

»Für welchen Arbeitgeber arbeitest du denn?« erkundigte sich Max.

»Für den Auferstehungsmann.«

»Burke oder Hare?«

»Ha! Du machst Witz! Versuch ja nicht, dich zu machen lustig über mich, frecher Kerl. Ich weiß Bescheid über Burke und Hare. Mein Auferstehungsmann ist kein Leichenräuber, der ausgräbt Tote, um Medizinstudenten für wissenschaftliche Studien zur Verfügung zu stellen. Er weckt große Kunst aus Mülltonne zu neuem Leben. Manchmal auch nicht so große Kunst, bloß sentimentale Sachen, die sind schöne Souvenirs wie meine Briefe mit blauen Schleifen, aber wen stört schon? Solange Kunden bezahlen, wir sind glücklich, alles für sie zu erwecken.«

Max war ein hochintelligenter Mann und verstand daher sofort, wovon die selbst ernannte Gräfin sprach. »Du meinst, du arbeitest als Restauratorin?«

»*Mais oui, mon* Towarischtsch. Ich restauriere. Er restauriert. Sie restaurieren. Wir alle restaurieren. In unserem Atelier hat jeder Spezialgebiet. Meins ist byzantinische Ikonen, *figurez-vous*. Außerdem ich vergolde. Bei byzantinische Malerei es gibt viel Gold, wie ich dir bestimmt nicht brauche zu sagen. Und auch Bilderrahmen, Bucheinbände, illuminierte Manuskripte und et cetera haben viel Gold. Kommt allerdings mehr et cetera zu uns in Atelier als Ikonen. Und auch in Kirchen man kann nicht abnehmen von Wand Heiligenscheine und viele andere et cetera. Müssen neu vergoldet werden, also ich mache sogar Hausbesuche bei Heiligen und Märtyrern. Ist sehr erhebend, aber ich arbeite lieber in Atelier in Gesellschaft von Mitkünstler. Diese Woche ich vergolde Käfig für alten Vogel, der mich würde am liebsten reinsetzen, glaube ich. Aber ich mache keine Techtelmechtel mit Kunden, ist nicht gut für Image von Firma. Außerdem Barto macht mir Hölle heiß, wenn er mich erwischt.«

»Ist Barto der so genannte Auferstehungsmann?«

»Natürlich.«

»Scheint mir ein strenges Regime zu führen. Wie heißt er denn richtig?«

»Barto ist Bartolo Arbalest. Ist möglich, dass du nicht kennst?«

»Noch nie von ihm gehört. Und ich dachte immer, ich würde alle Restaurateure in Boston und Umgebung kennen. Wo hat er denn seine Werkstatt?«

»Ich darf nicht sagen. Niemand soll wissen. Ist top secret.«

»Ach ja? Und wie kommt Arbalest dann an seine Kunden?«

»Durch Empfehlungen von Galerien, Auktionatoren, Antiquitätenhändler. Kunde ruft an wegen Termin oder antwortet unter Chiffre. Ist zu eigener Sicherheit, sagt Barto. Wenn Diebe nicht wissen, wo sind Kunstschätze von Kunden, sie kommen nicht und stehlen. Niemand beschwert sich, wenn Sicherheitsmaßnahmen sind Grund für Geheimhaltung. So braucht Barto auch nicht viel zahlen für Versicherung, bloß das er sagt nicht. Er geht zu Kunden, schätzt Wert von Kunstwerk, schlägt Preis für Auferstehung vor, und Kunde kann zustimmen oder sein lassen. Aber fast immer sie stimmen zu. Bartolo ist geschickter Überredungskünstler. Expertenarbeit, zuverlässig, mit schriftlicher Garantie, keine Anrufe außerhalb von Geschäftsstunden. Barto ist wirklich erstklassiger Geschäftsmann.«

»Klingt so.« Was Max betraf, klang Bartolo Arbalest außerdem wie ein waschechter Schwindler. »Wieso denn keine Anrufe außerhalb der Geschäftszeit?«

»Weil Bartolo kocht von sechs bis acht. Wir essen um acht, ist wichtiges Ritual und sehr erhebend. Wir tragen grüne Samtkittel, große weiche Barette und schöne Seidenkrawatten in Rembrandtstil. Ich bin einzige ohne Bart, ist angenehmer Kontrast.«

»Davon bin ich überzeugt«, meinte Max galant. »Und warum die Kittel und Barett?«

»Ist viel bedeutender als Suppe und Fisch essen mit alberner kleiner Fliege wie Schnurrbart von Katze. Wir sind Anhänger von neuer Renaissance, und so wir ziehen uns auch an.«

»Und nach dem Essen schleckt ihr einträchtig die Teller sauber?«

»Pfui, Bittersohn, Vaterschaft hat dich gemacht dumm. Für Geschirr gibt es Magd in Bauernkostüm mit hochgerollten Ärmeln. Auch für Hausputz und Bettenmachen. Schlafstätten sind hanseatischer Stil, mit echten Federbetten. Wir sind vornehmer Haufen, das du kannst glauben.«

»Kann ich mir gut vorstellen«, erwiderte Max ein wenig zerstreut. »Willst du damit andeuten, dass du mit der gesamten Truppe bei Arbalest wohnt?«

»Nicht Truppe. Gilde. Ist altehrwürdige Sitte für Meister und Gehilfen zusammen zu leben, wenn auch nicht oft praktiziert seit vielleicht fünfzehntem Jahrhundert. Bloß damals Lehrlinge wurden nicht bezahlt und mussten am Leben gehalten werden, weil sie wurden ausgebeutet. Großer Vorteil von Zusammenleben ist, dass jeder kommt rechtzeitig ins Atelier und ist bereit für gute Arbeit. Bartolo sorgt für alles. Ist einfach perfekt. Nur Fliegen erlaubt er nicht, wie ich schon habe gesagt.«

»Er erlaubt keine Fliegen?« Max war außer sich. »Wie zum Teufel will Arbalest eine mittelalterliche Gilde ohne Fliegen leiten?«

Lydia Ouspenska zuckte mit den Achseln und beschäftigte sich mit ihrem Schal. »Fliegen sind zwar authentischer, wie ich muss zugeben, aber bleiben an Farbe und Gold kleben und stören mit Gesumme und Herumfliegen Konzentration von Künstler. Ergebnis von Abstimmung von Gildenmitglieder war hundert Prozent gegen Fliegen, weil keiner will, dass Flügel und Füße und zerquetschte Fliegenleichen geben Kunstwerken mehr Authentizität, als Kunden gefällt. Ich muss jetzt gehen. Ich soll finden Trüffel für Bartos Pastete.«

»Hättest du dann nicht lieber ein Schwein mitnehmen sollen, um sie zu erschnüffeln?«

»Du bist amüsant, Bittersohn, aber nicht sehr. Ich komme mal *chez vous* vorbei für Dinner, wenn Barto hat freien Abend und lässt sich Moo-goo-gai-pan mit Glückskeksen kommen.«

»Das wäre großartig, Lydia, wir würden uns sehr freuen. Ich sage Sarah, sie soll dich anrufen. Wie ist deine Telefonnummer?«

»Barto erlaubt keine Privatanrufe für Mitglieder von Gilde. Ich komme unerwartet wie Zahnfee und überrasche euch. *Au revoir, mon bon bourgeois.*«

»Bis bald, Mrs. Rembrandt.«

Lydia und ihr Schal schwebten in Richtung Charles Street davon, wahrscheinlich zu Deluca's Feinkostladen, vermutete Max. Lydia hatte sicher wenig Lust, in ihren Stöckelschuhen große Entfernungen zurückzulegen. Konnte das bedeuten, dass sich Bartolo Arbalests mittelalterliche *ménage* irgendwo ganz in der Nähe befand? Oder dass Lydia sich ausnahmsweise eine Fahrt mit der U-Bahn gegönnt hatte?

Die selbst ernannte Gräfin war inzwischen sicher alt genug, um einen Seniorenpass beantragen zu können. Normalerweise ließ sie sich derartige Sonderleistungen nie entgehen, die Frage war nur, ob sie willens war, ihr wahres Alter zu enthüllen. Vielleicht verdiente sich einer von Bartos Künstlern nebenher ein wenig Geld mit dem Fälschen von U-Bahn-Fahrscheinen. Max hielt sich mit einer Hand an der Bank fest, bohrte die Spitze seines Spazierstocks fest in den Sand zu seinen Füßen, hievte sich hoch und zuckte dabei nur ein- oder zweimal vor Schmerz zusammen. Bis zum Büro war es nicht mehr weit. Er hoffte nur, dass Brooks sich nicht gerade wegen eines dringenden Einsatzes außer Haus befand.

Nein, Brooks war da und freute sich, ihn zu sehen. »Was für eine nette Überraschung. Und noch dazu ganz allein! Und ohne Probleme?«

»Ich bin mir nicht ganz sicher«, sagte Max. »Ich habe im Park zufällig eine alte Freundin von dir getroffen. Du erinnerst dich doch sicher noch an Lydia Ouspenska?«

»Natürlich. Wer könnte sie je vergessen? Aber im Park? Jetzt sag bloß nicht, sie ist so tief gesunken, dass sie dort bettelt.«

»Oh nein, sie wollte Trüffel kaufen und nahm die Abkürzung durch den Common. Ich kann mich nicht erinnern, dass sie je so gut ausgesehen hat wie heute. Anscheinend isst sie jetzt regelmäßig, und es geht ihr prächtig. Behauptet sie jedenfalls. Und sie hat eine feste Anstellung als Vergolderin in einer Gilde. Schon mal vom Auferstehungsmann gehört?«

»Ja, der Name sagt mir etwas. Ich nehme an, du meinst damit nicht die Leichenschänder, die arme Tote aus ihren Gräbern zu holen pflegten, sondern einen gewissen Bartolo Arbalest, der einen kleinen Laden in der Third Avenue in New York besitzt und dort Antiquitäten und dergleichen restauriert. Ziemlich gekonnt übrigens, wenn ich mich recht erinnere. Er trägt einen Kittel und ein Barett und trimmt sich den Bart im Stil des verstorbenen Rembrandt van Rijn.«

»Stimmt haargenau. Name, Barett, Bart, alles richtig. Nur die Adresse ist falsch, es sei denn, Lydia legt bei ihren Einkäufen Riesenstrecken zurück und pendelt zwischen Boston und New York hin und her. Wenn ich sie richtig verstanden habe, lebt Arbalest jetzt hier in Boston. Er hat hier ein Haus gemietet oder gekauft, das groß genug ist, um nicht nur für ihn und seine Werkstatt – Verzeihung, ich meine natürlich für sein Atelier – genug Platz zu haben, sondern auch für Lydia und diverse andere Kunsthandwerker, die für ihn arbeiten. Eine alte Renaissance-Sitte, behauptet Lydia. Jeder ist auf eine andere Technik der Restaurierung spezialisiert.«

Brooks nickte. »Welch hübsche Sitte. Sind die beiden – äh …?«

»Lydia sagt, sie sei die Einzige ohne Bart, doch das ist wenig hilfreich. Jedenfalls versammeln sich jeden Abend sämtliche Mitbewohner zum großen Gelage und tragen dabei Samtkittel und Barette, und Barto, wie sie ihn nennt, sorgt für das Bankett. Es sei denn, er ist nicht in der richtigen Stimmung. Dann lässt er Glückskekse kommen.«

»Weißt du was, Max, ich könnte mir vorstellen, dass Lydia tatsächlich die Wahrheit gesagt hat. Bartolo hat mir mal einen Job angeboten. Das war natürlich noch damals in New York. Ich hatte keine Ahnung, dass er inzwischen hier lebt. Eine der Bedingungen war, dass ich mich genauso anziehen sollte wie er. Samtkittel, großes weiches Barett und eine dieser albernen locker gebundenen Seidenkrawatten, die immer ins Terpentin oder was weiß ich fallen, wenn man sich vorbeugt. Ich habe ihm dargelegt, dass dies nicht mein Stil sei, und das war das Ende vom Lied.«

»Wie lange ist das her?«

»Oh, schon ziemlich lange. Etwa zwanzig Jahre, würde ich sagen. Ich muss mal nachdenken, wann genau es war. Ich bin damals ganz schön rumgekommen, musst du wissen. Ich hatte schon mit den Vortragsreisen aufgehört, aber noch nicht mit den Vogelimitationen bei Kindergeburtstagen und der Arbeit im Wilkins Museum angefangen. Die Kinderfeste haben mir übrigens Riesenspaß gemacht. Vielleicht lässt du mich mal eine Party für Davy arrangieren, wenn er ungefähr acht ist. Acht ist ein gutes Alter für Vogelimitationen.«

»Gern. Davy macht jetzt schon die Häher in Ireson's Landing nach. Er flitzt herum, rudert mit den Armen und kreischt.« Max lächelte ein wenig kläglich. »Lydia meint übrigens, ich hätte mich in einen *bon bourgeois* verwandelt.«

»Pah, woher will sie das wissen? Max, diese ganze Gesichte klingt wirklich hochinteressant. Meinst du nicht auch, dass wir Bartolo bald mal einen unverbindlichen kleinen Besuch abstatten sollten?«

Kapitel 2

»Klingt gut«, sagte Max. »Aber wahrscheinlich ist das gar nicht so einfach. Ich habe Lydia nach der Adresse gefragt, aber sie wollte sie mir nicht verraten. Angeblich will Bartolo nicht, dass jemand sie erfährt. Auch seine Kunden nicht.«

»Wie kommt er denn ohne Adresse an seine Aufträge?«

»Man kontaktiert ihn entweder telefonisch oder schriftlich über eine Chiffre, woraufhin Bartolo dem potentiellen Kunden einen Besuch abstattet. Er macht einen Kostenvoranschlag, wickelt die Leute mit viel Gerede ein und nimmt das Kunstwerk mit. Wenn es fertig restauriert ist, bringt er es zurück und kassiert sein Geld. Oder vielmehr den Rest, ich kann mir kaum vorstellen, dass er eine Arbeit ohne Anzahlung beginnt.«

»Er wäre verrückt, wenn er es täte«, sagte Brooks. »Denkst du genauso über diese komische Geschichte wie ich? Wie finden ihn seine Kunden? Durch die Mafia?«

»Ja, ich denke genauso darüber, und nein, tun sie nicht, wenn Lydia die Wahrheit sagt. Sie behauptet, dass die Leute durch Empfehlungen von Galerien und Auktionshäusern von ihm hören. Vielleicht ist sie falsch informiert, vielleicht lügt sie auch, beides wäre ihr durchaus zuzutrauen. Nehmen wir einmal an, es handelt sich nicht um Diebesgut. Kannst du dir vorstellen, dass jemand, der ein wertvolles Kunstwerk besitzt und bereit ist, es zu einem sicher horrenden Preis von Bartolo restaurieren zu lassen, dämlich genug ist, Bartolo das kostbare Stück einfach mitzugeben? Noch dazu, ohne seine Adresse zu kennen und ohne eine absolut bombensichere Garantie für seine Ehrlichkeit zu haben?«

»Klar kann ich das. Denk doch nur an Cousine Apollonia. Oder Onkel Frederick, obwohl man sich bei ihm nie sicher sein konnte. Der alte Fred hat sich immer wunders was auf seine exzellente Menschenkenntnis eingebildet. Daher wurde er auch durchschnittlich einmal die Woche übers Ohr gehauen. Aber ich verstehe sehr gut, worauf du hinauswillst, Max. Hatte Lydia eine Erklärung für die Geheimniskrämerei?«

»Sie behauptet, es geschehe aus Sicherheitsgründen. Bartolos offizielle Erklärung lautet, dass er durch die Geheimhaltung seiner Adresse potentielle Diebe davon abhalten will, bei ihm einzubrechen und die Kunstwerke seiner Kunden zu klauen.«

»Klingt plausibel«, musste Brooks zugeben. »Wenn auch nicht sehr.«

»Lydia hat außerdem noch erwähnt, dass Bartolo auf diese Weise Unsummen für die Diebstahlversicherung spart.«

»Auch das muss natürlich bedacht werden.«

»Zudem soll Barto, wie sie ihn nennt, über eine außergewöhnliche Überzeugungskraft verfügen.«

»Da hat sie Recht«, stimmte Brooks zu. »Wer mit Bartolo Arbalest redet, hat den Eindruck, eine Audienz beim Erzbischof von Canterbury zu haben. Ich hatte zwar noch nicht das Vergnügen, besagten Erzbischof persönlich zu treffen, doch so ungefähr fühlt man sich in Bartolos Gegenwart. Ja, ich kann mir lebhaft vorstellen, dass er den meisten Menschen so ungefähr alles aufschwatzen kann.«

»Trotzdem hat er dich nicht dazu bringen können, ein Barett zu tragen.«

»Vergiss nicht, dass ich ein Kelling bin, mein Junge. Ich habe eine harte Schule durchmachen müssen. Aber irgendwie fällt es mir schwer, mir Bartolo als Komplizen eines Hehlers vorzustellen, falls du darauf hinauswillst. Gestohlene Kunstwerke so zu tarnen, dass sie unbemerkt außer Landes geschmuggelt werden können, so in die Richtung?«

»Soll vorkommen, oder? Wo liegt das Problem?«

»Nun ja, ich weiß zwar, dass sich die Zeiten ändern und mit ihnen auch die Menschen, aber als ich Bartolo Arbalest damals kannte, hatte er einen sehr merkwürdigen Ruf, wenn man bedenkt, in welchem Viertel er arbeitete. Es hieß, er sei absolut gewissenhaft und auf schon geradezu peinliche und ekelhafte Weise unbestechlich. Auch wenn ich mir Lydia Ouspenska nur schwer mit jemandem vorstellen kann, der nicht korrupt ist. Ach herrje, ich hoffe, sie steckt nicht wieder in Schwierigkeiten.«

»Das hoffe ich auch. Vielleicht sollte ich Sarah anrufen.«

»Gute Idee. Sarah kann Lydia wirklich gut leiden, weißt du. Sie mag andere Menschen. Ich weiß auch nicht, von wem sie das hat. Ihre Eltern hatten ungefähr so viel Gefühl wie zwei tiefgefrorene Goldmakrelen. Obwohl ich immer den Eindruck hatte, aus Elizabeth hätte vielleicht etwas werden können, wenn sie nicht Walter geheiratet und so auf Thoreau abgefahren wäre. Aber warum willst du Sarah mit in die Sache hineinziehen? Soll ich nicht einfach losmarschieren und –«

»Lydia kennt dich viel zu gut, sie würde dich in Nullkommanichts bemerken. Mal sehen, wer das schon wieder – ach, du bist's, *Kätzele*. Was ist denn los? Nein, mir geht's gut. Ich bin hier im Büro mit Brooks. Hör zu, ich habe eben auf dem Weg hierher zufällig Lydia Ouspenska getroffen. Wahrscheinlich ist sie gerade bei Deluca's. Ich möchte, dass ihr jemand folgt. Meinst du, Charles oder Mariposa könnten das übernehmen? Allerdings kennt Lydia Charles, er müsste sich also ziemlich gut verkleiden. Mariposa hat sie, glaube ich, noch nie gesehen. Okay, beide oder einer von ihnen. Sag ihnen aber bitte, dass es sehr eilig ist. Lydia trägt altmodische schwarze Sachen mit weißen Aufschlägen. Und einen schwarzen Hut, groß wie ein Wagenrad und ziemlich einseitig getragen. Zudem hat sie einen Sonnenschirm bei sich, sie dürfte also kaum zu übersehen sein. Nein, nicht beschatten, ich will nur wissen, wohin sie ihre Trüffel trägt. Das überlasse ich ganz dir, Schatz. Dann bis später.«

Max legte auf. »Sarah macht jetzt einen kleinen Spaziergang mit Davy. Sie wird versuchen, Lydia an der Ecke Beacon Street aufzuhalten und so lange in ein Gespräch zu verwickeln, bis Charles sich den falschen Schnurrbart angeklebt hat und gemeinsam mit Mariposa übernehmen kann. Schade, dass Theonia unterwegs ist, sie hätte bestimmt wieder eine ausgezeichnete Stadtstreicherin abgegeben. Hast du schon was von ihr gehört?«

»Vor ungefähr einer Stunde«, sagte Brooks mit stillem Stolz. »Die Miniaturen waren genau dort, wo du vermutet hast. Ich soll Theonia und Mrs. DeMorgan in der Back Bay treffen und zum Essen ins Copley ausführen. Dort will Theonia ihr die Sachen übergeben, und ich werde das Honorar kassieren. Kannst du die Stellung hier im Büro bis gegen drei halten? Der Mensch, dem die Degas-Ballerina gestohlen wurde, wollte heute noch hereinschauen.«

»Kein Problem. Gibt es sonst noch was?«

Die beiden unterhielten sich eine Weile aufs Angenehmste über die diversen Missetaten, an deren Aufklärung sie momentan arbeiteten, und dachten sich interessante Lösungsmöglichkeiten aus. Dann machte sich Brooks zu seiner Verabredung auf, und Max hängte sich wie üblich ans Telefon. Als Brooks von seiner Lunchverabredung mit den beiden Damen zurückkam, hatte Max bereits einiges an Arbeit geschafft und sogar ein oder zwei neue Aufträge an Land gezogen. Den Scheck hatte Brooks unterwegs bei der Bank eingereicht.

Die beiden spielten ernsthaft mit dem Gedanken, Feierabend zu machen, den Anrufbeantworter einzuschalten und nach Hause zu gehen, um herauszufinden, was ihre Geheimagenten über Lydia Ouspenska in Erfahrung gebracht hatten, als eine schlanke, dunkle Gestalt zur Tür hereinschlüpfte und diese lautlos hinter sich zuzog.

»Ah«, sagte Max. »Da kommt ja der kleine braune Mann mit dem Blasrohr. Suchst du immer noch nach dem Auge des Götzen, Bill?«

»Klaro. Hi, Brooks. Wie geht's denn so, Maxie?«

Bill Jones, wie er sich am liebsten anreden ließ, trug das, was er immer trug, ein Baumwollhemd, das er während der letzten Woche entweder gewechselt hatte oder auch nicht, eine leichte Baumwollhose in einem noch etwas schlechteren Zustand, und abgetragene Mokassins. Keine Socken, die trug Bill nur während der Monate, die ein R im Namen hatten. Außerdem besaß er einen schmuddeligen alten Regenmantel, den er bei diesem Wetter allerdings kaum benötigte. Die Sommersonne hatte seine Haut dunkel wie die eines Beduinen gebrannt, auch wenn ein Teil seiner Farbe möglicherweise einfach Schmutz war.

Wer ihn so sah, wäre sicher nie auf die Idee gekommen, dass Bill Jones der kleine Bruder eines der reichsten griechischen Importeure in Boston war. Außerdem war er ein erfolgreicher Werbegrafiker, dessen Vorstellung von einer ausschweifenden Nacht im Besuch einer Dichterlesung gipfelte, und zwar möglichst in Begleitung einer attraktiven Radcliffe-Studentin, die entweder bereits Auszeichnungen von Phi Beta Kappa erhalten hatte oder gerade dabei war. Die Tatsache, dass Bill früher oft nach dergleichen exquisiten Verlustierungen zu Lydia Ouspenskas ehemaliger Wohnung in den Fenway-Studios gepilgert war und dort mit ihr das Bett geteilt hatte, tat seiner Moral keinen Abbruch. Ihre Beziehung war, wie Lydia selbst stets betont hatte, rein plutonisch, und das Bett hatten sie nur geteilt, weil Lydia keine zweite Matratze besaß. Bill kam Max wie gerufen.

Möglicherweise war Bill auf der Suche nach Wilkie Collins' »Mondstein«. Nach irgendetwas suchte er immer. Für gewöhnlich waren es Informationen, aus keinem besonderen Grund übrigens, Bill wusste nur einfach gern über alles Bescheid.

Da er absolut ehrlich und äußerst diskret war, fand Bill stets eine Menge heraus, gab davon allerdings nur sehr wenig weiter. Für Max war er ein unschätzbarer Freund und Verbündeter. Dabei erwartete er keinerlei Gegenleistungen, außer vielleicht gelegentlich zum Abendessen in die Tulip Street eingeladen zu werden, wo er Theonia und Sarah verstohlen bewundernde Blicke aus seinen ausdrucksvollen dunklen Augen zuwerfen konnte. Wahrscheinlich war es kein Zufall, dass er ausgerechnet jetzt auf der Bildfläche erschien. Es war durchaus möglich, dass er Max durch den Park gefolgt war, um sicherzugehen, dass er heil zu Hause ankam. Unbemerkt gute Taten zu begehen, war Bills Spezialität.

Eigentlich verhielt er sich stets unauffällig, selbst wenn er redete. Er sprach nicht, er hauchte, und selbst dies nur äußerst selten. Er schien nicht einmal zu atmen. Dabei konnte er seine Gedanken überaus beredt in Worte kleiden, wenn ihm danach war. Doch meistens beschränkte er sich auf Schulterzucken, viel sagende Blicke und ausdrucksvolle Bilder, die er in die Luft malte. Seine Hände waren kaum größer als Sarahs. Momentan flatterten sie umher wie zwei aufgeregte Sperlinge auf der Jagd nach demselben Brotkrumen und konnten kaum erwarten, alles zu kommentieren, was Max zu sagen hatte. Max tat ihm den Gefallen.

»Meinem Bein geht es gut, Bill. Wahrscheinlich weißt du schon, dass Lydia Ouspenska nicht mehr in den Fenway-Studios wohnt. Ich habe sie eben auf dem Weg hierher getroffen, sie sah wirklich toll aus. Hast du sie in der letzten Zeit mal gesehen?«

»Nei-ein. Sie ist einfach –« Bill berichtete mit Händen und Schultern, wie seine alte Freundin Lydia aus seinem Leben entschwunden war. »Ich dachte schon, sie wäre –« tot oder mit irgendeinem Mann auf und davon. Dass Lydia mit einer Frau durchgebrannt sein könnte, war so undenkbar, dass er dafür keine Handbewegung verschwendete. »Was macht sie –«

»Angeblich arbeitet sie für den Auferstehungsmann. Kennst du ihn?«

Bill mimte eine aufgebahrte Leiche. Max schüttelte den Kopf. »Nein, so nicht. Unser Mann restauriert Antiquitäten und Gemälde. Er nennt sich Bartolo Arbalest. Brooks sagt, er habe früher in New York gearbeitet.«

Bill hob die Brauen. »Sind sie –?«

»Aber sicher. Lydia wohnt bei ihm, aber nur im plutonischen Sinn, soweit ich weiß. Arbalest zieht es vor, mit seinen Gehilfen unter einem Dach zu leben, um sicherzugehen, dass sie morgens pünktlich im Atelier erscheinen.«

Bill zeigte den Anflug eines Lächelns. »Das macht Lydia mit? Dann muss er aber ziemlich überzeugend sein. Wo ist seine –«

»Gute Frage«, sagte Max. »Wir hoffen, dass wir es bald wissen.«

»Hat Lydia nicht –?«

»Ihre Lippen sind versiegelt. Sie behauptet, Arbalest habe

seine Heinzelmännchen zu absolutem Stillschweigen verpflichtet, und zwar aus Sicherheitsgründen.«

»Hey-y-y.«

Bill fabrizierte einige ziemlich beunruhigende Luftbilder. Brooks, der die Pantomime stillschweigend genossen hatte, nickte.

»Das fragen wir uns auch, Bill. Nicht dass es uns etwas angeht, wogegen sich Arbalest zu schützen versucht«, fügte Brooks hinzu, denn der Ehrenkodex der Kellings war streng, jedenfalls stellenweise. »Dennoch sollten wir versuchen, es herauszufinden«, meinte er nach kurzem Nachdenken. Schließlich hatte selbst der Ehrenkodex der Kellings Cousine Mabel noch nie von etwas abgehalten. »Lydia sagt, dass Barto, wie sie ihn nennt, auf diese Weise verhindern will, dass potentielle Diebe erfahren, wo sich die kostbaren Kunstwerke seiner Kunden befinden. Außerdem spart er so die horrenden Versicherungskosten. Möglicherweise sagt sie sogar die Wahrheit.«

Woraufhin alle drei einvernehmlich mit den Achseln zuckten und sich bei dieser amüsanten Vorstellung ein Grinsen nicht verkneifen konnten. Dann wedelte Bill wieder mit den Händen herum.

»Und wie bekommt er –«

»Seine Aufträge? Durch Hausbesuche, behauptet Lydia. Als ich Bartolo vor einigen Jahren in New York kennen lernte, hatte er ein richtiges Ladengeschäft. Die Leute kamen einfach mit ihren Duccios unter dem Arm zu ihm, und er retuschierte die kahlen Stellen. Heute lässt er sich anscheinend von den vornehmeren Galerien und Auktionshäusern weiterempfehlen. Eine Steigerung seines Image zur Rechtfertigung höherer Preise, nehme ich an. Max, hat Lydia zufällig erwähnt, ob Bartolo in einem Leichenwagen bei seinen Kunden vorfährt?«

»Teufel auch, ich habe völlig vergessen, sie danach zu fragen. Aber er will bestimmt möglichst wenig Aufsehen erregen, wenn er sonst schon so geheimnisvoll tut. Wundert mich nur, dass Lydia frei herumlaufen darf.«

»Darf sie wahrscheinlich gar nicht«, meinte Brooks. »Außer für gelegentliche Besorgungen. Keine Trüffel im Haus zu haben, zählt bei ihm vielleicht als Notlage. Du weißt ja, wie Amateurköche sind. Du warst längere Zeit nicht im Einsatz, Max, aber ich bin sozusagen jeden Tag unterwegs. Das Gleiche gilt für Theonia und Charles. Falls Lydia wirklich so frei herumlaufen würde, hätte einer von uns sie bestimmt längst gesehen.«

»Es sei denn, die Werkstatt befindet sich irgendwo in einem Vorort.«

Was sicher nicht der Fall war. Max vermutete eher, dass Arbalest sich ein renoviertes altes Mietshaus in der Back Bay zugelegt hatte. Lydia hatte keine genauen Angaben darüber gemacht, wie viele Personen in dem Haus wohnten, doch bestimmt hatte jeder sein eigenes Schlafzimmer. Es sei denn, Arbalest trieb sein Konzept vom Zusammenleben in einer mittelalterlichen Gilde auf die Spitze und ließ seine Helfer in Schafspelze gehüllt unter den Werkbänken schlafen. Lydia hätte dies sicher nicht viel ausgemacht, sie hatte schon mit unbequemeren Schlafstätten vorlieb nehmen müssen.

»Aber ich habe nicht das Geringste von ihr gehört«, sagte Brooks, »seit Ernie Haire nicht mehr in Boston ist. Und schon gar nicht, seit Bartolo Arbalest hier ist. Bartolo hat auf mich nie den Eindruck eines Menschen gemacht, der sein Licht unter den Scheffel stellt. Die ganze Geheimniskrämerei scheint mir eher darauf hinzudeuten, dass er in New York Schwierigkeiten hatte und untertauchen möchte, bis Gras über die Sache gewachsen ist. Ich wollte, wir wüssten, was das alles bedeutet. Irgendwie macht man sich doch Sorgen. Lydia hat ungefähr so viel gesunden Menschenverstand wie ein gewöhnliches Blässhuhn.«

»Gewöhnlich fand ich Lydia eigentlich nie«, widersprach Max. Gewöhnlich waren nur die Männer, mit denen sie sich mit Vorliebe abgab, doch das brauchte er nicht eigens zu erwähnen. »Wir wollen uns nicht die Haare raufen, bevor unsere Geheimagenten Genaueres herausgefunden haben. Was gibt es sonst noch an Neuigkeiten, Bill?«

Es gab ziemlich viel, und Bill berichtete äußerst gestenreich darüber. Jedenfalls mehr gestenreich als verbal. Brooks machte sich sorgfältig Notizen in seinem persönlichen Geheimcode und nickte hin und wieder, wenn eine Information genau in eines der diversen Puzzles passte, an denen er und Max gerade bastelten. Sie hatten bereits zwei Fälle auf ihrer Liste erfolgreich abgehakt und diskutierten gerade interessiert ein Gerücht, das Bill über Quellen aus Montenegro und Lima erreicht hatte, als die Karikatur eines Bilderbuchanarchisten der alten Bolschewikenschule ins Zimmer platzte.

»Hallo, Dmitri«, sagte Max. »Setz dich und park deine Bombe.«

»Potzblitz, ich bin enttarnt!«

Es war niemand anderer als Charles C. Charles, der etwa ein halbes Pfund buschiges schwarzes Kunsthaar von Schädel und Kinn schälte, die dazugehörigen Brauen abnahm und sich nunmehr als Lord Peter Wimsey präsentierte. Nur das Monokel hatte er in der Eile vergessen.

Charles war ausgebildeter Schauspieler und hatte in Sarahs ehemaliger Pension einen wunderbaren Butler abgegeben, hatte sich jedoch notgedrungen in einer Kunststofffabrik etwas nebenher verdienen müssen. Seit Max Bittersohns Unfall hatte er einen Großteil der Laufarbeit für die Detektei übernommen und in seiner neuen Funktion mehr Rollen gespielt als in seiner gesamten Zeit an Bostons Bühnen. Als er den Klebstoff von seinem Kinn pflückte, verwandelte er sich erneut, diesmal in Sergeant Charles C. Charles, CID. Doch zuerst gestattete er sich ein kurzes Aparte.

»Mariposa ist zurück zum Haus gegangen. Ihr deuchte, Moddom benötige möglicherweise ihre Hülfe in der Küche. Und jetzt, Sirs, kommen wir zu meinem Bericht. Der Order gemäß nahmen M. und ich an der Ecke Charles und Beacon Street so schnell wie möglich Verbindung zu Mrs. B und Sohn auf. Da sie bereits ein Gespräch mit Gräfin O. führte, hielten wir uns unbemerkt in ihrer Nähe auf. Wir warteten, bis besagte Gräfin sowohl Mrs. B als auch deren Söhnchen D mehrmals geküsst hatte und

Anstalten machte, den Fußgängerüberweg zu nehmen und den Public Garden zu betreten.«

»Sie meinen den PG?« erkundigte sich Max.

»Sehr richtig, Sir, wenn Sie dies vorziehen, Sir. Die Zielperson trug eine winzige braune Papiertüte, was M und mir Grund zu der Annahme gab, dass die Operation Trüffelsuche einen erfolgreichen Abschluss gefunden hatte. Die Tatsache, dass es sich um eine so kleine Tüte handelte, veranlasste M und mich zu der Schlussfolgerung, dass die Gräfin nicht genug Geld für die Tätigung weiterer Einkäufe bei sich hatte. Anderenfalls hätte sie dies zweifellos getan. Weder die Größe ihrer Handtasche noch der Schnitt ihres Kostüms schienen sonderlich geeignet für einen Ladendiebstahl, zudem war O in dieser Hinsicht noch nie sonderlich talentiert. Sie hätte möglicherweise etwas in ihren Sonnenschirm gleiten lassen können, doch im Laden behielt man sie sicher gut im Blick. Schließlich ist die Gräfin dort keine Unbekannte.«

»Kurz und gut, ihr seid ihr gefolgt.« Wenn man ihn nicht rigoros bremste, tendierte Charles dazu, seine Rollen allzu sehr auszuschmücken. Max wollte die Sache so schnell wie möglich auf den Punkt bringen.

»Oh ja, Sir, das haben wir, Sir, meine Partnerin und ich. Will sagen, wir sind der Gräfin O zu einer Adresse gefolgt, die sich auf der – darf ich jetzt Marlborough Street sagen? Das M habe ich schließlich schon benutzt.«

»Es sei Ihnen gestattet«, versicherte Max. »Zwischen Arlington und Berkeley?«

»Nein, Berkeley und Clarendon, auf der Beacon-Seite. Es ist das Haus mit den verzierten Eisengittern an sämtlichen Fenstern, sowohl unten als auch oben. Neue Gitter. Jedenfalls ziemlich neu. Die Tür ist in einem unangenehmen olivgrünen Farbton gestrichen. Darauf prangt ein Türklopfer aus Messing mit einem Gesicht.«

»Jemand, den wir kennen?«

»Ich hoffe nicht. Es ist eher ein symbolisches Gesicht, wie ein

Satyr, eine Dryade oder vielleicht auch ein Wasserspeier. Ich kenne mich mit Dryaden nicht allzu gut aus. Kein glänzendes Messing. Die andere Sorte.«

»Ist der Türklopfer ein wesentlicher Bestandteil des Berichts?« erkundigte sich Brooks und versuchte, seine Ungeduld zu verbergen.

»Oh ja, absolut wesentlich, da die Zielperson ihn ergriff, um an die Tür zu klopfen«, fügte Charles im Interesse lückenloser Berichterstattung hinzu. »M und ich gingen ein kurzes Stück weiter und blieben dann stehen. M entfernte einen imaginären Stein aus ihrem Schuh, während ich zu meinem zuverlässigen Rückblick-o-skop griff, in der Hoffnung, auf diese Weise sehen zu können, wer sie hereinließ. Leider wurde die Tür nur so weit geöffnet, dass Gräfin O hineinschlüpfen konnte. Ich konnte nur eine Hand mit Farbflecken darauf erkennen und ein kleines Stück eines grünen Samtärmels in etwa demselben Farbton wie die Tür.«

»Großartig, Charles, genau das wollten wir wissen. Sie haben sich hoffentlich die Hausnummer gemerkt?«

»Nein, Mr. Brooks. Es gab nämlich keine. Natürlich war es einfach, sie mit Hilfe der Nummern an den anderen Häusern zu rekonstruieren, aber die eigentlichen Metallziffern, die sich vermutlich einst dort befanden, waren verschwunden. Da ich leicht weitsichtig bin, konnte ich sogar die kleinen Nagellöcher an der Stelle erkennen, wo man die Zahlen entfernt hatte.«

»Wirklich sehr interessant. Meinst du nicht auch, Max?«

»Durchaus. Hervorragende Arbeit, Charles. Gibt es ein ähnliches Haus in der Straße?«

»Nein, es ist das Einzige mit Gittern vor sämtlichen Fenstern und einer olivfarbenen Tür mit Türklopfergesicht. Es befindet sich zwischen der roten Tür mit dem neoklassizistischen Klopfer und der lila Tür mit der altmodischen Drehklingel in der Mitte. Man kann es unmöglich verfehlen. Wir gingen weiter bis zur Clarendon Street. Dann trennten wir uns, und ich eilte zurück durch den schmalen Weg auf der Rückseite, getarnt mit meiner

Red-Sox-Kappe, für den Fall, dass jemand zufällig aus dem Fenster schauen sollte. Ich wollte nachsehen, ob die Fenster an der Rückseite des Hauses ebenfalls vergittert sind. Das sind sie, und zwar ohne Ausnahme.«

»Und Lydia ging direkt dorthin, nachdem sie sich von Sarah verabschiedet hatte, ohne einen Umweg zu machen oder stehen zu bleiben und mit noch jemandem zu sprechen?«

»Wie eine Taube, die dem heimatlichen Schlag zustrebt, Mr. Max. Auch wenn es ganz und gar nicht zu ihr passt. Halten Sie es für möglich, dass sie eine Gehirnoperation oder etwas Ähnliches hinter sich hat? Ich hatte mal einen winzigen Auftritt in einem Stück, in dem ein verrückter Wissenschaftler etwas mit der wunderschönen Heldin anstellte, woraufhin sie sich in einen Roboter verwandelte. Sie tat alles, was er wollte, ohne Zögern und Fragen. Mein Satz lautete: ›Herr des Himmels, Chavender! Pauline, der ehemals übermütige Wildfang, gehorcht jeder Laune dieses üblen Subjekts Dr. Testoob, ohne zu zögern oder zu fragen.‹ Dem Stück war leider kein sonderlich großer Erfolg beschieden.«

Kapitel 3

»Wie bedauerlich«, meinte Max. »Aber man kann schließlich nicht jedes Mal Triumphe feiern. Haben Sie sonst noch jemanden in der Nähe des Hauses bemerkt?«

»Ein paar Passanten«, erwiderte Charles. »Aber nichts Auffälliges, falls Sie das meinen. Niemand, der auf der gegenüberliegenden Straßenseite auf den Eingangsstufen saß und das Haus beobachtete oder etwas Derartiges. Aber auf dem Weg hinter Arbalests Haus habe ich jemanden gesehen, der mir tatsächlich ein wenig merkwürdig vorkam. Er war mit gymnastischen Übungen beschäftigt.«

»Was genau hat er denn gemacht?«

»Er sprang in die Luft, klatschte die Hände über dem Kopf zusammen, schwang die Beine. Das übliche Aerobic-Zeug, wissen Sie. Mir fiel vor allem auf, dass er dabei einen leuchtend roten Jogginganzug trug. Mit langen Ärmeln und Beinen. In voller Montur sozusagen. An einem heißen Tag erschien mir dies recht ungewöhnlich, man hätte eigentlich Shorts und ein T-Shirt erwartet.«

»Vielleicht wollte er durch das Schwitzen sein Gewicht reduzieren«, meinte Brooks.

»Kann sein, aber soweit man es bei dem weiten Sweatshirt überhaupt erkennen konnte, hatte der Mann kein Gramm Fett zu viel an sich. Er war etwa so groß wie Bill, nur dunkler, und hatte glattes Haar. Aber er war kein Schwarzer oder Mexikaner, eher – ich weiß auch nicht. Vielleicht ein Inder oder Malaie. Ich konnte sein Gesicht nicht richtig erkennen. Als ich näher kam, beugte er sich nach vorn und schwang den Kopf hin und her. Ich will dem Ganzen wirklich keine unnötige Bedeutung zumessen. Vielleicht haust er ja nur in einem winzigen Apartment, in dem für Gymnastikübungen kein Platz ist. Oder seine Gattin sammelt kostbares Porzellan und schickt ihn nach draußen, weil sie Angst hat, er könnte etwas zerbrechen.«

»Warum Gattin und warum Porzellan?« fragte Max.

Charles dachte kurz nach. »Gattin, weil er nicht mehr ganz jung war«, sagte er schließlich. »Sein Haar war relativ lang, und als er den Kopf hin und her schwang, konnte ich graue Strähnen in seinem schwarzen Haar erkennen. Und Porzellan, weil – ich weiß auch nicht. Vielleicht weil Mrs. Sarah heute Morgen das Porzellan aus der Vitrine im Esszimmer gespült hat und ich die Stücke, die ganz oben standen, für sie herausgenommen habe.«

»Könnte sein. Danke, Charlie. So, Leute, ich wüsste nicht, warum wir uns noch länger hier aufhalten sollten.« Max warf einen Blick auf seine Armbanduhr. »Oh Gott, ich hatte ja keine Ahnung, dass es schon so spät ist. Wir machen uns besser schnell auf den Heimweg, bevor Sarah einen Krankenwagen schickt. Warum galoppieren Sie nicht schon vor, Charlie, und sagen ihr, dass wir unterwegs sind? Bill, hast du Lust, mitzukommen und mit uns zu essen?«

»Danke, aber ich –«

Bills Hände waren diesmal nicht ganz so ausdrucksvoll wie üblich. Vielleicht hatte er schlicht und einfach keine Lust, heute Abend bei den Kellings zu essen. Noch wahrscheinlicher war allerdings, dass er darauf brannte, sein Spionagenetz über Bartolo Arbalest und seine mittelalterliche Künstlergilde auszuwerfen. Max konnte den Mann verstehen. Wenn er zwei gesunde Gehwerkzeuge hätte, würde er jetzt sicher auch auf die Pirsch gehen. Max griff nach Onkel Fredericks Spazierstock und wappnete sich für den Heimweg.

Der Spaziergang durch den Common verlief ereignislos, wenn man von den diversen Notleidenden und ihren üblichen Bitten um milde Gaben absah, die weder Max noch Brooks ignorieren konnten. Als sie in die Tulip Street einbogen, bemerkte Max, dass Sarah hinter den Vorhängen am Bibliotheksfenster stand und nach ihnen Ausschau hielt. Die Ärmste, es fiel ihr bestimmt schwer, ihn nicht zu umsorgen. Sein Unfall hatte sie genauso mitgenommen wie ihn. Eigentlich war es gar kein Unfall gewesen, höchstens aus der Sicht der Personen, die ihn hatten umbringen wollen und ihr Ziel verfehlt hatten. Momentan fiel ihm zum Trost nichts Besseres ein als eine zärtliche Umarmung und ein dicker Kuss.

»Der Jäger kehrt heim zum wärmenden Herd. Wie geht's denn meinem *Fischele*?«

»Gut. Ich bin ja so froh, dass du heil wieder –«

Sarah konnte nicht weiter sprechen und schniefte kurz in Max' Hemdbrust, um zu zeigen, wie erleichtert sie war. Doch da kam auch schon Klein-Davy im Schlafanzug angerannt und wollte geknuddelt werden und mit dem silberköpfigen Spazierstock Steckenpferd spielen. Da er ein liebes Kind war, gab er sich mit Knuddeln zufrieden und verzichtete auf das Steckenpferd. Nachdem man versprochen hatte, ihm eine Gutenachtgeschichte zu erzählen, sobald Daddys Bein sich ein wenig ausgeruht hatte, rannte der Kleine hinter Charles her, um ihm beim Anziehen des Butlerjackets und Krawattenbinden behilflich zu sein.

»Theonia kommt gleich, sie zieht sich nur rasch um«, erklärte Sarah, als sie die Männer in die Bibliothek führte. »Darf ich euch einen Sherry einschenken? Oder wollt ihr lieber etwas anderes?«

»Setz dich, Sarah, ich kümmere mich schon um die Drinks.«

Brooks eilte flink wie ein Eichhörnchen davon und kehrte im Handumdrehen mit flüssigen Erfrischungen und einer Schale mit gesalzenen Erdnüssen zurück, einer Köstlichkeit, der sowohl Max als auch er völlig verfallen waren. Sie hatten es sich gerade gemütlich gemacht, als Theonia in einem aufwendigen neuen Gewand hereinschwebte, das aus diversen Einzelteilen kreiert war, die sie in unterschiedlichen Billigläden erstanden hatte. Theonia liebte elegante Gewänder fast ebenso sehr wie Brooks seine Erdnüsse, doch sie wäre nie extravagant genug gewesen, einfach loszugehen und sich eins zu kaufen. Außerdem machte Improvisieren viel mehr Spaß. Sie nahm dankend ein Glas Weißwein-Schorle aus der Hand ihres liebenden Gatten entgegen, bedankte sich mit einem zärtlichen Gurren und erhob ihr Glas.

»Auf unseren unverwüstlichen Max, mögen ihn seine Beine

noch lange tragen! Wir sind sehr stolz auf dich, Lieber. Sarah hat mir erzählt, du seist heute ganz allein ausgegangen.«

»Nur zum Büro«, antwortete Max bescheiden. »Bill Jones ist hereingeschneit und hat Guten Tag gesagt. In Zeichensprache, versteht sich. Und auf dem Hinweg habe ich zufällig Lydia Ouspenska getroffen.«

»Ach ja? Das war sicher eine angenehme Überraschung. Und sie war gesund und munter?«

»Erstaunlicherweise, ja. Woher weißt du das?«

Theonia zuckte mit den Achseln. Ihre eigenartige Fähigkeit, Dinge zu wissen, die ihr niemand erzählt hatte, war ihr stets ein wenig peinlich. »Es war nur eine Vermutung. Lydia ist eine Kämpfernatur. Was macht sie denn sonst so?«

»Vergüldet Lilien in einer Gilde.«

Max wiederholte Lydias Schilderung der Arbalestschen Werkstatt. Theonias große dunkle Augen weiteten sich vor Überraschung.

»Und sie lebt tatsächlich in diesem – *Kloster*? Das scheint mir das angemessene Wort dafür zu sein, findet ihr nicht? Wie überaus interessant. Man sollte annehmen, dass eine quirlige Person wie unsere liebe Gräfin sich durch so ein Leben ein wenig eingeengt fühlen würde.«

»Stimmt«, meinte Sarah. »Aber wenn man auf dem Zahnfleisch kriecht, spricht vieles für ein warmes Bett und drei Mahlzeiten am Tag. Lydia zeigte jedenfalls keinerlei Abneigung, in ihr Kloster zurückzukehren.«

Sarah schilderte in kurzen Worten ihre eigene Rolle bei der Begegnung. Das Gespräch hatte sich rasch von Davys großer Ähnlichkeit mit seinem Vater zu Lydias geschmackvoller Garderobe bewegt, danach hatte man sich ganz allgemein über die Mode vergangener Zeiten unterhalten. Sarah wusste eine Menge über längst vergangene Bekleidungsstile. Sie hatte nicht umsonst unzählige Kleidungsstücke von ihrer Mutter geerbt. Die Kellings und ihre Freunde vertraten seit jeher die Ansicht, man müsse möglichst viel aus seiner Garderobe herausholen. Und es konnte lange dauern, bis man ein Schnürkorsett oder einen Anzug aus echtem britischen Tweed aufgetragen hatte.

»Vielleicht hat Arbalest sie hypnotisiert.« Brooks meinte diese Hypothese nicht ernst, er wollte nur eine witzige Bemerkung machen.

Theonia dagegen nahm ihn beim Wort. »Ich könnte mir vorstellen, dass es wahnsinnig schwer ist, Lydia Ouspenska zu hypnotisieren, Liebling. Der schwierigste Teil wäre, sie dazu zu bringen, den Mund zu halten und sich zu konzentrieren. Es sei denn, der Hypnotiseur wäre ein ungewöhnlich attraktiver Mann. Du könntest es möglicherweise schaffen, Max.«

»Ich etwa nicht?« erkundigte sich Brooks ein wenig pikiert.

»Lydia würde dir gar nicht erst erlauben, es zu versuchen, Liebling. Sie weiß genau, dass sie es dann mit mir zu tun bekommt.« Theonia war das ungewöhnliche Resultat einer Begegnung zwischen einem Anthropologiestudenten eines der Ivy-League-Colleges und einer jungen Zigeunerin. Gelegentlich kam das mütterliche Erbe zum Vorschein, auch wenn die WASP-Hälfte noch so sehr für Gewänder aus der Zeit der Jahrhundertwende und die anspruchsvolle Etikette der verstorbenen Emily Post schwärmte. »Sarah fände die Situation höchstens ein wenig amüsant.«

»Aber wirklich nur ein wenig«, sagte Sarah. »Vielleicht schleiche ich kurz nach oben und schaue nach, ob mit Davy alles in Ordnung ist.«

»Das übernehme ich schon«, sagte Max. »Ich habe ihm schließlich eine Gutenachtgeschichte versprochen. Ihr braucht mit dem Abendessen nicht auf mich zu warten.«

»Schon in Ordnung. Nimm dir ruhig Zeit. Heute Abend hat es keiner eilig.«

Es kam nicht oft vor, dass die Familie die Möglichkeit hatte, richtig auszuspannen. Die drei blieben in der Bibliothek, genossen ihre Drinks und fachsimpelten, bis Max wieder nach unten kam. Kurz darauf verkündete Charles, das Abendessen sei fertig. Theonia sagte: »Sollen wir?«, und sie erhoben sich.

Auch mit dem Essen ließen sie sich viel Zeit, und mit dem Nachtisch sogar noch mehr. Danach kehrten sie wieder in die Bibliothek zurück und fachsimpelten weiter. Als Sarah Kaffee in die Mokkatässchen der Urgroßmutter ihres ersten Mannes goss, fiel ihr auf, dass sie und ihre Lieben ebenfalls eine Gilde, wenn auch nicht immer eine Wohngemeinschaft bildeten. In gewisser Weise war es angenehm, wieder in dem alten Haus zu sein, das sie einst als blutjunge Braut bezogen hatte und zehn Jahre später als Witwe wieder verlassen hatte, da ihre Wiederverheiratung bevorstand. Trotzdem konnte sie kaum erwarten, endlich mit Max und Davy in ihr neues Haus in Ireson's Landing zurückzukehren.

Lange würde es nicht mehr dauern, jetzt, wo Max wieder so gut laufen konnte. Vielleicht würden sie das Wochenende dort verbringen und sehen, wie sie zurechtkamen. Max' Neffe und dessen Freundin hüteten momentan das Haus. Wahrscheinlich sollte man sie rechtzeitig warnen, obwohl es eigentlich gar nicht so schlimm aussehen konnte, da Mr. Lomax sich um das Grundstück kümmerte, seine Nichte wie üblich zweimal die Woche zum Putzen kam und Schwägerin Miriam nur einen Katzensprung entfernt wohnte. Sarah listete gerade im Stillen alles auf, was sie noch kaufen und erledigen mussten, als plötzlich die Türglocke schrillte.

Es schellte dreimal kurz und nachdrücklich. Brooks sprang vom Sofa und war schon auf dem Weg. »Ich kümmere mich darum. Kein Grund, Charles damit zu behelligen.«

Spät abends im Haus in der Tulip Street die Tür zu öffnen, war immer ein wenig riskant. Es konnte jeder sein, angefangen mit Sarahs Onkel Jem, der sich auf dem Heimweg von einem alkoholtriefenden Abend mit irgendwelchen Kumpels befand, bis hin zu einem Juwelendieb, der frisch aus dem Gefängnis kam und sich an dem Mistkerl rächen wollte, der ihn hinter Gitter gebracht hatte. Die Tür zur Straße wurde erst abgeschlossen, wenn sie zu Bett gingen, doch die innere Tür war gesichert wie ein Banksafe. Und Brooks Kelling hatte die lila Fensterscheiben nicht zum Spaß durch kugelsicheres Panzerglas ersetzt.

Der Besucher hatte die Gesichtskontrolle offenbar problemlos bestanden, denn Brooks führte kurze Zeit später einen relativ groß gewachsenen Mann mittleren Alters ins Zimmer. Der Neuankömmling trug ein zwar abgetragenes, aber gut sitzendes Tweedjackett mit Wildlederflicken an den Ellenbogen, dazu eine alte, aber ebenfalls gut geschnittene Flanellhose, ein hellblaues Baumwollhemd und eine schlichte, ungemusterte Fliege von undefinierbarer Farbe. Er gehörte zu den Menschen, die jeden an jemand anderen erinnern, etwa an den verstorbenen Leverett Saltonstall. Oder, noch wahrscheinlicher, an irgendeinen Verwandten, der an einer der zahlreichen Bostoner Schulen oder Colleges irgendein stinklangweiliges Fach unterrichtete, stets bei Beerdigungen auftauchte und sich über verstorbene Familienmitglieder ausließ, die keiner der Anwesenden je im Leben zu Gesicht bekommen hatte. Was aber auch niemand bedauerte. Nach kurzem Nachdenken fiel Sarah ein, wer der Mann war. Er hieß Carnaby Goudge, und sein Allerweltsgesicht war sein Kapital.

Leute, die Leibwächter engagieren, wollen oft nicht, dass man ihren Beschützern ihre Funktion ansieht oder anmerkt. Jemand, der vielen Menschen ähnlich sieht, mit dem richtigen Akzent spricht, wenn er denn spricht, der als Kammerdiener, Schwager oder unentbehrlicher Büroangestellter durchgeht und trotzdem im kritischen Moment schnell genug zieht, um seinen momentanen Arbeitgeber vor Unheil zu schützen, braucht sich um seinen nächsten Job keine Sorgen zu machen.

Carnaby Goudge gehörte zwar nicht zum engeren Freundeskreis der Kelling-Bittersohns, doch man begegnete ihm regelmäßig an allen möglichen Orten. Meist war er der Unauffälligste im Gefolge eines mächtigen Mannes. Der allwissende Bill Jones hatte vor kurzem erwähnt, dass der Leibwächter sich wieder in der Gegend von Boston befände, hatte aber noch nicht herausgefunden, was er dort machte. Man begrüßte einander freundlich. Sarah bot ihm eine Tasse Kaffee an, Theonia schlug Brandy vor. Goudge entschied sich für den Brandy.

»Aber nur ein Schlückchen, vielen Dank. Zuerst möchte ich

mich dafür entschuldigen, dass ich Sie zu so später Stunde überfalle. Aber es war die erste Möglichkeit, die sich mir bot, und ich dachte, Sie hätten vielleicht Interesse an ein paar Informationen. Angesichts des kleinen Zwischenfalls heute Nachmittag«, fuhr er mit einem leichten Zucken seiner Lippen fort, was für seine Verhältnisse so gut wie ein Lächeln war, »muss ich sagen, dass ich recht beeindruckt war, wie schnell und geschickt Sie reagiert haben. Auch wenn der Aufwand völlig unnötig war.«

»Sie meinen Lydia Ouspenska?« fragte Sarah. »Dann sind Sie ihr also gefolgt? Ich habe Sie gar nicht bemerkt. Aber das war ja wohl auch nicht beabsichtigt, oder?«

»Sehr richtig, Mrs. Bittersohn. Madame Ouspenskas Zusammentreffen mit Mr. Bittersohn war zweifellos zufällig, doch als seine Gattin genau in dem Moment auftauchte, als Madame aus dem Lebensmittelgeschäft trat, wurde ich stutzig. Und als dann auch noch ein Pärchen ihre Spur aufnahm, war ich mir ganz sicher. Für Amateure gar nicht mal schlecht, wie ich zugeben muss. Haben Sie die beiden schon früher eingesetzt?«

»Eigentlich handelt es sich bei den beiden um unser Hausmädchen und unseren Butler, zumindest geben sie vor, dies zu sein. Sie wohnen hier und stehen uns in vielerlei Hinsicht hilfreich zur Seite. Charles ist eigentlich Schauspieler und kann sich hervorragend tarnen. Heute war er nicht so überzeugend wie sonst, aber er hatte auch nur wenige Minuten Zeit, sich auf seine Rolle vorzubereiten. Gehe ich recht in der Annahme, dass Sie Lydias offizieller Leibwächter sind?«

»Sie ist nur eine von meinen Schützlingen. Mr. Arbalest ist sehr um das Wohl seiner Künstler besorgt. Und um sein eigenes, wie ich nicht eigens hinzuzufügen brauche. Aber hin und wieder müssen sie einfach das Haus verlassen, auch wenn er dies nicht gern sieht. Auf sie aufzupassen ist ein Vollzeitjob. Ich hoffe, es ist Ihnen klar, dass all dies streng vertraulich ist.«

»Und dass der eigentliche Grund Ihres Kommens darin besteht, uns zu sagen, dass wir Ihnen nicht ins Gehege pfuschen sollen«, fügte Max ohne Groll hinzu.

»Ich sehe lediglich keinen Grund für unnötige Energieverschwendung. Außerdem macht es mir natürlich mehr Arbeit, wenn Sie kommen und herumschnüffeln. Entschuldigung, das klang jetzt sehr unhöflich, aber Sie können sich sicher vorstellen, welche Probleme man bekommt, wenn man jemandem unauffällig folgen soll und sich die Keystone Kops plötzlich an seine Fersen heften. Oje, schon wieder eine taktlose Bemerkung.«

»Schon gut, Goudge, wir haben verstanden. Aber warum die ganze Geheimniskrämerei? Seit wann hat Lydia Ouspenska etwas gegen männliche Begleiter?«

Goudge räusperte sich sehr dezent. »Wie den umwerfenden Max? Die Dame erwähnte beim Mittagessen, sie habe einen lieben alten Freund getroffen, den sie seit Ewigkeiten nicht gesehen habe. Lydia deutete auf nicht sehr subtile Weise an, dass sie früher mal mit Ihnen – na ja. Aber Madame Ouspenskas Schwäche für – nennen wir es kreative Konversation – ist mir schon lange aufgefallen. Ich verstehe sehr wohl, dass Sie stehen geblieben sind, um ein wenig mit ihr zu plaudern. Es steht Ihnen selbstverständlich frei, dies jederzeit wieder zu tun, wenn sich die Gelegenheit bieten sollte. Ich hoffe nur, Sie hatten nicht vor, sie in Ihr Heim einzuladen, denn das könnte mich in ziemliche Verlegenheit bringen. Sie müssen wissen, dass ich offiziell ausschließlich als Mr. Arbalests Privatchauffeur und Botenjunge engagiert wurde. Seine Künstler sollen nicht wissen, dass ich außerdem den Schutzengel für sie spiele.«

»Aber warum nicht, Mr. Goudge?« erkundigte sich Theonia. »Vertraut Arbalest seinen Angestellten nicht?«

»Oh, damit hat es nichts zu tun, Mrs. Brooks. Es geht ihm nur um ihre persönliche Sicherheit. Mr. Arbalest macht sich Sorgen, wissen Sie. Wozu er auch allen Grund hat, wenn man bedenkt, was bisher alles passiert ist.«

»Und was wäre das?« fragte Brooks. »Ich sollte vielleicht erwähnen, dass Arbalest auch mich mal gefragt hat, ob ich für ihn arbeiten wollte. Damals, als er noch den Laden in New York hatte. Ich wusste zwar, dass er Probleme hatte, Leute zu finden, die für ihn arbeiten wollten, konnte mir aber absolut nicht vorstellen, wofür er mich engagieren wollte. Antiquitäten zu restaurieren ist wirklich nicht mein Ding.«

»Mr. Arbalest war damals vielleicht schon ziemlich verzweifelt. Er hatte einen Assistenten durch eine sehr merkwürdige Art von Lebensmittelvergiftung verloren. Ein anderer soll angeblich von der Brooklyn Bridge gesprungen sein. Ein Dritter, der mit Chemikalien arbeitete, machte einen fatalen Fehler und bekam eine Nase voll Zyanid ab. Man munkelte, dass ein Job bei Bartolo Arbalest ungesund wäre. Schließlich musste er seinen Laden zumachen und in eine andere Stadt ziehen.«

»Wohin ist er denn gezogen?«

»Zuerst nach Los Angeles, was sich als Fehler herausstellte. Dann in die Stadt in Texas, in der es diese rosa und blauen Wolkenkratzer gibt. Houston, heißt sie, glaube ich. Eine Zeit lang hat Mr. Arbalest gut an den Ölbaronen verdient, doch er hasste das Klima. Und dann fing wieder alles von vorne an. Seine Illuminatorin verlor ohne ersichtliche Ursache die Kontrolle über ihr Fahrzeug und prallte gegen einen Brückenpfeiler. Die Ärmste war auf der Stelle tot. Eine andere Angestellte von ihm wurde angeblich überfallen und mit einem Hanfseil erdrosselt. Schließlich bekamen die anderen Kunsthandwerker Wind davon, was in New York und L.A. passiert war. Sie deuteten es als ein böses Omen und machten sich alle miteinander davon, solange sie noch dazu in der Lage waren.«

»Arbalest hielt es daraufhin für das Vernünftigste, an die Ostküste zurückzukehren«, sagte Max. »Aber nicht nach New York. Anscheinend will er diesmal auf Nummer Sicher gehen.«

»Sehr richtig. Sicherer geht es gar nicht. Mr. Arbalest hatte die wirklich kluge Idee, seine Künstler mehr oder weniger in Schutzhaft zu nehmen. Bisher scheint das recht gut zu klappen. Im Haus herrscht so etwas wie Gralshüter-Atmosphäre, alle tragen vornehme grüne Kittel, schwarze Samtbarette und große, locker gebundene Seidenkrawatten. Er führt mit ihnen tief schürfende Diskussionen über die mystische Bedeutung des Zusammenfügens zerbrochener Teile. Nur schade, dass all die schönen Techniken nicht auch bei Menschen funktionieren. Und er kocht ihnen – uns, sollte ich wohl sagen, da er mich schließlich auch bei sich wohnen lässt – üppige Mahlzeiten. Dazu werden die besten Aperitifs und Tafelweine gereicht, über die wir ebenfalls lang und breit zu diskutieren pflegen. Es ist alles ziemlich erhebend.«

»Kann ich mir gut vorstellen«, meinte Brooks mitfühlend. »Müssen Sie auch einen Kittel und ein Barett tragen wie die anderen?«

»Der Herrgott bewahre mich davor, natürlich nicht! Ich bin schließlich nur der Chauffeur. Doch ich verfüge über eine schmucke Uniform in Braun- und Rosttönen, passend zu Mr. Arbalests Rolls-Royce aus dritter Hand. Jodhpurs und Stiefel gehören ebenfalls dazu, wahrscheinlich für den Fall, dass Mr. Arbalest beschließt, den Rolls gegen eine Pferdekutsche auszutauschen. Im Haus trage ich lediglich ein Sakko, eine schwarze Weste und eine Hose mit Nadelstreifen. Und nehme Anrufe entgegen, wobei ich angehalten bin, auf elegante Art Arroganz mit Freundlichkeit zu verbinden. Wenn es sich bei dem Anrufer um einen besonders wohlhabenden Kunden handelt, ist es mir gestattet, ihm eine Extradosis Freundlichkeit zu verabreichen. Ich nehme an, Sie wissen, wie Mr. Arbalest den Kontakt zu seinen Kunden handhabt.«

Max nickte. »Lydia hat mir erzählt, er nehme nur Aufträge an, die ihm von den besseren Galerien und Auktionshäusern vermittelt werden. Außerdem wolle er nicht, dass die Kunden wissen, wo sich seine Werkstatt befindet, und schon gar nicht, dass sie dort auftauchen. Er treffe seine Verabredungen nur telefonisch oder schriftlich und besuche seine Kunden dann mit viel Brimborium und Fanfarengeschmetter. Und Sie stehen wahrscheinlich in Ihren Jodhpurs stramm, nehme ich an?«

»O ja«, sagte Goudge. »Ich folge dem Meister im respektvollen Abstand von drei Schritten, trage weiße Handschuhe und eine Aktentasche, eine Mappe oder ein Lederköfferchen, je nach Größe, Form und Zustand des Objekts, das auferstehen soll.

Sollte ein Kunde so freundlich sein, mir einen Platz anzubieten, schenke ich ihm nur einen mitleidigen Blick und stelle mich wachsam und einsatzbereit hinter den Stuhl, auf dem Mr. Arbalest inzwischen Platz genommen hat.«

»Und was machen Sie, wenn der Stuhl an der Wand steht oder so etwas?«

»In diesem Fall versuche ich, das Beste aus der Situation zu machen. Abgesehen von der Sicherheit, die ich ihm biete, glaubt Mr. Arbalest, dass meine Anwesenheit sich hemmend auf die Redseligkeit des potentiellen Kunden auswirkt. Er zieht es vor, den Löwenanteil des Gespräches selbst zu übernehmen. Wenn die Unterredung beendet ist und der Kunde den Vertrag unterzeichnet hat, was unweigerlich geschieht, da Mr. Arbalest ein äußerst überzeugender und geschäftstüchtiger Mann ist, öffne ich die Mappe oder was immer ich bisher bewacht habe. Ich stehe weiterhin stramm, während er eigenhändig das kränkelnde Kunstwerk hineinlegt. Mittlerweile trägt er ebenfalls weiße Handschuhe, die ich aus Mappe oder Koffer hervorgeholt habe und die er mit meiner Hilfe angelegt hat. Meine nächste Aufgabe besteht darin, Tasche, Mappe oder Koffer mittels Reißverschluss, Schnappschloss oder anderweitigem Verschluss zu schließen. Nach der Verabschiedungszeremonie, die für meinen Geschmack immer ein wenig zu lange dauert, schreite ich vor Mr. Arbalest her zum Wagen und öffne ihm mit meiner freien Hand den Schlag. Das Objekt stelle ich respektvoll vorn auf den Beifahrersitz. Daraufhin nehme ich meinen Platz hinter dem Steuer ein und fahre los. Ich will nicht prahlen, aber wir bieten unseren Kunden wirklich eine erstklassige Vorstellung.«

Kapitel 4

»Vielleicht sollten Sie einen Film daraus machen«, meinte Max. »Wie viele Vögel flattern denn in Arbalests goldenem Käfig?«

»Acht, mich selbst und das Hausmädchen mitgerechnet.«

»Acht? Das ist ja ein ziemlich großer Haushalt. Würde es Ihnen etwas ausmachen, mir zu sagen, um wen es sich handelt?«

»Ist es wichtig für Sie?«

»Wahrscheinlich nicht. Ich würde es nur gern wissen.«

»Okay, Bittersohn. Ich bin Ihnen schließlich noch was schuldig. Da wäre zunächst Madame Ouspenska, die Sie ja bereits kennen. Wahrscheinlich besser als ich, könnte ich mir vorstellen. Sie ist die einzige Frau außer Katya.«

»Katya ist das Hausmädchen?«

»Ja. Schon älter, hässlich, kann kaum Englisch, nicht gerade die Hellste, aber gutmütig und fleißig. Wahrscheinlich wurde sie wegen ihres Mangels an Sex-Appeal und ihrer Putzwut eingestellt. Als er vor der Wahl stand, entweder Katya oder einen Harem einzuquartieren, dachte Arbalest wahrscheinlich, Katya sei preiswerter zu beköstigen und leichter zu lenken.«

Max lächelte. »Das wirft einige interessante Fragen auf.«

»Ich weiß«, sagte Goudge. »Und ich könnte Ihnen darauf einige interessante Antworten geben, aber das lasse ich lieber. Um mit der Inventarliste fortzufahren, da wäre Marcus Nie, etwa fünfundvierzig, hager, schütteres Haar, schweigsam. Völlig seiner Kunst ergeben, die hauptsächlich darin besteht, von großen Gemälden mit weidenden Kühen und Schafen den alten Firnis abzutupfen oder abzuschaben, soweit ich dies beurteilen kann. Rosa Bonheur und dergleichen, wenn Sie wissen, was ich meine.«

Goudge tat die erste Frau, die das Große Kreuz der Französischen Ehrenlegion erhalten hatte, mit einem Fingerschnippen ab. »Kurz gesagt, Nie macht die Drecksarbeit. Der nächste Restaurateur ist Art Queppin. Fett, haarig, redselig, extravagant, geht auf die sechzig zu. Schmettert bei der Arbeit obszöne Lieder. Womit er Nie erbost, der in einer separaten Stallbox gehalten werden muss, damit er sich auf sein ewiges Tupfen und Schaben konzentrieren kann. Queppin ist der Geschicktere von den beiden. Er erledigt die wichtigeren Arbeiten, zieht Leinwände neu auf und retuschiert die kahlen Stellen an Großvaters Koteletten. Gelegentlich legt Mr. Arbalest auch selbst Hand an, wenn er nicht gerade unterwegs ist, um das Geschäft anzukurbeln. Er ist der beste von den dreien. Aber er wird nervös, wenn er zu lange stillsitzen und sich mit ein und derselben Sache beschäftigen muss.«

Brooks lachte. »Daran erinnere ich mich. In New York kam Bartolo dauernd in einen bestimmten Coffee Shop. Er setzte sich so hin, dass er seine Ladentür gut im Blick hatte, und rannte sofort nach draußen, wenn ein potentieller Kunde auftauchte. Meistens mit einem halben Doughnut in der Hand. Heute würde er sich wahrscheinlich völlig anders verhalten, wohlsituiert, wie er jetzt ist.«

»Der Ärmste«, sagte Theonia. »Der Gefängniswärter wird immer auch selbst zum Gefangenen. Wie merkwürdig, dass Mr. Arbalest sich ausgerechnet dieses Schicksal ausgesucht hat.«

»Ich finde es eher merkwürdig, dass seinen Mitarbeitern so viele schreckliche Dinge zugestoßen sind. Diese Häufung von Unfällen kann unmöglich zufällig sein. Man fragt sich unweigerlich, ob Arbalest der Bösewicht oder das Opfer ist.«

»Das Opfer«, antwortete Brooks ohne zu zögern. »Obwohl ich zugeben muss«, fügte er etwas langsamer hinzu, »dass nur ein Wahnsinniger auf die Idee käme, einen Menschen zu quälen, indem er seine Angestellten umbringt.«

»Da kann ich nur zustimmen. Aber nehmen wir einmal an, Arbalest hätte eine Art Restaurationswerkstatt für gestohlene Kunstwerke betrieben, die während des Transports beschädigt worden waren. Dann wäre es natürlich möglich, dass seine ermordeten Angestellten einfach die falschen Fragen gestellt oder versucht haben, ihren Arbeitgeber zu erpressen, als sie herausfanden, was in dem Laden wirklich vor sich ging. Gibt das nicht mehr Sinn als Massenmord, nur um jemanden zu ärgern?«

»Sarah, ich habe bereits gesagt, dass Bartolo immer den Ruf hatte, absolut ehrlich zu sein.«

»Ich weiß, Brooks. Den brauchte er ja wohl auch, oder? Eine Fassade kann man leicht aufrechterhalten. Wirklich wichtig ist das, was dahinter geschieht. Wenn Mr. Arbalest tatsächlich ein so exzellenter Verkäufer ist, wie Mr. Goudge sagt, ist er vielleicht auch ein hervorragender Schauspieler, oder? Tut mir leid, Mr. Goudge, ich wollte Sie nicht unterbrechen. Sie haben uns bisher von vier Künstlern erzählt, Lydia inbegriffen. Wer sind die anderen beiden?«

»Lassen Sie mich vorausschicken, Mrs. Bittersohn, dass es keinerlei Anhaltspunkte dafür gibt, dass Mr. Arbalest in irgendwelche Heimlichkeiten verstrickt ist. Was natürlich nicht bedeutet, dass er dies nicht gern wäre. Bitte vergessen Sie nicht, dass ich tagtäglich fast ununterbrochen mit ihm zusammen bin oder mich in seiner Nähe aufhalte. Außerdem bin ich ein professioneller Beobachter, um es einmal bescheiden auszudrücken.«

Carnaby Goudge gönnte sich ein weiteres vorsichtiges Schlückchen Brandy. »Zugegeben, man könnte die Hypothese aufstellen, dass Mr. Arbalest bewusst abwartet. Er führt ein Leben als unbescholtener Geschäftsmann und wehrt rücksichtslos alle Annäherungsversuche der kleinen Fische ab, die in der Kunstunterwelt herumschwimmen, während er nur darauf wartet, dass ihm ein wirklich dicker Fisch ins Netz geht. Schließlich weiß man ja, dass Verbrechen von historischem Ausmaß nicht allzu häufig sind. Hoffentlich wird der legendäre Jahrhundertcoup nicht gelandet, während ich für Mr. Arbalest arbeite. In diesem Fall wäre es lästig, mich im Haus zu haben, und äußerst gefährlich, mich gehen zu lassen.«

Er schaute freundlich in die Runde. »Natürlich immer nur unter der Voraussetzung, dass Mr. Arbalest tatsächlich einen geheimen Augiasstall besitzt und wirkungsvolle Ausmistungsmethoden kennt. Bisher habe ich keinerlei Hinweise für etwas

Derartiges finden können. Sonst säße ich sicher nicht hier und würde Ihnen mein Herz ausschütten, sondern wäre längst auf dem Weg nach Paraguay. Aber kommen wir auf Ihre Frage zurück, Mr. Bittersohn. Die anderen beiden Künstler sind Peter Laer und Jacques Dubrec. Laer ist Holzschnitzer, Dubrec eine Art Allroundtalent mit verschiedenen Schwerpunkten. Er übernimmt die Arbeiten, die sonst niemand ausführen kann. Er repariert beispielsweise altes Porzellan und spezielle Kunstobjekte. Besonders ganz kleine, empfindliche Stücke, die am fragilsten sind.«

»Derartige Arbeiten machen wahrscheinlich einen Großteil des Geschäfts aus«, meinte Theonia.

»Da haben Sie Recht, Mrs. Kelling, genauso ist es. Nach Gemälden und Drucken ist dieser Bereich wohl der lukrativste. Das Schlusslicht bilden antike Holzarbeiten, doch auch sie sind nicht zu unterschätzen. Die meisten Aufträge kommen von Antiquitätenhändlern und Auktionshäusern. Das Atelier nimmt allerdings keine wirklich großen Objekte zur Bearbeitung an, dies würde die Kapazität von Mr. Arbalests momentanem Unternehmen übersteigen. Laer schnitzt neue Flügel für antike deutsche Engel, kopiert zerbrochene Stuhlbeine oder kreiert neue Verzierungen für beschädigte Kommoden.«

»Aber mindert eine Reparatur nicht den Wert einer Antiquität?« fragte Theonia.

»Das hängt ganz vom jeweiligen Zustand ab. Einige Objekte sind so stark beschädigt, dass sie nur noch aus Bruchstücken bestehen. Die Reste zusammenzusetzen und die fehlenden Teile anzufertigen und hinzuzufügen macht das jeweilige Objekt überhaupt erst wieder benutzbar. Eine Restauration ist in diesem Fall sehr viel wünschenswerter als eine simple Kopie. Wenn es sich um einen beschädigten Altar, ein geschnitztes Treppengeländer oder etwas in dieser Art handelt, verlässt Laer gelegentlich das Atelier und schaut sich persönlich an, was getan werden muss. Er fertigt Skizzen an, macht Fotos. Vielleicht nimmt er sogar den beschädigten Abschnitt heraus, um ihn zu restaurieren oder zu kopieren, kehrt zum Atelier zurück und macht sich an die Arbeit. Zum Schluss geht er zurück, um letzte beschädigte Teile zu entfernen und die neu angefertigten Teile einzufügen.«

»Und Sie begleiten ihn und passen auf.«

»Richtig. Ich halte die Leiter und reiche ihm den Leimtopf an. In angemessen unterwürfiger Manier, versteht sich, damit der Kunde sieht, wie klug er war, einen so hervorragenden Kunsthandwerker zum Füllen seiner Holzwurmlöcher engagiert zu haben. Wir verlassen uns natürlich darauf, dass unser Kunde später etwaige eigene Kunden darauf aufmerksam macht, dass bestimmte Teile restauriert wurden, falls er das Kunstwerk weiterverkaufen möchte.«

»Aber es steht natürlich nicht im Vertrag, dass Sie neben ihm stehen und sicherstellen, dass er es tatsächlich tut«, meinte Max. »Wie würden Sie Laer und Dubrec beschreiben?«

»Ich halte sie für die normalsten Mitglieder unserer modernen *Schildersbent.* Beide sind schon älter. Laer ist Witwer und hat erwachsene Kinder, einen Sohn und eine Tochter, die beide glücklicherweise im Ausland leben. Sie haben durchaus Kontakt, schreiben regelmäßig einmal im Monat und rufen an den wichtigsten Feiertagen an. Sie scheinen aber kein besonderes Bedürfnis zu haben, ihren Vater zu besuchen, was Mr. Arbalest wahrscheinlich ohnehin nicht gestatten würde. Ich glaube, Dubrec war auch mal verheiratet, doch er spricht nicht darüber.«

»Noch ein schweigsamer Typ?«

»Ganz im Gegenteil. Was die Redseligkeit betrifft, kommt er direkt nach Mr. Arbalest und Madame Ouspenska. Zumindest wenn die Gruppe sich zum gemütlichen Beisammensein um das Kaminfeuer schart, wobei die Runde natürlich um diese Jahreszeit nicht vor dem Kamin stattfindet. Es ist ohnehin nur ein Gasfeuer. Verzeihung, ich schweife ab. Im Übrigen möchte ich mich vielmals dafür entschuldigen, dass ich so viel von Ihrer kostbaren Zeit in Anspruch genommen habe. Aber ich habe nur selten Gelegenheit, mit Kollegen zu sprechen, wenn ich mir die Freiheit erlauben darf, sie als solche zu bezeichnen.«

»Natürlich dürfen Sie das.« Max stand auf und griff nach seinem Spazierstock. »Schauen Sie ruhig herein, wenn Sie wieder mal in der Nähe sind, Goudge. Es ist meistens jemand zu Hause. Unser Spion hat übrigens erwähnt, er habe einen asiatisch aussehenden Mann bemerkt, der auf dem Weg hinter Arbalests Haus Aerobic-Übungen gemacht habe. Gehört er zufällig auch zur Gilde? Relativ langes Haar mit grauen Strähnen? Angeblich trug er einen leuchtend roten dicken Jogginganzug.«

Goudge verzog kaum merkbar die Lippen. »Wenn ich mich richtig erinnere, haben Sie eben erwähnt, dass Ihr Mann Schauspieler ist. Vermutlich hat er in Wirklichkeit nur irgendein Wäschestück gesehen, das im Wind an der Leine flatterte. Wir wohnen nahe am Fluss, wissen Sie. Im Haus gegenüber, auf der anderen Seite des Weges, wohnt im Erdgeschoss eine Frau, die regelmäßig merkwürdige Gewänder an einen dieser aufklappbaren Wäscheständer hängt. Sie glaubt noch an das Gute im Menschen und hat anscheinend keinerlei Angst, bestohlen zu werden. Entweder sie verfügt über einen ausgesprochen exzentrischen Geschmack, was ihre Kleidungsstücke betrifft, oder sie ist eine Art Kostümdesignerin.«

Er tat die Frau in der Erdgeschosswohnung mit einem Schulterzucken ab. »Wie ich bereits sagte, bemerkte ich Ihren Mann und seine Freundin sofort, als sie auf der Bildfläche erschienen. Nachdem wir Madame Ouspenska gemeinsam nach Hause geleitet hatten, begab sich Ihr Pärchen zur Berkeley Street und trennte sich dort. Die Dame marschierte geradeaus in Richtung Newbury. Der Mann ging in den Weg, um nachzusehen, ob Mr. Arbalest auch die Fenster an der Rückseite des Hauses mit Gittern versehen hat. Was mich übrigens ziemlich beeindruckte. Ich glaube, mit ein wenig Übung wäre Ihr Mann recht gut. Falls Sie allerdings planen, ihn häufiger als Beobachter einzusetzen, sollten Sie dafür sorgen, dass er seine Augen untersuchen lässt. So, ich mache mich jetzt besser auf den Heimweg, bevor Mr. Arbalest einen Wutanfall bekommt. Vielen Dank für Ihre Gastfreundschaft. Meine Damen, es war mir ein Vergnügen.«

»Kaum zu glauben«, sagte Max, nachdem er den unerwarteten Gast sicher zur Tür geleitet hatte und zurück zur Bibliothek gehumpelt war. »Könnt ihr euch erklären, warum Goudge heute Abend so gesprächig war?«

»Elementar, mein lieber Watson, elementar«, sagte Brooks. »Er wusste, dass Bartolo und ich alte Bekannte sind, und nahm daher an, dass ich bereits von Bartolos bizarrer Katastrophenserie wusste oder zumindest leicht alles darüber herausfinden konnte. Er hat gesehen, wie Lydia dich und Sarah wie alte Freunde begrüßt hat, war jedoch nicht nah genug, um zu hören, was genau sie zu euch gesagt hat. Er dachte, sie hätte euch einiges über das Atelier erzählt. Indem er herkam und uns Dinge mitteilte, die wir seiner Meinung nach ohnehin bereits wussten, schuf er eine Atmosphäre von Vertrauen und Verbundenheit. Oder dachte dies zumindest. Brückenbauen nennt man so etwas, glaube ich.«

»Warum hat er dann seine Brücke wieder in die Luft gesprengt, indem er uns diese dämliche Lüge über den Mann auf dem Weg aufgetischt hat?«

»Vielleicht sollte *er* sich die Augen untersuchen lassen?« mutmaßte Sarah. »Oder unser Sportfan ist einer der Kunsthandwerker, hat sich während der Arbeitszeit heimlich aus dem Atelier geschlichen, und Goudge wollte ihn decken?«

»Aber warum?«

»Damit Brooks Mr. Arbalest nichts davon erzählt? Nein, das gibt keinen Sinn. Wenn der Mann eigentlich gar nicht dort sein durfte, warum hat er sich dann so auffällig benommen, ist herumgehüpft und hat in die Hände geklatscht? Ich verstehe das alles nicht.«

»Wer immer es auch war, auf ihn passt keine von Goudges Beschreibungen«, sagte Brooks.

»Mr. Goudge hat Laer und Dubrec eigentlich gar nicht näher beschrieben«, konstatierte Theonia.

»Aber er hält sie für die Normalsten in Arbalests Truppe. Und ich kann beim besten Willen nichts Normales darin erkennen, wenn ein Typ in aller Öffentlichkeit bei dieser Affenhitze in einem dicken Jogginganzug herumhüpft.«

»Falls es überhaupt ein Mann war, Liebling. Es hätte genauso gut eine Frau sein können. Es ist nur schwer festzustellen, wenn jemand kopfüber in einem weiten Trainingsanzug hin und her schwingt. In diesem Fall würde sie nicht zur Gilde gehören.«

»Wer weiß«, sagte Sarah. »Wahrscheinlich habt ihr euch Katya genauso vorgestellt wie ich. Blond, stämmig und slawisch, nur weil sie einen russisch klingenden Namen hat. Aber Eltern geben ihren Kindern oft die merkwürdigsten Namen. Wenn Goudges Beschreibung stimmt, gehört Katya wohl nicht zu den Frauen, für die man bereitwillig lügen würde. Oder glaubt ihr, dass Mr. Arbalest eine heimliche Geliebte hat, die er in einer geheimen Kammer hinter dem Boiler oder so versteckt? Da er selbst diese reichlich merkwürdigen Sicherheitsvorkehrungen getroffen hat, sollte er auch wissen, wie man sie umgeht. Wie schwierig wäre es wohl, Mr. Goudge zu täuschen, Max? Ist er wirklich so gut, wie er selbst zu glauben scheint? Was wissen wir über ihn?«

»Nicht viel. Man munkelt, er käme aus einer wohlhabenden Familie in Connecticut und habe in Yale oder Brown oder einem der anderen traditionsbewussten Colleges der Ivy League studiert.«

»Kann ich mir lebhaft vorstellen.« Als echte Bostonerin war Sarah von Yale und Brown wenig beeindruckt. »Was hat er denn studiert?«

»Anscheinend gar nichts. Soweit ich gehört habe, hatte er zwei Hobbys: Scheibenschießen und Pirschjagd. Aber er hat die Tiere nicht getötet, er ist ihnen nur nachgeschlichen und hat sie beobachtet. Nachdem er das College an den Nagel gehängt hatte, versuchte er sein Glück als Tierfotograf. Als das auch nicht klappte, hatte er die brillante Idee, ein professioneller Pirschjäger zu werden. Er arbeitete eine Weile für eine Detektei, danach startete er eine Solokarriere als Leibwächter. Er scheint fleißig, kompetent und gewissenhaft zu sein. Außerdem ist er wohl relativ vertrauenswürdig, sonst wäre er längst nicht mehr im Geschäft. Goudge scheint problemlos Arbeit zu finden. Anscheinend erhält er seine Aufträge durch Mund-zu-Mund-Propaganda. Er betreibt keine Werbung für sich. Soweit ich weiß, besitzt er nicht einmal ein eigenes Büro. Fällt dir sonst noch irgendetwas zu ihm ein, Brooks?«

»Nur eine Kleinigkeit noch. Goudge braucht vielleicht kein Büro, aber er muss irgendwo eine Art Versteck haben, in dem zumindest ein Anrufbeantworter, ein zweites Paar Turnschuhe und diverse Kleidungsstücke für seine verschiedenen Rollen vorhanden sind. Ich könnte mir vorstellen, dass er ein kleines Apartment in einem etwas heruntergekommenen Gebäude irgendwo hier in Boston oder vielleicht drüben in der Gegend vom Central Square hat.«

»Und ich könnte mir vorstellen, dass mein wanderlustiger Gatte gleich ins Bett geht«, sagte Sarah. »Ich will dich nicht bemuttern, Max, aber ich möchte nicht, dass du morgen beim Aufstehen steif wie ein neuer Stiefel bist. Soll ich dir ein Bad einlaufen lassen?«

Heiße Bäder gehörten zu Max' Therapie, doch er schüttelte den Kopf. »Heute Abend nicht, danke, ich werde mich nur kurz abduschen. Zu langes Einweichen macht mich kribbelig. Arbalests merkwürdiges Etablissement hat eine ähnliche Wirkung auf mich. Warum interessieren wir uns bloß alle so sehr dafür?«

»Weil Lydia etwas damit zu tun hat«, sagte Brooks. »Daher nehmen wir naturgemäß an, dass irgendetwas Verrücktes und möglicherweise sogar Illegales dahinter steckt. Und weil ausgerechnet Charles unterstellt wird, er könne ein Kleidungsstück an der Wäscheleine nicht von einem Asiaten im Jogginganzug unterscheiden. Theonia, soll ich uns noch einen Tee kochen?«

Seine Gattin schüttelte ihr gelocktes Haupt. »Nein, Liebster, heute Abend lese ich nicht aus den Teeblättern. Ich fühle mich ganz und gar nicht orakelhaft, nur erschöpft. Und glücklich, endlich zu Hause zu sein. Ich glaube, ich gehe auch zu Bett. Komm bald nach, Brooks. Du hast mir schon den ganzen Tag gefehlt.«

Kapitel 5

Es ist eine altbekannte Tatsache: Sobald man ein bestimmtes Wort, einen Namen oder eine Situation erst einmal bewusst registriert hat, stößt man plötzlich immer wieder darauf. Nur zwei Tage nachdem sie von Bartolo Arbalest und seiner geheimen Werkstatt erfahren hatten, widerfuhr genau dies den Bewohnern der Tulip Street.

Eigentlich widerfuhr es Max. Da er nicht unbedingt zu den Frühaufstehern gehörte, gönnte er sich noch eine Extratasse Kaffee, nachdem sich Brooks zu einer für Max nachtschlafenden Zeit ins Büro aufgemacht hatte. Auch die übrigen Bewohner des Hauses gingen bereits ihren verschiedenen Pflichten nach. Max hatte von seiner Schwester als Genesungsgeschenk ein schnurloses Telefon bekommen und sich angewöhnt, es stets bei sich zu tragen, um auf diese Weise seine eingeschränkte Gehfähigkeit zu kompensieren. Nun klingelte das Telefon, und er meldete sich. Er hätte mit allen möglichen Anrufern gerechnet, nur nicht mit Cousin Percy Kelling.

Ob es sich bei Percy eher um Sarahs als um Brooks' Vetter handelte, war in diesem konkreten Fall irrelevant. Percy war der Sohn von Theodore Kelling. Lange bevor Sarah in Max Bittersohns Leben getreten war, hatte eben dieser Onkel Theodore, der wahrscheinlich gar kein richtiger Onkel, sondern, wie in der komplizierten Kelling-Genealogie üblich, ein Verwandter um diverse Ecken war, Max engagiert und ihn beauftragt, seine gestohlenen Corots zu finden.

Es geht das Gerücht, es gebe weit mehr Corots, als der Maler je Zeit zu malen hatte. Doch bei einem Kelling konnte man getrost davon ausgehen, dass er sich beim Erwerb eines Kunstwerkes stets genauestens vergewisserte, wofür er sein kostbares Geld herausrückte. Theodores zarte Jungfern und friedliche Birkenwäldchen waren todsicher keine Fälschungen. Sie waren garantiert der wahre Jakob, allererste Sahne und todsicher Originale. Theodores Großvater hatte sie zu einem Zeitpunkt in Paris erstanden, als Corots noch ziemlich preiswert waren. Theodore hätte die Bilder natürlich aus Respekt und Liebe zu seinem Vater auch in Ehren gehalten, wenn sie keine sichere Investition gewesen wären. Außerdem mochte er sie, was man nur von wenigen Dingen in seinem Leben behaupten konnte. Die Dankbarkeit, die er an den Tag gelegt hatte, als Max sie ihm zurückbrachte, war schon fast lächerlich gewesen. Theodore Kelling bezahlte nicht nur klaglos die Rechnung, sondern ging sogar so weit, auf die üblichen zwei Prozent Skonto für sofortige Zahlung zu verzichten. Es war daher nicht verwunderlich, dass Percy dem Beispiel seines Erzeugers folgte und sich in einer ähnlichen Notlage ebenfalls an Max wandte.

Aber gar so ähnlich war die Notlage nun auch wieder nicht. Diesmal ging es nicht um den Wert des Objekts, sondern ums Prinzip. Niemand lässt sich gern bestehlen. Doch Steuerberater, vor allem hochkarätige mit vielen Angestellten und zahlreichen stinkreichen Mandanten, reagieren besonders empfindlich, wenn es sich um die Entwendung von beweglichen Gütern handelt. Erst recht, wenn erschwerend hinzukommt, dass die betreffenden Werte ihnen selbst gehören und der Diebstahl in ihrem eigenen Haus stattfindet, während sie selbst im oberen Stockwerk selig schlummern. Zu behaupten, dass Percy schäumte, wäre eine maßlose Untertreibung gewesen, Percy kochte vor Wut.

Seine Frau traf keine Schuld. Darauf wies Percy mehrere Male hin. Sarah war inzwischen hereingekommen, um Max zu fragen, ob er noch Kaffee wollte. Sie blieb, um heimlich mitzuhören, und schloss aus diesen Beteuerungen, dass Mrs. Percy unmittelbar neben ihrem Gatten stand und ihm ins Ohr zischelte.

Zum Zischeln hatte sie guten Grund. Schließlich hatte nicht Percy, sondern Anne das entwendete, angeblich aus dem späten achtzehnten Jahrhundert stammende Ahnenportrait von einer alten Tante geerbt. Das Gemälde stammte wahrscheinlich von einem umherziehenden Maler und stellte ein rotwangiges Kind von etwa fünf bis sechs Jahren dar, das einen Holzschläger nebst

Federball in der linken Hand hielt. Auf dem ausgestreckten Zeigefinger der rechten Hand balancierte ein grüner Papagei, der fast halb so groß war wie das kleine Mädchen. Percy hatte keine Ahnung, wie das kleine Wesen es schaffte, das Gewicht eines derartigen Riesenvogels auf einem einzigen Kinderfingerchen zu tragen. Vielleicht hatte Max dafür eine Erklärung, Max kannte sich schließlich von Berufs wegen mit solchem Unfug aus.

Jedenfalls war das Gemälde ein authentisches Beispiel für die so genannten amerikanischen Primitiven. Da war sich Percys Gattin Anne ganz sicher, und es war ihr Bild, und es stand ihr Geld dahinter. Alle Kelling-Gattinnen besaßen mehr oder weniger viel Geld. Dies galt auch für Anne, anderenfalls hätte sich Percy erst gar nicht von ihr angezogen gefühlt. Er war nicht etwa bewusst auf Geld aus, es war einfach die Art, wie seine Hormone funktionierten. Sogar Max verstand, dass es leicht war, sich in ein reiches Mädchen zu verlieben, auch wenn er selbst dies nicht getan hatte.

Doch darüber unterhielten sie sich natürlich nicht. Percy berichtete weiter, das Bild, das Mrs. Percy Alexander Kelling geerbt habe, sei in einem beklagenswertem Zustand gewesen. In der Überzeugung, dass es eine Restauration wert sei, habe Mrs. Percy den Rat einer Freundin eingeholt. Diese hatte erst vor kurzem ihre Urgroßmutter reinigen und mit einem neuen Firnis versehen lassen. Die Freundin hatte Bartolo Arbalest empfohlen und Mrs. Percy seine Telefonnummer gegeben.

Bartolo kam, sah und siegte selbst über Percys Bedenken. Er schüttelte traurig das Haupt über den jämmerlichen Zustand, in den Mrs. Percys Tante das schöne Bild hatte geraten lassen. Er bestätigte Mrs. Percys Vermutungen, was das Alter des Werkes betraf, und wich nur um wenige Jahre von ihrer Datierung ab. Bartolo erklärte, was getan werden müsse, und wie man dabei vorgehen werde. Dann nannte er einen ziemlich stolzen Preis, der allerdings einen neuen, eigens für dieses Bild gefertigten Rahmen mit einschloss. Damit würde Mrs. Percy ihre Freundin übertrumpfen, da diese sich damit begnügt hatte, den alten Rahmen lediglich neu vergolden zu lassen. Mrs. Percy unterzeichnete den Vertrag, ohne mit der Wimper zu zucken.

Die Arbeit wurde ausgeführt, nicht übereilt, sondern innerhalb eines angemessenen Zeitraums. Kind und Papagei überstanden die Operation weit besser als erhofft. Der Rahmen war weder zu extravagant noch zu protzig vergoldet. Er passte einfach perfekt zu dem Bild, die immensen Kosten hatten sich tatsächlich gelohnt. Der Gesamteindruck war so harmonisch und elegant, dass Percy höchstpersönlich vorschlug, ein gediegenes, aber langweiliges Portrait seines Schwiegervaters ins Esszimmer zu verbannen und Annes Ahnherrin den Ehrenplatz am Kamin im Wohnzimmer zu überlassen.

Doch gestern Nacht war jemand in ihr Haus eingedrungen, ungeachtet sämtlicher Schlösser, Riegel und Gitter, und hatte das Gemälde gestohlen. Sonst war nichts verschwunden, weder das Silber noch Mrs. Percys Perlen, nicht einmal der Corot, den Theodore seinem Sohn und seiner Schwiegertochter zur Hochzeit geschenkt hatte. Nur Kind und Papagei fehlten. Dies sei sehr merkwürdig, fand Percy. Fast eine Beleidigung. Es mache einen richtig wütend. Und was gedenke Max Bittersohn jetzt zu tun?

»Zuerst ein Honorar verlangen.«

Diesmal zischelte Sarah. Max hatte sich oft genug von den Verwandten seiner Frau ausbeuten lassen und außer Dankesbezeugungen nichts für seine Arbeit bekommen. Wenn Mrs. Percy bereit gewesen war, so viel Geld in die Auferstehung ihres Papageis zu investieren, konnte sie auch dafür bezahlen, das Bild zurückzubekommen. Percy kannte bestimmt irgendeinen halbwegs legalen Trick, mit dem er die Kosten von der Steuer absetzen konnte. Den Bittersohns konnte dies herzlich egal sein.

»Wahrscheinlich hat es keinen Zweck zu fragen, wie lange die ganze Geschichte dauern wird.« Percy klang, als habe er saure Trauben gegessen.

»Absolut keinen«, bestätigte Max vergnügt. »Aber wir machen uns sofort an die Arbeit. Könnt ihr uns Namen und Adresse der Frau geben, die euch Arbalest empfohlen hat?«

Jetzt übernahm Mrs. Percy den Hörer. Sie konnte sich zwar nicht vorstellen, warum Max unbedingt die Telefonnummer von Topsy Hughes haben wollte, doch sie sah ein, dass man schließlich irgendwo anfangen müsse. Max schrieb eifrig mit. Nachdem er aufgelegt hatte, zeigte er Sarah seine Notizen.

»Bill Jones hat die Hughes gestern erwähnt, als er mit Brooks und mir sprach. Er nahm an, sie würden sich vielleicht bei uns melden. Scheint ganz so, als sei ihr lieber Urgroßvater vorige Woche mitten in der Nacht verschwunden. Sie sind ziemlich scharf darauf, den alten Herrn zurückzubekommen. Nicht seinetwegen, sondern weil sie Arbalest ein Schweinegeld für seine Restauration bezahlt haben. Haargenau dieselbe Geschichte. Jemand ist trotz der teuren Alarmanlage mühelos in ihr Haus eingedrungen, hat alle anderen Wertsachen unberührt gelassen und nur das Portrait mitgenommen.«

»Wenigstens ein kleiner Trost für Percy«, bemerkte Sarah. »Jedenfalls hat er kein Geld für eine Alarmanlage verschwendet, die nicht funktionierte, als sie gebraucht wurde. Hat Bill irgendeine Idee, was mit dem Gemälde passiert ist?«

»Ich glaube nicht. Er dachte nur, es könnte uns vielleicht interessieren.«

»Was ja auch stimmt. In beiden Fällen wurde also nur das Kunstwerk gestohlen, das Mr. Arbalest gerade zurückgebracht hatte. Ich wüsste nur gern, ob der alte Herr das einzige Gemälde der Hughes' war, an dem Arbalests Restaurateure gearbeitet haben. Soll ich Topsy Hughes mal anrufen und fragen?«

Max zog eine Augenbraue hoch. »Du kennst sie?«

»Gut genug jedenfalls. Ich habe die Hughes' ein- oder zwei mal bei Anora Protheroe getroffen. Damals, als sie noch ihre großen Partys gab.«

Damals, als Alexander noch lebte, meinte Sarah damit, doch sie vermied es immer noch, Max gegenüber den Namen ihres ersten Mannes zu erwähnen.

Die Protheroes mussten inzwischen schon über achtzig sein. Sarah kannte sie, seit sie denken konnte, genau wie ihre Eltern und Großeltern und die meisten anderen Kellings. George war der langweiligste Mensch, den man sich vorstellen konnte, Anora dagegen liebte Gesellschaft und Klatsch. Vielleicht sollte sie lieber Anora anrufen. Anorea wusste entweder bereits alles Wichtige und eine Menge Unwichtiges über den Einbruch bei Topsy oder sie würde entzückt sein, davon zu erfahren.

Sarah brauchte Anoras Telefonnummer nicht nachzusehen, sie hatte sie schon oft genug gewählt. Phyllis, das alte Hausmädchen, war am Apparat. »Bei Protheroes.« Ihre Stimme klang merkwürdig belegt.

»Hallo, Phyllis, hier ist Sarah Bittersohn. Sie haben sich doch hoffentlich nicht erkältet?«

»Oh, Sarah! Sarah! Gott sei Dank, dass Sie anrufen! Ich weiß nicht, was ich machen soll. Sie sitzt einfach nur da. Sie will nicht mal mit mir sprechen. Sie sitzt einfach nur da!«

Die Stimme des in die Jahre gekommenen Hausmädchens klang richtig hysterisch. Sarah blieb nichts anderes übrig, als sie etwas unsanft zur Räson bringen. »Phyllis, reißen Sie sich zusammen. Wer sitzt einfach nur da? Mrs. Protheroe?«

»Ja-ha.« Wenigstens schluchzte Phyllis jetzt in irgendetwas hinein und hatte aufgehört so schrill zu schreien. »Sitzt einfach da. Ich weiß nicht, was ich machen soll.«

»Wo sitzt sie denn?«

»Auf dem Boden.«

»Welchem Boden?«

»Unten an der Treppe.«

»Oh Gott! Ist sie gefallen? Hat sie sich verletzt?«

»Weiß ich nicht. Sie sagt ja nichts.«

»Wo ist die Köchin?«

»In der Küche. Sie hat Herzbeschwerden. Ich musste ihr Herztropfen holen. Sarah, können Sie nicht kommen? Bitte! Ich weiß nicht, was ich tun soll. Sie sagt ja nichts. Bitte, Sarah!«

»In Ordnung, Phyllis. Ich komme, so schnell ich kann. Wickeln Sie Mrs. Protheroe in eine Decke. Und versuchen Sie, ihr warmen Tee einzuflößen. Kann denn Mr. Protheroe nichts tun?«

»Er ist nicht mehr da.«

»Wohin ist er denn gegangen?«

Keine Antwort, die Leitung war tot. Sarah legte den Hörer auf. Ihre Hand zitterte. »Max, bei den Protheroes ist irgendetwas Schreckliches passiert. Es klingt ganz so, als habe Anora einen Schlaganfall gehabt und George sei entweder tot oder verschwunden. Ich muss unbedingt hin.«

»Hat das Hausmädchen denn nicht die Polizei benachrichtigt?«

»Dazu ist Phyllis nicht in der Lage. Sie tut grundsätzlich nur das, was Anora ihr aufträgt.«

»Soll ich die Polizei anrufen?«

»Das hätte keinen Zweck. Phyllis würde sie gar nicht erst hereinlassen. Sie hat sogar Angst vor ihrem eigenen Schatten. Und die Köchin hat ein schwaches Herz.«

»Verdammt! Okay, wir gehen hin.«

»Du brauchst nicht mitzukommen, ich schaffe das schon.« Sarah schniefte und griff nach ihrer zerknüllten Frühstücksserviette. Max umarmte sie und hielt sie fest, bis sie sich ausgeweint hatte und sich die Tränen abwischte.

»Geht's dir besser, *Kätzele*? Ich weiß, dass du mich nicht brauchst. Ich wollte einfach nur bei dir sein. Einverstanden?«

Sarah gab ihm einen Kuss. »Ich brauche dich immer. Am besten rufst du Brooks an, während ich mich ein wenig frisch mache. Erzähl ihm von Cousine Annes Papagei, vielleicht hat er ja eine Idee.«

»Zweifellos, das hat er schließlich immer. Wo ist Davy?«

»Bei Theonia. Sie sind in den Park gegangen, um mit dem Schwanenboot zu fahren und die Enten zu füttern. Damit sind sie sicher den halben Morgen beschäftigt. Ich sage Mariposa, wohin wir gehen. Sie kann sich dann um Davys Mittagessen und seinen Mittagsschlaf kümmern, falls wir nicht rechtzeitig zurück sein sollten. Soll ich den Wagen holen?«

»Nein, wir können ruhig zu Fuß gehen.« Max drückte auf den Knopf für das Telefon im Büro, Sarah machte sich auf, Mariposa

Bescheid zu sagen und sich etwas Passenderes anzuziehen. Sieben Minuten später hatten sie das Haus verlassen.

Parken war auf dem Hill unmöglich. Die beiden Wagen der Bittersohns standen auf reservierten Parkplätzen in der Nähe der Ecke Beacon Street und Charles Street in der riesigen Tiefgarage unter dem historischen Boston Common, nur einen Katzensprung von der Tulip Street entfernt, auch wenn von Springen bei Max noch nicht die Rede sein konnte. Trotzdem ging er recht zügig, so dass sie schon bald im Wagen saßen und am Kenmore Square vorbei in Richtung Chestnut Hill fuhren.

Als sie aus dem gröbsten Verkehr heraus waren, fragte Max: »Hat Phyllis nur gesagt, dass George nicht da sei?«

»Ja.« Sarah umklammerte das Lenkrad und starrte hinaus auf die Straße. »Aber soweit ich weiß, hat George das Haus in den letzten fünf Jahren nur ein einziges Mal verlassen. Ich glaube, Phyllis wollte mir auf diese Weise mitteilen, dass er einen Herzinfarkt oder so etwas hatte und Anora unter Schock steht. George ist weit über achtzig, weißt du. Er isst zu viel und trinkt zu viel, und seine einzige sportliche Betätigung besteht darin, zwischen dem Tisch und seinem Lehnstuhl hin und her zu gehen.«

Sarah schwieg minutenlang. Max wartete geduldig, bis sie in der Lage war, weiter zu sprechen. »Ich weiß, dass er schrecklich langweilig ist, aber auf seine Art ist er wirklich lieb. Die beiden waren immer sehr nett zu mir. Sie haben keine eigenen Kinder. Wie du weißt, haben sich meine Eltern nie sehr für ihre Elternrolle interessiert, daher sind die Protheroes gelegentlich eingesprungen und haben sich um mich gekümmert. Natürlich war es vor allem Anora, George hat mich meistens eher an einen knuffigen alten Teddy erinnert. Er hat nie viel getan. Er war einfach da, weißt du. Er hat lange, komische Geschichten erzählt, alles durcheinander gebracht und ist dann mittendrin eingeschlafen. Keiner hat je eine seiner Geschichten zu Ende gehört. Vielleicht hatten sie gar kein Ende.«

Max schenkte seiner Frau ein wehmütiges kleines Lächeln. »Früher oder später ist jede Geschichte zu Ende, *Kätzele*. Wenn

George etwas zugestoßen ist, hoffe ich nur für beide, dass es kurz und schmerzlos war. So etwas ist schlimmer, wenn es sich lange hinzieht. Meinst du, Anora wird ohne ihn zurechtkommen?«

»Wer weiß? Phyllis und die Köchin sind beide nicht mehr die Jüngsten, vielleicht wird Anora sie in den Ruhestand schicken. George hat vor ein paar Jahren dasselbe mit Dennis getan, als ihr Pierce-Arrow aus lauter Altersschwäche zu einem kleinen grauen Pulverhäufchen zerfiel. Dennis spielte den Chauffeur und wurde für alle möglichen Jobs eingespannt. Rasen mähen, Unkraut jäten, Fenster putzen, was gerade anfiel. Seit er pensioniert wurde, haben sie stundenweise Leute kommen lassen, um diese Arbeiten zu erledigen. Und wenn sie irgendwohin wollten, haben sie sich ein Taxi genommen. Aber das war nur selten der Fall.«

»Das Haus ist ziemlich groß. Vielleicht möchte sie in eine dieser neuen Wohnanlagen für Senioren ziehen.«

»Ich weiß nicht, Max. Ich kann mir einfach nicht vorstellen, dass Anora das Haus aufgeben würde. Es sei denn, man trägt sie mit den Füßen voran hinaus. Wenn George etwas zugestoßen sein sollte, wird sie wahrscheinlich Phyllis und die Köchin umsorgen. Wenn sie dazu überhaupt noch in der Lage ist. Hoffentlich hatte sie keinen Schlaganfall! Am besten, sie sucht sich ein nettes Ehepaar, das bei ihr im Haus wohnt. Obwohl ich mir kaum vorstellen kann, dass jemand sich freiwillig so viel Arbeit aufhalst.«

»Sie wird schon jemanden finden.«

Max konnte sich zwar auch niemanden vorstellen, doch er war ein optimistischer Mensch. Er wechselte bewusst das Thema und berichtete über den neuesten Machtkampf zwischen seiner Mutter und der Ölgesellschaft. Sarah konnte schon wieder lachen, als sie das Haus der Protheroes erreichten.

Das Viertel war geprägt von großen alten Holzhäusern mit großzügigen Gärten, wobei die Architektur zwischen grandios und grotesk variierte. Das Haus der Protheroes fiel in die Kategorie späte amerikanische Neugotik und besaß die entsprechenden

Türmchen und Vorbauten, erinnerte aber dabei auch entfernt an einen anglo-indischen Bungalow und das Tadsch Mahal. Man hatte versucht, eine gewisse Einheit zu erzielen, indem man alle Winkel und Ecken und Türmchen und Giebel schokoladenbraun und sämtliche Verzierungen weiß gestrichen hatte. So mancher Betrachter fühlte sich an eine riesige Schokoladentorte erinnert, die ein übergeschnappter *Condittore* mit Zuckerguss dekoriert hatte. Sarah dachte jedes Mal unweigerlich an ein bestimmtes Schokoladeneis von Baileys mit Schlagsahne, Marshmallow und Walnüssen. Nur die Kirsche fehlte. Sogar jetzt verspürte sie sekundenlang leises Bedauern, als sie oben auf dem Vordergiebel nichts rundes Rotes entdecken konnte.

Jeder, der das Haus besuchte oder auch nur vorbeiging, hatte den Eindruck, dass es ein wenig zu nah an der Straße lag. In Wirklichkeit hatte man die Straße zu nah an das Haus gelegt, nachdem die Ära der Pferde abgelaufen war und die kleinen, hohen pferdelosen Kutschen ihren Siegeszug antraten, um dann wiederum den Packards, Peerless und Marmons Platz zu machen – großen Kisten auf Rädern, die immer mehr Platz benötigten, um vorzufahren und aneinander vorbeizukommen. Infolgedessen war die kiesbedeckte Auffahrt nicht so groß, wie sie eigentlich hätte sein sollen. Sarah entschied, die Zufahrt für den Krankenwagen freizuhalten, und parkte am Straßenrand.

Phyllis hatte sich anscheinend schon die Nase am Fenster platt gedrückt, denn sie öffnete die Tür bereits, als Sarah und Max erst die Hälfte der Eingangstreppe bewältigt hatten. Sarah wollte das weinende Dienstmädchen gerade tröstend in den Arm nehmen, als sie Anora entdeckte. Die alte Dame hockte zusammengekauert auf dem Parkett neben dem Endpfosten des Treppengeländers, in eine grellrosa Steppdecke gehüllt, starr wie der Plymouth Rock. Sarah konnte ihr Gesicht nicht sehen, denn es war in Richtung einer dunkelroten Masse gewandt, die sich etwas weiter hinten im Flur auf dem Boden befand.

Die Masse war George. Er lag mit dem Gesicht nach oben in einer Lache aus geronnenem Blut, die dicken Beine diskret von einem kastanienbraunen Bademantel bedeckt. Aus seinem Brustkorb ragte ein Schaft, der etwa so groß und lang wie der Stiel einer Harke war. Max rief »Polizei!« und hielt Ausschau nach einem Telefon.

»Da vorn«, sagte Sarah. »In der Ecke hinter der Treppe. Sei vorsichtig, tritt nicht –«

In das Blut. Sie brachte es nicht über die Lippen. Sie kauerte sich neben Anora, versuchte, das, was neben ihr auf dem Boden lag, nicht anzusehen, und wickelte die Steppdecke so weit auf, dass sie das Handgelenk der verstörten Frau zu fassen bekam. Sarah war nicht sonderlich gut im Pulsfühlen, doch zumindest konnte sie feststellen, dass Anoras Puls regelmäßig und ruhig war und weder raste noch zu langsam war. Die Schläge waren stark genug, um gezählt werden zu können, was immer dies bedeuten mochte. Sarah versuchte es erst gar nicht. Es genügte ihr zu wissen, dass Anoras Herz noch schlug. Wenn ihre alte Freundin nur nicht so still dasitzen und auf den schrecklichen Schaft starren würde, der in der Brust ihres toten Gatten steckte.

»Anora«, bettelte sie. »Anora, ich bin's, Sarah. Kannst du mich hören? Ist alles in Ordnung mit dir? Bitte, sag doch was, Anora. Irgendwas.«

»Was?«

Sie hatte etwas gesagt. Gott sei Dank.

»Anora, erkennst du mich?«

»Sarah. Du hast gesagt, dass du Sarah bist. Sarah, was ist mit George los? Er will einfach nicht aufstehen.«

»Ich weiß, Anora. Versuch es nicht weiter. Max ruft einen Krankenwagen. Er wird bald hier sein.«

»Sag Jim Bescheid.«

»Welchem Jim?«

»Harnett, natürlich. Ruf ihn an. Schnell.«

»Oh, Dr. Harnett. Ja, natürlich. Max, rufst du bitte Dr. James Harnett an? Er wohnt hier in der Nähe. Seine Nummer steht wahrscheinlich in dem kleinen Buch neben dem Telefon. Sag ihm, er soll so schnell wie möglich herkommen.«

Max wählte bereits die Nummer des Arztes. Sarah sprach weiter mit Anora, damit sie nicht wieder in ihren früheren Zustand verfiel. »Wie lange sitzt du schon hier, Anora?«

»Das weiß ich nicht. Ich kann mich nicht erinnern. Phyllis, hör auf mit dem schrecklichen Geschniefe. Hol lieber Tee. Warum hast du mich in diese blöde Decke gewickelt? Ich ersticke ja fast. Steh nicht so da, komm lieber her und nimm mir das Ding ab.«

»Holen Sie den Tee, Phyllis«, sagte Sarah. »Ich kümmere mich um sie. So, Anora, gleich geht es dir besser. Du bist bestimmt ganz steif von all dem Sitzen. Kannst du schon aufstehen?«

»Weiß ich nicht. Hör auf, mich nervös zu machen. Du kannst mir doch nicht helfen. Nachher falle ich noch auf dich und zerquetsche dich. Max, komm her. Hilf mir aufzustehen. Wann kommt Jim endlich?«

»Bald, Anora. Der Krankenwagen ist schon unterwegs.«

»Ich will keinen Krankenwagen, ich will Jim Harnett.«

»Er kommt ganz bestimmt. Seine Frau ruft ihn im Krankenhaus an, er macht gerade Visite.«

»Humph! Typisch Mann, wenn man sie braucht, sind sie immer woanders. Oh mein Gott, George! George, was soll denn jetzt bloß aus mir werden?«

Nach diesen Worten brach sie endgültig zusammen.

Kapitel 6

Doch die alte Garde war zäh, daran bestand kein Zweifel. Anoras Zusammenbruch dauerte nur drei Minuten, dann war sie auf den Beinen und ließ sich von Max und Sarah vom Schauplatz des schrecklichen Geschehens fortführen. Im Frühstückszimmer, wo das Sonnenlicht durch das nach Südosten liegende Erkerfenster strömte, bemerkte Sarah zum ersten Mal, wie entsetzlich fleckig und scheckig der Morgenmantel und das Nachthemd ihrer alten Freundin waren. Sie schickte Phyllis heißes Wasser und frische Kleidung holen. Dann bat sie Max, in die Küche zu gehen, um nach der Köchin zu sehen, und erst zurückzukommen, wenn sie grünes Licht gab.

Gemeinsam mit Phyllis gelang es ihr, Anora zu waschen und ordentlich anzuziehen. Als Phyllis schließlich den Auftrag erhielt, frischen Tee zu machen und Max auszurichten, er könne zurückkommen, hatten sie Anora auf das mit rotem Plüsch bezogenene und mit Knöpfen verzierte Biedermeiersofa gebettet. Sie hatten Anoras Füße hochgelegt, ihre unteren Gliedmaßen mit einer gestrickten Wolldecke verdeckt und ihren Rücken mit vier Sofakissen gestützt.

»Sollte sie nicht besser liegen?« erkundigte sich Max.

Anora protestierte. »Ich schaffe das schon. Ich habe noch nie gelegen, wenn ich einen Schicksalsschlag verkraften musste, und ich werde auch jetzt nicht damit anfangen. Und wer keine Lust hat, mich weinen zu sehen, kann gleich gehen. Ich habe das Recht, hier in meinem Haus zu tun, was mir gefällt, selbst wenn ich mich dabei wie ein verdammter Dummkopf aufführe. Was ist das draußen für ein Lärm?«

»Wahrscheinlich der Krankenwagen, um den ich gebeten habe«, teilte ihr Max mit. »Und die Polizei.«

»Die Polizei? Bist du verrückt? Warum hast du das getan?«

»Was hätte ich denn sonst tun sollen, Anora? Dir ist doch bewusst, dass George ermordet wurde?«

»Oh ja, das weiß ich. Ich kann es zwar nicht glauben, aber ich weiß es. Wer hat es getan, Max?«

»Genau aus diesem Grunde brauchen wir die Polizei. Sie wird es herausfinden. Fühlst du dich stark genug, einige Fragen zu beantworten?«

»Nein. Aber ich nehme an, man wird mich trotzdem fragen. Herrgott, Phyllis, hör endlich auf zu blöken wie ein verirrtes Schaf und bitte die Herren herein. Und bring mir endlich den Tee, um den ich dich vor einer halben Stunde gebeten habe. Ich weiß wirklich nicht, was heute Morgen mit euch allen los ist. Max, vielleicht lässt du sie besser selbst herein, es war ja schließlich deine Idee. Aber lass sie bloß nicht hier ins Zimmer, bevor ich Zeit hatte, meinen Tee zu trinken. Vorausgesetzt, man bringt ihn mir endlich.«

Anora hatte Zeit, ihren Tee zu trinken. Die Polizisten hatten genug mit dem grausigen Fund im Flur zu tun. Sarah verspürte kein Verlangen, hinauszugehen und zuzusehen, was genau sie machten. Es war schlimm genug, ihre Stimmen und ihre Schritte zu hören. Wahrscheinlich mussten sie den Speer herausziehen, um George überhaupt in den Krankenwagen verfrachten zu können. Ob das Poltern damit etwas zu tun hatte?

Vielleicht war Anora teilweise wieder in ihren alten Dämmerzustand zurückgefallen. Sie trank eine zweite Tasse Tee, weil Phyllis jammerte, sie müsse Kraft sammeln, und zwang sich sogar, ein oder zwei Bissen Toast zu sich zu nehmen. Als dieser kleine Sieg errungen war, wurden zwei der weichen Kissen vorübergehend entfernt, und Anora gönnte sich ein segensreiches Nickerchen. Nachdem für die alte Dame gesorgt war, beschloss Sarah, sich in die Küche zu schleichen und nachzusehen, wie ernst es um die Köchin stand.

Ihre alte Freundin hatte sich inzwischen erholt. Die Herzbeschwerden waren abgeklungen, und jetzt zerbrach sie sich den Kopf darüber, was sie zum Lunch servieren sollte. Es war eine Erleichterung, einfach nur dazustehen und zu besprechen, ob die Consommé heiß oder geliert serviert werden sollte. Der Wetterbericht sprach für geliert, doch schließlich wusste man, dass warme Gerichte in schweren Zeiten ungeachtet der Temperaturen stets tröstlicher sind als kalte. Es sei denn, man hatte es mit Mandelentzündung oder Fieber zu tun. In diesen Fällen schwor die Köchin auf Zitronensorbet. Mrs. Protheroe hatte doch wohl nicht etwa zu allem anderen auch noch Fieber?

Sarah konnte die Köchin in diesem Punkt beruhigen. Außerdem war es ohnehin zu spät, um Zitronensorbet für das Mittagessen vorzubereiten. Aber wie wäre es mit einem leckeren Vanillepudding? Essen, das sich leicht schlucken ließ, schaffte es noch am ehesten, an dem dicken Kloß im Hals einer frisch verwitweten Frau vorbeizurutschen, wie Sarah aus eigener Erfahrung wusste. Am besten, sie ging zurück ins Frühstückszimmer und sah nach, ob Anora wieder wach war.

»Möchten Sie sich nicht setzen und eine Tasse Tee trinken?« Nachdem Phyllis die Hausherrin mit Tee versorgt hatte, sah sie aus, als habe sie selbst eine Tasse dringend nötig. »Oh, es hat geklingelt. Ich muss aufmachen.«

»Ich übernehme das schon«, sagte Sarah. »Setzen Sie sich, Phyllis. Sie haben sich ein bisschen Ruhe verdient. Entweder es sind noch mehr Polizisten oder es ist Dr. Harnett.«

Es war der Arzt. George wurde gerade fotografiert, bevor man ihn endgültig fortbrachte. Der Speer steckte immer noch in seiner Brust, man überließ die Entfernung offenbar dem Pathologen. Dr. Harnett war zu sehr Profi, um nicht stehen zu bleiben und einen Blick auf den Toten zu werfen.

»Oh Gott! Mitten ins Herz. Das Ding muss scharf wie ein – ein Wunder, dass Anora bei dem Anblick nur einen Schock erlitten hat und nicht tot umgefallen ist. Wo ist sie denn – ah – Sie sind Sarah Kelling, nicht wahr?«

»Sarah Bittersohn, um genau zu sein. Ich habe wieder geheiratet.«

Vor fünf Jahren, aber daran erinnerte sich der Arzt sicher nicht. Dr. Harnetts Gattin kam zu Anoras Partys, doch er blieb meist fern. Er musste immer Patientenbesuche machen. Die Harnetts wohnten ganz in der Nähe und züchteten exotische Fische. Als Kind hatte man Sarah einmal erlaubt, sich dort das Aquarium ansehen. Es gab einen riesigen Gurami, der ein ganzes Aquarium für sich allein hatte. Mrs. Harnett hatte gesagt, sein Name sei George. Sie hatte nicht erklärt, nach wem er benannt war, doch Sarah war die Ähnlichkeit nicht entgangen. Plötzlich schossen ihr die Tränen in die Augen. Sie drängte Dr. Harnett zum Frühstückszimmer.

»Anora, Dr. Harnett ist da.«

Anora hatte bereits einen Mann bei sich, er stand neben dem Sofa und sah aus, als müsse er sich dringend ausschlafen. Er trug einen bräunlichen Sommeranzug, der dringend gebügelt werden musste. Ein Polizist in Zivil, nahm Sarah an. Als sie mit dem Arzt hereinkam, blickte er sie finster an.

»Tut mir leid, Miss. Ich muss Sie bitten –«

»Ach, hören Sie schon auf.« Sarah hatte kein bisschen Angst vor Polizisten, dazu hatte sie auf die ein oder andere Weise schon zu viel mit ihnen zu tun gehabt. »Das hier ist Dr. Harnett, er wird Ihnen sagen, wann sie in der Lage ist zu sprechen. Und ich bin Sarah Bittersohn, die Frau von Max Bittersohn.«

»Oh. Okay, Mrs. Bittersohn. Levitan, Morddezernat.«

Anora ignorierte den Polizisten, schaffte es jedoch, dem Arzt den Anflug eines Lächelns zu schenken. »Guten Tag, Jim. Sarah, du wirst mit jedem Tag deiner Granny Kay ähnlicher.«

»Einen Moment, Anora, ich möchte gern Ihre Temperatur messen.« Dr. Harnett schob ihr ein Thermometer unter die Zunge, legte die Manschette seines Blutdruckmessgerätes um ihren schlaffen, welken Oberarm, nahm ihr Handgelenk in die eine und das Stethoskop in die andere Hand und lauschte. Dann nahm er das Thermometer wieder an sich und zuckte mit den Achseln.

»Sie werden weiterleben.«

»Ich wäre lieber tot.«

»Humbug. Dann sind Sie also Kays Enkelin? Das kleine Mädchen, das mal bei uns war und sich die Fische angesehen hat? Und ich habe immer gedacht, das wäre Walters Tochter gewesen.«

»Sarah *ist* Walters Tochter, Jim. Aus Kindern werden Erwachsene, wissen Sie. Meinen Sie nicht auch, dass sie Kay ähnelt?«

»Jetzt wo Sie es sagen, fällt es mir auch auf. Kay war eine wunderbare Frau. Ich habe nie verstanden, warum sie Theodores Bruder geheiratet hat. Er hieß Albert, nicht?«

»Nein, sie hat Howard geheiratet. Den gut aussehenden. Howard war kein schlechter Kerl. Jedenfalls ist er nicht jedem Rock nachgelaufen wie Albert.«

»Aber er hat Gedichte geschrieben.«

»Dafür kann man keinen hängen, Jim. Auch wenn ich zugeben muss, dass Howard es ein wenig zu weit getrieben hat. Ich weiß auch nicht, warum Leute, die bei jeder sich bietenden Gelegenheit ihre Verse vortragen, immer klingen wie sterbende Enten. Das Einzige auf der Welt, was George wirklich gefürchtet hat, war Howard Kelling, wenn er mit einem Blatt Papier in der Hand auf ihn zukam.«

Anora sprach jetzt laut und schnell. Anscheinend versuchte sie, den erlittenen Schock auf ihre Weise zu verarbeiten. »George hatte vor nichts auf der Welt Angst, ob lebendig oder tot. Außer vor Howards Gedichten. Die meisten Leute haben nie gewusst, wie George wirklich war, wisst ihr. Sie hielten ihn nur für einen dummen alten Kerl. Aber ich schwöre euch, George Protheroe war der mutigste Mann, der je gelebt hat. Er hätte es sogar mit einem wütenden Löwen aufgenommen. Können Sie Ihren Namen bitte wiederholen?«

Der Mann in dem bräunlichen Anzug trat näher. »Lieutenant Levitan, Mrs. Protheroe. Morddezernat. Sie wollen damit also sagen, Ihr Gatte hätte keine Angst gehabt, wenn ihn jemand mit einem Speer bedroht hätte?«

»Ganz bestimmt nicht. Speer oder Kanone, das hätte für George keinerlei Unterschied gemacht. Er wäre auf den teuflischen Mörder zugegangen und hätte ihm mitten ins Gesicht gelacht. Wahrscheinlich hat er genau das auch getan.«

»Wer hat ihn gefunden, Mrs. Protheroe?«

»Ich –« Anoras Stimme erstickte in Tränen. Sarah griff nach ihrer Hand.

»Schon gut, Anora. Du brauchst nicht zu sprechen, wenn es zu schlimm für dich ist.«

»Ach was. Schlimmer als jetzt kann es mir gar nicht gehen. Ich habe meinen Mann gefunden.«

»Wann genau war das?« wollte Levitan wissen.

»Das weiß ich nicht. Halb acht vielleicht. Oder acht. In unserem Haus steht niemand früh auf. Wir sind alle alt, wir brauchen viel Schlaf.«

»Es muss furchtbar für Sie gewesen sein.«

»Ja. Nicht so sehr die Tatsache, dass George tot war, wissen Sie. Darauf war ich vorbereitet, soweit man das überhaupt sein kann. Ich wusste, dass es bald so weit sein würde. Das Schlimmste war der Speer. Und das Blut. So schrecklich viel Blut.«

Levitan wollte verhindern, dass sie wieder die Kontrolle verlor. »Was ist das für ein Speer, Mrs. Protheroe? Woher stammt er?«

»Ich weiß es nicht. Hier im Haus gibt es so viel Zeug. Ich kann mich an keinen Speer erinnern. Aber ich bin eine alte Frau. Mein Gedächtnis ist nicht mehr gut. Dieser Speer ragte wie eine Bohnenstange in die Luft. Er steckte mitten in seinem Herzen. Er hatte ein vergrößertes Herz, nicht wahr, Jim?«

»Ja, Anora, George hatte wirklich ein großes Herz. In jeder Beziehung, der Herr sei seiner Seele gnädig.«

»Ich konnte nichts mehr für ihn tun. Niemand hätte ihm helfen können. Ich wollte nur, er hätte mich mitgenommen.«

»Wie kannst du so etwas sagen, Anora«, protestierte Sarah. »Wir brauchen dich!«

»So ein Unsinn! George hat mich gebraucht, jetzt braucht mich niemand mehr. Du brauchst gar nicht zu versuchen, mich aufzumuntern, Sarah. Wenn ich Aufmunterung brauche, engagiere ich mir eine Tanzkapelle.«

Trotzdem klang Anora eine Spur weniger verzweifelt. Phyllis

erschien mit einer Kanne Tee und einem Körbchen mit kleinen Muffins aus Maismehl. Sie kamen frisch aus dem Backofen. Anscheinend waren die Herzbeschwerden der Köchin in der Zwischenzeit völlig abgeklungen. Sarah schenkte ein, Anora nahm eine Tasse, und Phyllis drängte sie, die Muffins zu probieren.

»Bitte nehmen Sie eins, Mrs. Protheroe. Die Köchin wird furchtbar verletzt sein, wenn Sie es nicht tun.«

»Ach was. Und was ist mit meinen Gefühlen?« Trotzdem nahm Anora sich ein dampfendes Muffin, beäugte es misstrauisch, biss ein winziges Stück ab und spülte es mit einem Mund voll Tee hinunter. Levitan hatte seinen Tee endlich ausgetrunken und stellte die Tasse aus feinstem, fast durchsichtigem Porzellan mit einem Anflug von Erleichterung ab. Dann kam er zurück zum eigentlichen Thema.

»Wie kommt es, dass Ihr Gatte als Erster auf war, Mrs. Protheroe? Wussten Sie, dass er nach unten gegangen war?«

»Ich wusste, dass er noch nicht aufgestanden war. George schlief schon seit einiger Zeit unten in seinem Arbeitszimmer, er schaffte die Treppe nicht mehr. Es gab nur zwei Alternativen. Entweder er schlief unten, oder wir mussten einen Aufzug zu seinem Schlafzimmer einbauen lassen. Und wir hatten keine Lust auf all die Aufregung und den ganzen Dreck.«

»Konnten Sie sich nicht einen dieser Treppenlifte zulegen?«

»Das soll wohl ein Witz sein. Sie haben doch meinen Mann gesehen. Oder das, was von dem armen Kerl noch übrig ist. George hätte nie auf so ein Ding gepasst. Und ich hätte nicht zugelassen, dass er es auch nur probierte. Er war einfach viel zu dick, genau wie ich. Aber er hat immer noch gern gegessen, Gott sei seiner Seele gnädig. Wir hatten uns einen schönen kleinen Schweinebraten zum Abendessen gemacht, mit Apfelsauce und Süßkartoffeln. Und zum Nachtisch gab es Erdbeerparfait. Das war natürlich das Allerletzte, das man bei so einem Wetter essen sollte. Aber George hatte Lust darauf. Und ich bin froh, dass er es noch essen konnte, auch wenn ich sicher bin, dass ich mein Lebtag keinen Schweinebraten mehr anrühren werde.«

Anora kramte vergeblich in der Tasche ihres Morgenmantels. »Verflixt! Gib mir bitte ein Papiertaschentuch, Sarah. Ich sehe bestimmt scheußlich aus, wie ich hier sitze und schnüffele wie ein Schwein nach Trüffeln. Aber ich kann einfach nicht anders, ihr müsst euch damit abfinden.«

»Meine Güte, das macht doch nichts. Was habt ihr nach dem Abendessen gemacht?«

»Vor dem Fernseher gesessen und uns eine dieser idiotischen Sendungen angeschaut. Dann ist George eingenickt, du weißt ja, wie er war. Ich habe ihn ein bisschen geschüttelt und ihm gesagt, dass er besser ins Bett gehen sollte. Sonst würde er die ganze Nacht auf seinem Stuhl verbringen und am nächsten Morgen einen steifen Rücken haben. Wenn er erst einmal richtig schlief, konnte ich ihn unmöglich ins Bett bekommen. Phyllis hat ungefähr so viel Kraft wie ein Schmetterling. Ich habe ihm dann geholfen, in sein Arbeitszimmer zu gehen, und dafür gesorgt, dass er alles hatte, was er brauchte. Inzwischen war ich selbst reif fürs Bett.«

»Schläfst du immer noch oben?« fragte Sarah.

»Oh ja. Du kennst mich ja, ich habe es gern bequem. Ich habe bis ungefähr um Mitternacht gelesen und bin dann eingeschlafen und erst um sieben aufgewacht, was für meine Verhältnisse schon recht gut ist. Ich weiß nicht, ob George öfter als einmal aufgestanden ist. Meistens musste er das, seine Nieren waren in einem schrecklichen Zustand. Nicht wahr, Jim?«

»Sie waren ziemlich schlimm«, stimmte der Arzt zu. »Wie hätte es anders sein können, wenn man bedenkt, wie der Mann getrunken und gegessen hat? Ich habe ihm mehrfach gesagt, dass er sich eines Tages noch – nun ja, anscheinend hatte ich Unrecht. Wissen Sie, Anora, was mit George passiert ist, ist wirklich schrecklich. Aber ein schneller Tod ist nicht das Schlimmste für einen Mann, der fünfundachtzig Jahre lang seinen Körper missbraucht hat. Tut mir leid, ich glaube, die Bemerkung war etwas taktlos.«

Anora quittierte die Entschuldigung ihres Arztes mit einem

schwachen Lächeln. »Seit wann scheren Sie sich denn um Takt? Eins müssen Sie mir aber noch sagen, Jim. Hat er sehr gelitten?«

»Ich würde sagen nein. Ich habe ihn zwar nicht selbst untersucht, aber die Speerspitze scheint direkt ins Herz gedrungen zu sein, was wahrscheinlich zum sofortigen Tod geführt hat. Georges Reaktionen waren so langsam, dass er wahrscheinlich überhaupt keinen Schmerz gespürt hat. Ich weiß nicht, ob es sinnvoll ist, in diesem Fall eine Autopsie vorzunehmen. Das muss der Coroner entscheiden. Es mag zwar merkwürdig klingen, aber in meiner ganzen Zeit als Arzt habe ich es noch nie mit so einem Fall zu tun gehabt. Ich kann mir nicht vorstellen, dass es ein Unfall gewesen sein könnte. Es sei denn, George hätte versucht, eine seiner Geschichten nachzuspielen und einen Elefanten oder so etwas zu erlegen.«

»Sie brauchen gar nicht um den heißen Brei herumzureden, Jim Harnett. Natürlich war es kein Unfall. Mein George wurde umgebracht, das wissen Sie genauso gut wie ich. Irgendjemand ist mit einem Speer bewaffnet in dieses Haus eingedrungen und hat meinen George aufgespießt wie einen Spießbraten.«

»Aber warum würde irgendjemand etwas so Furchtbares tun?«

»Fragen Sie mich nicht. Vielleicht war es ja ein verrückter Eskimo, der ihn für ein Walross gehalten hat. Heutzutage ist alles möglich, die ganze Welt ist verrückt geworden. Eine schöne Art, zur Witwe gemacht zu werden! Gott sei Dank erlebt Mutter das nicht mehr. Sarah, bestell Max von mir, dass er diesen Unhold finden soll. Und dann soll er mir den Kerl bringen. Wenn ich mit ihm fertig bin, kann dieser Mann hier kommen und das, was von ihm übrig geblieben ist, wieder einsammeln. Wie heißen Sie nochmal?«

»Lieutenant Levitan, Ma'am. Es ist nicht Mr. Bittersohns Aufgabe, den Verbr –, äh, Täter zu finden. Das ist Sache der Polizei, dafür werden wir von Leuten wie Ihnen bezahlt.«

»Pah! Warum stehen Sie dann hier noch untätig herum? Warum sind Sie nicht schon unterwegs und jagen Ihren Verbrecher?«

»Weil ich immer noch hoffe, von Ihnen irgendetwas Hilfreiches zu erfahren, Mrs. Protheroe. Sie sagten eben, Sie seien heute Morgen gegen sieben Uhr aufgewacht. Wurden Sie von etwas Bestimmtem geweckt?«

»Ja, von einer vollen Blase. Schreiben Sie sich das am besten auf, damit Sie es nicht vergessen. Möchten Sie alle Einzelheiten hören? Oder genügt es Ihnen, wenn ich Ihnen versichere, dass ich mich ins Badezimmer begab, das machte, was zu machen war, und dann zurückkam, um mir meine Pantoffeln und meinen Morgenrock anzuziehen? Ich weiß schon, jetzt wollen Sie sicher wissen, warum ich den Morgenmantel und die Pantoffeln nicht schon vorher angezogen habe. Die Antwort lautet: Ich hatte es ziemlich eilig. Und danach habe ich die Sachen angezogen, weil es nach einem angenehmen Morgen aussah. Statt mich wieder ins Bett zu legen, beschloss ich, mir Tee zu kochen und Toast zu machen und mich damit auf die Gartenveranda zu begeben. Dort ist es kühl, und ich beobachte gern, wie die Vögel nach Würmern suchen. Meine Köchin und mein Zimmermädchen können bestätigen, dass ich dies während des Sommers häufig zu tun pflege. Normalerweise nehme ich mein richtiges Frühstück nie vor neun ein, und ich genieße es, eine Kleinigkeit zu mir zu nehmen, während ich warte. Meine Hausangestellten sind immer beleidigt, weil ich nicht will, dass die Köchin mir Tee macht und Phyllis ihn draußen serviert. Aber warum sollten sie das? Die beiden brauchen ihren Schlaf, und ich finde es sehr viel praktischer, wenn ich mir selbst etwas mache. Praktischer für mich jedenfalls. Ich mache immer eine Riesenunordnung in der Küche, und sie haben dann das Vergnügen, alles wieder aufzuräumen.«

»Dann waren Sie heute Morgen also auch in der Küche?«

»Nein, ich hatte es vor. Aber dann bin ich unten an der Treppe über die Leiche meines Mannes gestolpert. Fragen Sie mich bitte nicht, was ich danach getan habe. Ich kann mich nicht erinnern. Ich glaube, ich habe mich neben ihn gesetzt. Ich muss einige Zeit dort gesessen haben, denn ich saß immer noch da, als Sarah kam, wann immer das war. Ich erinnere mich, dass ich unbedingt den

Speer herausziehen wollte. Er sah so furchtbar unbequem aus, mitten in seiner Brust. George hasste es, wenn etwas unbequem war.«

»Haben Sie den Speer berührt, Mrs. Protheroe?«

»Nein, das habe ich nicht fertig gebracht. Ich hatte Angst, dass ich irgendein lebenswichtiges Organ mit herausziehen würde. Ich wusste nicht, was ich machen sollte, wissen Sie. Ich fürchte, ich habe alles falsch gemacht. Ich habe mich immer für eine relativ vernünftige Person gehalten, aber man weiß nie, wie man wirklich reagiert, nicht? Glauben Sie, dass ich Arterienverkalkung habe, George? Entschuldigen Sie bitte, ich meinte natürlich Jim. Meine Großmutter pflegte immer zu sagen: Wenn man sich verspricht und aus Versehen den Namen eines Abwesenden braucht, denkt diese Person gerade an einen. Der arme George, vielleicht denkt er ja gerade an mich, wo immer er auch sein mag. Er wird mir schrecklich fehlen, wissen Sie.«

Sarah umarmte die trauernde alte Frau noch ein wenig fester. »Natürlich wird er das. Aber du könntest ihn nicht vermissen, wenn er nicht bei dir gewesen wäre, Anora. Nicht jeder hat jemanden, den er vermissen kann. Es fehlt ihr doch nichts, oder, Dr. Harnett? Meinen Sie nicht auch, dass sie nur unter Schock steht? Das ist doch eine völlig normale Reaktion. Glauben Sie nicht auch?«

»Ich bin völlig Ihrer Meinung. Natürlich leiden Sie auch an einer gewissen Arterienverkalkung, Anora. Das ist völlig normal bei Menschen in Ihrem Alter. Aber es gibt keinerlei Anzeichen dafür, dass es sich in irgendeiner Weise auf Ihren Verstand auswirkt. Können Sie sich erinnern, ob sonst noch etwas passierte, während Sie dort bei George saßen?«

»Also, ich erinnere mich daran, dass ich dachte, ich müsste unbedingt etwas unternehmen, bevor Phyllis und die Köchin herunterkämen und sich furchtbar aufregen würden. Inzwischen hatte ich begriffen, dass George wirklich tot war. Er war so kalt, er bewegte sich nicht mehr, und seine Augen blickten ganz starr. So schrecklich starr. Er schien mich anzusehen, aber ich wusste, dass er mich nicht mehr wahrnehmen konnte. Ich glaube, ich wollte aufstehen, aber ich bin nicht mehr sehr gelenkig, selbst wenn es mir richtig gut geht. Aber ich fühlte mich so schwach, und es gab nichts, woran ich mich hätte hochziehen können. Da war nur der Speer, und den konnte ich unmöglich berühren. Ich fühlte mich – wie erstarrt. Wie in einem Alptraum, wenn man von etwas Schrecklichem verfolgt wird und sich nicht von der Stelle bewegen kann.«

Levitan griff ein. »Sind Sie ganz sicher, dass Sie den Speer nicht berührt haben, Mrs. Protheroe?«

»Ja, absolut sicher, auch wenn ich völlig benebelt war. Dieser Speer sah so fremd und bedrohlich aus. Er hat mir richtig Angst eingejagt. George hätte keine Angst gehabt. Er muss geradewegs in den Flur marschiert sein, als er jemanden dort hörte, und – oh Gott! Wie konnte so etwas nur geschehen? Hier in unserem eigenen Haus?«

»Das ist eine gute Frage, Mrs. Protheroe. Hatte Ihr Gatte Ihres Wissens irgendwelche Feinde?«

»Feinde? George? Sarah, sag du es ihm.«

»Ich kann es versuchen.« Sarah holte tief Luft und versuchte, ihre Gedanken in Worte zu fassen. »Auf der Fahrt hierher habe ich meinem Mann erzählt, dass George wie ein großer alter Teddybär wirkte. Er saß in seiner Ecke, und man schaute ihn an und fühlte sich sicher. Es ist einfach unvorstellbar, dass George Feinde gehabt haben könnte. Dazu war er gar nicht – wie soll ich sagen, aufregend genug. Er war nicht sehr aktiv. Doch im Notfall konnte man auf ihn zählen, dann raffte er sich doch auf. Zum Beispiel nach dem Tod meines ersten Mannes, als ich kein Geld hatte und eine Pension aufmachen wollte. George überredete einen alten Kollegen von sich, bei mir einzuziehen. Und dann hat er mich zusammen mit Anora besucht und hat mir dabei geholfen, das Zimmer herzurichten. Es war das einzige Mal, dass er mein Haus je betreten hat. Verstehen Sie, was ich meine? Hat George je gearbeitet, Anora? Ich meine, ist er je einer regelmäßigen Tätigkeit nachgegangen?«

»Oh ja, als er jung war. Er stammt aus einer Familie von Importeuren. Die Protheroes haben damals den Handel mit China mitbegründet, genau wie die Kellings. Nach seinem Studium und während unserer ersten Ehejahre war George mehrfach im Orient. Bei seinem letzten Besuch in Indien erkrankte er an einem furchtbaren Fieber. Die Ärzte wussten nicht, was ihn so krank machte. Doch was immer es auch gewesen ist, George war lange Zeit sterbenskrank und hat sich nie wieder richtig erholt.«

»Das wusste ich gar nicht, Anora.«

»Das wusste kaum jemand. George wollte nicht darüber reden und mochte auch nicht, wenn ich es tat. George war nicht etwa von Natur aus träge. Diese schreckliche Krankheit hat einfach seine ganze Kraft aufgesaugt. Er schlief mitten beim Essen ein. Du weißt ja, wie er war, Sarah. Du hast es ja selbst oft genug gesehen. George konnte unmöglich die Firma allein weiterführen. Nach dem Tod seines Vaters haben wir alles verkauft und haben seitdem nur von unserem Vermögen gelebt. Gott sei Dank waren wir nicht arm und konnten ein angenehmes Leben führen. Ich sollte dankbar sein, dass ich ihn so lange hatte. Das ist allein Ihr Verdienst, Jim.«

»Oh, jetzt übertreiben Sie aber, Anora. George hat nie seine Medizin genommen und sich an keine Diät gehalten. Ich würde sagen, es war eher Ihr Verdienst, wenn man von der Tatsache absieht, dass er die Konstitution eines Ochsen hatte. Sosehr ich es bedaure, ich muss Sie jetzt leider verlassen. Ich hätte eigentlich schon vor einer Stunde im Krankenhaus sein sollen. Sind Sie sicher, dass Sie nicht doch ein Schlafmittel möchten?«

»Vielen Dank, Jim, aber ich muss mich einfach daran gewöhnen, allein zu sein. Aber ich sollte wohl aufstehen und mich um die Beerdigung kümmern. Vorausgesetzt, diese Polizisten hier gestatten es mir.«

»Wir werden Ihnen helfen, wo immer wir können, Mrs. Protheroe«, sagte Levitan. »Wenn Sie möchten, kann sich Ihr Bestatter auch mit uns in Verbindung setzen. Dann besprechen wir die Einzelheiten mit ihm.«

»Haben Sie George schon weggebracht?«

»Ja, der Krankenwagen ist inzwischen wieder fort, und meine Leute vom Morddezernat ebenfalls. Sie haben alles fotografiert, Fingerabdrücke gesichert und alles getan, was sonst noch erledigt werden musste. Wir werden Sie nicht mehr belästigen. Es sei denn, es ergibt sich etwas Neues. Leider mussten wir im Rahmen der Spurensicherung ein Stück aus dem Teppich in der Eingangshalle schneiden. Vielleicht möchten Sie jemanden kommen lassen, um ihn zu reinigen und zu reparieren? Aber vielleicht wollen Sie ihn ja auch loswerden. Gibt es jemanden, den Sie damit betrauen möchten?«

»Ich habe ein paar Leute an der Hand, die derartige Aufgaben für mich erledigen. Sie werden sich schon um alles kümmern.«

»Gut. Lassen Sie uns noch einmal auf den Speer zurückkommen, Mrs. Protheroe. Ich will Ihnen nicht auf die Nerven gehen, aber sind Sie ganz sicher, dass er nicht doch hier aus Ihrem Haus stammt? Vielleicht hat er irgendwo herumgelegen. Immerhin ist es ein großes Haus, und Sie scheinen eine Menge, äh, Krimskrams und dergleichen zu haben.«

»Ich sagte Ihnen bereits, Lieutenant Levitan, ich kann mich beim besten Willen nicht daran erinnern, dass wir je einen Speer in diesem Haus hatten. Es ist mir bewusst, dass hier allerlei herumsteht. Vieles davon stammt aus dem Orient, und ich könnte mir durchaus vorstellen, dass irgendein Familienmitglied irgendwann auch einen Speer als Souvenir mitgebracht hat. In diesem Fall wäre der Speer oben im Speicher verstaut worden. Gemeinsam mit unzähligen anderen Dingen, die wir aussortiert haben, als ich nach unserer Hochzeit hier eingezogen bin. Ich habe nie die Zeit gefunden, die Sachen richtig auszumisten. George und ich haben uns immer darüber unterhalten, irgendwann den Speicher auszuräumen. Aber wir haben es nie getan, es war uns einfach zu viel. Ich war seit einer Ewigkeit nicht mehr dort oben. Ich bin zu alt und zu dick, um die Stufen hochzusteigen.«

»Wie steht es mit Ihrem Hausmädchen und der Köchin?«

»Phyllis würde nie im Leben dort hochgehen. Sie hat eine

Heidenangst vor Spinnen und Mäusen, von Gespenstern ganz zu schweigen. Das Reich meiner Köchin ist ihre Küche, und dort bleibt sie auch. Außerdem bezweifle ich, dass irgendein kleiner brauner Mann, der mit der Absicht in unser Haus eindringt, meinen Mann umzubringen, Lust hat, in dem Durcheinander dort oben herumzuwühlen. Warum hätte er nach einem Speer suchen sollen, wenn es doch genauso einfach gewesen wäre, ihm mit dem großen Schürhaken im Wohnzimmer eins über den Schädel zu geben? Das hätte ich jedenfalls getan, wenn ich je den unstillbaren Drang verspürt hätte, jemanden umzubringen. Was noch nie der Fall war, Sie können mich daher getrost aus der Liste Ihrer Verdächtigen streichen. Falls mir noch etwas einfallen sollte, das für Sie hilfreich sein könnte, werde ich mich mit Ihnen in Verbindung setzen. Sarah, du hast dich damals nach Walters und Carolines Tod an Watermans gewandt, nicht wahr? Warst du mit ihnen zufrieden?«

»Oh ja, sie begraben die Kellings seit Generationen. Möchtest du, dass ich sie anrufe?«

»Wenn es dir nichts ausmacht. Lieutenant, vielen Dank dafür, dass Sie hier waren. Phyllis wird Sie hinausbegleiten.«

»Nicht nötig, ich finde den Weg auch allein. Sie sind eine großartige Frau, Mrs. Protheroe, wenn Sie mir die Bemerkung erlauben.«

»Selbstverständlich erlaube ich sie Ihnen. Und fangen Sie den Verbrecher.«

»Wahrscheinlich hält er mich für die Schuldige«, bemerkte sie, bevor der Polizist ganz außer Hörweite war. »Er hat immer wieder von dem Speer angefangen. Was man durchaus verstehen kann, er hat so etwas sicher noch nicht oft gesehen. Normalerweise sind es Schusswaffen, Knüppel oder Küchenmesser, nicht wahr, Max?«

»Oder was einem sonst gerade in die Hände fällt. Levitan kann nicht ernsthaft glauben, dass Sie Ihren Mann erstochen haben, Anora. So ein Stoß erfordert ziemlich viel Kraft. Dazu sind Sie einfach nicht stark genug.«

»Oh doch. Ich hätte ihm nur einen Schubs geben brauchen, er wäre hingefallen, ich hätte ihm den Speer auf die Brust gesetzt und mich darauf gelehnt. Mein Gewicht hätte das Übrige getan. George wäre viel zu entsetzt gewesen, um sich zu wehren. Oder er hätte gedacht, ich wollte einen Witz machen. Er hätte niemals geglaubt, dass ich ihm wehtun würde. Und ich hätte ihm wirklich nie wehtun können, das können Sie mir glauben, Max.«

Anora brauchte noch ein Papiertaschentuch. »Manchmal hat George mich gefragt: ›Wie hältst du es bloß aus mit einem Kerl wie mir?‹ Und ich habe geantwortet: ›Ich liebe dich doch, du dummer alter Bär.‹ Und so war es auch. Manchmal hat er mich zur Verzweiflung gebracht, aber ich habe nie aufgehört, ihn zu lieben. Was soll jetzt bloß aus mir werden?«

»Du schaffst das schon, Anora. Versuch einfach, aus jedem Tag das Beste zu machen, und irgendwann kommt wieder alles in Ordnung.«

»Lange wird es ja Gott sei Dank nicht mehr dauern. Das tröstet mich wenigstens ein bisschen. Oh, Sarah, da bist du ja wieder. Hast du den Bestatter erreicht?«

»Ja. Sie schicken sofort jemanden her, der mit dir alle Einzelheiten bespricht.«

»Dann sollte ich mich besser richtig anziehen. Jetzt, wo die Polizei weg ist, kommen bestimmt gleich die Nachbarn und wollen herausfinden, was passiert ist. Soll ich es ihnen erzählen?«

»Es wäre sinnlos, es zu verheimlichen. Wahrscheinlich haben sie es schon in den Mittagsnachrichten gebracht, vielleicht sogar noch früher. Ich halte es für das Vernünftigste, wenn du ein oder zwei gute Freunde anrufst. Oder Phyllis damit beauftragst. Danach stellst du das Telefon ab und sagst Phyllis, sie soll außer dem Bestatter oder Leuten, die du gut kennst, niemanden ins Haus lassen. Diese Reporter können einem das Leben zur Hölle machen.«

»Oh Gott, daran habe ich noch gar nicht gedacht. In Ordnung, Sarah. Bitte sag kein Wort davon zu deiner Tante Appie, sonst kommt sie sofort her und bemitleidet mich. Das könnte ich einfach nicht ertragen. Jim Harnett wird es wahrscheinlich seiner Frau erzählen. Marianne ist eine gute Seele. Sie wird bestimmt kommen, wenn sie weiß, dass ich sie brauche. Und Ellie Pratch. Ich lade die beiden einfach zum Lunch ein, dann haben Phyllis und die Köchin etwas zu tun und stehen nicht herum wie vom Donner gerührt. Ich würde mich freuen, wenn ihr beide auch bleiben könntet, aber ihr habt sicher genügend anderes zu tun.«

»Na ja, wir sind Hals über Kopf aus dem Haus gestürzt und haben Davy einfach bei Theonia gelassen«, gab Sarah zu. »Und Max muss ins Büro. Nicht wahr, Liebling?«

»Richtig, aber ich würde Anora gern noch eine Frage stellen, bevor wir gehen.«

Die alte Dame seufzte. »Nur zu. Ich habe schon so viele Fragen beantwortet, dass eine mehr oder weniger nichts ausmacht. Was wollen Sie denn wissen, Max?«

»Als Sie eben mit Levitan über den Speer redeten, erwähnten Sie einen kleinen braunen Mann. Wie sind Sie darauf gekommen? Gibt es einen speziellen Grund?«

»Habe ich das wirklich gesagt? Warum wohl? Klingt ganz so, als hätte ich Wilkie Collins gelesen. Oh, jetzt fällt es mir wieder ein. Es war gestern Nachmittag, George und ich saßen auf der Ostveranda. Da war es nämlich schön schattig. Das ist einer der Vorteile dieses Hauses, wir haben für jede Tageszeit eine Veranda. George las in der Zeitung oder tat jedenfalls so, und ich war mit meiner Stickerei beschäftigt. Das mag zwar nicht wichtig erscheinen, aber ich hatte meine kleine Schere drinnen vergessen und bin ins Haus gegangen, um sie zu holen. Dabei fiel mir ein, dass Limonade und Kekse vielleicht eine gute Idee seien, und ich habe die Köchin gebeten, uns welche zu machen und nach draußen zu schicken. Alles in allem war ich etwa zehn bis fünfzehn Minuten im Haus. Als ich wieder nach draußen kam, war George aufgestanden und hatte sich über das Geländer gebeugt.«

Kapitel 7

Max wartete immer noch auf die Pointe, doch Sarah hatte sofort begriffen. »George ist aufgestanden? Wie ungewöhnlich. Was hat ihn denn deiner Meinung nach dazu bewogen?«

»Er hat mir erzählt, ein kleiner brauner Mann in einem knallroten Jogginganzug sei gerade vorn über unseren Rasen gerannt und dann zurück in den Garten gelaufen. George wollte unbedingt wissen, was er dort machte. Er meinte, der Mann hätte wie ein Tamile ausgesehen.«

»Ein Tamile? Leben die nicht in Sri Lanka oder so?«

»Ich glaube, so heißt es heute. George dachte, der Mann käme vielleicht aus Ceylon oder aus der Gegend von Madras. George war früher selbst dort. Damals, als er noch viel gereist ist. Er hat sogar die Sprache ein wenig gelernt. Er hoffte wohl, der Mann würde zurückkommen und mit ihm reden.«

»Hast du den Mann auch gesehen?« erkundigte sich Max.

»Oh nein. Aber das habe ich auch nicht erwartet. Ich konnte mir durchaus vorstellen, dass George in der Lage war, einen Tamilen zu erkennen, wenn er einen vor sich hatte. Aber der knallrote Jogginganzug schien mir dann doch ein bisschen weit hergeholt. Wahrscheinlich ist George wie so oft eingenickt und hat von der guten alten Zeit geträumt. Das passierte ihm ziemlich häufig. Manchmal waren seine Träume so realistisch, dass er felsenfest davon überzeugt war, sie wären tatsächlich passiert.«

»Könnte es sein, dass daher auch einige seiner Geschichten stammten?« fragte Max.

»Kann ich mir gut vorstellen. Es würde auch erklären, warum er sich nie an das Ende erinnern konnte. Ihr wisst ja, wie das bei Träumen so ist. Man wacht immer zu früh auf. Jedenfalls kam Phyllis dann mit der Limonade, und ich vergaß den kleinen braunen Mann wieder. Oder dachte dies zumindest. Aber anscheinend spukt er mir immer noch im Kopf herum. Warum, Max? Meinst du, es hätte irgendetwas zu bedeuten?«

»Es ist einfach nur merkwürdig, sonst nichts. Eine allerletzte Frage noch, Anora: Hattet ihr je geschäftlich mit einem Mann namens Bartolo Arbalest zu tun? Er selbst nennt sich ›Auferstehungsmann‹.«

»Ja, natürlich. Es ist noch gar nicht lange her, dass Bartolo hier war. Jane, die Tochter von Georges Nichte, will nämlich endlich aus dem Mann, mit dem sie seit zwei Jahren oder so zusammenlebt, einen ehrbaren Mann machen. Sie planen eine richtige Hochzeit. Es soll eine Riesenfeier werden. Da dachten George und ich, wir könnten ihr gut die Elefantenkerzenleuchter schenken. Du erinnerst dich sicher daran, Sarah.«

»Natürlich. Sie stammen aus Indien, nicht? Vergoldetes Silber, mit Filigransitzen auf dem Rücken. Und hübschen goldenen und silbernen Decken, an denen winzige Glöckchen baumeln. Ich durfte als Kind mit den Fingern an den Glöckchen entlangfahren und sie zum Läuten bringen. Der Klang war wunderhübsch und ganz zart.«

»Genau.« Anora lächelte fast. »Alle Kinder liebten die Elefanten. Jane war ganz verrückt nach ihnen. Als sie einmal mit ihrer Familie bei uns zu Besuch war, hat sie sich mit ihrem Bruder gezankt, weil sie beide die Glöckchen läuten wollten. Bei dem Gerangel zerbrach einer der Sitze, und der Rüssel des anderen Elefanten wurde verbogen. Jane heulte wie ein Schlosshund. Ich habe die Elefanten weggepackt und mir vorgenommen, sie irgendwann reparieren zu lassen. Aber ihr wisst ja, wie das so ist. Die Filigranarbeiten sind so fein, dass ich keine Ahnung hatte, an wen ich mich wenden sollte. Schließlich sind die Kerzenleuchter in der Anrichte gelandet und haben dort jahrelang gelegen. Als wir von der geplanten Hochzeit erfuhren, fand ich es unpassend, einfach hinzugehen und irgendein Geschenk zu kaufen. Da fielen mir die Elefanten wieder ein.«

»Und wie seid ihr ausgerechnet auf Arbalest gekommen?« fragte Max.

»Durch einen glücklichen Zufall. Ellie Pratch erwähnte, dass eine ihrer Cousine irgendeine Nippsache reparieren lassen musste – ich habe vergessen, was genau es war. Sie hat sie dem neuen Restaurator anvertraut, der gerade von der Westküste hierher nach Boston gezogen war. Er sei auf die Restauration von Kunstgegenständen spezialisiert, sagte sie, und habe ganz wunderbar gearbeitet. Das Allerbeste sei, dass man ihm die Kunstwerke nicht einmal zu bringen brauche. Man ruft ihn nur an, und schon kommt er ins Haus. Also rief ich Bartolo an, und er kam tatsächlich. Es war ein überaus angenehmer Besuch, George und er führten ein angeregtes Gespräch über orientalische Antiquitäten. Es war der interessanteste Abend seit langem. George ist richtig aufgeblüht, ich habe ihn seit Ewigkeiten nicht so lebhaft gesehen.«

»Habt ihr die Elefanten schon zurückbekommen?«

»Ja, Bartolo war äußerst fix. Und ich muss sagen, wir waren sehr zufrieden. Bartolo, oder wer immer sonst sie restauriert hat, ist ein wahrer Meister. Von dem Geld hätten wir Janet natürlich genauso gut einen echten Elefanten kaufen können. Aber Bartolo hatte uns vorher genau gesagt, wie viel es kosten würde, und uns von seinem Atelier erzählt, wie er es nannte. Er beschäftigt dort mehrere Kunsthandwerker, die alle auf unterschiedliche Bereiche spezialisiert sind. Bartolo klingt manchmal ein wenig hochtrabend, und er leidet sicher nicht an falscher Bescheidenheit, aber er scheint wirklich genauso gut zu sein, wie er behauptet.«

»Ich habe gehört, Mr. Arbalest könne sich hervorragend in Szene setzen«, sagte Sarah.

»Oh, das kann man wohl sagen! Er fuhr in seinem Rolls Royce vor, mitsamt Chauffeur in Livree. Ich habe einen so eleganten Auftritt nicht mehr erlebt, seit Mary Roberts Rinehart zum Tee ins Haus meiner Tante in Bar Harbor kam. Bevor es abbrannte. Der Chauffeur folgte Bartolo auf dem Fuße und trug etwas, das aussah wie ein Koffer. Und dann stand er den ganzen Abend ohne mit der Wimper zu zucken neben Bartolos Sessel. Ich wusste nicht, ob ich dem Mann einen Platz oder einen Drink anbieten sollte oder ihn in die Küche zur Köchin schicken sollte. Daher habe ich ausnahmsweise den Mund gehalten und das Reden George überlassen. George hat es sichtlich genossen. Es war fast wie in alten Zeiten. Als sich die beiden schließlich verabschiedeten, fragte ich den Mann – er hieß Gould oder so ähnlich – nein, Goudge –, ob er ein Samtkissen wünsche, um die Elefanten darauf zum Wagen zu tragen.«

»Hast du ihn damit nicht aus der Fassung gebracht?«

»Ich hatte den Eindruck, dass seine Lippen sekundenlang zuckten, aber ich war mir nicht sicher.«

Es tat Anora gut zu reden, ihr Gesicht hatte inzwischen sogar wieder ein wenig Farbe bekommen. »Dieses Kofferding, das er mitgebracht hatte, war innen gepolstert. Goudge brauchte etwa zwanzig Minuten, um die Elefanten sicher darin zu verstauen, wobei Bartolo ihn die ganze Zeit mit Argusaugen beobachtete. Es gab einem wirklich ein Gefühl der Sicherheit, und genau das war wohl auch beabsichtigt. Und als die Elefanten zurückkamen, konnte man keinerlei Spuren einer Reparatur erkennen. Sie waren außerdem komplett gereinigt. Nicht etwa auf Hochglanz poliert, was gewöhnlich gewesen wäre, nein, sie sahen absolut großartig aus. Ich konnte mich kaum von ihnen trennen, aber Janes Begeisterung war das Opfer wert. Sie hat uns sogar ein Dankkärtchen geschickt, was bei Jane wirklich etwas heißen will. Ich hoffe nur, bei ihr wird nicht noch mal eingebrochen!«

»Wann ist denn bei ihr eingebrochen worden, Anora?« erkundigte sich Max ein wenig scharf. »Hatte sie da euer Geschenk schon?«

»Ja. Es war erst letzte Woche. Glücklicherweise sind die Hochzeitsgeschenke alle im Haus von Janes Eltern, weil die Feier dort stattfinden wird. Jane und Carl haben nur ein kleines Apartment in Fenway. Angeblich gibt es eine Alarmanlage in dem Gebäude, außerdem haben die beiden wer weiß wie viele Schlösser und Riegel an der Tür. Aber das hält ja bekanntlich einen entschlossenen Einbrecher nicht ab. Ich habe nur nicht verstanden, warum jemand sich erst die ganze Mühe macht und dann nicht mal den Fernseher mitgehen lässt. Jedenfalls sucht Jane jetzt nach einer anderen Wohnung, in der die Elefanten richtig zur Geltung kommen. Aber ich sollte nicht so viel reden, ihr habt sicher wichtigere Dinge zu tun. Ich kann euch gar nicht sagen, wie dankbar ich bin, dass ihr gekommen seid.«

Sie waren noch mit den üblichen Abschiedsritualen beschäftigt, als Phyllis erschien. »Mrs. Harnett ist am Telefon, Mrs. Protheroe. Sie würde gern kommen. Soll ich sagen, Sie hätten sich ein wenig hingelegt?«

»Nein, sag ihr, dass ich sie in etwa einer Stunde zum Lunch erwarte. Frag Sie, ob es ihr etwas ausmachen würde, Mrs. Pratch mitzubringen. Ansonsten wünsche ich außer dem Herrn vom Begräbnisinstitut niemanden zu sehen. Und lass dir auf jeden Fall seine Visitenkarte zeigen, bevor du ihn ins Haus lässt. Stell das Telefon leise, sobald du mit Mrs. Harnett gesprochen hast. Ich wünsche keine weiteren Anrufe mehr entgegenzunehmen. Dann lass mir ein Bad einlaufen und richte der Köchin aus, sie soll etwas Leichtes vorbereiten.«

»Woran dachten Sie denn, Mrs. Protheroe?«

»Ganz egal, vielleicht ein Soufflé oder ein Omelette. Deck den Tisch im Frühstückszimmer. Hol den persischen Läufer aus dem hinteren Schlafzimmer im ersten Stock und leg ihn über den schrecklichen Fleck auf dem Dielenteppich. Wir müssen ihn unbedingt entfernen lassen, aber das schaffe ich heute nicht mehr. Leg Zeitungen unter den Läufer, damit die Unterseite nicht schmutzig wird.«

Anora hatte wieder alles unter Kontrolle. Phyllis strahlte Erleichterung aus, als sie die Bittersohns zur Tür brachte. »Es ist gut für sie, dass sie gleich Gesellschaft bekommt«, flüsterte sie. »Was bin ich dankbar, dass Sie genau im richtigen Moment angerufen haben!«

»Sie können jederzeit anrufen, wenn sonst noch irgendetwas passiert«, schärfte Sarah ihr ein. »Und passen Sie auf sich auf, Phyllis. Überanstrengen Sie sich nicht. Lassen Sie mich wissen, wenn es Ihnen zu viel wird. Dann werde ich dafür sorgen, dass Ihnen jemand hilft.«

»Bringen Sie beim nächsten Mal den Kleinen mit? Mrs. Protheroe liebt Kinder, solange sie nichts kaputt machen.«

Sie verabschiedeten sich ein letztes Mal, Sarah setzte sich hinter das Steuer und wartete geduldig, bis Max sein Bein bequem verstaut hatte.

»Okay, *Kätzele*, du kannst losrollen. Sarah, glaubst du Anoras Geschichte von dem kleinen braunen Mann im roten Jogginganzug?«

»Na ja, ich kann mir nicht vorstellen, dass Anora so etwas erfindet, und es gab niemals Anzeichen dafür, dass George übersinnliche Fähigkeiten besaß. Wenn es ein Traum war, was sie anzunehmen scheint, wäre es wirklich ein merkwürdiger Zufall. Aber vielleicht hat Mr. Arbalest während ihres unterhaltsamen Gesprächs von dem komischen kleinen Kerl erzählt, der auf dem Weg hinter dem Haus seine Freiübungen macht. Ist dir aufgefallen, dass Anora ihn Bartolo nannte?«

»Vielleicht gehört es zu Arbalests Geschäftstaktik, mit den wohlhabenderen Kunden einen persönlichen Umgangston zu pflegen und sich beim Vornamen nennen zu lassen.«

»Ja, das kann ich mir gut vorstellen«, stimmte Sarah zu. »Trotzdem finde ich, dass kleine braune Männer in roten Jogginganzügen ein recht ungewöhnliches Thema sind, wenn man ein Fachgespräch über orientalische Antiquitäten führt.«

»Vielleicht ist der Jogger alt genug, um selbst als orientalische Antiquität durchzugehen.«

»Was bist du doch für ein Schlaumeier, Schatz. Aber wenn der Mann so steinalt ist, kann er wohl kaum noch Freiübungen machen. Außerdem sagte Charles, er habe schwarzes Haar.«

»Er hat vielleicht seine Naturfarbe wieder zurückerlangt, nachdem er sich das komische Zeug ins Haar geschmiert hat, das sie im Fernsehen immer anpreisen.«

»Pah, Humbug«, sagte Sarah. »Charles hat außerdem gesagt, er hätte auch ein paar graue Haare gehabt.«

»Dann hat er halt die Farbe nur zum Teil wiederhergestellt. Typischer Trick eines alternden, rot gewandeten, joggenden Tamilen. Aber vergessen wir einstweilen besagten Jogger. Haben wir keine Nippsachen, die wir restaurieren lassen können?«

»Um wenigstens einen Fuß in Arbalests Tür zu setzen? Max, Schatz, fällt dir keine preiswertere Methode ein, um mit Bartolo Arbalest Kontakt aufzunehmen? Wie wär's, wenn wir Brooks hinschicken, damit er sich dort um eine Stelle bewirbt?«

»Daran habe ich auch schon gedacht, aber es funktioniert nicht. Brooks bleibt eisern, was das Samtbarett betrifft.«

»Warum gehen wir dann nicht einfach selbst hin und betätigen den Türklopfer? Oder glaubst du etwa, dass Mr. Arbalest eine böse Aura ausstrahlt, die kleine braune Männer veranlasst, andere Leute aufzuspießen? Dann wären nicht wir zuständig, sondern die Polizei oder ein Medizinmann, meinst du nicht? Liebling, ich möchte auf keinen Fall, dass dir wieder etwas zustößt.«

»Das möchte ich auch nicht«, versicherte Max seiner Frau aus tiefstem Herzen. »Ich will nur herausfinden, was zum Teufel Bartolo wirklich treibt. Oder was man mit ihm treibt. Du hast nicht zufällig irgendetwas in Anoras Haus vermisst, das so wertvoll ist, dass man den armen George dafür hätte ermorden können?«

»Nein, aber ich habe auch nicht darauf geachtet. Ich hatte zu viel mit Anora zu tun. Vielleicht finden Anora und Phyllis mehr heraus, wenn sie sich erst einmal beruhigt haben und anfangen, das Haus genauer unter die Lupe zu nehmen. Es ist vollgestopft mit Krempel, und ein Teil davon ist sicher wertvoll. Die Protheroes gehören zum alten Geldadel. Sie besitzen viele orientalische Kunstwerke und weiß der Himmel was sonst noch.«

»Meinst du, sie haben je eine Inventarliste gemacht?«

»Kann ich mir schlecht vorstellen. Das hätte nur die Versicherungskosten in die Höhe getrieben, was ihnen sicher nicht gefallen hätte. Und warum sonst hätten sie sich die Mühe machen sollen? George war dazu viel zu träge, und Anora ist es wahrscheinlich gleichgültig. Sie interessiert sich für Menschen, nicht für Dinge. Trotzdem will sie natürlich bestimmt wissen, warum der Mörder George umgebracht hat. Man kann doch nicht einfach untätig herumsitzen und zulassen, dass so schreckliche

Dinge passieren. Hast du vor, Lieutenant Levitan zu erzählen, was wir wissen?«

»Was wissen wir denn schon? Dass ein Mann, der an Narkolepsie litt, einen Asiaten in einem roten Jogginganzug durch seinen Garten rennen sah? Oder auch nicht? Lass uns warten, bis wir etwas Mitteilenswertes haben. Wir sollten bei Cousin Percys Papagei anfangen. Der Auftrag, ein Kunstwerk wiederzufinden, das Arbalest vor kurzem aufgearbeitet hat, gibt uns einen guten Grund, mit Arbalest Kontakt aufzunehmen.«

»Stimmt«, meinte Sarah. »Sollen wir zusammen gehen oder Strohhalme ziehen?«

»Ich knöpfe mir Arbalest besser allein vor. Oder ich nehme Brooks mit, da er den Mann bereits kennt.«

»Dann statte ich Cousin Percys Haus einen kleinen Besuch ab. Er selbst wird natürlich in seinem Büro sein, aber Anne ist sicher zu Hause. Wahrscheinlich überrasche ich sie beim Unkrautzupfen. Sie lebt schließlich geradezu für ihren Garten. Ich frage sie mal, ob es ein Foto von dem Gemälde gibt. Wenn nicht, kann ich eine Art Phantomzeichnung nach ihrer Beschreibung anfertigen, damit wir wissen, wonach wir suchen. Anne hat ein gutes Auge für Details und Farben, und ich nehme meine Malsachen mit.«

Sarah hatte in der Vergangenheit mehrere Bücher illustriert und fand neuerdings oft Gelegenheit, ihr Talent für andere Zwecke zu nutzen. Außerdem erhielt sie durch ihre geschickten Fragen häufig nützliche Informationen, die das Opfer für zu unwichtig gehalten hatte, um sie der Polizei mitzuteilen. Schade, dass sie Davy nicht mitnehmen konnte. Aber Anne würde todsicher einen Schlag bekommen, wenn er sich so verhielt, wie es für kleine Jungen in seinem Alter normal war. Sie konnte Theonia unmöglich noch länger als Kindermädchen einspannen, aber vielleicht wusste Mariposa Rat.

Es war eine große Erleichterung, dass Max sich wieder frei bewegen konnte. Sie hoffte nur, dass er sich nicht zu viel zumutete. Sarah spielte mit der Idee, eine Chauffeursuniform für Charles zu kaufen, damit er für Max das tun konnte, was Carnaby

Goudge für Bartolo Arbalest tat. Es gelang ihr zwar nicht, sich einzureden, dass Charles einen guten Leibwächter abgeben würde, doch wenigstens konnte er fahren und beeindruckend aussehen. Aber dann würde er ihnen im Haus fehlen. Sie brauchten unbedingt eine zusätzliche Hilfe. Doch immer eins nach dem anderen.

»Tut mir leid, dass ich dich nicht zu Arbalest fahren kann. Vielleicht könnte Charles das übernehmen, meinst du nicht?«

»Wozu? Wenn mir nicht mehr nach Laufen zumute ist, kann ich mir doch ein Taxi nehmen.«

»Was macht dein Bein?«

»Es geht. Und hängt dabei immer noch an mir. Vielleicht lege ich mich ein Weilchen mit Davy hin, bevor ich mich um Arbalest kümmere.«

»Gute Idee. Er wird sein Mittagsschläfchen viel mehr genießen, wenn du ihm Gesellschaft leistest. Ich habe mich schon gefragt, was ich mit ihm machen soll. Ich kann ihn unmöglich zu Anne mitnehmen, und Theonia ist bestimmt langsam am Ende ihrer Kräfte. Ich setz dich zu Hause ab und hoffe, dass ich einen Parkplatz finde.«

Ausnahmsweise hatte sie Glück. Es gab tatsächlich einen Parkplatz in der Tulip Street. Sarah schaffte es, den Wagen auf Anhieb genau in die Lücke zu setzen, mit gerade mal zwei Handbreit Sicherheitsabstand. Im Esszimmer fanden sie Theonia, Mariposa und Davy vor, die sich mit getoasteten Tomaten-Käse-Sandwiches vergnügten, während Charles seine ziemlich komische Nummer als singender Kellner zum Besten gab. Keiner schien sie sonderlich vermisst zu haben, auch wenn sich alle freuten, sie zu sehen.

»Davy und ich haben ein paar Sandwiches mehr gemacht, für den Fall, dass Sie kommen sollten«, sagte Mariposa. »Ich leg sie schnell unter den Grill.«

»Bleiben Sie sitzen«, sagte Sarah. »Ich mache das schon. Möchtest du Eistee, Max?«

Max bejahte die Frage und erkundigte sich, wie viele Enten

Davy gefüttert habe, während Theonia Sarah über die weiteren morgendlichen Ereignisse informierte. Sie hatte Davy wie geplant in den Park zu den Schwanenbooten und den Enten geführt. Brooks hatte auf dem Anrufbeantworter eine Nachricht für Max hinterlassen. Anscheinend war Bill Jones noch einmal aufgetaucht und hatte interessante Neuigkeiten gebracht. Brooks würde sich freuen, wenn Max irgendwann nach zwei im Büro vorbeischauen könne.

»Brooks hat außerdem gesagt, Cousin Percy habe ihn fünfzehn Minuten lang am Telefon gelöchert. Er wollte wissen, welche Fortschritte wir bei der Wiederbeschaffung seines – oder genauer Annes – Gemälde gemacht haben«, fuhr Theonia fort. »Ich nehme an, Percy war mit Brooks Bericht nicht sehr zufrieden. Ich wüsste wirklich gern, für was dieser Mann uns eigentlich hält!«

»Percy kann wirklich ein aufgeblasener Wichtigtuer sein, wenn es um Geld geht«, sagte Sarah. »Auch dann, wenn es nicht um Geld geht, wie ich zugeben muss. Ich habe vor, heute Nachmittag kurz hinzufahren. Mal sehen, was ich aus Anne herausbekomme. Sie ist die meiste Zeit recht vernünftig. Leider machen kleine Kinder sie nervös. Kein Wunder, wenn man bedenkt, was für Satansbraten ihre eigenen Enkel sind. Doch das bedeutet leider, dass jemand ein paar Stunden auf Davy aufpassen muss, nachdem er mit seinem Vater sein Mittagsschläfchen gehalten hat. Stellt sich jemand freiwillig zur Verfügung?«

»Klar«, sagte Mariposa. »Wie wär's mit uns beiden, Chico? Wir holen die Maracas und veranstalten eine kleine Fiesta. Und dann gehen wir vielleicht in den Garten und du spielst auf der Schaukel, während ich die Füße hochlege. Olé!«

»Olé!« schrie Davy begeistert.

Damit war das Problem gelöst. Bevor Brooks und Theonia eingezogen waren, war das kleine Grundstück zwischen der Hintertür und dem Weg hinter der Tulip Street eine deprimierende kleine Einöde aus Steinen, Unkraut und Mülltonnen gewesen. Brooks hatte alles weggeräumt, einen Verschlag für die Mülltonnen gebaut, einen neuen Holzzaun errichtet, um mehr Privatsphäre zu haben, und die notdürftig geflickte kaputte alte Tür durch eine stabile neue ersetzt. In der Mitte hatte er Platten gelegt, damit sie Gartenmöbel nach draußen stellen konnten, und schließlich säckeweise Erde und Torf für Blumenbeete herangekarrt. Er hatte Küchenkräuter und robuste niedrig wachsende Sträucher und Blumen gepflanzt. Er war gerade dabei, einen Zwergpfirsichbaum am Spalier zu erziehen. Inzwischen gab es bequeme Gartenstühle für die Erwachsenen und eine Schaukel für Davy, aus der er nicht herausfallen konnte. Genau der richtige Ort für ein Kind und seinen Babysitter an einem warmen Sommernachmittag. Nachdem auch dieses Problem erfolgreich gelöst war, aß Sarah ihr Sandwich auf und sorgte dafür, dass ihre beiden Männer es sich bequem machten. Dann holte sie ihre Malutensilien und ihren Skizzenblock.

Kapitel 8

»Taglilien sind wirklich keine besondere Herausforderung.«

Sarah stimmte Cousine Anne bereitwillig zu, denn auch sie konnte sich nicht erinnern, je von einer Taglilie herausgefordert worden zu sein. Es hatte keinen Zweck, das eigentliche Thema ihres Kommens anzugehen, bevor Cousine Anne ihren Gast nicht mit einer kompletten Gartenführung beglückt hatte und ausreichend Zustimmung, Bestätigung und Lob erhalten hatte.

Doch das machte nichts, Sarah genoss den kleinen Spaziergang. Annes Garten war eine willkommene Abwechslung, wenn sie an den deprimierenden Morgen bei der armen alten Anora Protheroe dachte. Der Garten hielt dem Vergleich mit Sissinghurst oder Winterthur nicht ganz stand, doch er war wunderschön angelegt und makellos gepflegt. Anne erledigte den größten Teil der Gartenarbeit selbst. Zur Unterstützung kam ein- oder zweimal die Woche ein junger Bursche vorbei, der grub, mähte oder harkte, je nachdem, was die Jahreszeit und die Vorstellungen der Besitzerin gerade erforderten.

Selbst der Komposthaufen war ein kleines Kunstwerk. Anne hatte nämlich sehr genaue Vorstellungen, was das Kompostieren betraf. Sie lauschte gebannt, als Sarah schilderte, wie ihr Hausmeister in Ireson's Landing dem ausgelaugten Boden zu neuem Leben verholfen hatte. Mr. Lomax hatte die geniale Idee gehabt, Kabeljauköpfe und Fischdärme unterzugraben,. die er sich in einer nahe gelegenen Fischfabrik besorgt hatte. Die beiden beendeten ihren kleinen Rundgang in einer entspannten und freundlichen Stimmung und setzten sich zum Ausruhen unter eine ausladende Rosskastanie.

Annes Eistee war mit dem von Theonia nicht zu vergleichen, und ihre Plätzchen waren nicht selbst gebacken, doch die frisch gepflückte Minze, die frischen Zitronenscheiben und die hübsche Umgebung entschädigten für das leicht fade Ingwergebäck. Jetzt konnten sie endlich reden.

»Um auf das gestohlene Bild zurückzukommen«, begann Sarah, »hast du zufällig ein Foto davon?«

Anne reagierte so verblüfft, als hätte Sarah sie nach einem ausgestopften Ameisenbär gefragt. »Ein Foto? Von dem Gemälde? Also, auf die Idee bin ich wirklich noch nie gekommen. Ich mache natürlich jedes Jahr eine detaillierte Fotoreportage von unserem Garten, aber was das Bild betrifft – nun ja, wir hatten unser kleines Mädchen mit dem Papagei ja auch noch nicht sehr lange. Percy hielt die Kleine zuerst für einen ziemlich schlechten Witz. Sofern Percy bei seinem Sinn für Humor überhaupt etwas als Witz ansehen kann. Das war natürlich bevor Mr. Arbalest uns den wahren Wert mitteilte, aber das brauche ich dir ja wohl kaum zu sagen. Als Percy ihren aktuellen Marktwert erfuhr, fand er sie ganz reizend. Percy hat einen ausgeprägten Sinn für Gerechtigkeit, weißt du. Er war genauso betroffen wie ich, als wir feststellten, dass man sie gestohlen hatte. Natürlich gehört sie zu den mobilen Werten, und du weißt ja, wie Percy über Werte denkt, aber es ist mehr als das. Wir haben sie nämlich beide recht lieb gewonnen. Dir ist doch sicher klar, wie wichtig es für uns ist, sie zurückzubekommen?«

»Oh ja«, versicherte Sarah, »sonnenklar.«

»Wie wollt ihr es denn anstellen, sie zu finden? Ich nehme an, ich habe das Recht, diese Frage zu stellen, ich bin ja schließlich eure Auftraggeberin.«

Anne versuchte nicht etwa sarkastisch zu sein, sie hätte gar nicht gewusst, wie man so etwas anstellte. Sarah suchte krampfhaft nach einer Erklärung, die eine Person zufrieden stellen konnte, deren Herz ihrem Komposthaufen gehörte.

»Ich denke mal, wir gehen mehr oder weniger ähnlich vor, als wollten wir eine neue Taglilienhybride züchten. Wir beginnen mit dem, was wir wissen, also mit einer Pflanze, die wir kennen. Dann überlegen wir uns, wie der nächste logische Schritt aussehen könnte, probieren ihn aus und warten ab, was passiert. Falls es nicht klappt, versuchen wir etwas anderes. Dabei muss man ständig auf Überraschungen gefasst sein, aber wir lassen nicht locker. Genau wie du, bis du schließlich genau die Pflanze gezüchtet hast, die dir vorschwebte.«

»Ah, das habe ich verstanden. Du kannst wirklich wunderbar erklären.«

Sarah war erleichtert über Annes Lob, auch wenn sie nicht ganz verstehen konnte, womit sie es verdient hatte. Wahrscheinlich hatte die Gattin ihres Cousins Sarahs Worte auf eine Weise gedeutet, die ihr einleuchtend erschien. Offenbar war es wichtig, in einem Kontext zu bleiben, in dem eine Gärtnerin sich wohl fühlte. Dies fiel Sarah nicht schwer, also tastete sie sich weiter vor.

»Stell dir vor, du hast irgendwo eine exotische Pflanze gesehen, die du gern in deinem Garten hättest. Leider weißt du nicht, wo du sie finden kannst. Und danach fragen kannst du auch nicht, weil du den Namen vergessen hast. Also durchforstest du alle Gartenbücher und Samenkataloge, bis du ein Bild von ihr findest. Vielleicht musst du auch jetzt noch lange suchen und in allen möglichen Gärtnereien nachfragen. Aber wenigstens weißt du, wonach du suchst, und das macht alles sehr viel leichter.«

»Ich weiß genau, was du meinst! Ich habe mal eine –«

Anne setzte an, über eine ihrer botanischen Gralssuchen zu berichten, doch dazu fehlte die Zeit. »Und jetzt bin ich hier«, fuhr Sarah in dem typischen Kelling-Ton fort, der häufig mit arroganter Unhöflichkeit verwechselt wurde, »um mir ein Bild von deinem Gemälde zu machen, damit sämtliche Agenten, die wir möglicherweise darauf ansetzen müssen, auch genau wissen, wonach sie suchen müssen. Da es kein Foto gibt, möchte ich nach deiner Beschreibung etwas anfertigen, das man als Phantombild bezeichnen könnte.«

»Oh je. Ich bin nicht sehr gut, ich kann Dinge nicht gut beschreiben.«

»Das macht nichts, Anne, ich werde es schon aus dir herauskitzeln. Percy sagte, es sei ein Gemälde im Stil der amerikanischen Primitiven, das ein kleines Mädchen darstellt, das auf einem Finger einen großen grünen Papagei balanciert.«

»Ja, stimmt genau. Percy kann so etwas viel besser als ich.«

»Ganz bestimmt nicht. Du hast den Blick einer Gärtnerin, und genau das brauchen wir jetzt.«

»Tatsächlich?«

»Allerdings«, versicherte Sarah. »Wahrscheinlich hast du von den Wandermalern gehört, die früher von Ort zu Ort zogen und jeden porträtierten, der das Geld hatte, sie zu bezahlen. Aber vielleicht weißt du nicht, dass sie oft den ganzen Winter damit verbrachten, Körper ohne Köpfe zu malen. Immer hübsch angezogen und oft mit irgendetwas Dekorativem versehen, etwa einem Haustier, einem Kinderspielzeug oder einem Blumenstrauß. Manchmal auch mit einem Papagei. Sozusagen als Gratiszugabe für den Kunden.«

»Wie nett von ihnen«, sagte Anne höflich. »Und warum fehlten die Köpfe?«

»Damit der Kunde die Figur wählte, die ihm am besten gefiel, und dann ließ der Künstler seinen Kunden Modell sitzen und fügte den passenden Kopf hinzu. Der Künstler machte häufig mehrere Kopien von einer Darstellung, wobei die Bilder natürlich wegen der verschiedenen Gesichter alle unterschiedlich ausfielen. Wie ein gemischtes Dahlienbeet«, erklärte Sarah. »Die Blätter sehen alle ziemlich ähnlich aus, aber die Blüten sind völlig unterschiedlich.«

Da sie nicht wollte, dass Anne jetzt lang und breit über ihre Dahlien berichtete, sprach sie schnell weiter. »Ich habe daher ein Buch über Amerikanische Folk Art mitgebracht und hoffe, dass wir einiges darin finden, das dich an dein Gemälde erinnert. Sag bitte sofort, wenn du irgendetwas siehst, das deinem Gedächtnis auf die Sprünge hilft.«

Da Bilder dieser Art so stilisiert sind, dauerte es nicht lange, bis Anne Ähnlichkeiten zu entdecken begann. »Unser Mädchen steht mehr seitlich, den einen Fuß vor den anderen gesetzt, wie hier. Und sie hat genauso kleine Füße und flache schwarze Pantöffelchen. Aber ein volleres Gesicht, eher wie dieses Mädchen hier. Und ihr Haar ist ebenfalls braun, nur heller.«

Anne war sogar in der Lage, das Kleid zu identifizieren, doch es waren geringfügige Veränderungen nötig, und der Blauton stimmte nicht. »Es war, wie soll ich es bloß beschreiben?«

»Vergleich es einfach mit etwas anderem«, sagte Sarah. »Kannst du mir eine Blume mit dem richtigen Farbton zeigen?«

»Aber sicher, nichts leichter als das. Was für eine wundervolle Idee. Und ich kann dir auch ein Blatt zeigen, das dieselbe Farbe hat wie der Papagei.«

Nachdem dies geschafft war, stellte sich der Rest als Kinderspiel heraus. Indem sie verschiedene Abbildungen mit Details aus Annes reichbestückten Blumenbeeten ergänzten, gelang es Sarah, in weniger als einer Stunde eine ziemlich genaue Aquarellskizze anzufertigen. Anne war begeistert.

»Du bist unglaublich geschickt! Meinst du, ihr könntet es mir geben, falls ihr das Original nicht findet?«

»In diesem Fall kann ich dir sogar ein Ölbild malen, das dem Original noch ähnlicher sieht«, versprach Sarah. »Aber unsere Erfolgsquote bei der Wiederbeschaffung gestohlener Kunstwerke ist ziemlich hoch. Kannst du mir noch zeigen, wo genau das Bild gehangen hat? Wie ist der Dieb deiner Meinung nach überhaupt in euer Haus gelangt?«

»Ja, sicher, ich zeige es dir. Obwohl es jammerschade ist, sich an einem so schönen Tag im Haus aufzuhalten.«

Anne warf ihrem Beet mit Geranien so rot und Rittersporn so blau einen letzten schmachtenden Blick zu und führte Sarah ins Wohnzimmer. Den Platz über dem Kamin hatte jetzt ein grimmig blickender älterer Herr im grauen Geschäftsanzug eines Bankers eingenommen, der mit ernster, entschlossener Miene ein Bündel Papier umklammerte. Wahrscheinlich Hypotheken, die er kündigen wollte, mutmaßte Sarah.

»Wir haben Vater wieder zurückgehängt, weil das Zimmer so kahl aussah mit dem großen leeren Fleck am Kamin«, erklärte Anne. »Leider passt er gar nicht gut zu den neuen Sofakissen. Unser kleines Mädchen war genau richtig. Das Gefieder des Papageis griff das Grün der Blätter auf. Der Schnabel hatte sogar denselben Gelbton wie das Herz der Rosenblüten. Selbst Percy ist aufgefallen, wie schlecht Vater harmoniert. Hoffentlich findet ihr sie bald!«

Anne tätschelte den buntgeblümten Chintz, wie sie wahrscheinlich ein weinendes Kind gestreichelt hätte, wenn ihr Kinder ebenso viel bedeutet hätten wie ihr Garten. Sarah blieb nichts anderes übrig, als tröstende, aufmunternde Worte zu murmeln und sich zu erkundigen, ob eines der Schlösser gewaltsam geöffnet worden sei.

»Die Polizei hat nichts gefunden«, erwiderte Anne. »Aber irgendwie müssen sie ja hereingekommen sein.«

»Meinst du mit *sie* die Diebe?«

»Oder den Dieb. Einer allein hätte das Bild genauso leicht stehlen können. Es ist nicht sehr groß, auch wenn es durch den wunderschönen Rahmen, den Mr. Arbalest eigens dafür angefertigt hat, irgendwie – wie soll ich sagen – gewichtiger aussieht. Das kleinere Format ist sehr von Vorteil, wenn du mich fragst. Vater nimmt so viel Platz in Anspruch, dass man jetzt keine Arrangements mit langstieligen Blumen mehr auf den Kaminsims stellen kann. Dabei hatte ich etwas ganz Besonderes für meinen Teenachmittag mit den Leuten vom Gartenclub im September geplant. Ziertabak für den Duft, Bergamotte der guten alten Zeiten wegen und weil das Rosa so gut zu dem Bild passt, und als heitere Note Harry Lauders Spazierstock, weil es so lustig aussieht.«

»Das klingt wirklich bezaubernd.« Sarah war bereit, alle Blumenarrangements ihrer angeheirateten Cousine unbesehen für wunderschön zu halten, hatte jedoch keinen blassen Schimmer, was Anne mit Harry Lauders Spazierstock meinte.

»Es wäre ein reizender Strauß gewesen«, meinte Anne wehmütig. »Jetzt weiß ich nicht, was ich tun soll. Bis dahin sind so viele Sommerblumen verwelkt, und die Chrysanthemen sind noch nicht weit genug. Natürlich gibt es immer noch Petunien. Aber mit Petunien kann man kaum kreativ sein. Jedenfalls ich nicht, und der Himmel weiß, wie oft ich es versucht habe.«

Sarah ließ Anne weiterreden, warf gelegentlich eine höfliche Bemerkung ein und fuhr fort, die Schlösser zu überprüfen. Im Anlehngewächshaus vor dem Esszimmer wurde sie schließlich fündig, als sie einen Bambusstab von unten gegen eine der Lüftungsklappen drückte, in der sich ein Ventilator befand.

»Sieh mal, Anne, die Klappe lässt sich mühelos hochdrücken. Sie haben die Schrauben herausgedreht. Es war kinderleicht.«

»Aber die Öffnung ist doch viel zu klein«, protestierte Anne.

»So klein nun auch wieder nicht«, widersprach Sarah. »Ich könnte mich bestimmt durchschlängeln. Aber in diesem Kleid habe ich keine Lust, es zu versuchen.«

»Aber das Bild würde auf keinen Fall durchpassen.«

»Das wäre auch gar nicht nötig. Wenn der Dieb erst einmal im Haus war, hätte er jede beliebige Tür oder jedes Fenster öffnen können. Er hätte das Bild nach draußen stellen können, um dann wieder von innen abzuschließen und durch die Lüftungsklappe zurück nach draußen zu klettern. Er hätte die Öffnung einfach wieder mit dem Ventilator geschlossen und dann das Bild dort, wo er es hingestellt hatte, abgeholt und weggeschafft. Keiner hätte je herausgefunden, wie er ins Haus gekommen ist, wenn er nicht vergessen hätte, den Ventilator wieder festzuschrauben. Ich an deiner Stelle würde dafür sorgen, dass es so schnell wie möglich geschieht, Anne. Es ist immerhin möglich, dass der Einbrecher euch noch einen Besuch abstattet. Jetzt wissen wir wenigstens, dass die Person klein, schlank, gelenkig und ein wenig unvorsichtig war. Das ist schon mal ein Schritt in die richtige Richtung. Wundert mich nur, dass die Polizei die Lüftungsklappe übersehen hat.«

Anne zuckte mit den Achseln. »Ehrlich gesagt, hatte ich nicht den Eindruck, dass sie besonders gründlich gesucht haben. Als sie herausfanden, dass sonst nichts gestohlen worden war, kein Geld, kein Schmuck, nicht mal das Silber, haben sie das Gemälde mehr oder weniger mit einem Achselzucken abgetan. Deshalb hat Percy ja auch beschlossen, deinen Mann einzuschalten. Was macht übrigens sein Bein?«

»Ziemliche Fortschritte. Er kann immer noch nicht Auto fahren, aber er hat die Krücken schon gegen den Spazierstock eingetauscht. Max wäre heute gern mitgekommen«, schwindelte Sarah höflich, »aber er musste sich um einen anderen Auftraggeber in Boston kümmern.«

Bartolo Arbalest war zwar noch nicht ihr Auftraggeber gewesen, als Sarah die Tulip Street verlassen hatte, doch es würde sie nicht wundern, wenn er es bis zu ihrer Rückkehr wäre. Mund-zu-Mund-Propaganda funktionierte so lange hervorragend, wie zufriedene Kunden ihre Erfahrungen an potentielle neue Kunden weitergaben. Doch sobald die Kunden einander davor warnten, dass Geschäftsverbindungen mit Bartolo Arbalest möglicherweise zu unangenehmen Erfahrungen mit Einbrechern, Mördern und Brandstiftern führten, sah die Sache anders aus. Er und seine Künstler wären gezwungen, ihre Sachen zusammenzupacken und sich andernorts niederzulassen. Wenn es einen Menschen gab, der jetzt dringend Hilfe brauchte, dann war es Arbalest.

Während Sarah dastand und zu dem trügerischen kleinen Fensterchen hinaufsah, kam ihr ein verrückter Gedanke.

»Anne, hast du zufällig während der letzten Tage einen merkwürdigen Mann hier bemerkt? Klein und eher sonnengebräunt oder sogar dunkelhäutig, wie jemand aus Ostindien?«

»Ja, das habe ich«, antwortete Anne ziemlich sachlich. »Er war da drüben hinter den Olivensträuchern. Ich sorge immer dafür, dass sie zurückgeschnitten werden und niedrig bleiben, weil sie einen so schönen Hintergrund für die Azaleen bilden.«

Sarah hatte anscheinend mitten ins Schwarze getroffen. »Wann war das?«

»Gegen halb sechs heute Morgen. Ich stehe im Sommer immer früh auf, weil das die beste Zeit zum Jäten ist.«

»Joggte er?«

Anne schüttelte den Kopf. »Ich würde eher sagen, er versteckte sich.«

»Tatsächlich?« sagte Sarah. »Und trug er vielleicht zufällig einen roten Jogginganzug?«

Da Mrs. Percy Kelling normalerweise nicht zu Albereien neigte, war Sarah ziemlich verblüfft, als sie einen Kicheranfall bekam. »Wohl kaum! Er trug nur ein Rhabarberblatt.«

»Anne!«

»Nun ja, vielleicht ist Tragen nicht das richtige Wort. Eigentlich – äh – hielt er es nur. Dort, wo es besonders angebracht ist.«

»Willst du damit etwa sagen, dass der Mann splitternackt war?«

»Tja, eigentlich schon, auch wenn es ein bisschen peinlich ist, es so drastisch auszudrücken. Es war ein ziemlich großes Rhabarberblatt.« Anne wollte offensichtlich auf keinen Fall mit etwas wirklich Unanständigem in Verbindung gebracht werden. »Das ist bei diesem Wetter normal, weißt du. Ich lasse den Rhabarber immer ins Kraut schießen, wenn die Hitzeperiode beginnt. Die Blüten sind wirklich prächtig, und die Blätter werden riesig. Der arme Kerl hat doch nur versucht, das Beste aus seiner schlimmen Lage zu machen, was man ihm kaum verdenken kann.«

Sarah war bereit, sich dieser Meinung anzuschließen, konnte sich jedoch eine Frage nicht verkneifen. »Was hat denn Percy dazu gesagt?«

»Um Himmels willen, du glaubst doch wohl nicht etwa, ich hätte Percy davon erzählt?«

»Warum denn nicht? Er ist schließlich dein Mann.«

»Das ist es ja gerade. Percy würde so etwas nicht verstehen. Percy ist in vielerlei Hinsicht ein bewundernswerter Mann, Sarah. Im Großen und Ganzen führen wir eine ziemlich glückliche Ehe, aber es gibt Dinge, die Percy einfach nicht akzeptiert und niemals akzeptieren wird. Er bittet mich nicht, ihm bei der Buchhaltung zu helfen, und ich –«

Anne hielt inne und überlegte, wohin diese Erklärung wohl führen würde. Sarah beschloss, helfend einzugreifen. »Und du erzählst ihm lieber nichts von nackten Männern in deinem Garten. Das kann ich gut verstehen. Aber ist dir nicht der Gedanke gekommen, dass es sich vielleicht um die Person handeln könnte, die euer Bild gestohlen hat?«

»Natürlich nicht! Warum hätte ich an so etwas denken sollen? Vergiss nicht, dass ich zu dem Zeitpunkt noch gar nicht wusste, dass das Bild gestohlen worden war, Sarah.«

»Stimmt. Entschuldige die dumme Frage, Anne. Und was hast du dann gemacht? Bist du einfach zurück ins Haus gegangen?«

»Ja und nein. Ich hatte doch meine Gartensachen an, meine Arbeitshose und ein altes T-Shirt. Percy findet sie scheußlich, aber beim Jäten muss man unbedingt bequem angezogen sein. Ich bin die Hintertreppe hinuntergeschlichen und durch die Küchentür nach draußen gegangen. Ich wollte mich zwei Stunden im Garten nützlich machen, um mir mein Frühstück auch redlich zu verdienen.«

»Alle Achtung!«

»Ach was, das mache ich immer. Ich habe einen hübschen Hausmantel in der Pflanzkammer, in der ich immer meine Blumenarrangements mache. Wenn ich nach drinnen gehe, brauche ich mich also nur noch abzuschrubben und in den Hausmantel zu schlüpfen und bin wieder vorzeigbar, wenn Percy nach unten kommt. Der Hausmantel stört ihn nicht, er findet ihn sogar ziemlich reizend und feminin. Wir frühstücken gemeinsam, und ich gehe entweder zurück in den Garten oder ziehe mich an und mache Besorgungen oder dergleichen. Jedenfalls hockte der magere kleine Kerl hinter seinem Rhabarberblatt und dachte, ich würde ihn nicht sehen.«

»Wie peinlich«, meinte Sarah. »Und was passierte dann?«

»Nun ja, ich hielt es nicht für angebracht, einfach hinzugehen und ihn zu fragen, was er dort machte. Ich nehme an, der Mann war entweder ein Nudist, der sich bei einem Spaziergang verlaufen hatte, oder man hat ihn überfallen, seiner Kleidung beraubt und aus dem Auto geworfen. Man hört ja heutzutage in den Nachrichten die schrecklichsten Dinge. Schließlich hielt ich es für das Taktvollste, ins Haus zu gehen, in meinen Hausmantel zu schlüpfen und die Gartenhose und das alte T-Shirt in der Nähe seines Verstecks auf den Boden zu legen. Danach bin ich langsam zurück zum Haus gegangen und habe so getan, als hätte ich ihn nicht bemerkt, damit er schnell die Sachen anziehen und verschwinden konnte. Ich habe ihm übrigens auch meine alten Turnschuhe hingestellt. Ich konnte nicht genau sehen, ob er barfuß war oder nicht. Ich wollte nur nicht, dass er sich auf mich stürzt und mich packt.«

»Natürlich nicht«, meinte Sarah mitfühlend. »Du hast dich unter den gegebenen Umständen sehr umsichtig und mitfühlend verhalten.«

»Nun ja, ich spaziere normalerweise nicht in meinem Hausmantel im Garten umher, aber wenigstens war ich anständig bekleidet. Als ich wieder aus dem Fenster sah, waren die Kleidungsstücke verschwunden. Der Mann hatte mich anscheinend verstanden. Tja, so war das. Und dann kam Percy nach unten, und wir frühstückten.«

»Und dabei habt ihr gemerkt, dass euer Bild weg war?«

»Stimmt. Percy wollte gerade ins Büro gehen, da fiel ihm ein, dass er noch einen Aktenordner brauchte, den er ins Wohnzimmer gelegt hatte. Er hatte ursprünglich vorgehabt, nach dem Abendessen noch daran zu arbeiten, es aber nicht getan. Hätte mich auch gewundert. Er sah sofort, dass unser kleines Mädchen fort war. Und dann hatten wir dieses Riesentrara mit der Polizei. Percy ist viel zu spät ins Büro gekommen, und ich konnte mich einfach nicht mehr zum Jäten aufraffen. Ohne meine alte Gartenhose hatte ich einfach keine Lust. Obwohl ich natürlich etwas anderes hätte tragen können. Verrückt, nicht?«

»Eigentlich nicht. So etwas ist immer ein schrecklicher Schock, man ist danach immer eine Zeit lang ziemlich aus der Fassung. Morgen ist sicher wieder alles in Ordnung, Anne.«

»Das hoffe ich auch. Ich hasse es, wenn der Garten außer Kontrolle gerät. Es war sehr nett von dir, Sarah, dass du hergekommen bist. Wenigstens habe ich jetzt das Gefühl, dass wir etwas Konstruktives getan haben. Meinst du, ich sollte bei der Polizei anrufen und sagen, dass wir im Gewächshaus eine lose Lüftungsklappe gefunden haben?«

»Schaden wird es bestimmt nicht. Vielleicht finden sie sogar ein paar Fingerabdrücke. Ich habe keine Spuren zurückgelassen, das Metall habe ich gar nicht berührt. Und du solltest es auch nicht anfassen, bis sie da waren und sich alles angesehen haben.«

»Soll ich ihnen Tee anbieten? Ich weiß nicht, wie man sich in so einer Situation verhalten soll«, meinte Anne entschuldigend. »In englischen Kriminalromanen bekommen die Bobbys immer Bier, aber ich kann mir nicht vorstellen, dass Percy damit einverstanden wäre.«

»Bestimmt nicht«, versicherte Sarah. »Du bedankst dich einfach dafür, dass sie gekommen sind. Und ich muss mich jetzt auf den Weg machen. Brooks will ein paar Farbfotos von meiner Skizze machen, damit wir sie unter die richtigen Leute bringen können. Vielen Dank, Anne, du warst äußerst hilfreich. Und du kannst Percy Kelling ruhig ausrichten, dass ich das gesagt habe.«

Kapitel 9

Das Mittagsschläfchen hatte Max Bittersohn gut getan. Er verabschiedete sich liebevoll von seinem Sprössling und griff nach dem Spazierstock mit dem Silberknauf. Es war gar nicht so leicht gewesen, diesen Termin zu arrangieren. Bartolo Arbalest war ein vorsichtiger Mann, und er hatte schließlich allen Grund dazu.

Den Ausschlag gegeben hatten schließlich Brooks Kellings Name, die Erwähnung von Percy Kellings gestohlenem Papagei und das schlagkräftigste Argument, der schreckliche Tod von George Protheroe. Brooks begleitete ihn, sozusagen als Beweis, dass Max wirklich der war, als der er sich ausgab. Aus strategischen Gründen wollten sich die beiden an der Statue von George Washington in der Nähe des Eingangs zum Public Garden an der Arlington Street treffen und das restliche Stückchen zu Fuß gehen. Sie hatten vereinbart, um Punkt halb drei auf der Schwelle des Auferstehungsmannes zu stehen. Mr. Bittersohn möge bitte Verständnis dafür zeigen, dass Mr. Arbalest extreme Vorsicht dabei walten lassen müsse, wen er in sein Atelier lasse und wen nicht.

Mr. Bittersohn zeigte großes Verständnis. Es wunderte ihn nur, dass Mr. Arbalest sich nicht abweisender verhielt. Vielleicht hatte ihn die dramatische Todesart des armen George Protheroe umgestimmt. Ein Speer mitten im Herzen war in der Tat recht überzeugend. Oder Carnaby Goudge hatte ein gutes Wort für Max eingelegt. Möglicherweise wurden dem Leibwächter die Jodphurs, die hehren Gedanken und die strengen Haftbedingungen allmählich langweilig. Vielleicht war er auch ein wenig nervös geworden. Goudge hasste angeblich Gewalt. Im Übrigen schien er nicht gerne lange an einer Arbeitsstelle zu bleiben. Leibwächter zu spielen mochte zwar ein merkwürdiger Beruf für einen Yale-Studenten sein, doch Goudge hätte es wahrscheinlich schlechter treffen können. Wenigstens war er nicht Politiker geworden.

Max ging geradewegs auf die Washington-Statue zu. Wie erwartet war Brooks bereits dort. Er saß auf einer Bank und wurde von einem Schwarm hoffnungsvoller Tauben umzingelt, denen er geduldig erklärte, dass er ihnen nichts mitgebracht hatte. Er schlug vor, sie sollten zu dem Popcorn-Verkäufer fliegen, doch sie hörten nicht zu. Tauben hören nie zu. Als er Max kommen sah, stand er auf und wischte sich imaginäre Krümel von der Hose. Brooks war stets blitzsauber wie eine Katze.

»Ah, da bist du ja, alter Waffenbruder«, rief er. »Wie steht die Schlacht?«

»Ich habe noch nicht angefangen zu kämpfen«, erwiderte Max. »Sollen wir zum Angriff übergehen und das Tänzchen beginnen?«

Sie gingen hinüber zur Back Bay, mäanderten nicht zu schnell und nicht zu langsam durch die Marlborough Street, fanden das Haus, erklommen die Stufen und inspizierten den dämonischen Türklopfer mit beruflichem Interesse.

»Findest du nicht auch, dass er ein bisschen aussieht wie Cousin Dolph?« meinte Brooks. »Möchtest du klopfen, oder soll ich es tun?«

»Nur zu«, sagte Max. »Ich stehe einfach da und sehe gediegen und zuverlässig aus. Warte lieber auf den Countdown, wir sind drei Sekunden zu früh. Bist du so weit? Eins, zwei, drei, klopfen!«

Brooks hatte kaum Zeit für den ersten Klopfer, als die Tür sich bereits weit genug öffnete, um ein misstrauisches Auge, ein Stückchen Bart und ein schmales Barettstreifchen sichtbar werden zu lassen. »Hallo, Bartolo«, meinte Brooks fröhlich, »Sie können hinter den Barrikaden hervorkommen. Das ist der Mann meiner Cousine Sarah, Max Bittersohn, garantiert echt und in einigermaßen gutem Zustand. Dürfen wir hereinkommen?«

»Oh ja, ja, selbstverständlich. Einen Moment noch, ich muss eben die Ketten aushängen. Sie sind abscheulich, aber wir müssen einfach vorsichtig sein. Bitte passen Sie auf, wo Sie hintreten, Mr. Bittersohn, ich fürchte, die Kacheln sind ein wenig glatt.«

»Sehr hübsch«, sagte Max. »Maurisches Muster, made in Portugal, nehme ich an. Um 1926.«

»Eh – kann schon sein.« Arbalest wirkte ein wenig bedrückt. Es wäre ihm sicher lieber gewesen, wenn Max geglaubt hätte, die Kacheln wären um die Zeit des Zweiten Kreuzzuges von Sarazenen bemalt und glasiert worden.

Das Haus, oder zumindest die Eingangshalle, riefen Erinnerungen an die Alhambra wach. Die Lampen sahen aus wie Fackeln, an einer Wand hing eine theatralisch wirkende Streitaxt mit bogenförmigem Blatt, und es wimmelte von Schmiedeeisen und geschnitzter spanischer Eiche. Man kam sich vor wie in einer reichen Abtei oder einem pompösen Ramada Inn. In diesem Umfeld waren Bartolo Arbalests grüner Samtkittel, das siennabraune Samtbarett und die locker gebundene umbrafarbene Seidenkrawatte ganz offensichtlich genau die richtige Kleidung.

Max versuchte unauffällig herauszufinden, ob Arbalest dazu eine Hose aus Cord oder Samt trug. Er tippte auf Cord und behielt Recht. Arbalest war genauso groß wie Max, vielleicht sogar ein paar Zentimeter größer, hatte dunkle Augen und eine gesunde Gesichtsfarbe. Er hielt sich gerade und hatte seinen weiten Kittel wohl nicht nur aus ästhetischen Gründen gewählt, sondern auch, um das Embonpoint zu verhüllen, zu dem Gourmets von eigenen Gnaden, die ihre Kunsthandwerker auf Trüffelsuche schicken, häufig neigen. Sein dunkler Bart war malerisch von grauen Fäden durchwoben, ebenso wie sein üppiges, welliges Haar, oder zumindest die Hälfte, die sichtbar war. Arbalest trug das Barett ziemlich seitlich auf seinem majestätischen Haupt. Vielleicht war die andere Seite kahl, mutmaßte Max ziemlich hoffnungsvoll.

Doch Max wusste sehr wohl, wann er ein Kunstwerk vor sich hatte. Bartolo Arbalest war mehr als das. Er führte seine Besucher an dem eleganten, momentan leeren Wohnzimmer vorbei in einen kleineren Raum voller Bücher, in dem ein mit Schnitzereien verzierter Schreibtisch mit Lederauflage stand. Darauf lagen mehrere Ledermappen neben einer Tiffanylampe und einem altmodischen französischen Telefon aus schimmerndem Perlmutt und glänzendem Messing. Es gab einen bequemen und einen weniger bequemen Lehnstuhl. Beide waren mit braunem Leder bezogen. Auf einem Mahagonisockel stand ein Orrery-Planetarium aus Messing.

Ein weiterer Mahagonisockel trug die Marmorskulptur einer Hand im Stil Rodins, allerdings machte die Hand eine obszöne Geste. An den Wänden hingen ein Delacroix, auf dem zwei Gazellen um einen toten Löwen kämpften, eine entschieden übergewichtige Correggio-Madonna mit finster blickendem Jesuskind, das sich verzweifelt an das mütterliche Knie klammerte, und ein kleiner Uccello mit dem Profil eines Edelfräuleins mit hohem Kopfschmuck und fehlendem Kinn. Max lächelte. Arbalest lächelte zurück.

»Alles von mir. Irgendwie muss der Mensch schließlich versuchen, gesund zu bleiben. Natürlich immer vorausgesetzt, dass ich das je war. Setzen Sie sich bitte, ich dachte, hier sei es gemütlicher. Was darf ich Ihnen anbieten? Tee? Gekühlten Wein? Ich habe einige ziemlich gute Blanc de blancs.«

»Für mich nichts, vielen Dank«, sagte Max. »Wir wollen Sie auch gar nicht lange stören. Überbringer von schlechten Nachrichten sind naturgemäß keine gern gesehenen Gäste.«

»Mein lieber Herr, lassen Sie sich davon bitte nicht beirren. Ich bin mittlerweile an schlechte Nachrichten gewöhnt. Ich nehme an, Brooks hat Ihnen ein wenig aus meiner Biografie erzählt. Trotzdem muss ich zugeben, dass ich ziemlich die Fassung verloren habe, als Sie mir von George Protheroes schrecklichem Tod berichteten. Sie sagen, er wurde ermordet? Und noch dazu mit einem Speer? Wie kann so etwas Furchtbares nur geschehen? Und warum ausgerechnet er? Diebstahl, nehme ich an, aber ich kann mir kein ungeeigneteres Haus für einen Einbrecher vorstellen. Allein die Schwierigkeit, Stehlenswertes von Wertlosem zu unterscheiden, hätte sogar Merkur, den Gott der Diebe, entmutigt. Was ist denn überhaupt gestohlen worden? Doch hoffentlich nicht die Elefantenleuchter?«

»Nein«, sagte Max. »Glücklicherweise hatte Mrs. Protheroe sie der Braut bereits geschenkt. Aber heute Morgen war sie natürlich nicht in der Lage, uns etwas Hilfreiches mitzuteilen. Und ihr Hausmädchen auch nicht.«

»Und Sarah?« fragte Brooks. »Sie hat doch so scharfe Augen. Ist ihr nicht aufgefallen, dass irgendwo etwas fehlte?«

»Sie hatte genug mit Anora zu tun. Der armen Frau ging es verständlicherweise sehr schlecht. Sarah ist meine Frau«, erklärte Max Arbalest. »Ihre Familie ist sozusagen seit Ewigkeiten mit den Protheroes befreundet. Ich habe gehört, Sie und George hätten sich prächtig verstanden. Könnten Sie sich vorstellen, dass ein Mann wie er Feinde hatte?«

»Ganz *au contraire*. Ich möchte nicht despektierlich von einem kürzlich Verschiedenen reden, aber auf mich wirkte er eher wie eine liebenswerte, zu groß geratene Haselmaus auf der Suche nach einer Teekanne, um sich darin zusammenzurollen. George war der friedlichste Mensch, mit dem ich es je zu tun hatte. Ein äußerst sympathischer Mann, wissen Sie, auch wenn er nicht gerade vor Temperament sprühte. Er wusste eine ganze Menge über orientalisches Silber. Wir hatten mehrere hochinteressante Gespräche darüber, für die ich sehr dankbar bin. Es ist wirklich schade, dass er sein Importunternehmen nicht weiterführen konnte. Oder vielmehr das seiner Familie. Aber das ist das Problem, wenn man reich geboren wird, es untergräbt den Willen weiterzumachen. Von welcher Seite stammt das Geld, wenn ich mir die indiskrete Frage erlauben darf? Von seiner Seite oder von der seiner Frau?«

»Von beiden«, sagte Brooks ziemlich schroff. »George stieg direkt nach dem College in den Familienbetrieb ein und war ziemlich erfolgreich, glaube ich, bis er sich irgendein schreckliches Fieber einfing, das ihn dauerhaft schädigte. Hast du das gewusst, Max?«

»Anora hat es mir heute Morgen erzählt. Sarah wusste auch nichts davon.«

»Wundert mich nicht, es ist auch schon sehr lange her. Ich war damals noch ziemlich jung. Aber ich kann mich noch gut daran erinnern, dass meine Eltern sich Sorgen darüber machten, ob George Protheroe das Krankenhaus je wieder verlassen würde. Sie hätten nie für möglich gehalten, dass er sie um so viele Jahre überleben würde. Das hatte er nur Anora zu verdanken. Eine tüchtige Frau ist edler als Perlen.«

Arbalest zuckte leicht zusammen, was weniger geübten Beobachtern als Max und Brooks sicher entgangen wäre. Welche tüchtige Frau mochte er verloren haben? Frau? Mutter? Freundin? Die Illuminatorin in seinem Atelier in Houston, die mit dem Auto vor einen Brückenpfeiler gerast war? Zweifellos eine schmerzliche Erfahrung für ihn, doch unwichtig für das Problem, mit dem sie sich beschäftigen mussten. Max hielt nicht viel von Small Talk bei der Arbeit und beschloss daher, endlich auf das eigentliche Thema zu sprechen zu kommen.

»Mr. Arbalest, Sie haben hier ziemlich ausgeklügelte Sicherheitsvorkehrungen. Ihre Angestellten leben alle in diesem Haus, Sie lassen sich selbst und sie durch einen professionellen Leibwächter bewachen. Sie haben an allen Fenstern Gitter anbringen lassen und so viele Schlösser an den Türen, als wäre Ihr Haus ein Gefängnis. Ich schließe daraus, dass hinter der Serie von Unglücksfällen, die Ihre früheren Angestellten das Leben gekostet hat und die sich jetzt auf Ihre Kunden auszuweiten scheint, ein bewusster Terrorakt steckt, der gegen Sie persönlich gerichtet ist. Wissen Sie, warum dies so ist und wer die Fäden in der Hand hält?«

Arbalest fühlte sich in die Enge getrieben und reagierte mit Schärfe. »Ich will nicht unhöflich sein, Mr. Bittersohn, aber ist das nicht eine sehr persönliche Frage? Schließlich haben wir uns gerade erst kennen gelernt.«

»Ich kann noch viel unhöflicher sein, Mr. Arbalest. Hat die Polizei von New York, Los Angeles oder Houston je gegen Sie ermittelt, weil man Sie für den Mörder hielt?«

»Wie bitte?« Das Gesicht des Auferstehungsmannes hatte eine ungesunde Färbung angenommen und sah momentan noch grüner aus als sein Kittel. »Schauen Sie, Mr. Bittersohn, als Sie mich vor einer Weile anriefen, haben Sie mir zu verstehen gegeben, Sie wollten sich mit mir über gewisse Probleme unterhalten. Probleme, die Personen betreffen, für die wir beide tätig sind. Und jetzt platzen Sie einfach in mein Haus und –«

»Ein schlichtes Ja hätte genügt, Mr. Arbalest. Es war ja wohl kaum zu erwarten, dass die Polizei sich nicht für Sie interessieren würde, wenn man Ihren Beruf und die vielen Katastrophen in Betracht zieht. Tut mir leid, wenn ich Ihnen zu nahe getreten bin. Aber ich denke, wir sollten den Tatsachen ins Auge schauen. Jeder Restaurator bekommt irgendwann gewisse Angebote, besonders, wenn er über Ihre Fähigkeiten und Beziehungen verfügt. Sie wissen doch sicher genau, was in der Unterwelt des Kunstbetriebs vor sich geht. Glaubst du nicht auch, Brooks?«

»Bestimmt. Als ich am Wilkins Museum gearbeitet habe, ist man sogar an mich mehrfach herangetreten.«

»Richtig. Und auch bei mir hat man es schon wer weiß wie oft versucht. In der Mehrzahl der Fälle ging es um Versicherungsbetrug«, sagte Max. »Theoretisch hätte jeder von uns eines dieser Angebote annehmen können, wenn der Preis stimmte und wir bereit gewesen wären, uns auf diese Weise zu bereichern. Durch unsere Weigerung haben wir den Unmut gewisser Personen auf uns gezogen. Unser Verhalten hat sie enttäuscht. Gott sei Dank hat noch nie jemand versucht, Brooks oder mir einen Mord in die Schuhe zu schieben. Doch Sie sind sehr viel gefährdeter, Arbalest, weil Sie zahlreiche Angriffsflächen bieten und nicht wissen, wie man mit diesen Verbrechern umgeht. Jeder einigermaßen gute Polizist musste sich früher oder später fragen, warum Ihre Angestellten sterben mussten. Waren sie wirklich tödlich verunglückt? Wurden sie wegen ihrer Verbrechen ermordet? Oder hatten Sie Ihre Leute aus dem Weg geräumt oder sie umbringen lassen, weil sie mehr über Ihre Machenschaften herausgefunden hatten, als Ihnen lieb war? Die Idee, dass diese Menschen sterben mussten, weil man Ihnen eins auswischen wollte, ist wenig wahrscheinlich. Höchstens für Sie. Stimmt's, Mr. Arbalest?«

»Sie haben natürlich völlig Recht. Tut mir leid, dass ich eben so schroff war, Mr. Bittersohn. Aber ich reagiere in dieser Sache nun einmal sehr empfindlich. Es trifft leider zu, dass ich ab und zu illegale Angebote bekomme. Und es ist auch richtig, dass ich bisher alle abgelehnt habe. Ich habe immer versucht, dies mit dem gebührenden Takt zu tun, um erst ja keine Feindseligkeiten aufkommen zu lassen. Dennoch muss ich wahrscheinlich damit rechnen, dass irgendein enttäuschter Kunde beschlossen hat, sich an mir zu rächen. Oder eine enttäuschte Kundin, wie ich der Fairness halber hinzufügen muss. Bedauerlicherweise sind leider nicht alle Frauen Perlen, wenn ich es einmal auf diese schrecklich umständliche Weise ausdrücken darf.«

Arbalest griff nach einem silbernen Brieföffner mit Verzierungen in Niello-Technik, registrierte mit finsterem Blick seine Schärfe und legte ihn wieder fort. »Merkwürdigerweise habe ich mich noch nie persönlich bedroht gefühlt. Dabei bin ich beileibe kein Held, eher ein schrecklicher Feigling. Es ist meine Arbeit, die bedroht wird, Mr. Bittersohn. Deshalb tut man meinen Angestellten und jetzt auch meinen Kunden diese schrecklichen Dinge an. Irgendein gemeiner Mensch will mich davon abhalten, das zu tun, wozu ich geboren bin. Ich bin mir bewusst, wie abstrus und hochgestochen dies klingt, doch meine Arbeit ist mein Leben. Es ist meine Lebensaufgabe, ehemals wunderschöne Kunstwerke vor Verfall und Vernachlässigung zu retten und sie der Welt zurückzugeben, damit man sich an ihnen freut und sich nicht nur traurig ihrer vergangenen Schönheit erinnert. Jetzt wissen Sie auch, warum ich mich Auferstehungsmann nenne. Sie haben ja gesagt, Sie wollten die Wahrheit hören.«

»Ja, das habe ich.«

Max war durchaus nicht sicher, ob dies wirklich die Wahrheit war. Ein Mann, der sich so hervorragend verkaufte wie Arbalest, konnte sich vielleicht auch einreden, sein eigener Dämon zu sein. Die Tatsache, dass Arbalest sie in sein Zunfthaus oder wie immer er es auch nennen mochte, gelassen hatte, bedeutete noch lange nicht, dass er das unschuldige Opfer war. Er hätte schließlich genauso gut in ihr Büro kommen oder Max und Brooks auf neutralem Boden treffen können. Vielleicht hatte er sie ganz bewusst eingeladen, um auf diese Weise zu demonstrieren, dass er nichts zu verbergen hatte. Sicher hatte er bereits ausreichend Gelegenheit gehabt, diese Masche an der Polizei zu erproben.

Es war Zeit für den nächsten Zug, und Max schickte einen Bauern ins Feld. »Ich nehme an, Goudge hat Ihnen gesagt, dass er uns vorgestern Abend aufgesucht hat, um uns zu erklären, dass wir Lydia Ouspenska in Ruhe lassen sollen.«

Arbalests heftiges Nicken versetzte das Barett in Schwingungen. »Ja, er hat mir davon erzählt. Madame Ouspenska ist eine sehr begabte Frau. Mr. Goudge sagt, sie sei eine alte Freundin von Ihnen.«

»Sie ist einmal während eines Abendessens im Haus meiner Frau fast vergiftet worden. Derartige Erlebnisse schweißen zusammen, wie Sie sich vorstellen können. Wir waren alle sehr erleichtert, als wir herausfanden, dass es Lydia so gut geht. Seit ich sie kenne, hat sie noch nie so gesund ausgesehen.«

»Freut mich sehr, dass Sie das sagen, Mr. Bittersohn. Sie wird sehr bedauern, Sie verpasst zu haben, aber momentan ist sie gerade geschäftlich unterwegs. Sie kümmert sich um einen Heiligenschein, von dem die Farbe abblättert, wissen Sie.«

Max tat seinem Gastgeber den Gefallen und schenkte ihm das Lächeln, das Arbalest offenbar erwartete. »Lydia hat erwähnt, dass sie gelegentlich Hausbesuche bei Heiligen macht.«

Arbalest schien sich ein klein wenig zu entspannen. »Oh, Madame Ouspenska – sie hat uns gebeten, den Titel wegzulassen – ist eine Frau mit vielen Talenten. Sie ist einfach wunderbar, wenn es um religiöse Kunst geht. Ein Bereich, mit dem wir Gott sei Dank viel zu tun haben. Sie ist außerdem eine hochbegabte Miniaturenmalerin, wie Sie vielleicht wissen.«

»Byzantinische Ikonen?«

»Sehr richtig. Es gibt niemanden, der ihr in diesem Bereich das Wasser reichen kann, auch wenn unser Atelier leider nur wenige Aufträge in dieser Richtung bekommt. Aber gelegentlich erhalten wir ein illuminiertes Manuskript, und auch als Illuminatorin ist sie einfach großartig. Sie erhellt unser Leben hier in vielerlei Hinsicht, wenn ich es einmal so ausdrücken darf, mit ihrer nie versiegenden Lebensfreude. Es ist wirklich ein Privileg, eine Frau wie Madame Ouspenska in unserer Gilde zu haben.«

»Freut mich, dass Sie das so sehen.« Arbalest musste ziemlich ausgehungert nach Lebensfreude sein, dachte Max. Er selbst würde sicher innerhalb weniger Stunden die Wände hochgehen, wenn er auf engstem Raum mit ihr zusammenleben müsste, sosehr er Lydia auch mochte. »Bestellen Sie ihr bitte, wie leid es uns tut, dass wir sie verpasst haben. Ich nehme an, Goudge ist bei ihr? Er hat gestern Abend erwähnt, dass er sie meistens begleitet, wenn sie außer Haus tätig ist.«

»Das ist richtig. Die beiden verstehen sich wirklich außerordentlich gut. Er ist eher ein schweigsamer Mensch, wissen Sie, und sie ist auf so charmante Weise übersprudelnd. *Entre nous*, ich hege die Vermutung, dass unser Carnaby ein klein wenig in sie verschossen ist.«

Brooks kicherte. »Wie ich Ihren Carnaby kenne, wird nicht viel daraus werden.«

»Oh, ich hoffe sehr, dass Sie Recht haben. Derartige Verbindungen gehen selten gut, wissen Sie. Früher oder später verblasst die Rosenblüte und der Kleinkrieg beginnt. Schließlich kommt es zum Eklat, und einer der beiden sucht wütend das Weite. Manchmal auch beide. Das könnte ich nicht ertragen. Jedenfalls nicht jetzt, nachdem ich so lange daran gearbeitet habe, diese Gilde aufzubauen, und alles so gut organisiert habe. Das dachte ich jedenfalls, bis Mr. Bittersohn mich anrief.«

Arbalest griff wieder nach dem Papiermesser. Einen Augenblick lang sah es so aus, als wolle der Mann die Messerspitze in die Lederauflage seines Schreibtisches rammen, doch seine edlere Seite siegte. »Haben Sie sonst noch Fragen an mich, meine Herren? Oder würden Sie sich jetzt gern das Atelier ansehen? Sie sind die ersten Besucher überhaupt, müssen Sie wissen, und ich bin mir nicht sicher, wie ich Sie vorstellen soll.«

»Am besten lassen Sie Ihre Leute über unsere richtige Identität im Ungewissen«, meinte Max. »Was halten Sie davon, wenn Sie ihn als Mr. Brooks und mich als Mr. Tickle vorstellen? Brooks könnte ein Kunsthandwerker sein, der sich um eine Stelle bei Ihnen beworben hat, und ich bin der Klempner, der nach einer undichten Stelle sucht.«

Im Grunde tat er dies ja wirklich, doch Arbalest schüttelte den Kopf. »Könnten Sie nicht beide potentielle Mitglieder unserer Gilde sein? Sie können sogar hier einziehen, wenn Sie es für notwendig halten, auch wenn ich nicht genau weiß, wo wir Sie unterbringen sollen. Alle Schlafzimmer sind belegt, und ich kann meine Leute kaum bitten, noch näher zusammenzurücken. Wir brauchen dringend mehr Platz, aber ich habe keine Ahnung, wie ich das bewerkstelligen soll.«

»Das wäre doch eine Möglichkeit«, sagte Max. »Brooks ist Architekt und versucht Wege zu finden, wie man das Haus ausbauen kann, und ich bin der Bauinspektor, der ihm sagt, dass es so nicht geht.«

»Könnten Sie nicht beide Architekten sein?« Arbalest war ein wenig verunsichert, eine Wirkung, die Max oft auf andere ausübte.

»Sicher, warum nicht? Komm schon, Brooks. Schnapp dir einen Bleistift und lass uns das Haus in Angriff nehmen.«

Kapitel 10

Auch Städte sind der Mode unterworfen. Bostons Back Bay, die während des neunzehnten Jahrhunderts auf höchst prosaische Weise entstand, indem man Unmengen von Erde in die Brackwasserbucht des Charles River schüttete, hat ihren Zenit längst überschritten. 1883 beschrieb King den Stadtteil in seinem *Handbook of Boston* noch als das »grandiose Back Bay-Viertel«, dessen »hübsche, breite Straßen von prachtvollen, majestätischen Gebäuden gesäumt werden, deren Architektur in vielen Fällen äußerst ehrgeizig und kunstvoll ist«.

Leider hat man inzwischen viele dieser prachtvollen und majestätischen Bauten zu Apartmenthäusern und Mietskasernen umfunktioniert oder sie verschiedenen anderen Nutzungen angepasst, von denen einige die berühmten Architekten aus Grover Clevelands Amtszeit mit Entsetzen erfüllt hätten. Doch Bartolo Arbalest war es gelungen, ein Gebäude zu ergattern, das noch ziemlich genauso aussah wie zu seiner Entstehungszeit. Entweder hatte er das Haus einfach gekauft, was ihn bei den horrenden Grundstückspreisen in dieser Gegend ein Vermögen gekostet haben musste, oder er hatte einen Vermieter gefunden, der so verzweifelt war, dass er seinen Mieter tun und lassen ließ, was ihm gefiel.

Vielleicht sah Arbalest sein Atelier mit den Augen der Liebe. Oder er verstand Kittel und Barett als Ausgleich für die freudlose Atmosphäre und das unvermeidliche Chaos auf den langen Tischen, an denen seine Kunsthandwerker arbeiteten. Das Universaltalent Brooks sah sofort, was nicht stimmte und dringend geändert werden musste. Das Souterrain, einst gemütliche Domäne der Köchin und des Dienstpersonals, war in einen grell erleuchteten Raum umgewandelt worden, der so behaglich und einladend wirkte wie eine Sardinenfabrik.

»Ihr Problem besteht nicht darin, dass Sie zu wenig Platz haben, Mr. Arbalest, sondern darin, dass Sie ihn nicht richtig nutzen«, sagte er rasch. »Die langen Tische und Bänke ohne Rückenlehne sind zweifellos pittoreske Erinnerungen an das Mittelalter, aber sie sind bestimmt höllisch unbequem und beschwerlich für jemanden, der daran arbeiten muss. Außerdem befinden sich alle Materialien in den großen Regalen im hinteren Teil des Raums. Das bedeutet, dass man ständig hin und her rennen muss, wenn man etwas braucht. Ich würde Ihnen dringend raten, den Raum in einzelne Zellen aufzuteilen. Jede mit ausreichend Platz zum Arbeiten und mit Regalen und Vitrinen, die speziell auf die Bedürfnisse des jeweiligen Künstlers zugeschnitten sind. Ganz zu schweigen von einem bequemen, verstellbaren Drehstuhl, damit sich der Betreffende nicht das Rückgrat bricht. Außerdem sollten Sie für eine individuellere Beleuchtung sorgen und die Neonröhren an der Decke durch geeignetere Lichtquellen ersetzen.«

Brooks begann, sich mit seiner neuen Rolle anzufreunden. »Dieser Herr hier benötigt beispielsweise zweifellos eine stabile Drehscheibe, die mit einem Fußpedal höhenverstellt werden kann, damit er die Hände frei hat für seine Arbeit. Außerdem braucht er einen Ständer für seine Meißel und einen Halter für den geölten Wetzstein, eine abgeschirmte Hängelampe und manche andere Dinge, die ich gern mit Ihnen besprechen werde, Mr. –«

Arbalest reagierte sofort. »Oh, entschuldigen Sie bitte, Mr. Brooks. Das hier ist Mr. Laer, unser Spezialist für Holzschnitzereien. Mr. Brooks und sein Assistent, Mr. – ah – Tickle, sollen herausfinden, was wir tun können, um die Arbeitsbedingungen in unserem Atelier möglichst bequem zu gestalten. Teilen Sie den beiden Herren bitte frei und offen Ihre Wünsche und Vorstellungen mit. Sie wissen ja, dass ich stets bereit bin, alles zu tun, was in Ihrem Interesse ist. Wissen Sie was, Mr. Brooks? Nachdem ich Sie meinen Kunsthandwerkern vorgestellt habe, lasse ich Sie und Mr. Tickle jetzt einfach mit ihnen allein. Nehmen Sie sich Zeit, schauen Sie sich in Ruhe um. Oben wartet noch Arbeit auf mich, wir können Ihre Vorschläge dann später diskutieren. Dürfen wir

Sie vielleicht einladen, mit uns zu Abend zu essen und an einer unserer Tafelrunden teilzunehmen?«

Brooks und Max schauten sich an. Mit einem so herzlichen Empfang hatten sie nicht gerechnet. Jetzt fehlte nur noch, dass Lydia von der Kirche zurückgehüpft kam, sich mit slawischem Enthusiasmus auf den umwerfenden Detektiv Max stürzte und lautstark ihrer Hoffnung Ausdruck gab, er sei vielleicht nur gekommen, um sie, Lydia, genauestens zu untersuchen.

»Vielen Dank für die Einladung«, sagte der umwerfende Detektiv, »aber ich habe bereits einen anderen wichtigen Termin. Mr. Brooks ebenfalls, soweit ich weiß. Würde es Sie stören, Mr. Laer, wenn ich ein paar Messungen vornehmen würde?«

Mr. Laer sagte, es sei ihm egal, solange sie seine Meißel nicht in Unordnung brächten. Er fuhr mit seiner Arbeit fort, während Max und Brooks begannen, das zu tun, wozu sie angeblich gekommen waren. Sie hatten sich vorher im Erdgeschoss in aller Eile mit den Requisiten ausstaffiert, die Arbalest ihnen für ihre Architektenrolle anbieten konnte: ein stählernes Maßband, einen hübschen, wenngleich anachronistischen Rechenschieber aus Elfenbein und mehrere gelbe Schreibblocks. Sie hatten ihre eigenen Stifte mitgebracht und benutzten sie ausgiebig. Brooks war wie erwartet mit Feuereifer bei der Sache, machte sich unablässig Notizen und zeichnete präzise kleine Skizzen. Max fuchtelte mit dem Maßband herum, betätigte den Rechenschieber und bedeckte seinen Block mit Fantasiezahlen. Dabei versuchte er, so zu tun, als habe er keine Ahnung, was an den Arbeitstischen vor sich ging.

In Wirklichkeit interessierte sich Max natürlich nicht für die Werkstatt, sondern für die Männer, die dort arbeiteten. Goudge hatte über Laer kaum etwas gesagt, aber betont, dass er zu den normaleren Gildenmitglieder zähle. Max fragte sich, was Goudge wohl unter *normal* verstand. Er persönlich verspürte kein Bedürfnis, allzu lange allein mit dem Holzschnitzer und seinen Meißeln in einem Raum zu sein. Die Art und Weise, wie Laer seine Arbeit in Angriff nahm, erschien ihm ein wenig zu aggressiv. Und in seinen lakonischen Antworten auf Brooks Fragen und Vorschlägen lag zu wenig echte Freundlichkeit. Max verstand sehr gut, warum der Sprössling eines solchen Mannes es vorzog, den familiären Kontakt auf gelegentliche Ferngespräche zu beschränken.

Max fragte sich, ob Arbalest seine Kunsthandwerker wohl nicht nur wegen ihrer Fähigkeiten, sondern auch wegen ihrer äußeren Erscheinung ausgewählt hatte, denn Laer passte einfach zu gut in seine Rolle. Er war stämmig gebaut, mittelgroß und maß in seinen dicksohligen Stiefeln etwa ein Meter sechsundsiebzig, wie Max durch geschickten Einsatz seines stählernen Maßbandes herausfand. Wahrscheinlich war er einige Jahre jünger, als sein grauer Bart vermuten ließ. Als er sein Barett zurückschob, um sich den Schädel zu kratzen, sah Max, dass er eine Glatze hatte. Vielleicht hatte er aus diesem Grunde nichts gegen das Barett einzuwenden. Seine Haut war wettergegerbt und rötlich. Entweder hatte Laer früher viel draußen gearbeitet oder er gehörte zu den Menschen, die Bergsteigen liebten und es genossen, im Winter draußen zu campen. Es schien merkwürdig, dass jemand wie er sich freiwillig mit einem überfütterten Schlemmer wie Arbalest einsperren ließ und seine Tage in diesem stickigen Raum verbrachte, in dem nicht einmal Besucher erlaubt waren.

Laer musste ein starker Mann sein. Man sah es daran, wie er mit seinen kurzen dicken Fingern den Meißel festhielt. Er hatte die Ärmel seines Kittels bis zu den Ellbogen hochgeschoben, und auf seinen nackten Armen waren Muskeln und Sehnen sichtbar, die eindrucksvoller waren als die eines erfolgreichen Gewichthebers. Seine kurzen, mit kräftigen Schenkeln ausgestatteten Beine trugen einen tonnenförmigen Rumpf ohne irgendein Zeichen von Bauchansatz. Seine Schultern waren massig durch das jahrelange Tragen schwerer Lasten, sein Stiernacken wies kein Gramm überschüssiges Fett auf. Ein eindrucksvoller Mann, dachte Max.

Außerdem war er ganz ohne Zweifel ein hervorragender Handwerker. Laer arbeitete an einem kleinen, mit Schnitzereien verzierten Mahagonischränkchen, das bei einem Brand beschädigt worden war. Momentan fertigte er gerade eine neue Tür als Ersatz für die verkohlten und beschädigten Überreste, die neben ihm auf dem Tisch lagen. Von der alten Tür war gerade noch so viel übrig, dass man erkennen konnte, wie das Muster ausgesehen hatte. Laer arbeitete zielstrebig und mit sicherer Hand. Soweit Max sehen konnte, benutzte er keinerlei Vorlage, sondern warf nur gelegentlich einem prüfenden Blick auf die geschwärzten Fragmente, die das Feuer überstanden hatten. Max hätte gern mehr über Peter Laer in Erfahrung gebracht, doch dies war nicht der richtige Zeitpunkt für ein allzu persönliches Gespräch. Er fügte schnell ein paar Zahlen zu den Inkohärenzen auf seinem Block hinzu und folgte Brooks zum nächsten Tisch.

Der Mann, den sie hier antrafen, hatte keinerlei Ähnlichkeit mit einem Naturburschen. Jacques Dubrec, der Mann für alles, was gerade anfiel, war groß, bleich, um die fünfzig und schwächlich. Allerdings veranlasste ein leichtes Doppelkinn Max zu der Vermutung, dass sich unter dem weiten Kittel möglicherweise ein kleines Bäuchlein verbarg. Er trug einen einfachen, sorgsam gestutzten Spitzbart, der an den Seiten kohlrabenschwarz war und in der Mitte schneeweiß wie der Rücken eines Bobolinks oder eines jungen Stinktieres. Seine Hände waren langgliedrig und geschickt, seine gebeugte Haltung erinnerte an einen Gelehrten und passte hervorragend zu der starken Brille mit den dicken Gläsern. Kurzsichtigkeit war in seinem Beruf sicher von Vorteil.

Max fragte sich, ob Dubrec wohl an einem Museum ausgebildet worden war. Das Stück, an dem er gerade arbeitete, hätte sicher viele Experten entmutigt. Man brauchte nur einen Blick auf die zahlreichen Scherben zu werfen, die er sorgfältig für die Auferstehung vor sich ausgebreitet hatte. Bevor es hingefallen oder zerschmettert worden war, hatte es sich offensichtlich um ein Porzellanornament in Form eines Vogelkäfigs gehandelt, das mit mehr Flora und Fauna überladen gewesen war als der Sonntagshut einer edwardianischen Dame. Bayrisch, mutmaßte Max. Wahrscheinlich für den wahnsinnigen König Ludwig angefertigt und möglicherweise sogar von ihm selbst entworfen. Allein das

Sortieren der Scherben musste eine Heidenarbeit gewesen sein. Völlig restauriert maß das Ding sicher fast 60 Zentimeter.

»Ich wette, Sie sind ein Puzzlegenie.«

Wahrscheinlich genau die Art dumme Bemerkung, die der Restaurator von Laien immer wieder zu hören bekam. Dubrec antwortete nicht, sondern schenkte Max ein Lächeln, das noch strahlender gewesen wäre, wenn seine Zähne sich in besserem Zustand befunden hätten. Dann fuhr er fort, die Scherbe in seiner Hand und das bereits zusammengesetzte Stück, auf das er sie kleben wollte, eingehend zu betrachten. Er musste genau wissen, wo und wie beide Teile zusammenpassten, durfte jedoch sein fragiles Werk dabei nicht berühren, um die lädierten Ränder nicht zusätzlich auch nur im Geringsten zu beschädigen. Sobald Dubrec seine Entscheidung getroffen hatte, bestrich er die Scherbe in der Mitte mit einer möglichst dünnen Schicht aus farblosem Zweikomponentenkleber. Der Klebstoff würde sich beim Zusammenfügen der Stücke zu den Rändern hin verteilen. Auf diese Weise ergab sich eine haltbare Verbindung, die nicht auftrug, sodass weitere Teile problemlos hinzugefügt werden konnten.

Die Bemalung würde an vielen Stellen fehlen, etwa an den Blütenblättern der Rosen, den Schnäbeln und dem Gefieder der Vögel und dort, wo die Scherben nicht ganz vollständig waren. Dubrec würde einen Kitt mischen, die Unebenheiten damit ausgleichen und anschließend die Stelle so bemalen, dass sie genau zu ihrer Umgebung passte.

Arbalest kassierte bestimmt eine Menge Geld für diese Arbeit, doch das Ergebnis entschädigte zweifellos für alle Mühen und Kosten. Wenn Dubrec seine Arbeit abgeschlossen hatte, würde nur ein anderer Dubrec irgendwelche Unebenheiten oder Risse erkennen können.

Es schien den Kunsthandwerker nicht zu stören, dass einer seiner Kollegen seit Eintreffen der Besucher ein Lied grölte, bei dem es sich wahrscheinlich um eine schlüpfrige Ballade in Gälisch, Suaheli oder einem merkwürdigen englischen Dialekt handelte. Die Fremden dagegen schienen ihn sehr zu stören. Brooks war selbst ein zu guter Handwerker und Max ein zu großer Bewunderer guter Handwerkskunst, um Dubrecs Bedürfnis nach ungestörter Konzentration nicht zu respektieren. Sie überließen ihn daher wieder sich selbst und gingen hinüber zu dem Mann, der so lautstark um ihre Aufmerksamkeit buhlte, seit sie das Atelier betreten hatten.

Art Queppin war genauso dick, haarig und rotgesichtig, wie Carnaby Goudge ihn beschrieben hatte, wenn nicht sogar noch mehr. Sein rötlicher Bart war völlig verfilzt. Sein Barett war ganz nach hinten geschoben und sein Kittel so weit offen, dass ein Teil seiner behaarten, verschwitzten Brust sichtbar war. Bei näherem Hinhören entpuppte sich die Ballade als grässliche Imitation eines schottischen Dialekts. Sie handelte von einer süßen kleinen Maid, die partout nicht Nein sagen konnte. Queppin schien eine Art Fließbandarbeiter zu sein, denn sein Tisch war bedeckt mit Gemälden in den unterschiedlichsten Restaurationsphasen. Bei einem Bild wurde die Leinwand neu aufgezogen, bei einer Holztafel wurde die gesamte bemalte Oberfläche völlig von dem inzwischen wurmstichigen, verfaulten Holz abgelöst und auf eine neue, gesunde Unterlage übertragen.

Das Bild war in diesem dramatischen Stadium nicht mehr sichtbar, es wurde von einer Art Pappe stabilisiert, die aus einer Lage Baumwollgewebe und mehreren Schichten Zeitungspapier bestand und auf die Oberfläche geklebt worden war. Jede Schicht musste über Nacht trocknen, danach wurde eine weitere aufgelegt, bis das Ganze schließlich etwa sechs Zentimeter dick war. Schließlich würde Art Queppin oder vielmehr sein bislang unsichtbarer Assistent der Tupfer und Abschleifer von der Rückseite her das alte Holz bis zum Gipsgrund abtragen, auf den das Bild ursprünglich gemalt worden war. Dann wurde die neue Leinwand angepasst, und Bartolo Arbalest konnte eine weitere Riesensumme kassieren.

Momentan war Queppin mit wenig heroischen Aufgaben beschäftigt. Er mischte winzige Farblachen und strich sie mit gezieltem Tupfen auf die frisch gereinigte Oberfläche eines Bildes, das früher einmal ein arg abgeblättertes Blumengemälde von einem der weniger distinguierten Vertreter der holländischen Schule gewesen sein musste. Er hatte überhaupt nichts dagegen, dass Max und Brooks ihm bei der Arbeit Gesellschaft leisteten. Er hätte gar nicht freundlicher sein können. Das Problem bestand darin, dass er keine Lust hatte, sich über mögliche Verbesserungen seines Arbeitsplatzes zu unterhalten, sondern ihnen lieber sämtliche Strophen von »Juchhei, ich fahre ins Heu« vorschmetterte.

Es war sinnlos. Sie konnten anstellen, was sie wollten, es gelang ihnen einfach nicht, den skatologischen Ständchenbringer lange genug zum Schweigen zu bringen, um ihm etwas Sinnvolles zu entlocken. Die selbst ernannten Architekten fuchtelten verzweifelt mit ihren Maßbändern und Blättern herum, bis Queppin in Strophe sieben immer noch ins Heu fuhr, dankten ihm für seine hervorragende Kooperation und begaben sich zu Marcus Nie.

Nie hatte einen eigenen Arbeitsraum, genau wie Goudge gesagt hatte. Doch er war winzig, man hatte lediglich ein Stück Waschküche durch eine Wand abgetrennt. Das gesamte Atelier war klimatisiert, zweifellos ebenso zum Schutz der Kunstwerke wie zur Bequemlichkeit der Kunsthandwerker, und zur Entlüftung lief ein Ventilator in einem der schmalen, vergitterten Fenster auf Hochtouren. Trotzdem stank die Luft in Nies Raum nach Terpentin, Paraffinen, denaturierten Alkoholen und diversen weiteren, exotischen Gerüchen, über die Max am liebsten nicht einmal nachdenken wollte. Thymol, schloss er, und Äther, vielleicht sogar ein Hauch von Zyanid, samt und sonders Chemikalien, die selten und nur mit größter Vorsicht benutzt wurden.

An der Wand unter dem Fenster mit dem Ventilator befand sich ein langer, flacher Spülstein. Dort wurden anscheinend die besonders heiklen Arbeitsgänge durchgeführt. Die Restaurationsarbeiten in dieser Werkstatt erreichten vielleicht nicht unbedingt Museumsstandard, doch die meisten Objekte, an denen Arbalests Heinzelmännchen arbeiteten, besaßen auch keine Museumsqualität. Außerdem gab es selbst in Museen genügend

Zeug, das sich Max Bittersohn nie ins Haus holen würde, und darüber hinaus verdienten viele Restaurationsarbeiten, die im Laufe der Jahrhunderte von angeblichen Experten ausgeführt worden waren, keine bessere Bezeichnung als Stümperei. Soweit Max sehen konnte, arbeiteten Bartolos Kunsthandwerker nicht schlechter als viele andere Restauratoren und verdammt viel besser als einige, die Max Bittersohn bisher untergekommen waren. Er löste seine Aufmerksamkeit von der Technik und lenkte sie auf den Techniker.

Marcus Nie war wirklich alles andere als ein Adonis. Sein Kopf hatte ungefähr die Form einer altmodischen Käsedose, lang und eckig, und war mit gelblicher Haut bedeckt, die wie bei einem in die Jahre gekommenen Bluthund in schlaffen Falten herabhing. Er hatte helles, schütteres, feines Haar, das mit irgendeinem klebrigen Zeug an seinen Schädel geklatscht war, sodass die gelbliche Kopfhaut durchschimmerte. An den Seiten seines Gesichts mäanderte es in einer Form herab, die Sarahs Großvater als Kaiserbart bezeichnet hätte, endete jedoch am Kinn, als hätte Nie es nicht für der Mühe wert gehalten, die Farce zu Ende zu führen.

Wahrscheinlich war Nie genauso groß wie Dubrec. Es war schwer zu erkennen, da er über den großen Zeichentisch gebeugt stand und wie die Übrigen einen weiten Kittel trug. Doch seine Arme waren lang, genau wie seine mit zahlreichen Flecken bedeckten Hände. Er trug eine schwarze Gummischürze, und seine Ärmel steckten in transparenten Plastikmanschetten. Den beiden Besuchern schenkte er keinerlei Beachtung, sondern fuhr fort, kleine Läppchen in irgendein Lösungsmittel zu tunken – wahrscheinlich handelte es sich dabei um eine Mischung aus denaturiertem Alkohol und Terpentin – und damit den schmutzigen, dunklen Schellack auf der vor ihm liegenden Leinwand zu betupfen.

Sein Restaurationsobjekt war tatsächlich ein Gemälde, auf dem Tiere dargestellt waren. Genauer gesagt handelte es sich um eine Frontalansicht von zwei ausgesprochen beschränkt wirkenden Schafen und einer hübschen Ziege mit langem, goldbraunem Fell, großen geschwungenen Hörnern und einem irritierend wissenden Gesichtsausdruck. Sollte es sich bei diesem Werk um eine der viktorianischen Allegorien für Moral und Tugend handeln, war Max Bittersohn auf jeden Fall auf der Seite der Ziege.

Kapitel 11

Alle Versuche, Marcus Nie für eine mögliche Umgestaltung seines Arbeitsraumes zu interessieren, waren von Anfang an zum Scheitern verurteilt. Selbst Brooks, der normalerweise sogar einer Einsiedlerdrossel ein freundliches Flöten entlocken konnte, bewirkte in diesem Fall nur die barsche Antwort: »Hier braucht nichts geändert zu werden.«

Brooks und Max trödelten eine Weile herum und bahnten sich ihren Weg zwischen Keilrahmen, Leisten und Sperrholzplatten, die auf dem Zementfußboden lagen und mit Zementblöcken beschwert wurden. Die dazwischen liegenden Leinwände wurden auf diese einfache Weise flach gedrückt, um später gereinigt und neu aufgezogen zu werden. Als die beiden ganz sicher waren, dass Nie den Mund nicht auftun würde, gaben sie auf und suchten nach dem Mitglied des Haushalts, das sie bisher noch nicht zu Gesicht bekommen hatten.

Die Gesuchte stand in der Küche und hielt eine halb geschälte Zwiebel in der Hand. Tränen rollten ihre Wangen hinab. Der Zwiebelberg auf dem Schneidebrett ließ ziemlich genaue Schlüsse über das Abendessen zu.

»Es gibt wohl Zwiebelsuppe?« meinte Brooks aufgekratzt. »Sie sind sicher Katya. Unsere Freundin Lydia Ouspenska hat uns von Ihnen erzählt.«

Katya gefiel es offenbar, dass man ihr Aufmerksamkeit schenkte, sie fand es jedoch höchst irritierend, dass plötzlich zwei wildfremde Männer frei im Haus herumliefen. »Mr. Arbalest nicht wollen –«

»Mr. Arbalest weiß, dass wir hier sind. Machen Sie sich darüber bitte keine Sorgen. Er möchte, dass wir Vorschläge für die Umgestaltung der Küche machen. Was würden Sie beispielsweise von ein paar schönen Schränken halten, in denen Sie Sachen unterbringen können? Dann sind sie Ihnen nicht im Weg und müssen nicht ständig abgestaubt werden.«

Der Raum war ursprünglich sicher nicht als Küche geplant gewesen. Möglicherweise hatte man ihn irgendwann in den Dreißigerjahren umgestaltet, als die ursprüngliche riesige Küche mit der Spülküche unpraktisch geworden war. Sie hatte ausgedient, als die aufwendige Haushaltsführung, die vor allem auf dem Einsatz von Einwanderern als billigen Dienstboten basierte, immer weniger gefragt war. Der Raum, in dem Katya ihre Zwiebeln schälte, hatte eine Renovierung bitter nötig. Warum hatte sich Arbalest nicht längst darum gekümmert, wenn er wirklich so ein leidenschaftlicher Amateurkoch war?

Vielleicht aus finanziellen Gründen. Es war sicher nicht billig gewesen, von der Westküste nach Boston zu ziehen. Es musste ein Heidengeld gekostet haben, den ganzen Hausstand überführen zu lassen, selbst wenn Arbalest einen Laster gemietet und alles selbst hergebracht hatte. Der Kauf und Unterhalt eines Hauses in Boston und die Versorgung seiner merkwürdigen Hausgemeinschaft riss sicher jeden Monat ein Riesenloch in Arbalests Portemonnaie, ganz gleich wie viel Geld der Auferstehungsmann erwirtschaftete. Immerhin kam er für Vollpension, Zimmer und Monatslohn der gesamten Gilde auf.

Die Einrichtung des Hauses hatte wohl eher Fingerspitzengefühl und Phantasie als Geld erfordert. Einige Möbelstücke hatte Arbalest möglicherweise bereits mit dem Haus übernommen. Außerdem wusste er sicher, wo es weitere Stücke zu Schnäppchenpreisen gab, und konnte sie dann von seinen Kunsthandwerkern herrichten lassen. Vielleicht hatte er seine Leute sogar zum Anstreichen und Tapezieren eingespannt, auch wenn man Rennpferde normalerweise nicht zum Pflügen einsetzte. Oder er hatte sich mit dem Vorhandenen zufrieden gegeben und lediglich schwächere Glühbirnen eingeschraubt. Die Eingangshalle war jedenfalls ziemlich dämmerig, und die Rollos im Empfangszimmer waren fast ganz heruntergelassen. Das holzgetäfelte Büro mit der Bücherwand bedurfte kaum mehr als einer Behandlung mit Antikwachs, um eindrucksvoll auszusehen. Kein Wunder, dass Arbalest es vorgezogen hatte, das Gespräch dort zu führen.

Zur Umgestaltung der Küche bedurfte es allerdings mehr als Flair. Schränke, Herde, Kühlschränke und Geschirrspüler waren teuer. Doch warum sollte man ein Heidengeld für einen Raum ausgeben, in dem sich außer einem selbst nur ein etwas beschränktes Dienstmädchen aufhielt? Es war bedeutend billiger, den altmodischen Charme der Küche zu preisen und stolz zu verkünden, dass es ein Verbrechen gegen die Ästhetik sei, auch nur einen kostbaren Zentimeter dieses auf so reizvolle Weise heruntergekommenen Überbleibsels aus der Zeit des Art déco zu verändern.

Vielleicht hatte er sogar Recht. Sarah hatte ganz ähnlich argumentiert, als Max sie überreden wollte, den antiquierten Kartoffelstampfer gegen eine moderne Küchenmaschine einzutauschen. Auch wenn ihre Argumente eher auf der alten Yankee-Skepsis basierten, ob neu wirklich besser sei als alt und warum man um Gottes willen etwas ersetzen solle, das nicht mal kaputt war.

Inzwischen drängte die Zeit. Sie mussten noch einmal mit Arbalest reden und taten gut daran, über alle Berge zu sein, bevor Lydia zurückkehrte. Trotzdem war Max nicht bereit, Katya schon jetzt mit ihren Zwiebeln allein zu lassen. Eine der wenigen Annehmlichkeiten dieser Küche war ein großes Fenster, das sehr viel Licht hereinließ und einen hervorragenden Blick auf den Weg hinterm Haus bot. Auch wenn man dort nicht viel mehr sah als Gartenzäune, Mülltonnen und Autos, die sich in gerade, enge Parkplätze zwängten.

»Hübsche Aussicht«, sagte er. »Schauen Sie manchmal nach draußen, Katya?«

»Da!«

»Haben Sie dabei schon einmal einen Mann in einem roten Jogginganzug gesehen, der dort draußen seine Gymnastikübungen macht?«

»Da! Lustig. Immer springen.«

Max hatte sich Katya klein und stämmig vorgestellt, eine Vermutung, die sich als richtig herausstellte. Ihr ehemals blondes

Haar war zu einem traurigen Knoten zusammengesteckt, aus dem einzelne Strähnen heraushingen. Sie trug einen pflegeleichten grünen Kittel und bequeme weiße Schuhe, wie sie von Krankenschwestern benutzt werden. Es war ein wenig irritierend zuzusehen, wie sie die zur Hälfte entblätterte Zwiebel fortlegte und auf und ab zu hüpfen begann, wobei sie über ihrem Kopf in die Hände klatschte. Dabei hielt sie das Schälmesser immer noch fest in der Hand und lachte wie ein kleines Kind.

Nach einigen Hopsern hielt sie plötzlich inne, hörte auf zu grinsen und hielt suchend nach der Zwiebel Ausschau. Max reichte sie ihr mit einer höflichen Verbeugung.

»Sehr schön, Katya. Sehen Sie den Mann oft?«

»Njet. Nicht oft. Sehr schade.«

»Mr. Arbalest kommt manchmal her und hilft Ihnen beim Kochen, nicht wahr?«

»Er kochen. Ich nur gut für Schälen und Wasser kochen.«

»Dann muss Mr. Arbalest sich ja ziemlich häufig hier in der Küche aufhalten. Sieht er dem Mann im roten Jogginganzug auch manchmal bei seinen Gymnastikübungen zu?«

»Da! Finden nicht gut.«

»Warum nicht?«

Katya beantwortete die Frage, indem sie ratlos die Hände hob und mit den Achseln zuckte. Dann wandte sie sich wieder ihrem Schneidebrett zu und griff nach der nächsten Zwiebel. Max entschied, sie nicht länger bei ihrer augenreizenden Hausarbeit zu stören.

Auf dem Weg zu Arbalests Büro bemerkte Max: »Hast du das Gitter am Fenster gesehen?«

»Ja«, erwiderte Brooks. »Hochinteressant. Das Gitter in Arbalests Zimmer lässt sich auch von innen öffnen. Möchtest du, dass ich schnell ins Empfangszimmer schleiche und dort nachschaue?«

»Warum fragen wir Arbalest nicht einfach selbst?«

»Bitte fragen Sie mich alles, was Sie interessiert.«

Der Hausherr musste ihr Gespräch mitangehört haben, denn er

trat genau vor ihnen aus einer offenen Tür. Sie warfen einen Blick in den Raum und sahen ein Esszimmer, das vor Damast, Porzellan, Silber und Kristall geradezu strahlte. Arbalest hatte offenbar gerade die Tafel gedeckt. Man konnte sich Nie und Laer in einem derart vornehmen Ambiente nur schwer vorstellen. Max fragte sich, ob sie zum Abendessen wohl saubere Kittel anziehen würden. Obwohl es natürlich mittelalterlicher wäre, schmutzig bei Tisch zu erscheinen. Max war froh, dass er und Brooks nicht an dem Abendessen teilzunehmen brauchten.

»Ich nehme an, Sie möchten sich mit mir unterhalten.« Arbalest klang ein wenig gereizt. »Sollen wir in mein Büro gehen?«

»Nur ganz kurz, wenn Ihre Zeit es erlaubt«, sagte Max.«Ich glaube, Ihr Dienstmädchen hat bereits alle Zwiebeln gehackt.«

»Dann haben Sie also auch mit Katya gesprochen?«

»Wir haben mit allen hier im Haus gesprochen, aber niemand hatte sonderlich viel zu sagen. Haben Sie sich diese Kunsthandwerker ausgesucht, weil sie so schweigsam sind?«

»Oh, wenn sie nicht arbeiten, reden sie, wie ihnen der Schnabel gewachsen ist. Jedenfalls die meisten von ihnen. Ich nehme an, Queppin hat Ihnen etwas vorgesungen?«

»So könnte man es ausdrücken. Eine Frage noch, Mr. Arbalest. Wir haben bemerkt, dass an allen Fenstern Gitter angebracht sind. Kann man sie von innen öffnen?«

»Aber sicher. Ich hätte eine Heidenangst, wenn man es nicht könnte. Es könnte schließlich ein Feuer im Haus ausbrechen! Schon die Vorstellung, dass hier jemand eingeschlossen wäre, ist mir unerträglich. Dieses Haus ist kein Gefängnis, wissen Sie. Ich versuche lediglich, die wertvollen Kunstwerke meiner Kunden zu schützen.«

»Und Ihre Kunsthandwerker?«

»Die natürlich auch. Sie wissen genau, dass wir unbedingt Sicherheitsvorkehrungen treffen müssen. Ich habe dafür gesorgt, dass sie die Sicherheitsregeln kannten, bevor sie hier einzogen, und sie um ihr Einverständnis gebeten. Wer Probleme damit hatte, wurde nicht eingestellt. So einfach ist das.«

»Dann kann also jeder kommen und gehen, wie er Lust hat?«

»In einem vertretbaren Maß. Ich erwarte natürlich von meinen Kunsthandwerkern, dass sie während der Geschäftszeiten arbeiten und zu einer angemessenen Zeit nach Hause kommen, wenn sie abends ausgehen. Schließlich steht keiner gern mitten in der Nacht auf, um sie wieder hereinzulassen.«

»Haben sie denn keinen Schlüssel?«

»Warum sollten sie? Die Türen sind von innen zusätzlich mit Sperrketten gesichert, die sich von außen nicht öffnen lassen. Es sei denn, man hat eine Metallsäge dabei. Das sind ganz normale Sicherheitsvorkehrungen, die heutzutage jeder Hausbesitzer in einer Großstadt treffen muss, wie Ihnen sicher klar ist, Mr. Bittersohn.«

»Haben Sie denn keine Alarmanlage?«

»Nein. Die Installation ist sehr kostspielig, und es besteht immer die Gefahr, sie unbeabsichtigt auszulösen. Ich glaube, unsere momentanen Sicherheitsvorkehrungen sind völlig ausreichend. Dieser Meinung ist auch Mr. Goudge.«

»Er müsste es eigentlich wissen. Wenn ich Sie richtig verstanden habe, folgt er jedem Mitglied Ihrer Gilde, sobald der oder die Betreffende das Haus verlässt.«

»Es geschieht einzig und allein zum Schutz meiner Angestellten, Mr. Bittersohn.«

»Verstehe. Aber was passiert, wenn zwei gleichzeitig das Haus verlassen und in unterschiedliche Richtungen gehen? Oder wenn Goudge mit Ihnen einen Kunden besuchen muss?«

»Ich bin viele Jahre lang selbst gefahren und gehe davon aus, dass ich es im Notfall auch heute noch kann. Trotzdem eine gute Frage. Bisher ist dieses Problem noch nicht aufgetreten. Unsere Leute fühlen sich hier so wohl, dass sie anscheinend nicht das Bedürfnis haben, das Haus zu verlassen. Natürlich sind wir noch nicht sehr lange zusammen, möglicherweise werden sie ja irgendwann tatsächlich ein wenig unruhig. So wie Madame Ouspenska gestern, wie Sie selbst gesehen haben. Aber auch das war kein Problem. Ich habe mir einfach einen Botengang für sie ausgedacht. Madame Ouspenska hatte ihren kleinen Ausflug und kam rechtzeitig wieder zurück. Falls wirklich alle in unterschiedliche Richtungen davonstürmen wollten, müssten wir uns wohl auf die Suche nach Unterstützung für Mr. Goudge machen. Sie und Brooks hätten nicht vielleicht –«

»Darauf sind wir nicht spezialisiert, tut mir leid. Goudge kennt sicher entsprechende Leute.«

»Das glaube ich auch.« Arbalest verzog das Gesicht. »Das würde dann noch teurer. Ich habe ohnehin fürchterlich hohe Unkosten. Aber unsere Kunsthandwerker sind alle reiferen Alters, wie Sie selbst gesehen haben. Reife war eine der Voraussetzungen, auf die ich bei meiner Wahl Wert gelegt habe. Neben überragendem Können, selbstverständlich. Manchmal glaube ich, dass ich in gewisser Weise beschränkt bin, aber ich versuche immer, aus meinen Erfahrungen zu lernen. Ich glaube fest daran, dass es diesmal klappen wird.«

Mit einem Mal wirkte der Mann viel weniger ruhig und weltgewandt. »Es muss einfach funktionieren. Ich kann nicht zulassen, dass es wieder scheitert. Brooks, Sie sind mein Freund. Um Gottes willen, so helfen Sie mir doch!«

Das Telefon auf Arbalests Schreibtisch gab ein leises Summen von sich. Arbalest schluckte, machte ein gefasstes Gesicht und hob ab. »Hallo? Ja, Goudge. Nein, nur Crème double. Vielen Dank. Dann bis gleich.«

Er wandte sich wieder seinen Besuchern zu, mit gelassener Miene und fester Stimme. »Goudge hat vom Wagen aus angerufen. Er wird schnell noch etwas für mich erledigen und kommt dann mit Madame Ouspenska zurück. Die beiden werden in etwa zehn Minuten hier sein. Es sei denn, sie geraten in einen Stau. Vielleicht würden die Herren es vorziehen –«

»Sie würden«, meinte Brooks. »War nett, Sie wiederzusehen, Bartolo. Wir melden uns wieder bei Ihnen.«

Max griff nach seinem Stock und versuchte aufzustehen. »Eine kurze Frage noch, Mr. Arbalest. Warum mögen Sie den Mann im roten Anzug nicht?«

Arbalest schien verblüfft. »Welchen Mann?«

»Ihren Nachbarn. Er pflegt seine Gymnastikübungen hinterm Haus zu machen. Katya sagt, sie würden ihn nicht mögen.«

»Ach so, Katya. Tut mir leid, ich hätte Sie vorwarnen sollen. Katya ist wirklich eine Seele von Mensch und sehr fleißig, wenn sie erst verstanden hat, was sie tun soll. Doch sie ist ein wenig beschränkt, genau wie ich. Ich würde sagen, ihr Reifegrad entspricht dem einer Sechseinhalbjährigen, und das Leben ist für sie ein einziges Märchen. Möglicherweise braucht sie auch eine Brille. Darüber habe ich, ehrlich gesagt, noch nicht nachgedacht. Vielleicht sollte ich Goudge mit ihr zum Augenarzt schicken. Nochmals ganz herzlichen Dank für Ihr Kommen, meine Herren. Bitte sagen Sie mir Bescheid, sobald Mrs. Percy Kelling ihr Mädchen mit dem Papagei zurückbekommen hat. Es ist wirklich ein apartes kleines Bild.«

Trotz aller Höflichkeit konnte Arbalest seine Besucher nicht schnell genug loswerden. Sie waren kaum aus der Tür, da hörten sie auch schon, wie er hinter ihnen abschloss.

»Ein interessanter Besuch«, sagte Brooks, als sie den Bürgersteig erreicht hatten. »Was hältst du von der ganzen Geschichte?«

»Ich glaube, dass Arbalest genauso beschränkt ist, wie er befürchtet, wenn er annimmt, dass seine Leute nicht kommen und gehen, wie es ihnen passt«, antwortete Max. »Die Fenster im Erdgeschoss sind höchstens zweieinhalb Meter über dem Boden. Nie und Dubrec sind beide groß, und Laer ist stark. Queppin hat möglicherweise ein Problem beim Ein- und Aussteigen, wenn er genauso dick und schwabbelig ist, wie er in seinem schrecklichen Kittel aussieht. Es sei denn, er hat eine Klappleiter unter seinem Bett.«

»Möglich wär's«, stimmte Brooks zu. »Außerdem könnte ich mir vorstellen, dass ein Kunsthandwerker, der so gut ist wie Dubrec, hervorragend Schlösser knacken kann. Ich will ihm nicht unterstellen, dass er für sämtliche Schlösser Nachschlüssel angefertigt und die Ketten so präpariert hat, dass man sie leicht von außen öffnen kann. Ich will damit nur sagen, dass er es könnte, wenn er wollte. Ich selbst könnte es auch, auch wenn meine Methoden sicher weniger elegant wären.«

Brooks war kein Angeber, er konstatierte nur eine Tatsache, und Max glaubte ihm. »Ich weiß, dass du es könntest. Und Dubrec auch. Nicht um des Geldes willen, sondern einfach aus Spaß an der Herausforderung. Genau wie Wouter Tolbathy.«

Der verstorbene Wouter Tolbathy war ein Mann mit einer nahezu unheimlichen technischen Begabung gewesen und noch unheimlicheren Vorstellungen, wie er sie am besten in die Tat umsetzen konnte. Er war ein enger Freund von Sarahs Onkel Jem gewesen. Max hatte Wouter nie persönlich kennen gelernt, hatte sich jedoch bereits zweimal notgedrungen mit den grauenhaften Folgen seiner lustigen Streiche befassen müssen. Max bedauerte zutiefst, dass ihm ausgerechnet Wouter Tolbathy eingefallen war. Trotz der Hitze, die sich den ganzen Tag im Bürgersteig aufgestaut hatte, spürte er, wie es ihm eiskalt den Rücken hinunterlief.

»Um Gottes willen, Brooks, sag mir bitte, dass ich mich irre.«

»Wir können nur hoffen, Max. Die Welt ist schon schlimm genug, ohne dass sie ein zweiter Wouter Tolbathy unsicher macht. Apropos Queppin. Ist er wirklich der fröhliche, egoistische Falstaff, den er uns vorgespielt hat? Oder wusste er, wer du warst, und hatte Angst zu reden?«

»Darüber habe ich auch schon nachgedacht. Es könnte auch sein, dass er dich wiedererkannt hat. Oder seine Mutter hat ihm eingebläut, dass er sich nicht von Fremden ansprechen lassen darf. Vielleicht ist er auch nur ein arroganter Mistkerl.«

»Oh, das ist er ganz bestimmt.« Brooks hielt inne, um einen nach Nahrung suchenden Sperling zu beobachten, zuckte mit den Achseln und ging weiter. »Die Frage ist nur, ob noch mehr dahinter steckt.«

»Ich würde sagen, ja. Ich kann mir nicht vorstellen, dass jemand wie Queppin, der so scharf darauf ist, sich vor anderen zu produzieren, freiwillig in ein Haus wie das von Arbalest zieht. Es sei denn, er will untertauchen.«

»Ich habe mich auch schon gefragt, ob Bartolo vielleicht eine Herberge für talentierte Schurken leitet. Was hältst du übrigens von Laer?«

»Die Vorstellung, er könnte mit dem Meißel in der Hand hinter mir stehen, erschien mir wenig erbaulich. Es fehlte nicht viel, und der Mann hätte uns attackiert, weil wir ihn bei der Arbeit störten. Er war jedenfalls stinksauer über irgendetwas. Möglicherweise leidet er an Paranoia. Allerdings halte ich Nie für den Verrücktesten von allen. Wie denkst du darüber?«

»Nun ja, Nie scheint ständig diese üblen Dämpfe einzuatmen. Vielleicht haben sie seinen Verstand beduselt, auch wenn der Raum angemessen belüftet wird und er sich bestimmt nicht den lieben langen Tag dort aufhält. Offenbar hilft er Queppin bei der Drecksarbeit. Den zahlreichen Leinwänden nach zu urteilen, müssen sie eine Menge zu tun haben. Würde mich nicht wundern, wenn Nie Drogen nähme. Kannst du dir einen der anderen als Dealer vorstellen?«

»Arbalest, beispielsweise? Interessanter Gedanke. Auf diese Weise könnte er immerhin die Versicherung für seinen Rolls Royce aufbringen.«

Kapitel 12

»Ein Rhabarberblatt?« stieß Max hervor. »Was zum Teufel wollte er denn damit?«

Sarah lachte. »Dreimal darfst du raten. Wenn der Mann wirklich durch die Lüftungsklappe des Gewächshauses geklettert ist – und eine andere Möglichkeit, ins Haus zu kommen, fällt mir beim besten Willen nicht ein – dann hätte er mit dem dicken Jogginganzug sicher nicht durchgepasst. Ich habe die Öffnung zwar nicht ausgemessen, aber sie ist sicher nicht größer als fünfzig mal fünfzig Zentimeter. Anne hat ihn als mageren kleinen Kerl beschrieben. Ich denke, er hat sich entblättert, um durch die Öffnung zu passen. Und während er im Haus das Bild klaute, kam irgendein Tier und klaute ihm die Sachen.«

»Was für ein Tier?«

»Ein Hund vielleicht. Noch wahrscheinlicher wäre wohl ein Waschbär, falls sich in den Taschen irgendetwas Essbares befand. Die Viecher essen einfach alles und sind äußerst geschickte Diebe. Das stimmt doch, nicht wahr, Brooks?«

»Haargenau, Sarah. Genau aus diesem Grunde haben sich Waschbären ja so erfolgreich an das Leben in der Stadt gewöhnt. Sie sind intelligent und stark. Außerdem tragen sie nicht umsonst dieselben schwarzen Masken wie die Panzerknacker. Wenn etwas Essbares in den Taschen war, hätte ein Hund lediglich das Kleidungsstück zerrissen, um es zu bekommen. Ein Waschbär hätte es fortgeschleppt und dann in sicherer Entfernung die Taschen durchsucht. Waschbären haben richtige kleine Hände, wisst ihr, nicht einfach nur Pfoten. Sie können so groß wie Hunde werden und sind üble Kämpfer. Wenn ich splitternackt in einem fremden Garten hocken würde und ein Waschbär meine Sachen hätte, würde ich mich bestimmt nicht auf ein Tauziehen mit ihm einlassen, um sie wiederzubekommen.«

»Okay«, sagte Max. »Nehmen wir einmal an, es war wirklich ein Waschbär. Aber was ist mit dem Bild?«

»Vielleicht hatte der Mann es im Garten versteckt und mitgenommen, als er sich in Annes Kleidern davongemacht hat. Wahrscheinlicher ist allerdings, dass er es einem Komplizen gegeben hat. Und der ist damit weggefahren, ohne zu bemerken, dass der Dieb ebenfalls beraubt wurde.«

»Aber warum sind die beiden dann nicht gemeinsam weggefahren, Sarah?« erkundigte sich Theonia. »Warum hätte der Komplize den Mann im roten Jogginganzug – oder vielmehr ohne roten Jogginganzug, falls es ihn denn wirklich gab und er ihn ausgezogen hat – mutterseelenallein zurückgelassen, sodass er allein dorthin zurückfinden musste, wo auch immer sie hergekommen waren?«

»Vielleicht wollte er gesehen werden?«

»Ein Exhibitionist war er jedenfalls nicht. Sonst hätte er sich nicht hinter dem Rhabarberblatt versteckt.«

»Nein, ich denke, es war der rote Jogginganzug, den Anne oder wer auch sonst immer sehen sollte. Es fällt einfach auf, wenn jemand in dieser Jahreszeit so etwas trägt. Charles hat gestern erwähnt, wie unpassend der Mann mit dem roten Anzug an so einem heißen Tag auf Arbalests Weg aussah. Und der Kerl hüpfte auch noch auf und ab und tat anscheinend alles, um die Aufmerksamkeit von Charles auf sich zu lenken. Fehlte nur noch, dass er ihn am Arm gepackt und ihm ins Ohr gebrüllt hätte. Katya hat mir zu verstehen gegeben, dass er die gleiche Nummer abzieht, wenn er sieht, dass jemand aus dem Küchenfenster schaut. Aber wirklich überzeugt von der Bedeutung dieses roten Jogginganzuges war ich erst durch Anoras Geschichte. Sie hat uns erzählt, dass der arme alte George sich aus seinem Sessel gehievt hat, weil er einen Tamilen im roten Jogginganzug beobachten wollte, der an dem Nachmittag, bevor George umgebracht wurde, über seinen Rasen lief.«

»Du siehst darin einen eindeutigen Beweis?« fragte Brooks.

»Absolut. Vielleicht ist dir nicht bewusst, was für ein weltbewegendes Ereignis es war, dass George Protheroe sich hochwuchtete, nur weil jemand durch seinen Garten lief. Ich bin mir dessen bewusst. So etwas tut man einfach nicht in Chestnut Hill, jedenfalls nicht am helllichten Tage direkt vor den Augen der Anwohner, wenn man dazu keinen guten Grund hat, beispielsweise weil man einem kleinen Kind nachjagt, das weggelaufen ist, oder wenigstens einem Haustier. Und in diesem Fall hätte der Verfolger angehalten und George gefragt, ob er einen herrenlosen Sealyham-Terrier oder was auch immer gesehen hätte. Das weiß jeder. Natürlich hätte er gewollt, dass die Nachbarn wissen, dass er nicht nur aus Spaß die Dickmännchen platt tritt. Das ist jedenfalls meine Theorie. Hat jemand eine bessere?«

Da dies nicht der Fall war, entschied man sich erst einmal für Sarahs Version und beschloss, den Kaffee draußen im Garten zu genießen. Nach Anne Kellings eindrucksvoll gepflegter Gartenlandschaft war Sarah wenig beeindruckt von Brooks nüchternen kleinen Beeten mit Ringelblumen und Steinkraut.

»Ich hatte gehofft, wir könnten am Wochenende nach Ireson's Landing fahren«, meinte sie wehmütig. »Aber solange es Anora so schlecht geht und so viel passiert, glaube ich kaum – oh, hallo, Charles. Was ist los? Ist Davy aufgewacht?«

»Nein, Mr. Goudge wünscht Sie zu sprechen, Moddom. Er kömmt.«

»Wie der Eismann. Schade, dass es keine Eiswagen mehr gibt. Ich würde liebend gern mal mitfahren. In Ordnung, Charles, bringen Sie ihn zu uns. Und holen Sie den Brandy. Max, glaubst du, Mr. Arbalest hat Goudge geschickt, damit er uns beschützt?«

Nein, das glaubte Max nicht. Er hielt es für wahrscheinlicher, dass Mr. Goudge aus erster Hand erfahren wollte, wie der Besuch im Atelier abgelaufen war. Seine Vermutung sollte sich als richtig erweisen.

»Guten Abend«, sagte Goudge. »Nett von Ihnen, dass Sie mich noch empfangen. Mr. Brooks und Mr. Twister, wenn ich mich nicht irre?«

»Sie irren sich, aber das macht keinen Unterschied. Eine merkwürdige Wohngemeinschaft haben Sie sich da ausgesucht, Goudge. Wäre es taktlos zu fragen, wo Nie seine Rauschmittel herbekommt und wer die Fenster zum Ein- und Aussteigen benutzt?«

»Äußerst taktlos und völlig zwecklos«, antwortete Goudge bereitwillig. »Nie geht niemals aus. Und er bekommt auch keine Päckchen oder Briefe. Wahrscheinlich ist er so angeheitert vom Schnüffeln des Höllengebräus, das er zum Reinigen der Gemälde braucht. Was die Fenster betrifft, meinen Sie sicher die Riegel an der Innenseite, die Sie dank Ihrer Adleraugen natürlich in Nullkommanichts erspäht haben.«

»In Nullkommazwei«, sagte Max. »Ein Blick von Brooks und einer von mir. Brooks hat es zuerst erspäht.«

»Herzlichen Glückwunsch. Wie Mr. Arbalest Ihnen sicher bereits erklärt hat, besteht der Zweck der Riegel darin, die Insassen davor zu schützen, zu braten, falls die leicht entflammbaren Substanzen im Atelier beschließen zu entflammen. Als einer der Insassen finde ich diese Vorsorge meines Arbeitgebers äußerst löblich. Was den Zugang und Ausgang betrifft, haben Sie möglicherweise nicht bemerkt, aber vielleicht vermutet, dass ich sämtliche Riegel elektronisch überwache. Sollte einer der Riegel geöffnet werden, wird dies auf einer Tafel in meinem Schlafzimmer als Summen und blinkendes Licht dargestellt. Da ich einen leichten Schlaf habe und mich in Windeseile anziehen kann, springe ich daraufhin sofort aus dem Bett und bin schnell genug unten, um festzustellen, wer was vorhat, und möglicherweise sogar warum.«

»Haben Sie schon viele erwischt?«

»Enttäuschenderweise hatte ich bisher kaum Gelegenheit, mein Können unter Beweis zu stellen. Der Einzige, den ich bisher geschnappt habe, war Queppin. Er blieb im Fenster stecken, und ich musste ihn befreien. Er teilte mir mit, zu welchem Behufe er dies getan hatte, woraufhin ich den Wagen holte und ihn zu seiner Verabredung fuhr. Er bot mir an, ihn zu begleiten und mich mit einer der Geschäftspartnerinnen seiner Dame bekannt zu machen. Ich lehnte dankend ab und erklärte ihm, dass ich den Rolls in dieser Gegend unmöglich unbeaufsichtigt stehen lassen konnte. Ich wählte diese Erklärung, weil ich weder seine Gefühle verletzen noch seinen Verdacht wecken wollte.«

»Äußerst taktvoll von Ihnen.«

»Ich bin immer taktvoll. Ich schlug vor, ihn in einer Stunde abzuholen. Er hielt eine Stunde für ausreichend und erklärte sich einverstanden. Daraufhin parkte ich an einem geeigneten Ort, von dem aus ich meine Überwachung fortsetzen konnte, traf ihn wie verabredet und brachte ihn zurück nach Hause. Seitdem habe ich ihn zu weniger unerquicklichen Zeiten auf ähnlichen Exkursionen begleitet. Allerdings mit der Auflage, dass er im Wagen nicht singt.« Goudge lächelte fein. »Queppin gibt großzügige Trinkgelder.«

»Hätte nicht während Ihrer Abwesenheit noch jemand das Haus verlassen können?« fragte Brooks.

»Natürlich. Aber ich hätte sofort gemerkt, dass ein Riegel geöffnet wurde, weil das Licht in meinem Zimmer noch geblinkt hätte. Daraufhin hätte ich heimlich die Häupter meiner Lieben gezählt, um festzustellen, wer fehlte, und mich parat gestellt, um beim Wiedereinstieg zu helfen. Die Insassen wissen, dass ich unter chronischer Schlaflosigkeit leide, oder glauben es zumindest. Daher wundert sich keiner, wenn ich zu ungewöhnlichen Zeiten herumgeistere.«

»Auch nicht, wenn Sie in ihre Schlafzimmer spähen?«

»Das würden sie gar nicht merken. Es gehört zu meinen kleinen häuslichen Verpflichtungen, dafür zu sorgen, dass die Türangeln gut geölt sind.«

»Ein Butler wie aus dem Bilderbuch«, murmelte Theonia.

»Vielen Dank, Mrs. Kelling. Ich gebe in aller Bescheidenheit zu, dass ich mir Mühe gebe, sogar noch besser zu sein. Fänden Sie es sehr aufdringlich, wenn ich Ihren Gatten fragen würde, ob Mr. Arbalest zufällig meinen Namen erwähnt hat?«

»Ich glaube nicht. Fändest du es sehr aufdringlich, Brooks?«

»Keineswegs. Die Antwort lautet, ja, doch ganz ohne Kritik. Bartolo erwähnte beispielsweise, Sie seien völlig seiner Meinung, was die Sicherheitsvorkehrungen im Haus betrifft.«

»Was Sie bestimmt überrascht hat.«

»Stimmt, aber er hat uns ja Ihr Schlafzimmer nicht gezeigt. Bartolo sagte außerdem, er habe vor, Sie mit Katya zum Augenarzt zu schicken. Er scheint zu glauben, dass mit ihren Augen etwas nicht stimmt.«

»Ach ja? Wie kommt er denn auf die Idee?«

»Während wir in der Küche mit ihr plauderten, stellte sich heraus, dass sie genau wie Charles behauptet, einen Mann im roten Trainingsanzug gesehen zu haben, der gymnastische Übungen auf dem Weg hinterm Haus macht. Interessanterweise hat Ihr verstorbener Kunde George Protheroe, der gestern Morgen ermordet aufgefunden wurde, wie Sie sicher inzwischen erfahren haben, seiner Frau vorgestern Nachmittag eine merkwürdige Geschichte erzählt. Anscheinend sah er einen Mann im roten Trainingsanzug durch seinen Garten laufen. Er hielt ihn für einen Tamilen.«

Goudge hob leicht die Brauen. »Was für ein merkwürdiger Gedanke. Wieso kam Mr. Protheroe denn ausgerechnet auf einen Tamilen?«

»Wieso nicht?« schaltete sich Sarah ein. Sie war ziemlich verärgert über Goudges sanften Spott. »George hat lange den Orient bereist, er kannte viele Tamilen und beherrschte sogar ihre Sprache. Seine Frau glaubt, dass er genau wusste, wovon er sprach. Außerdem machte die Gattin meines Vetters Percy Kelling, der man das Bild mit dem Mädchen und dem Papagei gestohlen hat, das Sie ihr gerade zurückgebracht hatten, heute Morgen eine ähnliche Erfahrung. Würden Sie gern mehr darüber hören?«

»Natürlich, wenn es Ihnen nichts ausmacht.«

Goudges Stimme war höflich und neutral wie immer, wirkte jedoch ein klein wenig beunruhigt. Während Sarah berichtete, verwandelte sich die Beunruhigung in Zorn.

»Verdammter Mist! Oh, entschuldigen Sie bitte, Mrs. Bittersohn, aber dieses ewige Gerede über kleine braune Männer in roten Jogginganzügen geht einem irgendwann auf die Nerven.«

»Sie sprechen uns aus der Seele«, sagte Brooks. »Wären Sie so nett, uns zu erklären, warum Sie gestern Abend so verzweifelt versucht haben, uns einzureden, der Mann wäre nur ein Wäscheständer, warum Katya behauptet, Bartolo könne den Mann nicht leiden, und warum Bartolo uns heute Mittag angelogen hat, als wir ihm mitteilten, was Katya über den Mann hinterm Haus gesagt hatte?«

»Das ist eine ziemlich unsinnige Frage, finden Sie nicht? Und ein wenig unverschämt ist sie auch, wenn ich mir die Bemerkung erlauben darf.«

Brooks Kelling ließ sich nicht beleidigen. »Unverschämtheit, wem Unverschämtheit gebührt, Goudge. Ganz im Gegenteil. Ich würde sagen, die Frage ist so sinnvoll, wie es überhaupt möglich ist. Sie sind jetzt zum zweiten Mal hier, um uns auszuhorchen. Ich will damit nicht sagen, dass wir keine Lust haben, Ihre Spielchen mitzuspielen, aber wir werden nicht sehr weit kommen, wenn Sie weiterhin darauf bestehen, ihre Asse im Ärmel zu behalten. Wären Sie jetzt wohl so nett und würden mir meine Frage beantworten? Oder würden Sie es vorziehen, Ihre Chips einzulösen und Ihre Schritte heimwärts zu lenken?«

»Sie spielen wohl gern mit offenen Karten, wie? Natürlich möchte ich weiter spielen, Mr. Kelling, aber peinlicherweise kann ich Ihre Frage nicht beantworten. Jedenfalls nicht so, wie Sie es gern hätten. Zugegeben, ich habe gelogen, was unseren Sportsfreund auf dem Weg betrifft. Und zwar weil Mr. Arbalest mir unmissverständlich, wenn auch mit wenigen Worten, klargemacht hat, er wünsche nicht, dass dieses Thema diskutiert werde. Da ich ihm im Großen und Ganzen treu ergeben bin, hielt ich es für meine Pflicht, seinem Wunsch zu folgen. Wahrscheinlich hat er Katya nicht vorgewarnt. Sie hätte ihn ohnehin nicht verstanden. Und selbst wenn sie es begriffen hätte, wäre es verlorene Liebesmüh gewesen. Außer ihm bekommt Katya selten jemanden zu Gesicht, außer wenn sie mir dabei hilft, die Speisen aufzutragen. Und sie ist klug genug, im Speisesaal den Mund zu halten.«

»Und wenn jemand krank im Bett liegt? Kümmert sie sich dann nicht um den Kranken und bringt ihm das Essen?«

»Das können Sie getrost vergessen. Das ist Aufgabe des Butlers.«

»Verlässt sie denn nie das Haus?«

»Niemals. Wenn keiner sie begleitet, verirrt sie sich bloß. Und bisher hat ihr keiner seine Begleitung angeboten. Katya ist wirklich nicht sehr helle, wissen Sie.«

»Und wer kauft die Lebensmittel ein?«

»Das erledigt Mr. Arbalest persönlich, gefolgt von seinem folgsamen Wachhund, der ihm den Einkaufswagen schiebt und die Tüten schleppt. Gelegentlich habe ich das Privileg, kleinere Besorgungen selbständig erledigen zu dürfen. Erst heute Nachmittag war es mir gestattet, unbeaufsichtigt einen halben Liter Sahne zu erstehen. Und wie Sie wissen, genoss Madame Ouspenska vor kurzem das noch seltenere Privileg, mehrere Gramm Trüffel kaufen zu dürfen. Was meinerseits eine beträchtliche Menge Beinarbeit erforderte, möchte ich hinzufügen. Als sie wohlbehalten zu Hause ankam, öffnete Mr. Arbalest wie verabredet höchstpersönlich die Haustür. Er verwickelte sie in ein Gespräch, um mir genug Zeit zu geben, heimlich durch die Hintertür ins Haus zu schlüpfen. So konnte ich sie in der Eingangshalle mit meinem kleinen Silbertablett empfangen und die Trüffel mit der gebührenden Hochachtung und Umsicht in die Küche tragen.«

»Die Insassen, wie Sie so schön sagen, haben also keinen Zutritt zur Küche?«

»Sagen wir besser, sie werden nicht ermutigt, dort zu erscheinen. Falls sie irgendetwas brauchen, müssen sie mich fragen, und es wird ihnen gegeben. Für gewöhnlich von meiner Wenigkeit, manchmal aber auch von Mr. Arbalest höchstpersönlich. Wenn wir beide abends ausgehen, bereite ich ein Tablett mit Drinks und Snacks vor. Außderdem sorge ich dafür, dass die Teller mit Süßigkeiten gefüllt sind, damit unsere Vögel nicht auf die Idee kommen, herumzuflattern und nach Leckerzeug zu suchen. Wenn einer von ihnen tatsächlich in der Küche auftaucht, würde er Katya dort nicht antreffen. Sobald das Abendessen abgeräumt ist, zieht sie sich in ihr Zimmer zurück und sieht fern. Was immer sie Ihnen heute Mittag erzählt hat, war entweder die Wahrheit oder ziemlich nahe daran. Katya ist nicht clever genug, um sich Lügen auszudenken.«

»Bartolo scheint da anderer Meinung zu sein. Er sprach allerdings nicht von Lüge, sondern von Märchen.«

»Kann ich mir vorstellen. Aber das ist schließlich Mr. Arbalests Metier, er macht alles so zurecht, dass es schön aussieht. Lügen sind hässlich, Märchen sind schön. Obwohl sie in Wirklichkeit meist ziemlich blutrünstig sind. Aber das Grausige sollen wir Kinder nicht merken. So, jetzt wissen Sie es.«

»Wissen wir was?« fragte Max. »Erzählen Sie uns lieber von dem Mann im roten Anzug. Ich nehme mal an, Sie haben ihn selbst auch schon gesehen.«

»Oh ja, aber viel zu erzählen gibt es da nicht. Ich wüsste nicht, in welcher Hinsicht er bemerkenswert wäre. Vielleicht ist er Tami-hi-le, vielleicht Franzo-ho-se oder aber auch ein Preiß. Er hat einen ziemlich dunklen Teint. Er ist klein und wahrscheinlich zierlich, obwohl das schwer zu sagen ist. Der rote Jogginganzug, den Sie schon so oft erwähnt haben, ist ziemlich ausgebeult. Im Gegensatz zur Gattin Ihres Vetters hatte ich bisher noch keine Gelegenheit, ihn mit einem Rhabarberblatt zu sehen. Natürlich immer angenommen, es handelt sich tatsächlich um denselben Mann. Und das scheint mir bei allem Respekt für Mrs. Kelling höchst unwahrscheinlich.«

»Trägt er immer diesen Anzug?«

»Das kann ich Ihnen beim besten Willen nicht sagen. Wenn ich ihn gesehen habe, ja. Aber vielleicht habe ich ihn auch anders gekleidet gesehen und nicht erkannt. Falls Sie mit dem Gedanken spielen sollten, mich zu fragen, warum in aller Welt der Mann sich mitten im August derart warm anzieht, würde ich folgende Prognosen wagen. Erstens, weil er gerade frisch aus dem Dschungel von Malaysia kommt und in unseren Breiten friert, auch wenn es uns hier warm erscheinen mag. Zweitens, weil er nur dieses einzige Kleidungsstück besitzt. Drittens, weil er diesen roten Jogginganzug liebt. Und viertens, weil er auffallen möchte, wenn er seine Gymnastikübungen macht. Damit er nicht von einem Müllwagen umgemäht wird, der durch die Straße brettert und den Abfall einsammelt. Darüber hinaus kann ich Ihnen leider nichts anbieten. Meine Phantasie ist sehr begrenzt.«

»Und die von Arbalest?«

»Schon wieder eine sehr schwierige Frage. Ich kann dazu nur sagen, dass Mr. Arbalest sich sehr viel häufiger in der Küche aufhält als ich. Er übernimmt meist das Kochen, ergo hat er auch sehr viel mehr Gelegenheit, unseren enigmatischen Nachbarn zu beobachten. Katya leistet ihm dabei ziemlich häufig Gesellschaft, wartet die Flamme und hütet den Herd oder was auch immer sie dort macht. Die Kochkunst ist für mich ein Buch mit sieben Siegeln. Jedenfalls hat sie wahrscheinlich bemerkt, dass Mr. Arbalest den kleinen braunen Mann nicht gern sah, und seine Abneigung gespürt. Katya besitzt dieselbe primitive Wahrnehmung wie ein Hund, der bekanntlich menschliche Gefühle instinktiv registriert. Es kann durchaus sein, dass Sie aus ihr mehr herausbekommen können als aus mir. Obwohl ich stark bezweifle, dass Sie dazu noch eine Gelegenheit bekommen werden. Ich möchte Ihre Gefühle nicht verletzen, aber ich glaube nicht, dass Mr. Arbalest Sie wiedersehen möchte.«

Goudge schüttelte sein Handgelenk und warf einen Blick auf seine bemerkenswerte Uhr. »Oh je, ich muss los, es ist schon fast Zeit für Mr. Queppins wöchentlichen Ausflug. Darf ich au revoir sagen oder muss es wirklich adieu sein?«

»Oh, sagen wir ruhig au revoir«, meinte Max. »Wir finden Sie hochinteressant, Goudge. Gute Fahrt. Der Butler wird Sie nach draußen begleiten.«

Die Souterraintür stand einen Spalt weit offen, und Max hob die Stimme ein wenig. »Hey, Charlie, ziehen Sie sich die Hose wieder an, Mr. Goudge ist dabei, sich zu verabschieden.«

»Ja, Sir. Sofort, Sir. Bitte folgen Sie mir, Mr. Goudge.«

»Gut, dass wenigstens einer von uns Klasse hat«, bemerkte Max, als der scheidende Gast angemessen entlassen worden war.

»Ich hoffe, euch hat die kleine Gutenachtgeschichte gefallen. Zu schade, dass Davy sie verpasst hat.«

»Wirklich jammerschade, wo sich Mr. Goudge so viel Mühe gemacht hat«, stimmte Sarah zu. »Unterschätzt er wirklich seine eigene Phantasie? Oder hat sich Mr. Arbalest die Sache doch anders überlegt? Vielleicht möchte er unsere Hilfe nicht mehr in Anspruch nehmen und hat Goudge geschickt, um uns zu warnen?«

»Ich würde sagen, wir werden es erfahren, wenn die Zeit dazu reif ist.« Theonia machte eine viel sagende Kopfbewegung in Richtung Karaffe. »Möchte noch jemand ein Schlückchen Brandy?«

Niemand mochte. Sie saßen da und schauten den Fledermäusen zu, die auf der Straße unter dem Gaslicht Insekten jagten, bis Sarah merkte, dass Max unruhig auf seinem Gartenstuhl hin und her rutschte. Er versuchte, es sich bequem zu machen, was ihm jedoch nicht gelang. Sie reichte ihm seinen Spazierstock. Brooks nahm die Schnapsgläschen, Theonia nahm die Karaffe, und dann nahmen sie alle ihre Beine in die Hände und begaben sich zu Bett.

Kapitel 13

»Das ist ja ekelhaft!« Sarah war zu gut erzogen, um die Morgenzeitung durch das Zimmer zu schleudern, daher faltete sie die Seiten angewidert zusammen und reichte sie Mariposa. »Hier, legen Sie die Mülltonne damit aus. Warum lassen diese Scheusale die arme alte Anora nicht in Ruhe? Hat sie schon angerufen?«

»Nöh, dann hätte ich doch längst Bescheid gesagt. Dave, hör auf mit dem Ei zu spielen und beeil dich endlich, sonst gibt's keine Tortilla als Proviant für's Schwanenboot. Sie brauchen Ihre Tasse gar nicht erst hinzuhalten, Señor Max. Der Kaffee ist alle, und ich mache bestimmt keinen neuen mehr.«

Der angebliche Hausherr schnaubte. »Meine Güte, Sie sind ja heute Morgen ganz besonders gut aufgelegt. Was ist denn los, Mariposa? War Charles nicht nett zu Ihnen?«

»Das würde er sich gar nicht trauen. Irgendein frecher Bursche ist heute Nacht um zwei über den Gartenzaun geklettert und hat an die Tür gehämmert. Hat mich aus dem Schlaf gerissen, und danach konnte ich nicht mehr einschlafen. Sie wissen ja, wie ich bin, wenn ich nicht genug schlafe.«

»Was wollte der Bursche denn?«

»Meinen Sie etwa, ich wäre dämlich genug, die Tür aufzumachen und zu fragen? Ich bin in die Küche, hab's Fenster aufgerissen und rausgebrüllt: ›Was soll der Quatsch?‹ Der Junge ist sofort über den Zaun gesprungen. Genau wie ein Affe. Ich habe noch nie jemanden so schnell rennen sehen. Vielleicht war's mein Vetter Tito. Dem werd' ich was erzählen, wenn ich ihn das nächste Mal treffe.«

»Haben Sie denn sein Gesicht nicht gesehen?« erkundigte sich Sarah.

»Nöh. Ich hab nur 'nen mageren Rücken in 'ner roten Jogginghose über den Zaun springen sehen. Tito hat auch 'ne rote Jogginghose, deshalb ist er mir auch eingefallen.«

»Aber Tito wäre doch sicher nicht vor Ihnen weggelaufen, Mariposa.«

»Tja, da haben Sie allerdings Recht, jetzt wo Sie's sagen. Tito wäre dageblieben und hätte mich um Geld angehauen. Sarah, das gefällt mir gar nicht.«

»Mir auch nicht. Vielleicht sollte Brooks Stacheldraht oben auf den Zaun machen.«

Sarah hatte keine Lust, weiter auf das Thema einzugehen. Charles hatte Mariposa bestimmt über den Mann auf dem Weg hinter der Marlborough Street erzählt. Doch soweit Sarah wusste, hatte keiner den beiden von dem rot gewandeten Jogger erzählt, den George Protheroe am Tag vor seinem Tod gesehen hatte. Und auch nicht von Annes Rhabarberblatt-Nudisten. Ob es wirklich jedes Mal derselbe Mann gewesen war?

Jedenfalls war es durchaus möglich, dass Mariposas später Besucher der Mann aus der Marlborough Street gewesen war, oder vielmehr aus der Commonwealth Avenue, wenn er auf der anderen Seite des Weges wohnte. Er musste Max und Brooks gestern Abend gefolgt sein, nachdem sie das Atelier besucht hatten. Es wäre das reinste Kinderspiel gewesen, da Max nur langsam gehen konnte. Eigentlich sollte sie dankbar sein, dass Max überhaupt gehen konnte. Sie lehnte sich über den Tisch und gab ihm einen ziemlich heftigen Kuss.

»Ich wollte eigentlich mit Davy zu Anora, aber jetzt bin ich mir da nicht mehr so sicher. Was meinst du, Schatz?«

»Ich glaube, du wartest lieber, bis wir wissen, ob Anora wirklich einen von euch beiden sehen möchte. Es gibt doch nicht etwa Besuchszeiten im Bestattungsinstitut?«

»Oh nein. Anora hatte keine Lust, sich mit einem Haufen Schaulustiger herumzuschlagen, selbst wenn die Polizei ihr nicht davon abgeraten hätte. Sie wollte nicht mal, dass der Bestatter eine Todesanzeige in die Zeitung setzt. Sie hat lediglich ihre Freunde gebeten, alle anzurufen, die vielleicht gern zur Beerdigung kommen möchten. Es wird bestimmt auch so ein riesiger Menschenauflauf. Die Protheroes kennen wirklich jeden.«

»Dann hat sie wohl alle Hände voll zu tun mit den Vorbereitungen für die Beerdigung.«

»Stimmt. Sie findet morgen früh um zehn in der Erlöserkirche statt. Wir sollten also gegen viertel nach neun hier losfahren. Der Gottesdienst wird ziemlich feierlich, glaube ich. Anora wird sicher mit dem Geistlichen sprechen. Mrs. Harnett holt sie ab. Die beiden werden irgendwo zusammen zu Mittag essen. Alles in allem wird ihr Tag wohl einigermaßen erträglich sein. Wie steht's mit dem Büro? Brauchst du mich heute dort oder kann ich bei Davy zu Hause bleiben?«

»Du kannst bei Davy zu Hause bleiben. Brooks wird gleich hier sein, und Theonia müsste eigentlich auch bald kommen, hoffe ich.«

Die beiden waren bereits beruflich unterwegs. Brooks war bei einem Profifotografen, um Sarahs Skizze von dem gestohlenen Primitiven vervielfältigen zu lassen. Theonia hatte sich in Begleitung von Charles, der heute den Chauffeur spielte, zu einem älteren Herrn begeben, den man höflich bitten wollte, sich von der Sammlung Staffordshire-Figurinen zu trennen, auf deren Besitz er keinerlei Anrecht hatte.

Theonia kam zugute, dass sie früher mit einem ziemlich gerissenen Betrüger verheiratet gewesen war. Wohl wissend, was sie erwartete und wie sie den alten Gauner mit seinen eigenen Waffen schlagen konnte, hatte sie geplant, das Thema während eines gemütlichen Mittagessens auf Kosten des Gentleman zur Sprache zu bringen, die Figurinen ihrem rechtmäßigen Besitzer zu übergeben, ihr Honorar zu kassieren und zum Tee wieder zu Hause zu sein. Der Rest der Familie hielt jede Wette, dass sie sowohl mit den Figurinen als auch mit einem Heiratsantrag zurückkehren würde.

Anora rief gegen halb zehn an. Es war genauso, wie Max vorhergesagt hatte. Ihr Tag war genau durchorganisiert, sie brauchte Sarahs Hilfe nicht, zudem würden sie sich am nächsten Morgen bei der Beerdigung sehen. Natürlich werde man danach in ihr Haus kommen. Könne sie vielleicht Mariposa und Charles ausleihen, um beim Servieren zu helfen? Phyllis und die Köchin waren völlig erschöpft und wollten natürlich an der Beerdigung ihres langjährigen Arbeitgebers teilnehmen.

»Selbstverständlich«, versicherte Sarah der Witwe. »Sie freuen sich, dir helfen zu können. Wenn es dir recht ist, setzen wir sie auf dem Weg zur Kirche bei dir ab.«

Das bedeutete zwar, dass sie noch früher aufbrechen und einen Babysitter für Davy finden mussten, doch was blieb ihr anderes übrig? Anora sagte, das sei wunderbar, und legte auf, weil Mrs. Harnett und Mrs. Pratch eingetroffen seien, um sie abzuholen und zur Kirche zu begleiten. Sarah wandte sich an ihre treue Gefolgsfrau.

»Mariposa, Anora lässt anfragen, ob Sie und Charles vielleicht Lust hätten, den Empfang nach der Beerdigung zu übernehmen. Die Köchin und Phyllis werden nach der Beerdigung zu erschöpft sein, um noch irgendetwas tun zu können, aber sie werden vorher noch das Buffet organisieren. Ihr würdet euch praktisch nur um die Drinks kümmern und die Sachen herumreichen.«

»Kein Problem«, sagte Mariposa. »Wie wär's, wenn ich für alle Fälle eine Ladung Schokorum-Muffins backen würde?«

»Das wäre toll. Leider werden Sie wohl die schwarze Tracht tragen, die Sie nicht mögen, und die orangefarbenen Bänder von Ihrem Häubchen entfernen müssen. Anora hat altmodische Vorstellungen, was das Trauern betrifft.«

»Klar doch. Was tut man nicht alles für seine Freunde. Und wer passt auf Davy auf?«

»Ich rufe Miriam an und frage, ob sie vielleicht für den einen Tag herkommen kann.«

Durch ihre Hochzeit mit Max hatte Sarah eine Schwester bekommen. Miriam Bittersohn Rivkin hatte zwar zahlreiche eigene Eisen im Feuer, doch sie war nie zu beschäftigt, um ihrem kleinen Bruder und seiner Frau hilfreich zur Seite zu stehen. Sie fuhr zwar nicht gern mit dem Wagen nach Boston, welcher Mensch im Vollbesitz seiner geistigen Kräfte tat das schon, doch sie konnte ihren Wagen an der Prides Crossing Station stehen lassen und mit dem Zug herkommen, wenn Sarah sie brauchte. Sie war immer bereit, alle anderen Verpflichtungen zu verschieben, wenn es um die Interessen der Familie ging. Andererseits waren die Spielsachen und das Kinderbettchen, die sie für ihren einzigen Neffen bereithielt, schon viel zu lange unbenutzt geblieben. Warum packte Sarah den Kleinen nicht einfach heute ins Auto und brachte ihn zu ihrer Schwägerin?

Es war wirklich die ideale Lösung. Davy liebte seine Tante, seinen Onkel und vor allem seinen erwachsenen Cousin Mike abgöttisch. Er hatte schon oft genug bei den Rivkins übernachtet, er würde kein Heimweh bekommen und konnte sogar in dem großen Garten spielen. Wahrscheinlich würde er den Besuch mehr genießen als seine Verwandten. Jetzt, wo kleine dünne Männer in roten Jogginganzügen bereits in der Tulip Street über den Zaun kletterten, war Klein-Davy in Ireson Town sicher besser aufgehoben als in Boston.

Sarah bedankte sich bei Miriam und begann, den blauen Matchbeutel ihres Sohnes zu packen. Hinein kamen Zahnbürste, genügend Kleidung zum Wechseln, man wusste ja, wie kleine Jungen waren, und sein nach Cousin Dolph Kelling benanntes Stofflama. Es war nicht nötig, zu warten, bis Charles mit dem großen Wagen zurückkam. Sie konnte den kleineren Wagen mit seinem niedrigeren Verbrauch nehmen, der vorwiegend angeschafft worden war, damit Sarah und Brooks ihre Kurztrips damit erledigen konnten.

»Jetzt fährst du heute doch nicht mit dem Schwanenboot, Davy. Aber wir fahren zusammen zu Tante Mimi und Onkel Ira, und du darfst sogar dort schlafen. Siehst du, deine Tasche ist auch schon gepackt. Komm, wir rufen Daddy an und sagen ihm, dass wir gleich vorbeikommen und ihm auf Wiedersehen sagen. Und dann gehen wir zum Common-Parkhaus und holen den Wagen.«

Nachdem sie ihm versichert hatte, dass er Dolph als Begleiter mitnehmen könne, hielt Davy den Ausflug für eine tolle Idee. Max war derselben Meinung.

»Ich versuche, euch auf halbem Weg zu treffen. Momentan habe ich noch einen Menschen in Acapulco an der Strippe.«

»Macht nichts«, versicherte Sarah. »Wir gehen sofort los, bevor Davy Gelegenheit hat, sich schmutzig zu machen. Wir gehen am Froschteich vorbei und nehmen dann den Weg, der zur Ecke führt. Wenn wir dich bis dahin nicht getroffen haben, nehmen wir den Aufzug und kommen rauf zum Büro. Okay, Davy, los geht's.«

Sarah schnallte ihren Sohn in sein Laufgeschirr, wohl wissend, was ihr blühte. Angeblich wohlmeinende Personen, die nicht ertrugen, dass Eltern ihre Kinder wie Tiere behandelten, würden ihr viel sagende Blicke zuwerfen und möglicherweise ihren Unmut sogar lauthals kundtun. Sarah verstand nicht, warum ein besonders wertvoller kleiner Mensch, der noch nicht gelernt hatte, schmerzhafte und möglicherweise lebensgefährliche Situationen zu vermeiden, nicht genauso viel Schutz erhalten sollte wie ein reinrassiger Welpe. Es war undenkbar, Davy frei in der Stadt herumlaufen zu lassen. Es war unbequem für ihn, ständig den Arm hochzuhalten, wenn man ihn an der Hand hielt, und anstrengend für seine Beinchen, wenn er versuchte, sich den großen Schritten eines Erwachsenen anzupassen.

Das bequeme rote Laufgeschirr mit den silbernen Glöckchen und der fast zwei Meter langen Leine ermöglichte Davy, sich innerhalb eines sicheren Radius frei zu bewegen. Er konnte sein eigenes Tempo bestimmen, hatte beide Hände frei, um die Eichhörnchen anzulocken oder vorbeifliegenden Tauben zuzuwinken, und konnte so viele kleine Abenteuer erleben, wie ein sehr kleiner Junge bequem bewältigen konnte, ohne andere Leute zu belästigen oder bei seiner Mutter einen Herzinfarkt zu verursachen. Während sie versuchte, die Kontrolle über ihre Handtasche, Davys Matchbeutel und die Leine nicht zu verlieren, verspürte Sarah einen gewissen Neid auf ihr glückliches sorgloses Kind. Als man ihr wie erwartet tadelnde Blicke zuwarf, lächelte sie überaus freundlich zurück und ließ Davy weiterhin seinen kleinen Spaziergang genießen, während andere Eltern ihren heulenden oder flüchtenden Sprössling anbrüllten oder am Arm zerrten.

Sie machten eine kleine Pause am Froschteich und schauten den Kindern zu, die unter der großen Wasserfontäne plantschten. Sarah hatte als Kind nie hier spielen dürfen und war nicht bereit, es Davy in diesem zarten Alter zu erlauben. Sie waren kaum wieder auf dem Weg, als Davy auch schon »Daddy!« schrie und zu laufen begann. Glücklicherweise rannte er nicht schneller, als seine Mutter ging, sodass er seinen Vater mit heilen Knien erreichte.

»Hallo, Dave.« Max nahm seinen Sohn hoch und setzte ihn auf seine väterlichen Schultern, hielt ihn dabei an einem Bein fest und schien nichts dagegen zu haben, dass Davy sich um seinen Hals klammerte.

Sarah griff nach Davys anderem Bein und redete sich ein, dass es bis zum Parkhaus nicht mehr weit war, dass der Kleine nicht herunterfallen würde, dass Max auf dem Weg dorthin nicht erwürgt werden und auch nicht über seinen Spazierstock stolpern würde. Sie hatten ihr Ziel schon fast erreicht, als ein Jogger an ihnen vorbeirannte. Er strömte einen starken Schweißgeruch aus, was nicht verwunderlich war, denn es war noch heißer als am Vortag, und der Mann steckte vom Hals bis zu den Knöcheln in einem dicken roten Jogginganzug.

»Da ist er ja«, sagte Max. »Mein Gott, schläft dieser Kerl denn nie?«

»Bist du sicher, dass es derselbe Mann ist?« fragte Sarah.

»Genauso sicher wie du, *Kätzele*. Vielleicht trainiert die gesamte tamilische Läufermannschaft hier für den BAA Marathon im nächsten Jahr. Was würdest du davon halten, wenn ich mit euch zu Miriam fahre?«

»Hast du etwa Angst, dass der Mann sich aufs Fahrrad schwingt und uns bis nach Ireson Town verfolgt?«

»Höchstwahrscheinlich bin ich derjenige, den er verfolgt. Woher sollte er wissen, wie du aussiehst? Allerdings weiß er es jetzt, verdammter Mist.«

»Das kann ich mir nicht vorstellen. Es sei denn, er hockt hinter einer Mülltonne und beobachtet uns. Was nicht der Fall ist, denn da hinten läuft er. Siehst du, dort beim Shaw-Denkmal. Er läuft so schnell, dass er gar keine Zeit hatte, stehen zu bleiben und sich umzusehen.«

»Vielleicht hat er genauso ein zuverlässiges Rück-blick-o-skop wie Charles.«

»Soll er doch! Ich habe keine Angst vor ihm. Komm ruhig mit, wenn du möchtest, aber fühl dich bitte nicht verpflichtet. Hast du heute nicht einen ziemlich vollen Terminkalender?«

»Immer eins nach dem anderen. Brooks ist bald wieder da und kann die Festung ein paar Stunden allein halten. Ich rufe ihn vom Wagen aus an.«

Da Autotelefone inzwischen zur Standardausrüstung gehörten, hatte ein leidenschaftlicher Telefonierer wie Max Bittersohn natürlich nicht widerstehen können, auch in dem kleinen Pfützenspringer eines installieren zu lassen. Er verbrachte einen großen Teil der einstündigen Fahrt zur Nordküste mit Telefonieren. Zuerst rief er im Büro an, um Brooks mitzuteilen, wo er war und warum er dort war. Danach sprach er mit verschiedenen Informanten an den unwahrscheinlichsten Orten. Max Bittersohns Erfolg in seinem ungewöhnlichen Beruf beruhte nicht nur darauf, dass er ein promovierter Kunsthistoriker war, ein phänomenales Gedächtnis besaß, den Blick eines Experten und eine Schwäche für Detektivarbeit hatte, sondern auch auf seinem Geschick, ein fast weltumspannendes Netz von wichtigen Informanten zu dirigieren. Den Anblick seiner gigantischen Telefonrechnungen ertrug er, ohne mit der Wimper zu zucken.

Sarah konzentrierte sich aufs Fahren und hielt dabei verschärft Ausschau nach Autos mit drawidischen Personen oder entsprechenden Faksimiles in roten Jogginganzügen, konnte jedoch nichts dergleichen entdecken. Davy war ein erfahrener Fahrgast. Er saß hinten auf seinem Kindersitz und vertrieb sich die Zeit damit, seinem Lama die verschiedenen Sehenswürdigkeiten zu zeigen oder ein Nickerchen zu halten, um frisch und munter zu sein für die Abenteuer, die ihn bei Tante Mimi erwarteten.

Zunächst erwartete sie natürlich ein gedeckter Tisch. Miriam hatte nicht genug Zeit gehabt, eine ordentliche Mahlzeit vorzubereiten, wie sie es nannte. Stattdessen hatte sie Pflaumen-Muffins gebacken und einen Topf mit Maiseintopf und einen köstlichen Gartensalat vorbereitet, um Körper und Seele zusammenzuhalten. Zum Nachtisch gab es Melonensorbet, das Miriam selbst in ihrer praktischen Eismaschine gemacht hatte, dazu wurden frische Mini-Pizzen gereicht, die sie in einem erstaunlich modernen und vielseitigen Waffeleisen gebacken hatte, das sie zum Muttertag geschenkt bekommen hatte.

»Das ist einfach umwerfend, Miriam«, meinte Sarah. »Und ich kann dir gar nicht sagen, wie dankbar wir dir sind, dass du Davy nimmst. Ich hoffe nur, dass wir dich nicht in Schwierigkeiten bringen.«

Miriam Bittersohn Rivkin war eine attraktive Frau, besonders wenn sie sich schick machte. Doch elegante Kleidung stand auf ihrer Prioritätenliste nicht an erster Stelle. Ihr momentanes Outfit, das aus einem alten Wickelrock aus Jeansstoff und einem ausgedienten Oberhemd ihres Mannes bestand, war so ungefähr das Vornehmste, das sie zu Hause trug. Sie hatte dunkles, naturgewelltes Haar wie ihr Bruder, in dem sich die ersten Spuren von Grau zeigten. Andere Frauen in ihrem Alter mochten vielleicht anfangen, es zu tönen, doch Miriam nahm das Leben so, wie es war. Sie hörte auf, an dem Endivienblatt zu knabbern, das sie aus der Salatschüssel gefischt hatte, und wischte sich das Dressing mit einer bedruckten Baumwollserviette von den Fingern.

»Wie meinst du das?«

»Das wissen wir auch nicht so genau«, sagte Sarah. »Es gibt da einen kleinen Mann im roten Jogginganzug, der immer wieder auftaucht. Charles hat ihn in einer Seitenstraße in Back Bay gesehen, und heute Morgen ist er uns begegnet, als wir ins Parkhaus am Common wollten. Gestern Nacht ist er über unseren Zaun geklettert, hat an die Souterraintür gehämmert und ist dann weggelaufen. Jedenfalls nehmen wir an, dass er es war. Mariposa hat nur seinen Hosenboden gesehen, als er über den Zaun sprang. Erzähl du es ihr, Max. Davy, warum isst du denn deine Suppe nicht mit einem Löffel wie Daddy, statt die Körner mit den Fingern herauszunehmen?«

»Max hat auch mit den Fingern gegessen, als er so alt war wie Davy«, sagte Miriam. »Und Mike auch. Wahrscheinlich ist es erblich. Das wächst sich aus. Und was wisst ihr noch über den Mann im roten Jogginganzug, Max?«

Ihr Bruder berichtete, und sie nickte. »Das ist wirklich interessant. Aber eigentlich hat er gar nichts getan, oder? Oder glaubt ihr etwa, dass er durch den Garten der Protheroes gerannt wäre, wenn er vorgehabt hätte, wiederzukommen und dem alten Mann einen Speer in die Brust zu rammen? Ihr könnt auch nicht mit Sicherheit sagen, ob er wirklich der Mann mit dem Rhabarberblatt war oder ob er Mrs. Percys Bild gestohlen hat. Vielleicht hat er sogar versucht, den Diebstahl zu verhindern, und die wahren Täter haben ihm aus Rache seine Sachen weggenommen.« Miriam war wie immer auf der Seite des Schwächeren. »Vielleicht solltet ihr versuchen, Kontakt mit ihm aufzunehmen.«

»Wie denn?« fragte Max. »Ihm einen Glückskeks hinhalten und pfeifen? Du, *Kätzele*, ich will wirklich nicht drängen, aber ich habe Brooks versprochen, bis halb drei zurück zu sein. Er hat ein Rendezvous mit einem Paradiesvogel.«

»Oh, davon sollte aber Theonia nichts erfahren«, erwiderte Sarah ziemlich verärgert. »Okay, wenn es sein muss. Ich kann gar nicht erwarten, endlich wieder zurück nach Ireson's Landing zu kommen! Danke für alles, Miriam. Was sollten wir bloß ohne dich tun?«

»Das habe ich mich auch schon oft gefragt«, erwiderte ihre Schwägerin. »Dann bis morgen. Oder bis übermorgen, das ist mir auch recht. Komm, Davy, wir füllen dein Planschbecken auf und geben dem Lama was zu trinken.«

Kapitel 14

»Max«, sagte Sarah, »würde es dir etwas ausmachen, kurz zu unserem Haus zu fahren?«

»Natürlich nicht.« Max blickte sie zärtlich und ernst zugleich an. »Ich komme mir sowieso vor wie ein Schuft, weil ich dich und Davy zwinge, den ganzen Sommer in der Stadt zu verbringen.«

»Das ist doch Unsinn, Liebling. Irgendwie genieße ich es ja auch. Jedenfalls manchmal. Außerdem können wir in Boston problemlos deine Therapie fortführen, was hier nicht möglich wäre. Das beweist mal wieder, wie richtig es war, das Haus in der Stadt zu behalten. Es ist doch ganz anders, wenn man eine eigene Wohnung hat, in der man sich aufhalten kann. Brooks und Theonia sind wirklich reizend, aber wahrscheinlich freuen sie sich schon darauf, das Haus wieder für sich allein zu haben, wenn wir nach Ireson's Landing zurückkehren. Es dauert doch nicht mehr lange, oder?«

»Noch etwa drei Wochen, meint der Arzt.«

»Dann sollten wir besser anfangen, uns nach einer Vollzeitkraft für das Büro umzusehen. Ich möchte nicht, dass einer von uns öfter als nötig hin und her kutschieren muss. Wie schade, dass Mike keine Lust hatte, Kunst im Hauptfach zu studieren.«

Max schüttelte den Kopf. »Mike ist ein großartiger Junge, aber er hat bestimmt sehr viel mehr Talent zum Ingenieur als zum Detektiv. Weißt du was, Sarah? Es mag zwar verrückt klingen, aber ich könnte mir vorstellen, dass der älteste Sohn deines Vetters Lionel einen ganz guten Assistenten abgeben könnte, wenn man ihn richtig einweist.«

»Jesse? Das darf doch nicht wahr sein! Jesse geht noch nicht mal aufs College. Ich kann mir auch nicht vorstellen, dass irgendein College ihn nimmt. Es sei denn, es gibt irgendwo einen Studiengang für Vandalismus und Plündern.«

»Ach, ich weiß nicht. Bei den Familientreffen, die deine Tante

Appie immer veranstaltet, habe ich mich ein paar Mal mit dem Jungen unterhalten. Er ist intelligent, hat Phantasie und ist ziemlich trickreich, um es vorsichtig auszudrücken.«

»Oh ja, Jesse hat eine Menge Tricks auf Lager. Genau wie seine Brüder. Und die Westgoten, wenn ich mich recht erinnere. Aber vielleicht hast du Recht, Max. Ich weiß es einfach nicht. Erinnerst du dich noch, wie damals eine Meute Reporter versuchte, vom Strand aus in unser Haus vorzudringen, und Lionels Söhne sie mit einem Sperrfeuer aus Fischköpfen in die Flucht geschlagen haben? Ich erinnere mich noch, dass ich ziemlich stolz auf sie war. Wenn auch nicht für sehr lange. Wenn du Lust hast, solltest du Jesse vielleicht tatsächlich mal auf den Zahn fühlen. Aber vergiss nicht, ihn vorher mit Handschellen an den Stuhl zu fesseln, damit er dich nicht beklaut.«

»Bist du da nicht ein wenig zu hart?«

»Keineswegs. Ich kenne die vier Ungeheuer nur sehr viel länger als du. Sie sind leider alle aus demselben Holz geschnitzt. Ihr Vater ist genauso schlimm, nur bedeutend cleverer, wenn es darum geht, die rechte Hand nicht wissen zu lassen, was die linke tut. Mach mit dem Jungen, was du willst, aber sag anschließend bloß nicht, ich hätte dich nicht gewarnt.«

»Teufel auch, mit Kids in seinem Alter werde ich ja wohl noch fertig.«

»Jesse ist kein Kid. Es sei denn, er ist die Reinkarnation von Billy the Kid, was mich kein bisschen wundern würde. Eine Freundin von Theonia ist spezialisiert auf Wiedergeburt. Wir können sie bitten, den Jungen mal unter die Lupe zu nehmen. Hast du übrigens deinen Hausschlüssel dabei? Mir fällt gerade siedend heiß ein, dass ich meinen in der anderen Handtasche habe.«

»Macht nichts. Vergiss nicht, dass ich bei den Pfadfindern war. Nanu, was ist das denn? Anscheinend werden wir von einem Empfangskomitee erwartet.«

Ein finster blickender Jugendlicher in einer abgeschnittenen Jeans und einem völlig durchlöcherten T-Shirt stand breitbeinig auf der Auffahrt direkt vor ihnen. »Können Sie nicht lesen?« brüllte er. »Das hier ist ein Privatgrundstück!«

Sarah streckte den Kopf aus dem Autofenster. »Danke für die Aufklärung, Jesse. Was in aller Welt machst du denn hier?«

Jesse öffnete unaufgefordert die hintere Wagentür und kletterte ins Auto.

»Ich pass auf euer Grundstück auf. Was ist denn mit dem anderen Wagen passiert, Tante Sarah? Hast du ihn zu Schrott gefahren? Hi, Max. Hast du das kaputte Bein noch? Warum hat man es nicht einfach amputiert?«

»Warum hat man dich nicht einfach nach der Geburt auf einem einsamen Berg ausgesetzt?« konterte Sarah. »Und wieso passt du auf das Grundstück auf? Ist was passiert?«

»Ach, ein paar Blödmänner haben hier gestern gepicknickt. Und überall chinesisches Essen rumliegen lassen.«

»Chinesisches Essen?«

»Na ja, diese komischen Pappschachteln, die man immer kriegt, wenn man sich asiatisches Essen holt. Und zerbrochene Essstäbchen und ein paar Glückskekse. Auf dem einen Zettelchen stand ›Deine Glückssträhne ist zu Ende‹, auf dem anderen ›Mach dich auf das Schlimmste gefasst‹. Ich fand das ziemlich unverschämt. Also hat Mike gesagt, ich soll dafür sorgen, dass keiner mehr reinkommt.«

»Mike weiß, dass du hier bist?«

»Na klar.« Jesse war das reinste Unschuldslamm. »Was denkt ihr denn? Ich hab' natürlich gefragt, ob ich hier campen darf. Ich hab' ihm gesagt, ich sei dein Cousin oder so was Ähnliches. Und dass du mich und meine Familie sonst auch immer hier wohnen lässt.«

»Seit wann?«

»Großmutter kommt schließlich öfters her. Und damals, als dein Bootshaus abgebrannt ist, waren wir auch alle hier. Irgendwohin musste ich doch gehen. Vare hat mich nämlich rausgeschmissen.«

»Warum das?«

»Ach, ihr kennt doch Vare.« Lionel und seine Frau hatten ihre Kinder darauf gedrillt, sie beim Vornamen zu nennen. Sarah sah darin einen Versuch, sich vor den elterlichen Pflichten zu drücken, was in diesem Fall sicher den Nagel auf den Kopf traf. »Sie war stinksauer, weil ich nicht zu der albernen Pyjamaparty mit dem dämlichen Kid wollte, das so scharf auf mich ist.«

»Was? Soll das heißen –« Sarah hatte zwar gehört, dass es derartige Dinge gab, doch sie hatte nicht im Traum daran gedacht, dass es auch einem jungen Kelling blühen könnte. »Ist dieses dämliche Kid – äh – ein Mädchen oder ein Junge?«

»Oh, ein Mädchen. In manchen Beziehungen ist Vare tierisch konservativ, weißt du. Magersüchtig und dämlich. Mager wär ja nicht so schlimm, aber dämliche Mädchen kann ich nicht ab. Ich meine, ich verstehe, was Vare mit ihrem Gefasel von Konformität und Peergruppen-Moral und all dem Mist meint. Aber ich seh' nicht ein, warum ich die kostbare Perle meiner Jungfräulichkeit opfern soll, bloß um 'nem abgedrehten Skelett zu Willen zu sein, das schon loskotzt, wenn es 'ne Pizza sieht.«

Jesses Gesicht hatte die Farbe eines gekochten Hummers angenommen. Zum ersten Mal während ihrer langen stürmischen Bekanntschaft erlebte Sarah den Jungen so verlegen, dass er den Tränen nahe war. »Ich – verdammter Mist, das klingt bestimmt bescheuert, aber ich will es einfach nicht tun, wenn ich das Mädchen nicht irgendwie mag. Und die Mädchen, die ich mag, mögen mich nie. Also bin ich mit sechzehn immer noch Jungfrau. Verhaltensgestört, meint Vare. Vielleicht hat sie da ausnahmsweise sogar Recht. Vermute, ich kann's ihr nicht übel nehmen, dass sie keinen Spinner im Haus haben will, der ihren jüngeren Söhnen ein schlechtes Beispiel gibt. Aber jeder muss so leben, wie's für ihn richtig ist. So seh' ich das jedenfalls.«

»Kopf hoch, Jesse«, sagte Max. »Eines Tages kommt auch deine Prinzessin. Hast du zufällig ein paar Sachen mitgebracht?«

»Sachen?«

»Du weißt schon. Shorts, Hosen, eine Jacke. Und vielleicht sogar Schuhe?«

»Ach so, das meinst du. Ich habe Reeboks und Levi's und 'nen Pullover dabei. Und meinen Schlafsack. Um diese Jahreszeit fängt's nachts schon an, kühler zu werden. Was nicht bedeuten soll, dass ich ein Weichei bin. Ich will bloß nicht krank werden und Mike und Carrie zur Last fallen.«

»Das ist sehr rücksichtsvoll von dir, Jesse.« Max zu Gefallen bemühte sich Sarah nach Kräften, so zu klingen, als würde sie ihm glauben. »Wovon lebst du denn? Hast du genug Geld?«

»Nein, Vare wollte mir nichts geben.«

»Dann füttert Mike dich durch?«

»Nein! Ich brauche niemanden. Ich kann für mich selbst sorgen. Ich grabe nach Muscheln und sammle Beeren und sowas. Aber Mike und Carrie haben mich ein paar Mal abends zur Pizza eingeladen«, gestand der Verstoßene.

»Wie lange bist du denn schon hier?«

»Was für ein Tag ist heute?«

»Mittwoch.«

»Erst Mittwoch? Dann bin ich seit fünf Tagen hier. Ich dachte, es wäre länger. Wenn man Spaß hat, vergeht die Zeit wirklich wie im Flug.«

»Dann warst du noch gar nicht im Haus?«

»Nein. Bloß die beiden Male, als Mike und Carrie mich eingeladen haben. Aber da haben wir nur auf der Veranda gegessen. Sie lassen niemanden ins Haus. Außer der Putzfrau und Mr. Lomax. Die haben ihren eigenen Schlüssel, weil Mike und Carrie tagsüber weg sind und arbeiten. Ich hab' es mir im Schuppen gemütlich gemacht. Du weißt schon, der Schuppen, den Lionel und wir Kinder mal gebaut haben.«

Sarah erinnerte sich nur allzu gut. »Aber der ist doch völlig windschief.«

»Jetzt nicht mehr. Ich hab' ihn repariert. Er ist wieder wie neu. Wollt ihr mal sehen?«

»Wir stehen momentan etwas unter Zeitdruck.« Sarah warf Max einen fragenden Blick zu. Max nickte. »Hast du Lust, mit uns nach Boston zu fahren und zur Abwechslung mal die Nacht in der Tulip Street zu verbringen? Du kannst schließlich nicht ewig von Muscheln leben. Ich glaube, wir sollten versuchen, eine Aussprache zwischen dir und Lionel zu arrangieren.«

»Das geht nicht. Sie sind alle mit dem Boot weg.«

»Und wann kommen sie zurück?«

»Wenn sie seekrank werden, nehme ich an.«

»Ist deine Großmutter auch mitgefahren?«

»Klar. Du glaubst doch wohl nicht, dass Lionel und Vare riskieren, die Gans, die goldene Eier legt, allein zu Hause hocken zu lassen?«

Eine ziemlich freche Bemerkung, doch Sarah wusste, dass der Junge Recht hatte. Apollonia Kelling hatte einen großen Batzen Geld von ihrem verstorbenen Gatten geerbt und einen noch größeren von einer dahingeschiedenen Freundin. Die zweite und größere Erbschaft war zu Lionels zeitweiligem Kummer ausdrücklich auf Appies Lebenszeit befristet. Sollte sie es nicht schaffen, in den ihr noch verbleibenden Jahren alles auszugeben, ging der Rest an den örtlichen Yachtclub.

Lionel versuchte daher alles, damit seine liebe alte grauhaariges Mami so lange wie möglich fit und ertragreich blieb. Mit rührender Fürsorge kutschierte er sie in ständig wechselnden teuren Autos von ihrem großen alten Haus in Cambridge zu ihrer eleganten neuen Skihütte nach Vermont. Oder zu der schnittigen, neuen, von Lionel ausgesuchten Yacht, für die sich Appies hingebungsvoller einziger Sohn als Kapitän zur Verfügung stellte, während ihre fast ebenso hingebungsvolle Schwiegertochter nebst Enkeln die Mannschaft bildete.

Lionel war nicht nur ein leidenschaftlicher, sondern auch ein ausgesprochen guter Segler. Sie würden erst zurückkommen, wenn Lionel es satt war oder Vare einen Riesenaufstand machte. Sarah schwante Schreckliches, aber was sollte sie sagen?

»Dann solltest du auf jeden Fall mitkommen. Steig in deine Jeans und borg dir eins von Mikes Hemden.«

»Können wir kurz an der Werkstatt anhalten und ihm sagen, wohin ich fahre?«

Ira Rivkin gehörten die Tankstelle und die Autowerkstatt von Ireson Town. Seit er alt genug dazu war, arbeitete Mike jeden Sommer an den Wochenenden bei seinem Vater. Wahrscheinlich war dies sein letztes Jahr, da er bald seinen Magister machen würde. Jesse hatte ihn zweifellos gebeten, Sarah und Max nicht zu verraten, dass er auf ihrem Grundstück kampierte. Und weil Mike ein gutmütiger, aber auch gewissenhafter junger Mann war, hatte er versprochen, den Mund zu halten, solange Jesse sich ordentlich benahm.

Vielleicht hatte Vare genau das Richtige getan, als sie ihren Erstgeborenen vor die Tür gesetzt und sich selbst überlassen hatte, auch wenn ihre Gründe noch so verrückt gewesen waren. Getrennt von seinen Monsterbrüdern und seinen sonderbaren Eltern, ohne Geld und bemüht, sich seine gelegentlichen Pizzas nicht durch einen Einbruch zu verscherzen, hatte der Junge anscheinend seine großzügig bemessene Freizeit zur Abwechslung mit konstruktivem Denken verbracht. Vielleicht hatte Max ja sogar Recht mit dem, was er über Jesse gesagt hatte. Immerhin hatte er schon aus anderen komischen Typen zuverlässige Mitarbeiter seines riesigen Netzwerks gemacht.

Sarah wusste, dass Jesse zumindest eine Fähigkeit besaß, die sich als nützlich erweisen konnte. Er war ein ungewöhnlich guter Läufer und konnte den kleinen Mann im roten Jogginganzug im Notfall sicher spielend einholen. Sie versuchte, sich mit diesem Gedanken zu trösten, während sie als Erste in das Haus ging, nach dem sie sich so zurückgesehnt hatte.

Ihre Wiedersehensfreude wurde durch die ungewohnten Lebensmittel in der Küche ein wenig gedämpft. Bizarre Cerealien in scheußlichen Schachteln, Dosensuppen, ein leerer Fried-Chicken-Karton auf der Arbeitsplatte, Limonade im Kühlschrank, alles Dinge, die Max und sie nicht mal mit der Kneifzange angefasst hätten. Mike und Carrie bemühten sich ohne Zweifel, das Haus in gutem Zustand zu halten, hatten jedoch etwas andere Vorstellungen von Ordnung und Sauberkeit. Sarah wurde das unangenehme Gefühl nicht los, dass jemand in ihre Privatsphäre eingedrungen war, auch wenn sie noch so dankbar war, dass die beiden jungen Leute auf ihr Haus aufpassten.

Miriam versorgte das Pärchen natürlich auch mit Essen. Sarah erkannte eine Tupperware-Kuchenplatte mit einem halben Zimtring unter der durchsichtigen Plastikhaube. Jesse beäugte das Gebäck mit unverhohlener Gier. Sie nahm einen Karton Milch aus dem Kühlschrank und goss ihm ein Glas ein.

»Du isst besser ein Stück von diesem Kuchen, bevor wir losfahren, Jesse. Wir sind schon spät dran und haben während der Fahrt keine Zeit für einen Zwischenstop. Wir lassen Mike eine Notiz da, und du kannst ihn heute Abend anrufen, wenn du magst.«

Anscheinend war die Muschel- und Beerensuche an diesem Morgen nicht sonderlich erfolgreich verlaufen. Jesse ließ sich den Zimtring bis auf den letzten Krümel schmecken. Wenn Sarah nicht in der Küche gewesen wäre, hätte er sicher auch noch die Kuchenplatte abgeleckt. Er sank zwar nicht gerade vor Dankbarkeit auf die Knie, als er das einfache blaue Polohemd sah, das Max aus dem Schlafzimmer geholt hatte, in dem Mike und Carrie als nicht verhaltensgestörte junge Leute ihre Nächte verbrachten, doch er nahm es bereitwillig an.

»Ich zieh mich schnell um und treffe euch dann unten an der Auffahrt.«

»Wenigstens ist er nicht auffallend schmutzig«, bemerkte Sarah, als der Junge forteilte und sie nach dem Einkaufsblock griff, um die Nachricht für Mike zu schreiben. Vermutlich würden Mike und Carrie nicht allzu traurig über Jesses Fortgang sein. Der Verlust ihres Kuchens dagegen würde sie sicher sehr schmerzen. »Wahrscheinlich ist er ziemlich viel geschwommen, weil er sonst nichts zu tun hatte, und hat sich draußen unter der Dusche abgespült. Ich hätte selbst Lust, ein bisschen zu schwimmen. Aber das kann warten.«

Sie schrieb die Nachricht und griff nach ihren Autoschlüsseln. »So, ich glaube, wir sollten uns allmählich auf den Weg machen. Was für ein merkwürdiger Zufall. Eben noch hast du von Jesse gesprochen, und schon treffen wir ihn hier.«

»Eigentlich war es kein Zufall«, gestand Max. »Mike hat mich nämlich vor ein paar Tagen angerufen, als du mit Davy spazieren warst, und mir mitgeteilt, dass Jesse aufgekreuzt war. Ich habe dir nichts davon erzählt, weil ich deine Gefühle für Lionels wilde Meute kenne, aber irgendwie tat mir der kleine Mistkerl leid. Also habe ich Mike gebeten, den Jungen nicht ins Haus zu lassen und mir sofort Bescheid zu sagen, wenn er etwas anstellt. Ich bin davon ausgegangen, dass er nicht lange bleiben würde. Ich hatte keine Ahnung, dass seine ausgeflippte Frau Mutter ihn ohne Geld und Kleidung vor die Tür gesetzt hat. Vare gehört hinter Gitter.«

»Dies Meinung teilen viele Leute, Schatz. Ich übrigens auch. Da ist dein kleiner Wanderer ja schon. Er muss den ganzen Weg gerannt sein. Eins möchte ich vorher klären, Max Bittersohn. *Ich* werde mich um diesen Jungen nicht kümmern. Das ist *deine* Aufgabe. Ich habe versprochen, in guten und schlechten Tagen zu dir zu stehen. Von Jesse Kelling war dabei nie die Rede. Ach du liebe Zeit, mir fällt gerade ein, dass wir ihn wohl morgen mit zur Beerdigung nehmen müssen. Ich wage nicht, ihn allein zu Hause zu lassen.«

»Oh Gott, du bist wirklich knallhart.«

»Worauf du dich verlassen kannst. Außerdem kann er unmöglich in Jeans und einem geliehenen Hemd aufkreuzen. Anora wäre zutiefst beleidigt. Charles wird wohl oder übel mit ihm einkaufen gehen müssen, wenn wir wieder in Boston sind. Und du, Liebster, wirst dafür aufkommen. Und glaube ja nicht, dass du von Lionel auch nur einen Pfennig zurückbekommst. Vielleicht von Tante Appie, wenn Lionel nicht da ist, um sie davon abzuhalten. Wie lange willst du Jesse behalten?«

»Wer weiß? Er kann doch in einem der Schlafzimmer im zweiten Stock schlafen, oder?«

»Nur wenn er schwört, dass er es nicht abfackelt.«

»Du bist doch nicht wirklich sauer, oder?« Max klang allmählich besorgt.

»Noch nicht«, antwortete Sarah. »Das wird sich noch zeigen. So, der Moment der Wahrheit ist gekommen.«

Sie trat auf die Bremse, und Jesse kletterte mit seinem zusammengerollten Schlafsack ins Auto. In dem geborgten Hemd wirkte er fast manierlich. Er hatte sogar daran gedacht, seine Turnschuhe anzuziehen. Sarah hatte erwartet, dass Max versuchen würde, den Jungen während der Fahrt ein wenig zu missionieren, doch Max sprach weder mit Jesse noch mit ihr sonderlich viel. Er benutzte nicht einmal das Autotelefon, sodass sie anfing, sich Sorgen zu machen. Vielleicht hatte er sich überanstrengt und hatte wieder Schmerzen im Bein.

Auch Jesse sprach kaum. Vielleicht hielten die beiden ja ein Nickerchen. Sarah fuhr den kleinen Wagen so schnell, wie es die Geschwindigkeitsbegrenzung zuließ. Durch den zusätzlichen Fahrgast lag das Auto besser auf der Straße, obwohl Jesse eigentlich kaum mehr als hundert Pfund an Gewicht beisteuern konnte. Er sah wirklich halb verhungert aus. Außer einem Haarschnitt und neuer Kleidung brauchte der Junge momentan vor allem ein paar ordentliche Mahlzeiten.

»Ich setze euch beide vor dem Haus ab, Max, und bringe den Wagen weg, während du dich um Jesse kümmerst«, meinte sie, als sie den Storrow Drive erreicht hatten.

Doch ihr Gatte war damit nicht einverstanden. »Könntest du an der Arlington Street abbiegen und mich an der Ecke Charles und Boylston absetzen? Dann kann ich zu Fuß zum Büro gehen. Jesse fährt am besten mit dir ins Parkhaus, damit er weiß, wo unsere Wagen stehen. Fährst du auch schon, Jesse?«

»Wenn man mich lässt. Lionel sagt immer, er kauft mir ein Auto, wenn meine Noten besser werden. Aber sie sind ihm nie gut genug. Lionel macht mich ganz krank. Ich will im Herbst nicht zurück in die Schule. Ich will überhaupt nicht mehr zurück.« Jesse zuckte voll Selbstmitleid mit den Achseln. »Dann bin ich eben ein Aussteiger und verbringe den Rest meines Lebens als Arbeiter. Und schlafe unter den Brücken. Wen stört das schon?«

»Vielleicht dich selbst, eines Tages«, sagte Max. »Bis später, Sarah. Ruf mich im Büro an, falls irgendwas passieren sollte.«

Kapitel 15

Doch es passierte nichts. Sarah führte Jesse in den obersten Stock des hohen schmalen Stadthauses und zeigte ihm, wo er seinen Schlafsack parken und seine Waschungen verrichten konnte. Dann scheuchte sie ihn wieder nach unten und übergab ihn Charles, mit strikten Anweisungen betreffs Haarschnitt und Anzug.

Mariposa hatte sich den Nachmittag frei genommen, um einige ihrer unzähligen Verwandten zu besuchen. Theonia war außer Haus und ließ sich in einem Tea Shop die Zukunft voraussagen. Sie hatte den begründeten Verdacht, dass dort nebenbei gestohlener Schmuck verhökert wurde, zu dem auch Schmuckstücke gehörten, die Brooks und sie seit einiger Zeit aufzuspüren versuchten. Sarah stellte zu ihrer Überraschung fest, dass sie das Haus ganz für sich allein hatte.

Sie erledigte einen Teil ihrer längst fälligen Korrespondenz, machte sich ein Glas Eistee und trug es zusammen mit einem Buch, das sie seit etwa zwei Monaten zu lesen versuchte, hinaus in Brooks' winzigen Garten. Sie las einige Kapitel und entschied, dass es sich nicht lohnte weiterzulesen. Dann ging sie wieder ins Haus und rief Miriam an, um sich zu erkundigen, ob Davy noch gesund und munter sei und seine Eltern auch nicht vermisse. Er vermisste sie nicht. Ein klein wenig enttäuscht begann sie mit den Vorbereitungen für das Abendessen und ging dann nach oben, um die Mühsal des Tages abzuduschen. Danach fühlte sie sich besser. Sie schlüpfte in einen leichten Kaftan, zog ein Paar goldene Pantoffeln an und schwebte nach unten, um ihre Mitbewohner zu empfangen, die allmählich eintrudelten.

Max und Brooks waren die Ersten. Brooks war aufgekratzt, Max war müde. Sarah gab ihrem Gatten einen therapeutischen Kuss und ließ ihn sein Bein auf ein Fußkissen legen. Dann brachte sie ihm einen nicht sehr starken Scotch mit Soda. Kurze Zeit später erschien eine sichtlich zufrieden wirkende Theonia. Sie hatte ebenfalls ein wenig gewahrsagt und den Inhaber des

Coffee Shop damit derart in Panik versetzt, dass er die gestohlenen Ohrringe mit den Saphiren, Smaragden, Perlen, Diamanten und Rubinen herausgerückt hatte, die angeblich einst für Katharina die Große von Russland angefertigt worden waren.

»Sie sind hier in meiner Handtasche, eingewickelt in ein paar Servietten aus dem Tea Shop«, verkündete Theonia stolz. »Ich warte am besten bis nach der Beerdigung, bevor ich sie Mrs. Upscale zurückgebe. Ich möchte frisch und ausgeruht sein, wenn wir mein Honorar aushandeln. Sie hat natürlich keine Chance. Wollt ihr die Dinger mal sehen?«

Mit verständlichem Stolz schälte sie die gewichtigen Stücke aus den Servietten und hielt sie hoch. Ihr Gatte schnaubte.

»Absurd! Diese Zarin muss erstaunlich robuste Ohrläppchen gehabt haben!«

»Ich auch, Liebster. Ich werde sie zum Abendessen tragen. Entschuldigt bitte, wenn ich mich rasch herausputze.«

Theonia kehrte in ihrem bewährten schwarzen Abendkleid zurück, geschmückt mit den Ohrringen der Zarin. Ihre Erscheinung versetzte Charles in Ekstase und raubte dem neuesten Mitglied der Familienrunde buchstäblich den Atem. Übrigens sah auch Jesse ziemlich schick aus. Wenn es um Garderobenfragen ging, war Charles C. Charles kein Mann für halbe Sachen. Cousin Lionels ältester Sohn trug einen Brooks-Brothers-Anzug und nagelneue Florsheim-Schuhe. Außerdem hatte man ihm einen Prinz-Charles-Haarschnitt verpasst. Der elegante junge Mann war ein völlig anderes Wesen als der verwahrloste magere Junge in den fleckigen Shorts.

An der Kelling-Nase hatte natürlich selbst Charles nichts ändern können. Jesse hatte das Aussehen seiner Großmutter geerbt. Sarah hatte einmal gemeint, Tante Appie erinnere sie immer an Cyrus Dallins »Anrufung des Großen Geistes«. Cousine Mabel hatte schlagfertig gekontert: »An den Indianer oder das Pferd?« Die Frage war gar nicht so dumm.

Wenn Jesse erst erwachsen war, würde die Nase sicher weniger stören. Vielleicht würde er eines Tages sogar ziemlich distinguiert aussehen, wenn er den hinterhältigen Ausdruck in den Augen verlor. Vielleicht hatte die teure Erziehung, für die Tante Appie seit Jahren aufkam, ja doch etwas bewirkt. Getrennt von seiner Familie, war Jesse zwar nicht gerade aufgeblüht, wirkte jedoch durchaus wie ein vernunftbegabter Mensch. Als sie ungefähr die Hälfte der Mahlzeit hinter sich gebracht hatten, hörte Sarah auf, dem Jungen zu unterstellen, er könne jeden Moment die silbernen Salzstreuer klauen, um sie später zu verhökern, oder aus reiner Boshaftigkeit eine lebende Eidechse in den Salat schmuggeln.

Vielleicht hatte Jesse nur vergessen, die Eidechse mitzubringen. Vielleicht war er auch nur froh, endlich wieder eine richtige Mahlzeit zu sich nehmen zu können. Er aß enthusiastisch, aber nicht hastig, sprach nicht mit vollem Mund und fiel auch niemandem ins Wort. Er stellte ein oder zwei kluge Fragen, vor allem interessierte ihn, wie Theonia es geschafft hatte, die Ohrringe der Zarin zu bekommen. Er reagierte nicht übermäßig entsetzt auf die Nachricht, am nächsten Morgen an George Protheroes Beerdigung teilnehmen zu müssen, zumindest nicht mehr, nachdem er erfahren hatte, dass der Verblichene mit einem Speer ermordet worden war.

Außer den beiden Pizzapartys mit Mike und Carrie hatte Jesse während seines Aufenthaltes in Ireson's Landing keinen Kontakt mit der Außenwelt gepflegt. Er hatte kein Radio gehört, keine Zeitung gelesen und auch nicht ferngesehen. Dem Hausmeister war er aus Gründen, die mit gewissen Ereignissen in der Vergangenheit zu tun hatten, aus dem Weg gegangen. Man konnte ihm daher kaum verdenken, dass er sich jetzt brennend für die Einzelheiten von Georges dramatischem Ableben interessierte.

»Arbeitet ihr etwa auch an dem Fall?« wollte er wissen.

»Mord ist immer Sache der Polizei«, meinte Max ausweichend. »Wir haben nur am Rande damit zu tun, weil Sarah zufällig Mrs. Protheroe anrief und erfuhr, dass George tot war. Die Protheroes sind alte Freunde der Kellings, dein Vater kennt sie bestimmt auch.«

»Oh, sind das etwa die Leute, die in dem großen schlammfarbenen Haus mit dem ganzen Gerümpel drin wohnen? Sag bloß, der Mann, den sie aufgespießt haben, war der fette alte Saufsack, der immer versucht hat, Geschichten zu erzählen, die keiner hören wollte?«

Das war Jesse, wie Sarah ihn kannte und hasste. Sie fuhr ihm sofort über den Mund. »George Protheroe war kein fetter alter Saufsack. Er hat als junger Mann im Orient eine heimtückische Krankheit bekommen. Er wäre fast daran gestorben und hat ernsthafte Gesundheitsschäden davongetragen, unter anderem eine Art chronischer Schlafkrankheit. Mrs. Protheroe hat ihren Mann angebetet, und viele andere Menschen, zu denen auch ich gehöre, haben ihn sehr geliebt. Es wäre nett, wenn du dir dies morgen bei der Beerdigung ins Gedächtnis rufen würdest.«

»Tut mir leid«, murmelte Jesse.

»Schon gut, Jesse. Aber wenn du wirklich ein guter Detektiv werden willst, musst du lernen, erst zu reden, wenn du die Fakten kennst.«

»Detektiv? Ich?«

»Möglicherweise. Kommt ganz darauf an. Entschuldige, Max, ich glaube, ich habe mich verplappert. Willst du es ihm erklären?«

Es machte Max nichts aus, dass Sarah vorschnell die Katze aus dem Sack gelassen hatte. Er wusste, unter welchem Druck sie den ganzen Sommer lang gestanden hatte und wie sie sich jetzt fühlen musste. »Natürlich, Sarah. Kein Problem. Ich habe dich ein bisschen beobachtet, Jesse, und mir überlegt, ob du vielleicht Lust hast, uns gelegentlich in der Detektei ein wenig zu helfen. Da du nichts zu tun hast, bis die Schule wieder anfängt, wäre jetzt vielleicht genau die richtige Zeit, dich ein bisschen einzuweisen.«

»Echt? Gern! Aber was muss ich machen?«

»Das Büro kehren, ans Telefon gehen, dir Museen und Antiquitätenläden anschauen, uns bei der Arbeit unterstützen. Einfach ein Gefühl für das bekommen, was wir machen.«

»Trage ich dabei eine Waffe?«

»Nicht, wenn du für uns arbeitest. Waffen bringen einen nur in Schwierigkeiten. Wir schützen uns, indem wir ständig unseren Kopf gebrauchen. Und wenn nötig, auch unsere Füße.«

»Ich bin Judoka und trage den braunen Gürtel.«

»Hervorragend.« Max veränderte seine Sitzhaltung und zuckte vor Schmerzen zusammen, als er dabei seine noch nicht ganz verheilten Rippen spürte. »Den hätte ich auch gebraucht. Hat irgendjemand etwas dagegen, wenn wir uns eine weichere Sitzgelegenheit suchen? Am besten fängst du direkt morgen an, Jesse, indem du bei der Beerdigung die Augen offen hältst.«

»Auf was soll ich denn achten?«

»Genau an dieser Stelle setzt der Instinkt eines Detektivs ein. Du musst einfach einen Riecher für Verdächtiges entwickeln.«

Jesse schien diese Vorstellung zu gefallen. »Dann habe ich diesen Zinken also nicht umsonst. Ich hab' mich schon oft gefragt, wofür er wohl gut sein könnte.«

Jesses Selbstironie brachte die anderen zum Schmunzeln. Sarah hatte langsam das Gefühl, dass Max vielleicht doch scharfsichtiger war als der Rest der Familie, was das Potential des Jungen betraf. Trotzdem würde sie ihn natürlich weiter im Auge behalten, solange er sich in diesem Haus aufhielt. Heute war alles besser gelaufen, als sie erwartet hatte. Doch als sie zu Bett ging, warnte sie sich im Geiste noch einmal davor, einem Kind von Lionel vorschnell zu vertrauen.

Während der Nacht kam Ostwind auf, wie dies oft in Boston der Fall ist. Das Wetter war während der ganzen Woche heiß und schön gewesen, doch am Morgen war es feucht und kühl. Sarah und Theonia erschienen beide in ihren Morgenmänteln zum Frühstück und überlegten, was sie wohl zur Beerdigung tragen sollten. Eigentlich war es gar nicht so wichtig. Nur wenige Leute bestanden noch auf Trauerkleidung, am wenigsten die Vertreter der Alten Garde. Theonia entschied sich schließlich doch für Schwarz. Es stand ihr ausgezeichnet, und zu dem Ensemble, das ihr vorschwebte, gehörte auch eine passende Jacke, die sie je nach Witterung anbehalten oder ausziehen konnte. Da es nach Regen aussah, beabsichtigte sie, ihren hübschen schwarzweißen Schirm mit dem Gänsekopfknauf mitzunehmen, den Brooks für sie geschnitzt hatte, und hoffte inständig, dass sie ihn nicht irgendwo vergessen würde.

Sarah meinte, dann würde sie ihr graues Seidenkostüm anziehen und für alle Fälle ihren Sommerregenmantel mitnehmen. Max und Brooks waren automatisch angemessen gekleidet, da sie weder bunte Hemden noch auffällige Krawatten mochten. Jesse wurde nach allen Regeln der Kunst bearbeitet und kam zwar nicht als Schönheit daraus hervor, machte jedoch seinem Kammerdiener alle Ehre. Charles selbst sah in seinem Butleranzug hervorragend aus. Und Mariposa hatte tatsächlich daran gedacht, ihre schwarze Dienstkleidung anzuziehen und die orangefarbenen Samtbänder wegzulassen. Die beiden sahen so schmissig aus, dass sie ohne weiteres in einer britischen Komödie am Wilbur-Theater hätten auftreten können.

Die Vorstellung, zu siebt in einem Wagen zu sitzen, war nicht sonderlich erhebend. Man beschloss daher, Charles und Mariposa den kleinen Wagen zu überlassen. Die anderen würden das große Auto nehmen, das sie nach dem Gottesdienst für die Trauerprozession zum Friedhof benötigten. Alle gingen gemeinsam zum Parkplatz. Sarah schloss sich Jesse an, da sie ein wenig das Bedürfnis verspürte, die strenge Behandlung, die sie ihm in der Vergangenheit gezwungenermaßen hatte angedeihen lassen, wieder gutzumachen.

»Wie schade, dass deine Großmutter nicht an der Beerdigung teilnehmen kann.« Sarah dachte im Stillen, dass Apollonia Kelling wohl nichts mehr genoss, als sich über einem Sarg ordentlich auszuweinen. »Deine Großeltern hatten George Protheroe immer sehr gern.«

»Großmutter hat jeden gern. Großvater konnte niemanden ausstehen«, korrigierte Jesse. »Und Lionel und Vare lassen sich auf Beerdigungen nur blicken, wenn dabei für sie was herausspringt.«

»Gehst du da nicht ein wenig hart mit deinen Eltern ins Gericht?« Sarah wusste genau, dass der Junge Recht hatte. Doch sie durfte ihn nicht so weitermachen lassen, vor allem nicht in Gegenwart von Personen, die nicht zur Familie gehörten. »Keiner verlangt von dir, dass du dich wie ein Heuchler benimmst, aber in manchen Situationen sagt man besser zu wenig als zu viel. Heute beispielsweise. Viele Klienten der Detektei sind Leute, die wir persönlich kennen, oder Freunde von Bekannten. Sie sollen auf keinen Fall denken, dass einer unserer Mitarbeiter herumläuft und hinter ihrem Rücken hässliche Bemerkungen über sie macht. Gute Manieren gehören einfach zum Geschäft, Jesse, ganz egal, wo man ist. Ich will nicht moralisierend klingen, ich weiß, dass wir dir innerhalb sehr kurzer Zeit eine Menge zumuten. Vielleicht möchtest du Ende der Woche wieder nach Ireson's Landing zurück und dort weiter nach Muscheln graben.«

»Das kann ich mir kaum vorstellen, Tante Sarah. Ich habe von Muscheln ziemlich die Nase voll. Glaubst du, es gibt Ärger bei der Beerdigung?«

»Hoffentlich nicht, schon Anoras wegen. Aber man kann nie wissen. Es gibt immer sensationslüsterne Scheusale, die versuchen, sich einzuschleichen. Ich hoffe nur, man hat genügend Polizisten eingesetzt, um sie davon abzuhalten. Außerdem hoffe ich, dass du in deinem neuen Anzug kein Judo machst, es sei denn, es handelt sich um einen Notfall. Du siehst übrigens sehr gut aus. Sollen wir wetten, dass Cousin Dolph dich nicht erkennt?«

Jesse wollte gerade seine Meinung zu Cousin Dolph kundtun, bemerkte dann aber rechtzeitig Sarahs Blick und grinste. »Okay. Ich habe verstanden. Was soll ich denn sagen, wenn mich jemand anspricht?«

»Sag einfach, wer du bist und dass du eine Zeit lang bei uns in der Stadt wohnst. Falls sich jemand nach deiner Familie erkundigt, sagst du, sie seien gerade alle auf einem Segeltörn. Du brauchst nicht zu lügen. Sag einfach nur so viel von der Wahrheit, wie dir genehm ist, und dann kommst du einfach elegant auf ein anderes Thema zu sprechen oder erkundigst dich nach der Familie deines Gesprächspartners. Auch du hast das Recht, Fragen zu stellen, weißt du. Du könntest bei dieser Gelegenheit ein wenig üben, wie man anderen nützliche Informationen entlockt, ohne dass dein Opfer merkt, dass du ihm auf den Zahn fühlst. Wenn es dir zu langweilig oder zu schwierig wird, denkst du dir einfach eine Entschuldigung aus und brichst das Gespräch ab.«

»Zum Beispiel, dass ich dringend auf die Toilette muss?«

»Wenn dir nichts Besseres einfällt. Du schaffst das schon, Jesse. Max wäre an deiner Mitarbeit nicht interessiert, wenn er nicht an dich glauben würde.«

Kapitel 16

»Schade, dass es ein so unfreundlicher Tag ist«, konstatierte Brooks Kelling. »Obwohl das Wetter durchaus zu dem traurigen Anlass passt.«

Brooks hatte angeboten, den großen Wagen zu fahren, was Sarah ganz recht war. Sie fühlte sich ziemlich niedergeschlagen, weniger aus Trauer um den rundlichen alten George, der auf so groteske Weise neben seinem eigenen Treppenpfosten zu Tode gekommen war, als aus Mitgefühl für Anora. Es musste furchtbar sein, so plötzlich und brutal von dem Mann getrennt zu werden, den man über ein halbes Jahrhundert lang geliebt und umsorgt hatte. Was sollte die arme Frau machen, wenn sie niemanden mehr hatte, den sie bemuttern konnte?

Das Beste aus ihrer Situation, zweifellos, genau wie alle anderen auch. Sarah hatte an diesem Morgen bereits kurz mit Anora telefoniert. Sie hatten einhellig beschlossen, dass die Bittersohn-Kelling-Gruppe vor der Trauerfeier nicht vorbeizukommen brauche, da Charles und Mariposa ja den kleinen Wagen zur Verfügung hatten. Es sei wirklich nicht nötig, alles sei unter Kontrolle. Zumindest schien es so. Cousin Dolph Kelling und seine Gattin, die ebenfalls in Chestnut Hill wohnten, fuhren gemeinsam mit Anora in der Limousine des Bestatters. Mary Kelling war sowohl einfühlsam als auch kompetent, und Dolph liebte Beerdigungen, sodass man sicher sein konnte, dass die beiden genau das Richtige taten.

Max saß wegen seines steifen Beins auf dem Beifahrersitz neben Brooks. Sarah und Theonia hatten Jesse auf der Rückbank zwischen sich genommen und versuchten, ihm in aller Schnelle die Art von Small Talk beizubringen, die der Situation angemessen war. Als sie in Sichtweite der hübschen Steinkirche kamen, verwandelte sich die höfliche Konversation in ungehaltenes Gemurmel. Sie hatten erwartet, dass die hiesige Gendarmerie Sicherheitsvorkehrungen gegen Sensationslüsterne treffen würde.

Schon um Anoras willen wären sie zutiefst enttäuscht gewesen, wenn die Polizei nicht angemessen reagiert hätte. Doch sie hatten nicht erwartet, gemeinsam mit allen anderen in der Schlange zu stehen.

Ein ganzer Kordon von Streifenwagen stand mit blitzendem Blaulicht vor der Kirche und dem Parkplatz. Uniformierte Polizisten bewachten die Eingänge, ein Mann mit einem Klemmbrett patrouillierte an der immer länger werdenden Schlange stehender Autos vorbei, überprüfte die Wagenpapiere und Führerscheine, erlaubte einigen, in der Schlange für den Parkplatz zu bleiben, und winkte die meisten heraus.

Die Gemüter gerieten wegen dieser vermeintlichen Unverschämtheit natürlich in ziemliche Aufregung. Jeder, der Anora auch nur zufällig kannte, weil er auf einem Gemeindebasar vor zwanzig Jahren irgendeinen überflüssigen Staubfänger von ihr gekauft hatte, und viele andere, die nicht einmal das vorweisen konnten, fühlten sich berechtigt, den Trauerfeierlichkeiten beizuwohnen, und waren erbost, dass man es ihnen verwehrte. Es bestand kein Zweifel daran, dass die Polizisten einen harten Tag vor sich hatten.

Sarah und ihren Begleitern blieb nichts anderes übrig, als demütig und geduldig in der Schlange zu verbleiben und sich im Schneckentempo mit den anderen vorzuarbeiten. Ein Glück, dass sie schon so früh losgefahren waren. Obwohl sie zu den wenigen Auserwählten gehörten, mussten sie sich zwanzig Minuten gedulden, bis sie endlich parken und die Kirche betreten konnten. Selbst hier ließ man sie erst Platz nehmen, nachdem der Ordner sein Klemmbrett konsultiert hatte. Max war als Kelling aufgeführt, was ihn nicht weiter störte, da er inzwischen daran gewöhnt war. Jesse stand natürlich nicht auf der Liste. Sarah gelang es, den Mann zu überzeugen, indem sie ihm die traurige Mär vom jungen Verwandten erzählte, der als ältester Sprössling ihres Cousins Lionel Kelling seine Familie vertrat, weil er der Einzige war, der sich momentan nicht auf offener See befand. Die Geschichte entsprach sogar in vielerlei Hinsicht durchaus der Wahrheit. Der Ordner war so gerührt von der mannhaften Haltung und dem Oxbridge-Haarschnitt des Jünglings, dass er sie besonders freundlich behandelte.

»Würde Ihre Gruppe vielleicht gern vorn bei Adolphus Kelling sitzen?«

Sarah überlegte kurz und entschied sich für einen Kompromiss. »Theonia, warum gehst du nicht mit Brooks nach vorn und leistest Mary Gesellschaft? Ich denke, wir anderen setzen uns zu Tante Bodie. Sie sitzt ganz allein.«

Während der sicher langen Trauerfeier neben Boadicea Kelling sitzen zu müssen, würde ein absoluter Härtetest für Jesse sein. Max würde hier hinten sicher besser sitzen. Er konnte es sich am Ende der Bank gemütlich machen und sein Bein ausstrecken, ohne dass sich jemand daran störte. Vor allem aber wollte Sarah sehen, wer an den Wachhunden vorbeikam.

Boadicea Kelling quittierte die Ankunft ihrer Nichte und ihrer beiden Begleiter mit einem einigermaßen freundlichen Nicken. Bodie neigte weder zu Überschwänglichkeit, noch hielt sie eine Kirchenbank für den geeigneten Platz zum Plaudern. Sarah schickte Jesse vor, nahm neben ihm Platz und begann im Geiste, ihr eigenes Klemmbrett auszufüllen.

Sie war einigermaßen erstaunt, Leila Lackridge auf der gegenüberliegenden Seite des Ganges neben Edgar Merton sitzen zu sehen. Sie hatte die beiden seit Jahren nicht gesehen. Was nicht bedeutete, dass sie ihr gefehlt hatten oder ihr sonderlich nahe standen. Sie war ihnen früher immer bei den fürchterlichen Partys begegnet, die Anora in der Tulip Street veranstaltet hatte, als Sarahs erster Mann und seine Mutter noch lebten. Soweit sie wusste, lebte Edgar immer noch in der Gegend von Boston. Doch Anora hatte vor kurzem erwähnt, dass Leila sich inzwischen in New York niedergelassen habe. Leila hatte sich noch nie verausgabt, es war daher umso erstaunlicher, dass sie sich die Mühe gemacht hatte, zu Georges Beerdigung zu erscheinen.

Der Zeitpunkt, der für den Beginn der Feier angesetzt worden war, rückte immer näher. Etwa die Hälfte der Bankreihen war gefüllt, erstaunlich viel, wenn man bedachte, wie kritisch Anora ihre Gäste ausgewählt hatte. Sarah konnte die meisten Anwesenden einordnen, und auch Max erkannte einige Personen.

»Siehst du den Mann mit dem gelben Gesicht und dem gebeugten Rücken in der vierten Reihe auf der gegenüberliegenden Seite von Dolph?« murmelte er.

»Der Mann, der wie ein total verschnupfter Bluthund aussieht? Den habe ich noch nie bei Anora gesehen. Wer ist das?«

»Marcus Nie, der Tupfer und Schaber aus Arbalests Atelier. Der Ordner hat ihn ganz nach vorn geführt. Ich frage mich nur, warum. Könnte es sein, dass Nie ein Verwandter ist?«

»Keine Ahnung. Anoras Verwandte sind alle längst tot. Aber aus Georges Familie leben noch einige. Ich frage Tante Bodie später.«

Boadicea Kelling war zwar nie eine enge Freundin der Protheroes gewesen, doch sie konnte bestimmt Auskunft geben. Familiengeschichten gehörten zu den zahlreichen Informationsbereichen, in denen Bodie gern umfassend Bescheid wusste. Momentan allerdings war jeder Versuch, sie zum Sprechen zu bewegen, zwecklos. Sie würde nur die Lippen zusammenpressen und den Kopf schütteln. Doch nach der Feier würde sich bestimmt eine Gelegenheit finden. Sarah versuchte gerade, sich so weit zu sammeln, dass sie endlich die angemessene Ehrfurcht empfinden konnte, als Max sie erneut anstieß.

Ein groß gewachsener, bleicher Mann mittleren Alters, der nicht sonderlich kräftig wirkte, aber einen leichten Bauchansatz aufwies, versuchte gerade, einen sehr alten Herrn zu überreden, auf einer der hinteren Bänke Platz zu nehmen. Doch der sehr alte Herr verlangte mit einer Stimme, die man kaum als *sotto* bezeichnen konnte, ganz vorn zu sitzen, wo er einen guten Blick auf den offenen Sarg hatte.

Max hielt offene Särge für barbarisch. Er konnte sich beim besten Willen nicht vorstellen, warum jemand das Bedürfnis haben sollte, sich einen aufgebahrten Leichnam anzuschauen. Sarah dagegen war an den Anblick verblichener Kellings gewöhnt.

Meistens sahen sie aufgebahrt sogar besser aus als zu Lebzeiten. Selbst als Kind hatte sie schon verstanden, warum die Familie des Verstorbenen den Wunsch nach Aufbahrung hegte, immerhin hatte man ja für die kosmetische Behandlung des Toten bezahlt. Ebenso verstand sie, dass einige Verwandte es als tröstend empfanden, das geschätzte Familienmitglied noch ein letztes Mal zu sehen, während andere sichergehen wollten, dass der Dahingeschiedene auch wirklich mausetot war.

Der alte Herr bekam seinen Willen. Der jüngere, den Sarah aufgrund der Ähnlichkeit entweder für seinen Sohn oder für seinen Neffen hielt, schob seinen Spitzbart vor und folgte dem Alten und dem Ordner mit aller Würde, die er in dieser Situation aufbringen konnte.

»Dubrec«, murmelte Max. »Der Mann, der alles kittet. Der andere ist wahrscheinlich sein Vater. Sag Jesse Bescheid.«

Sarah hatte keine Lust, eine Konversation im Flüsterton zu starten, schon gar nicht, wenn sie dadurch Gefahr lief, von Tante Bodie wütend angestarrt zu werden. Daher zog sie ihren kleinen Goldstift heraus und kritzelte »Behalt die beiden im Auge« auf ihr Notizblöckchen. Gleichzeitig machte sie eine viel sagende Kopfbewegung in Richtung der beiden Männer, die endlich einen Platz gefunden hatten, der dem Älteren zusagte. Jesse wollte noch etwas sagen, doch Sarah gebot ihm zu schweigen. Die Orgel, die während der letzten Viertelstunde gedämpfte und dem traurigen Anlass entsprechende Melodien gespielt hatte, war verstummt.

Der Pfarrer nahm seinen Platz am Altar ein. Eine alte Frau, die dasselbe graue Flanellkostüm trug, das sie schon seit fünfundzwanzig Jahren oder noch länger besaß, und deren Haupt eine schwarze Samttoque schmückte, die noch aus der Zeit von Queen Mary zu stammen schien, wurde gerade von einem groß gewachsenen, kräftigen, aber keineswegs dicken Mann in einem dunkelgrauen Anzug durch das Mittelschiff nach vorn geführt. Der Mann trug einen schwarzen Trauerflor am Ärmel und besaß eine unverkennbare Kelling-Nase.

Dolphs Kleidung war sehr viel modischer als Anoras. Er hatte seinen Anzug immerhin erst vor etwa einem Jahrzehnt für Großonkel Frederick Kellings Beerdigung gekauft, ob aus Respekt für seinen verstorbenen Vormund oder aus Freude über das Ableben des alten Narren, wusste niemand genau. Jedenfalls hatte sich der Anzug gut gehalten. Der gute Dolph übrigens auch. Er hätte sicher einen eindrucksvollen Leichenbestatter abgegeben, dachte Sarah, wenn er nicht dummerweise Onkel Fredericks Millionen geerbt hätte.

Die Witwe und ihr Begleiter hätten eigentlich die letzten Trauergäste sein sollen, doch dies war nicht der Fall. Während Dolph und mehrere Ordner sich noch um Anora kümmerten und diese sie anfuhr, endlich mit dem Getue aufzuhören, schlüpfte noch jemand in die Bank hinter Sarah, die der Tür am nächsten war. Gleichzeitig trat der Pfarrer an das Chorpult und umfasste die Seiten mit beiden Händen.

»Ich bin die Auferstehung und das Leben.«

Anora hatte sich tatsächlich für das feierliche Hochamt entschieden, genau wie Sarah vorhergesehen hatte. Nachdem der Gottesdienst einmal angefangen hatte, schien er kein Ende nehmen zu wollen. Jesse wurde allmählich unruhig, und Sarah wollte dem Jungen gerade zu verstehen geben, er solle sich zusammennehmen, als sie sah, was ihn so nervös machte. Unter den Klängen der Orgel hatte einer der Spätankömmlinge, die hinter ihnen Platz genommen hatten, herzzerreißend zu schluchzen begonnen.

Wenn Jesse sich jetzt umdrehte, würde Tante Bodie todsicher einen Wutanfall bekommen, sobald sie dies für einigermaßen vertretbar hielt. Sarah tat so, als krame sie nach einem Taschentuch, und fischte stattdessen einen kleinen Spiegel aus ihrer Tasche. Sie ließ ihn zwischen die Seiten ihres Gesangbuchs gleiten und reichte das Buch ihrem neuen Lehrling. Max hatte Recht, Jesse begriff wirklich sehr schnell. Ohne ihr auch nur einen Seitenblick zuzuwerfen, ließ er den Spiegel in seiner Hand verschwinden. Wahrscheinlich würde er ihn wirksam zu gebrauchen wissen. Er nutzte ihn tatsächlich so geschickt, dass Sarah nichts von seinem Tun bemerkte. Tante Bodie hoffentlich auch nicht.

Das laute Schluchzen hatte aufgehört. Jetzt war nur noch ab und zu ein Seufzen und leises Schniefen zu hören. Wen mochte der Tod des armen alten George wohl mit so großem Leid erfüllen? In den Kreisen der Protheroes galt es als unfein, Gefühle in aller Öffentlichkeit zur Schau zu stellen. Als Sarah bei der Beerdigung ihres ersten Mannes zusammengebrochen war, hatte man sie dafür zurechtgewiesen. Die Zurechtweisende war Leila Lackridge gewesen. Leila verhielt sich auch heute so, wie es sich gehörte. Sie saß mit einem Pokerface auf ihrer gepolsterten Kirchenbank und blickte nur gelegentlich unauffällig auf ihre Armbanduhr. Bestimmt versuchte sie, sich auszurechnen, wie viel länger sie noch mit unbeweglicher Miene hier sitzen musste, bevor sie endlich ihren trockenen Martini bekam.

Sie hatte anscheinend den Sommer mit Sonnenbaden verbracht. Ihr kantiges Profil sah jedenfalls so aus, als sei es von einem wütenden Blechschmied aus einer brünierten Kupferplatte geschnitten worden. Abgesehen von ihrem Teint hatte sich Leila kein bisschen verändert, soweit Sarah sehen konnte. Sie war schon immer dürr wie eine Bohnenstange und hässlich wie die Sünde gewesen. In Leilas Haus hatte Sarah damals Max Bittersohn kennen gelernt. Ob Leila wohl wusste, dass sie inzwischen verheiratet waren? Wahrscheinlich wusste sie es. Leila hatte sicher den Kontakt zu Anora aufrechterhalten, denn sie war schließlich auch zur Beerdigung eingeladen worden.

Doch das war eigentlich völlig unwichtig. Sarah machte den pflichtschuldigen Versuch, sich auf den wirklich eindrucksvollen Gottesdienst zu konzentrieren, als Jesse ihren Fuß ganz leicht mit dem seinen berührte und ihr das Gesangbuch zurückgab. Sie nahm den Spiegel heraus und verdeckte ihn mit dem Taschentuch, das sie für eventuelle Notfälle in der Hand hielt. Als sie sah, wer hinter ihr saß, hätte sie beinahe selbst Tante Bodie allen Anlass zur Mißbilligung gegeben.

Der Weinende war ein stattlicher Mann mittleren Alters, der einen maßgeschneiderten schwarzen Anzug aus feinem Wollstoff trug. Sein Gesicht war hinter langen, schlanken, sorgsam manikürten Händen verborgen. Die eine Hälfte seines Haars war grau, die andere grau meliert. Er schien wirklich Unmengen an Haar zu besitzen. Sarah schloss, dass der Überschuss ein Bart sein musste. Die Schultern des Mannes hoben und senkten sich unter den Schluchzern, die zu unterdrücken er längst aufgegeben hatte.

Auf dem Arm des Weinenden ruhte ein Handschuh. Jeder Handschuh war an einem heißen Sommertag ein ungewöhnlicher Anblick, noch dazu in einer Zeit, in der früher so unverzichtbare Accessoires wie Damenhüte und Handschuhe ebenso von der Bildfläche verschwunden waren wie gerüschte Petticoats und Schnürmieder. Doch dieser spezielle Handschuh wäre zu jeder Jahreszeit aufgefallen. Er war aus schwarzem Ziegenleder, hatte zwischen den Fingern Einsätze aus weißem Ziegenleder und erinnerte Sarah an die Handschuhe, die Marlene Dietrich als Shanghai Lili in dem alten Film getragen hatte, den sie einst im alten Brattle Theater gesehen hatte.

Der Handschuh gehörte zu einem Arm, und dieser wiederum zu einer eindrucksvollen Blondine, die dabei war, mit Würde älter zu werden. Wie viele andere Trauernde trug sie elegante, aber aus der Mode gekommene Kleidung, doch sie tat es mit auffallender Anmut. Zu dem Ensemble gehörten eine schwarze Redingote mit weißen Aufschlägen, ein hautenger schwarzer Rock, ein schwarzes Wagenrad aus Stroh, das beinahe senkrecht auf einer Seite ihres sorgfältig coiffierten Hauptes thronte. Ein unbeteiligter Betrachter würde die Hand auf dem Arm wahrscheinlich als einfühlsame Geste einer Ehefrau deuten. Doch Sarah wusste es besser. Mit der einfühlsamen Geste einer Ehefrau und einem leise gemurmelten »Fall bloß nicht in Ohnmacht« reichte Sarah den Spiegel an Max weiter.

Max Bittersohn neigte normalerweise nicht zu Ohnmachten. Er verzog daher auch nur sekundenlang die Mundwinkel, nickte kaum merklich und gab den Spiegel zurück. Sarah hatte begriffen, wer dort hinter ihr saß. Der Schluchzende war Bartolo Arbalest. Aber warum schluchzte er so? Wie waren er und Lydia Ouspenska an den Klemmbrettern vorbeigekommen? Wo war sein Leibwächter? Sarah hatte sich bereits vorher gefragt, wo Goudge wohl sein würde. Sie drehte den Spiegel in alle möglichen Richtungen, soweit es der Anstand erlaubte, und suchte in den übrigen Bankreihen nach ihm. Doch sie konnte ihn nirgendwo entdecken.

Noch ein Rätsel für ihre Liste. Sarah nahm an, dass der Auferstehungsmann hier war, weil Anora ihn gebeten hatte zu kommen. War es möglich, dass sie ihn nur eingeladen hatte, weil er ihre Elefantenleuchter restauriert hatte? Warum hätte die Witwe, die so viele alte Bekannte übergangen hatte, sich ausgerechnet für jemanden entscheiden sollen, den sie erst kurz und nur oberflächlich kannte?

Ältere Frauen verhielten sich jüngeren Männern gegenüber manchmal lächerlich. Vielleicht war Arbalest in Anoras Augen ein junger Mann? Doch dieses Verhalten passte ganz und gar nicht zu Anora. Sie musste George wirklich geliebt haben, wenn sie all die Jahre treu an seiner Seite geblieben war. Im Laufe der Zeit waren zahlreiche Männer in ihrem Haus ein und aus gegangen, doch sie hatte niemals auch nur einen Funken von Interesse für einen von ihnen gezeigt, sondern alle stets mit dergleichen Höflichkeit behandelt.

Wahrscheinlich war die einfachste Erklärung in diesem Fall auch die richtige. Bartolo Arbalest hatte George nicht etwa als närrischen alten Kauz betrachtet, über den man sich lustig machte und mit dem man sich gezwungenermaßen abgeben musste, sondern als klugen Mann, der zu einem Fachgebiet, für das sie sich beide interessierten, intelligente Dinge zu sagen wusste. Dies hatte Anora sicher viel bedeutet. Trotzdem erklärte es nicht, warum Arbalest jetzt eine solche Show abzog.

Er konnte unmöglich glauben, dass dies hier üblich war, vor allem nicht in diesen Kreisen. Doch er gehörte schließlich gar nicht dazu. Bei der heutigen Avantgarde galt es als unzeitgemäß,

Gefühle zu unterdrücken. Männer durften ruhig weinen, wenn sie sich danach fühlten. Vielleicht ging Arbalest einfach nur mit der Zeit und ließ seinen Gefühlen freien Lauf. Nach all den Todesfällen, die er bei seinen ehemaligen Mitarbeitern und Kunden hatte durchstehen müssen, und den zahlreichen Beerdigungen, an denen er hatte teilnehmen müssen, war der abscheuliche Mord eines erst vor kurzem gewonnenen Kunden vielleicht mehr, als der Auferstehungsmann ertragen konnte.

Jesse hatte sich besser geschlagen, als Sarah erwartet hatte, doch allmählich fragte sie sich, wie lange er es wohl noch aushalten konnte. Sie war dankbar, als der Pfarrer den Segen sprach und der Organist mit dem Nachspiel begann. Anora und Dolph schritten wieder durch den Mittelgang, beide gefasst, den Blick starr nach vorn gerichtet. Die Köchin und Phyllis folgten, eskortiert von Mary Kelling und Dr. Harnett. Die Ordner kümmerten sich um die Bankreihen und sorgten dafür, dass die Trauergäste nacheinander die Kirche verließen. Die Menschenmenge bewegte sich ziemlich schnell. Offenbar hatte Anora beschlossen, nicht im Vestibül stehen zu bleiben und dort Kondolenzen entgegenzunehmen, nach denen ihr nicht zumute war.

Doch sie stand auch nicht draußen auf den Stufen. Wahrscheinlich hatte sie sich von Dolph auf direktem Weg zur Limousine des Bestatters führen lassen. Als Sarah, Jesse und Max endlich ihre Bank verlassen durften, stiegen einige der Personen, die George das letzte Geleit geben wollten, gerade in ihre Wagen und reihten sich in den Leichenzug zum Friedhof ein.

Boadicea Kelling gehörte nicht dazu. Sie hatte schriftlich kondoliert, ihre Ehrerbietung durch ihre Teilnahme am Trauergottesdienst unter Beweis gestellt und damit alles getan, was getan werden musste. Niemand konnte von ihr erwarten, dass sie für unnötige Vergnügungsfahrten teures Benzin verschwendete. Sarah fragte sich, wie jemand das letzte Geleit eines Verstorbenen als Vergnügungsfahrt bezeichnen konnte, doch sie konnte verstehen, warum Tante Bodie keine Lust hatte mitzukommen. Abgesehen davon, dass sie ihre Pflicht bereits erfüllt hatte und eine

Beerdigung naturgemäß unerfreulich war, wusste Bodie, dass ihr 1946er Daimler ein ausgesprochener Benzinfresser war und sie noch die ganze Fahrt zurück nach Wenham vor sich hatte. Sie sprach kurz mit Sarah und Max und wandte sich dann an Jesse, der sich bisher diskret im Hintergrund gehalten hatte.

»Guten Tag, junger Mann. Da meine Nichte es nicht für erforderlich zu halten scheint, mich Ihnen vorzustellen, darf ich dies vielleicht selbst tun. Ich bin Boadicea Kelling.«

»Aber Tante Bodie, du hast ihn doch schon wer weiß wie oft getroffen«, protestierte Sarah. »Das ist Jesse, Lionels ältester Sohn.«

»Red keinen Unsinn, Sarah. Lionels Söhne sind Barbaren. Dieser Junge dagegen hat sich während des ganzen unnötig langen Gottesdienstes vorbildlich verhalten. Sein Haar ist ordentlich geschnitten, er ist manierlich und sogar elegant gekleidet. Ich kann nur annehmen, dass seine Erscheinung und sein Verhalten Teil der Maskerade sind, die hier von gewissen Personen angestiftet wurde, die es eigentlich besser wissen müssten.«

Sie starrte Max durchdringend an. Max lachte sich heimlich ins Fäustchen. Sarah wollte Protest einlegen, doch Boadicea fixierte sie erbost und fuhr fort: »Es ist sonnenklar, junger Mann, dass Ihre Verkleidung einzig und allein dem Zweck dient, Ihnen Zugang zu einem privaten Begräbnis zu verschaffen, dem bedauerlicherweise der Makel der Sensation anhaftet. Sind Sie nun ein Mitglied der Presse oder nicht?«

Boadicea Kelling legte den gleichen Grad von Ekel in das Wort »Presse«, wie sie es bei »Leprakolonie« oder »Demokratische Partei« getan hätte. Jesse hielt ihrem Blick stand, ohne mit der Wimper zu zucken.

»Ich bin kein Mitglied der Presse. Man hat mich reingelassen, weil Sarah der Polizei gesagt hat, ich sei ihr Neffe. Tut mir leid, dass du mir nicht glaubst, Tante Bodie. Wenn du wartest, bis meine Eltern nach Hause kommen, kann ich dir meine Geburtsurkunde zeigen und Lionel einen Bluttest machen lassen.«

»Aha! Jetzt klingst du wieder ganz wie du selbst. Nichts für ungut, Jesse, ich entschuldige mich für meinen Mangel an Scharfblick. Zu meiner Rechtfertigung darf ich anführen, dass ich ein realistischer Mensch bin und ein Wunder nicht sofort erkenne.«

»Schon in Ordnung, Tante Bodie. Wir machen alle Fehler. Soll ich dir helfen, dein Auto rauszufahren?«

»Treib es ja nicht zu weit, junger Mann!«

Boadicea Kelling schüttelte Jesse recht freundlich die Hand, bevor sie sich verabschiedete und zielstrebigen Schrittes, doch ohne ungebührliche Hast dem Parkplatz zustrebte.

Kapitel 17

Jesse blickte seiner entschwindenden Verwandten mit offenem Mund nach, was sicher Boadiceas Missbilligung gefunden hätte, wenn sie sich zufällig umgeschaut hätte. Glücklicherweise tat sie dies nicht, sodass der gute Eindruck, den Jesse hinterlassen hatte, nicht getrübt wurde. »Verstehst du das, Sarah?« fragte er, als er die Kontrolle über seine Stimme wiedergefunden hatte. »Das sollte doch wohl ein Witz sein, oder?«

»Nie im Leben. Tante Bodie macht niemals Witze. Du warst großartig, Jesse. Und jetzt weißt du auch, wie nützlich Mimikry ist.«

»Was ist Mimikry?«

»Wenn man sich farblich seiner Umgebung anpasst. Dein Anzug erfüllt denselben Zweck wie die Streifen eines Tigers oder das gesprenkelte Gefieder eines Vogels. Man könnte es genauso gut Schutzfärbung nennen. Brooks kann dir alles darüber erzählen. Da kommt er schon mit Theonia. Die beiden suchen uns anscheinend. Läufst du bitte schnell zu ihnen und sagst, wir würden uns am Wagen treffen? Du kannst ruhig bei ihnen bleiben, wir kommen sofort nach. Max, kannst du sehen, was aus Lydia und Mr. Arbalest geworden ist? Sie sind nach draußen geschlichen, als Bodie sich Jesse vorgestellt hat. Goudge wartete in seiner Uniform auf sie. Er sah ziemlich eindrucksvoll aus, wie ich zugeben muss. Meinst du nicht auch, wir sollten mit ihnen sprechen?«

»Wie du meinst, *Kätzele*. Und worüber sollen wir sprechen?«

»Oh, ganz egal. Ich wüsste wirklich gern, warum Mr. Arbalest geweint hat. Und wie er und Lydia es geschafft haben, in die Kirche zu kommen. Liebling, findest du es nicht auch ein wenig merkwürdig, dass Arbalest und drei seiner Kunsthandwerker hier sind? Anora muss sie eingeladen haben, sonst wären sie nie durch all die Sicherheitskontrollen gekommen. Aber warum hat sie das getan? Wir haben die Gästeliste ziemlich umfassend am

Telefon besprochen. Zumindest habe ich das angenommen. Ich habe sogar einige Anrufe für sie erledigt. Verflixt noch mal, was will der Mann denn von uns?«

Einer der Assistenten des Bestatters kam geradewegs auf sie zu und wandte sich erwartungsgemäß nicht an Sarah, sondern an Max. »Entschuldigen Sie bitte, Sir, aber wenn Sie zum Friedhof fahren wollen, würden Sie dann bitte Ihren Wagen holen und sich so schnell wie möglich in die Schlange einreihen? Mrs. Protheroe möchte unbedingt bald los.«

»Ja, machen wir«, sagte Max. »Bist du so weit, Sarah?«

Sarah war so weit. »Ich kann verstehen, dass Anora alles so schnell wie möglich hinter sich bringen will. Die Ärmste kann es bestimmt kaum erwarten, endlich ihre Schuhe auszuziehen und sich ein bisschen hinzulegen. Stattdessen werden alle nach der Beerdigung in ihr Haus strömen, und der Himmel weiß, wann sie wieder verschwinden.«

Sarah erinnerte sich an eine andere Beerdigung, nach der die Gäste einfach nicht gehen wollten, bis sie schließlich befürchtete, den Verstand zu verlieren. Leila Lackridge war eine von ihnen gewesen. Da nahte sie bereits. Sie fuhr Mertons Wagen. Edgar kauerte neben ihr auf dem Beifahrersitz und schwitzte vor Angst um sein Gefährt. Leila war eine dieser fürchterlichen Fahrerinnen, die ständig irgendetwas rammten oder anschrammten und anderen die Schuld für ihre eigene Unzulänglichkeit gaben.

»Warum hat Anora nicht auf den Empfang verzichtet?«

»Das wäre undenkbar. Es ist nun einmal Sitte, und es wäre ein Affront gegen George. Ist es nicht merkwürdig, Max, was für ein Theater man darum macht, es Toten auch ja recht zu machen? Meinst du, sie merken etwas davon?«

»Es gibt nur einen Weg, dies herauszufinden, Schatz. Vorsicht! Pass auf!« Er zog sie gerade noch rechtzeitig weg, bevor sie von einem Wagen umgemäht werden konnte. »Wer zum Teufel war diese Wahnsinnige?«

»Leila Lackridge. Wie hast du es bloß geschafft, diese Person zu vergessen?«

»Durch Ausdauer und positives Denken. Was macht diese Frau hier? Ich dachte, sie wäre längst aus Boston weggezogen.«

»Offenbar ist sie zur Beerdigung wieder hergekommen. Sie gehört zu Anoras altem Freundeskreis. Anora konnte sie unmöglich übergehen.«

»Oh doch, wenn ich hier das Sagen hätte.«

»Das klingt aber gar nicht nett. Ohne Leila und Harry Lackridge hättest du mich schließlich nie getroffen. Und was noch schlimmer wäre, ich hätte dich nie getroffen.«

»Quatsch. Eines zauberhaften Abends hättest du einen Fremden in einem überfüllten Restaurant erblickt und wärst auf der Stelle hin und weg gewesen. Da sind ja die anderen schon. Die ganze Crew ist bereits an Bord. Tut mir leid, dass ihr warten musstet, Leute. Herrgott, was freue ich mich auf den Tag, an dem ich endlich wieder wie ein normaler Mensch laufen kann.«

»Es dauert nicht mehr lange, Max«, gurrte Theonia. »Ich habe es heute Morgen in meinen Teeblättern gelesen. Es war eindeutig.«

»Bist du sicher, dass es sich nicht um jemand anderen handelte?«

»Mein lieber Herr, wollen Sie etwa meine hellseherischen Fähigkeiten in Frage stellen? Vergessen Sie nicht, mit wem Sie es zu tun haben. Brooks, Liebling, willst du diesen Rüpel nicht zur Rechenschaft ziehen?«

»Nicht jetzt, Theonia. Erinnere mich bitte daran, dass ich ihn offiziell zum Duell herausfordere, wenn wir diesen vermaledeiten Parkplatz verlassen haben. Falls ich es überhaupt schaffe, uns heil hier herauszukutschieren. Jesse, du kannst mein Sekundant sein. Max bekommt Charles. Welche Waffen sollen wir wählen? Was meinst du, Max, Hammelkeulen oder Rumkugeln? Oder wären dir Blasrohre auf eine Entfernung von zwanzig Schritten lieber? Als ich noch jung und draufgängerisch war, galt ich als besonders gemeiner Bohnenschütze.«

»Auf keinen Fall«, sagte Max in entschiedenem Ton. »Die Dinger sind gefährlich. Immerhin habe ich Frau und Kind.«

»Dann vielleicht Windbeutel?«

»Man sollte keine Nahrungsmittel verschwenden«, warf Jesse tugendhaft ein.

»Wer spricht denn hier von verschwenden?« sagte Max. »Mein Bein mag zwar nutzlos sein, aber mein Wurfarm ist völlig intakt. Wir werden selbstverständlich Baseballhandschuhe tragen. Ach, zum Teufel mit der männlichen Ehre. Warum entschuldige ich mich nicht schlicht und ergreifend? Theonia, wärst du damit einverstanden, so lange zu warten, bis mein rechtes Knie wieder voll funktionstüchtig ist? Ich verspreche feierlich, dass ich dann reumütig vor dir zu Kreuze krieche.«

»Selbstverständlich. Damit bin ich einverstanden. Aber vergiss es bloß nicht! Ich erwarte ein erstklassiges Zu-Kreuze-Kriechen, sobald es dir möglich ist.«

»Hast du zufällig schon eine okkulte Information darüber, wann dies sein wird?«

»Momentan leider nicht. Wann meine nächste Vorhersage stattfindet, hängt ganz davon ab, ob Anoras Köchin Teebeutel benutzt oder nicht. Apropos Tee, ich könnte gut eine Tasse gebrauchen. Wie steht es mit dir, Sarah?«

»Liebend gern. Wie kommt es eigentlich, dass man bei Beerdigungen immer anfängt, an Essen zu denken?«

»Wahrscheinlich, weil man sich beweisen will, dass man noch essen kann. Mit diesem Gedanken im Hinterkopf habe ich in weiser Voraussicht ein paar kleine Sandwiches und einige Selleriestangen mitgenommen. Wer hat Lust zu knabbern? Sarah? Jesse, nimm dir, was du möchtest, und gib den beiden Feuer speienden Wüstlingen da vorn den Rest.«

Irgendwie überstanden sie die langweilige Schneckentour. Als sie ungefähr auf halbem Weg zum Friedhof waren, begann der Regen zu fallen, der sich schon den ganzen Morgen angekündigt hatte. Zunächst fiel er nur sachte und kam einigen Trauergästen durchaus gelegen. Je ausdauernder der Regen, desto kürzer die Feier, wie Jesse treffend bemerkte. Max fand den Gedanken, im Regen stehen zu müssen, nicht sehr erbaulich. Er schaltete das

Autoradio an, gerade rechtzeitig für eine von Nehemiah Billingsgates kleinen Homilien auf XBIL. Sie kamen daher in einem Zustand der kollektiven Erbauung am Grab an, auch wenn Jesses Erbauung zumindest teilweise darauf zurückzuführen war, dass er den Löwenanteil von Theonias leckeren Sandwiches abbekommen hatte.

Genau wie in der Kirche war die Polizei auch auf dem Friedhof präsent. Zwei uniformierte Polizisten bewachten die Eingangstore, und auf dem Friedhof selbst befanden sich zwei weitere Beamte, die für eine strenge Überwachung des Leichenzugs sorgten. Als Brooks den Wagen am Straßenrand parkte, eilte sofort einer der Assistenten des Bestatters mit einem Arm voller schwarzer Regenschirme herbei. Max und Brooks traten, ihrem Image als Privatdetektive gemäß, in Trenchcoat und Hut auf. Sarah trug ihren weißen Seidenregenmantel, Theonia ihren eleganten Regenschirm mit dem Gänsekopfknauf. Max nahm für alle Fälle zwei der angebotenen Schirme entgegen. Einen aus Prinzip und einen für Jesse, da Charles vergessen zu haben schien, der neuen Garderobe seines Schützlings einen Regenmantel hinzuzufügen. Derart gegen die Elemente gewappnet, gingen sie über den inzwischen feuchten Rasen und schlossen sich den übrigen Trauergästen an, die sich um den stattlichen grauen Sarg versammelten. Er stand mitten in einem Blumenmeer auf einem Teppich aus Kunstrasen, der das frisch ausgehobene Grab bedeckte.

Sarah hatte inzwischen schon an so vielen Beerdigungen teilgenommen, dass sie keine Hemmungen hatte, mit ihrer kleinen Truppe so nahe wie möglich zu der Stelle zu gehen, an der Anora stand. Sie hätte ihrer alten Freundin gern einen Kuss gegeben. Leider redete der Pfarrer gerade mit der Witwe, sodass es merkwürdig ausgesehen hätte. Dolph erfüllte immer noch seine Pflicht als männlicher Beschützer und hielt fürsorglich einen der schwarzen Schirme über seinen Schützling. Mary löste sich von seiner Seite und kam zu ihnen herüber, um sie zu begrüßen.

Wie üblich war sie auch für diesen Anlass genau richtig gekleidet. Sie trug einen blauen Regenmantel, der hervorragend zu ihren veilchenblauen Augen passte, und einen kleinen blauen Hut, den eine durchsichtige Plastikhaube schützte. Der Hut war eine wertvolle Antiquität. Mary hatte ihn gekauft, als ihre Mutter noch lebte, und hatte ihn bei ihrer ersten Verabredung mit Dolph getragen. Sie würde nie wieder einen Hut wie diesen finden und hütete ihn daher wie ihren Augapfel. Wie es sich ziemte, begrüßte sie ihre Lieblingsverwandten herzlich, aber nicht überschwänglich, und schüttelte Jesse die Hand, als freue sie sich wirklich, ihn zu sehen.

Überwältigt von so viel ungewohnter Zuneigung, wo man ihm ansonsten nur wachsame Blicke und instinktive Reserviertheit entgegenbrachte, bot Jesse Mary höflich den Schutz seines Schirms an. Mary lächelte zu dem aufgeschossenen Jungen hoch, wie nur sie es konnte, hakte sich bei ihm unter und schickte sich an, auf die Eröffnungsworte für den letzten Teil der Zeremonie zu warten.

Der Pfarrer begann zu sprechen. Sarah weinte ein bisschen, wie sie erwartet hatte. Max ließ sie seinen Schirm halten, damit er den freien Arm um sie legen konnte. Mit der anderen Hand stützte er sich auf seinen Stock. Es bekam seinem Bein sicher nicht gut, hier draußen im Nassen zu stehen. Sarah hoffte um Anoras und seinetwillen, dass die Beerdigung vorbei sein würde, ehe der Sturm richtig losbrach.

Der Wind wurde stärker und zauste die Blumenbouquets, der Bestatter griff ein, um einen Korb mit rosafarbenen und roten Nelken vor dem Umkippen zu retten. Ein Schirm wurde von einer Windböe umgeschlagen, ein zweiter flog davon und musste wieder eingefangen werden. Theonia veranstaltete eine Art Tauziehen mit ihrem Exemplar. Der Himmel wurde immer schwärzer, in der Ferne flammten bereits die ersten Blitze auf. Nach einer Weile übertönte dumpfes Donnergrollen die Worte des Pfarrers. Brooks zählte wahrscheinlich die Sekunden zwischen Blitz und Grollen und versuchte, sich auszurechnen, wie schnell das Gewitter näher kam. Der Pfarrer fasste sich kurz, übergab George Protheroes sterbliche Überreste ihrer letzten Ruhestätte und wünschte dem seligen George gute Reise auf seinem langen einsamen Weg, auch wenn er nicht exakt diese Worte benutzte.

Mit einem Mal prasselte der Regen richtig los. Die Assistenten des Bestatters, die plötzlich alle schwarze lange Regenmäntel und wasserdichte Hutschützer aus Plastik trugen, sammelten die schwarzen Schirme wieder ein und scheuchten die Trauergäste zu ihren Fahrzeugen. Die Uniformen der armen Polizisten wurden völlig durchnässt. Auf diese Sintflut waren sie nicht vorbereitet gewesen. Sarah tat es leid, dass sie keine Zeit gehabt hatte, ihre alte Freundin tröstend in den Arm zu nehmen und ihr einen Kuss zu geben. Sie würde es im Trauerhaus nachholen.

Dolph versuchte, Anora zu bewegen, mit ihm zu der ersten wartenden Limousine zu gehen. Doch die Witwe ließ sich nicht drängeln. Sie stand allein neben dem Sarg, berührte noch einmal die Rosen, die ihn bedeckten, und nahm zärtlich Abschied von ihrem geliebten Mann. Phyllis und die Köchin wurden in die zweite Limousine verfrachtet, was bei der Köchin gar nicht so leicht war. Der gelbgesichtige Mann, der ausssah wie ein verschnupfter Bluthund, kletterte ebenfalls in den Wagen. Max Bittersohn war fasziniert.

»Ich fass' es nicht! Siehst du das, Sarah? Nie fährt anscheinend mit zum Haus. Warum wird er bloß so hofiert?«

»Vielleicht setzen sie ihn nur irgendwo ab«, mutmaßte Sarah. »Da ist ja auch Leila. Sie zerrt den armen Edgar hinter sich her wie einen Sack Kartoffeln. Sie wird bestimmt versuchen, jede Ampel von hier bis zum Chestnut Hill auszutricksen, nur um als Erste an der Bar zu sein. Charles sollte besser einen Eimer Martini parat stellen, sonst macht sie ihm die Hölle heiß.«

Einen Martini für Leila zu mixen war keine große Kunst. Man goss lediglich Gin in ein Cocktailglas und schwenkte den Korken der Wermutflasche ein oder zweimal darüber. Kein Eis, keine Olive, und auf gar keinen Fall wollte sie ein Zwiebelchen dazu. Leila war noch nie eine große Esserin gewesen.

Mit einem Mal befand Sarah sich im Geiste wieder auf der dem Fluss zugewandten Seite von Beacon Hill auf einer von Leilas schrecklichen Dinnerpartys. Vor ihr stand ein Teller aus Minton-Porzellan, den Leila von einer ihrer Großmütter geerbt hatte. Auf dem Teller befand sich ein winziger Klacks irgendeiner ungenießbaren Speise. Harry saß an einem Kopfende des Tisches und trug die samtene Rauchjacke seines Großvaters. Leila thronte auf der gegenüberliegenden Seite in einem hässlichen Kaftan, der mit sich windenden Drachen übersät war. Harry hatte schon eine ganze Weile über nichts Besonderes geredet. Leila hatte Gift und Galle gespuckt über die neueste Dummheit, die von den Stadtvätern geplant oder nicht geplant beziehungsweise durchgeführt oder nicht durchgeführt worden war. Alexander trug den alten Abendanzug, den er sich notgedrungen vor einigen Jahren für irgendeinen Zweck hatte zulegen müssen und der jetzt auf Biegen und Brechen aufgetragen werden musste. Er hatte bisher kaum gesprochen. Seine Mutter saß in Spitzen und Perlen gehüllt neben ihm und kommentierte alles, stets pointiert und sparsam mit der Milch der frommen Denkungsart.

Sarah selbst trug ein langes blaues Kleid, das sie sich aus einer Wolldecke geschneidert hatte. Im Haus der Lackridges war es wie üblich eiskalt. Die anderen hatten vor dem Essen bereits zahlreiche Drinks zu sich genommen, um sich aufzuwärmen, während sie sich an ihrem ersten Glas festhielt, bis es nur noch aus Eiswasser bestand. Man hatte sie aus der Unterhaltung ausgeblendet, weil die Lackridges Alexander nicht verzeihen konnten, dass er ihr trautes Quartett durch seine blutjunge Braut zerstört hatte, und weil Alexanders taube und blinde Mutter wie immer die ganze Aufmerksamkeit ihres Sohnes und die aller übrigen Anwesenden forderte. Bei einem der letzten dieser fürchterlichen Abende war Sarah zum ersten Mal dem enigmatischen Mr. Bittersohn begegnet. Er schrieb angeblich gerade an einem Buch über antiken Schmuck, das Harry verlegen wollte. Max Bittersohn hatte sich höflich und reserviert verhalten und war geschmackvoll und unauffällig gekleidet. Er hatte nur einen Drink angenommen und so wenig wie möglich gegessen. Sarah hatte ihn zunächst nur sympathisch gefunden, später hatte sie ihn dann als hilfsbereit erlebt, und schließlich war er einer ihrer Mieter in der Tulip Street geworden. Es war ganz sicher keine Liebe auf den ersten Blick gewesen, nicht einmal auf den zweiten oder dritten. Sarah konnte nicht genau sagen, wann sie sich in Max verliebt hatte. Ihre Gefühle hatten sich ganz langsam entwickelt, bis sie schließlich gemerkt hatte, dass sie und Max einfach zusammengehörten und ihre Beziehung genauso gut legalisieren konnten.

Ob Anora wohl während der Fahrt zu ihrem großen, vollgestopften, gattenlosen Haus daran dachte, wie sie und George sich verliebt hatten? Wie sie geheiratet hatten und ihr Leben miteinander geteilt hatten? Oder fragte sie sich vielleicht, ob sie genug Eis für die Drinks bestellt hatte und ob Mariposa daran gedacht hatte, die Shrimps im Gurken-Dill-Dressing zu schwenken, bevor sie die Röllchen damit gefüllt hatte? Männer kamen und gingen, doch der Haushalt musste trotz alledem weitergeführt werden. Die Beschäftigung mit derartigen Alltagsproblemen hatte einen Vorteil: Man hatte keine Zeit, sich über die wirklich wichtigen Dinge zu grämen.

Doch sie sollte die Zeit nicht länger mit derartigen Gedanken vergeuden. »Hat jemand gesehen, ob Lydia und Mr. Arbalest am Grab waren?« erkundigte sie sich. »Ich habe sie nirgendwo entdecken können.«

»Ich auch nicht«, sagte Max. »Aber Dubrec und sein Vater waren da. Jedenfalls nehme ich an, dass es sein Vater ist. Würde mich nicht wundern, wenn der alte Herr und George Geschäftsfreunde waren, aus der Zeit, als George noch gesund und leistungsfähig war. Ich wüsste nicht, warum sie sonst gekommen sein sollten.«

»Ich auch nicht«, meinte Brooks. »Sie müssen sich ziemlich nahe gestanden haben, wenn Anora sich nach all den Jahren noch an ihn erinnert. Meint ihr, sie hat die beiden zu sich nach Hause eingeladen?«

»Das hat sie ganz sicher«, meinte Sarah. »Sie hat noch nie jemanden vor den Kopf gestoßen, der George mochte. Aber keiner von euch hat Mr. Arbalest auf dem Friedhof gesehen, oder? Jesse, wie steht's mit dir? Ich spreche über den Mann, der hinter uns gesessen und so geweint hat.«

»Ja, das weiß ich. Aber ich hab' weder ihn noch die Frau mit dem Hut dort gesehen. Aber ich hab' gesehen, wie die Polizisten einen Mann im roten Jogginganzug weggejagt haben.«

»Jesse, das kann doch nicht wahr sein! Wo war der Mann?«

»Unterhalb des Grabes. Ich hatte langsam genug von dem ganzen Gepredige, deshalb bin ich um das Grab herum und hab' mich nach hinten abgesetzt. Ich hab' mich hinter einen großen Grabstein mit einem Engel gestellt. Einer von den Polizisten, die unten standen, hat mich bemerkt und wollte gerade hochkommen. Wahrscheinlich wollte er nachprüfen, ob ich auch wirklich dazugehöre, als plötzlich ein kleiner Kerl im roten Jogginganzug den Hügel hochgehechelt kam. Ungefähr so groß wie mein Bruder James, aber dunkler. Er lief direkt auf das Grab zu.«

»Tatsächlich? Von uns hat ihn keiner gesehen.«

»Er ist ja auch nicht weit gekommen. Einer der Bullen hat ihn abgefangen. Er hat versucht, ihm klarzumachen, dass er dort nicht hin sollte. Aber der Mann schien ihn nicht zu verstehen. Es sah aus, als würde er seine Sprache nicht können oder als wär' er taub. Schließlich hat der Polizist ihn am Arm gepackt und wieder den Hügel runtergeführt. Kurz darauf fing es an zu donnern, daher hielt ich es für besser, zu euch zurückzugehen. Hätte ja sein können, dass wir überstürzt wegmussten. Tut mir leid, dass ich nicht rausfinden konnte, was weiter passiert ist.«

»Du hast unter den gegebenen Umständen genau das Richtige getan«, sagte Brooks. »Vielen Dank, Jesse.«

Kapitel 18

Brooks war ein Mann mit unzähligen Talenten, unter anderem auch ein hervorragender Autofahrer. Er kannte jede Seitenstraße und hatte seine kleine Truppe in einem Fünftel der Zeit, die sie für die viel kürzere Strecke von der Kirche zum Friedhof benötigt hatten, zu Anoras Haus chauffiert. Dennoch waren sie nicht die ersten Gäste. Edgar Mertons Wagen verstopfte bereits mit einer frischen Beule im linken vorderen Kotflügel die Auffahrt. Und ein nicht mehr neuer, aber makellos gepflegter Rolls-Royce hatte sich hinter ihn gestellt. Brooks hatte keine Lust, sich einkeilen zu lassen, und parkte daher unmittelbar vor einem Polizeiwagen am Straßenrand. Der Arm des Gesetzes war weiterhin ausgestreckt, wie er und seine Passagiere erleichtert feststellten.

»Da wären wir, Ladys und Gentlemen. Wie ich sehe, war Leila noch schneller als wir. Warum in Gottes Namen hat Edgar ihr nicht verboten, seinen Wagen zu fahren?«

»Leila kann man nichts verbieten«, antwortete Sarah. »Sie tut es einfach. Außerdem hege ich die Vermutung, dass Alice Mertons lange Krankheit mehr von ihrem Vermögen verschlungen hat, als Edgar erwartet hat. Während Leila das dicke Polster, das ihr Vater ihr hinterlassen hat, geschickt verwaltet.«

Wie leicht es doch war, in altvertraute Muster zurückzufallen. Was hatte Sarah Bittersohn mit diesen Menschen überhaupt zu schaffen? Sollten die beiden doch ruhig heiraten. Dann hatte Leila wieder jemanden, den sie tyrannisieren konnte, und Edgar brauchte sich keine Sorgen mehr zu machen, wovon er seine Clubgebühren bezahlen sollte. Ach, wäre sie doch endlich wieder in Ireson's Landing!

Doch erst die Pflicht, dann das Vergnügen. Zuerst musste Anora getröstet werden. Brooks stand parat und öffnete den Damen den Schlag.

»Schafft ihr es so, oder soll ich schnell zum Haus laufen und einen Schirm holen?«

»Nicht nötig, das schaffen wir schon«, sagte Theonia. »Jesse kann mit unter meinen Schirm kommen, und ihr anderen habt alle Regenmäntel. Der Regen scheint ohnehin nachzulassen. Ich hoffe nur, dass die Sonne nicht allzu schnell vom Himmel lacht und es wieder so heiß und schwül wird.«

»Im Haus ist es sicher angenehm kühl«, versprach Sarah. »Und ihr vier braucht ohnehin nur so lange zu bleiben, wie ihr Lust habt. Ich kann mich später von Mariposa und Charles mitnehmen lassen.«

»Mal abwarten, wie es wird«, sagte Max. »Ah, wie ich sehe, hat Anora einen neuen Butler.«

Einer der Polizisten aus dem Streifenwagen stand an der Tür. Ein weiterer befand sich zweifellos auf der anderen Seite des Hauses, doch niemand hatte Lust, die Richtigkeit dieser Annahme zu überprüfen. Sie mussten einen weiteren Sicherheitscheck über sich ergehen lassen, bevor man sie ins Haus ließ. Mariposa stand schon bereit, um ihre Regenmäntel in Empfang zu nehmen und Theonias Schirm mit dem Gänsekopfknauf in einen Porzellanständer zu stellen, der mit unzähligen mythologischen Tieren verziert war. In der hochgeschlossenen, langärmeligen schwarzen Dienstkleidung mit dem spitzenbesetzten weißen Kragen und der noch spitzenreicheren weißen Schürze sah Mariposa für ihre Verhältnisse erstaunlich gesittet aus. Ihr üppiges schwarzes Haar hatte sie unter dem bänderlosen weißen Häubchen zu einem dicken Knoten zusammengesteckt. Einige der älteren Herrschaften fanden zwar den Lippenstift des Dienstmädchens ein wenig zu gewagt, ihre Absätze ein paar Zentimeter zu hoch und den Sitz ihres Häubchens ein Spürchen zu keck, doch die Übrigen versuchten wahrscheinlich, sich Mittel und Wege auszudenken, wie sie die junge Dame in ihren eigenen Dienst locken könnten.

Sarah war nicht entgangen, dass Edgar Merton Mariposa einen nachdenklichen Blick zuwarf. Vielleicht sann auch er über die Frage des Lockens nach, auch wenn er in Leilas Gegenwart sicher nichts zu unternehmen wagte. Momentan stand er gerade an der Bar und unterhielt sich mit Lydia Ouspenska. Leila hatte einen Martini in der Hand, wahrscheinlich nicht den ersten, und dominierte gerade Bartolo Arbalest.

Inzwischen war klar, warum Lydia und Arbalest nicht auf dem Friedhof gewesen waren. Anscheinend waren sie nach Boston zurückgefahren, damit Goudge sich umziehen konnte, da man ihn wegen seiner Livree nicht in die Kirche gelassen hatte. Jetzt trug er einen blauen Blazer und eine graue Flanellhose, genau wie Brooks und mindestens vier weitere Männer, die in den nächsten Minuten eintrudeln würden. Mimikry, dachte Sarah.

Aus nahe liegenden Gründen hatten wohl auch die übrigen Trauergäste nicht am Grab verweilt und sich miteinander unterhalten. Es dauerte jedenfalls nicht lange, bis ein Wagen nach dem anderen vorfuhr. Anora war bereits mit ihren beiden treuen Dienstboten eingetroffen. Die Köchin war sofort in ihre Küche gehastet und hatte sich nicht einmal die Zeit gegönnt, den Hut abzunehmen. Phyllis hatte einen Blick auf Mariposa geworfen und war fortgeeilt, um ihre eigene Dienstkleidung zu holen. Auch Anora verschwand, sobald sie sich einen Weg durch die Kondolierenden bahnen konnte. Innerhalb von zehn Minuten war sie wieder zurück, ohne ihre Toque, ohne das Kostüm und wahrscheinlich auch ohne ihr Korsett. Stattdessen trug sie einen wunderschönen blauen Seidenkaftan, eine Stola aus indischer Spitze, für die ein ernsthafter Sammler seinen letzten Penny geopfert hätte, und ein Paar abgenutzte braune Filzpantoffeln mit Löchern an den Zehen. Sie hatte die versteinerte Miene verloren, die sie während der langen Trauerfeierlichkeiten aufgesetzt hatte, und hielt die Zügel wieder fest in der Hand.

»Bring mir einen Stuhl, Brooks, bevor ich zusammenbreche. Gin und Tonic, bitte, Charles, mit einem Extra-Limonenscheibchen und viel Eis. Mariposa, bringen Sie mir bitte etwas zu essen, ganz egal, was. Haben Sie an das Dressing für die Shrimps gedacht?«

»Ja, Ma'am. Die Köchin hat mir alles aufgeschrieben. Wir haben alles genauso gemacht, wie sie uns aufgetragen hat.«

»Gut. Marcus, komm her. Du hast mir noch gar keinen Kuss gegeben. Sarah, ich möchte dich gern mit Georges Patensohn bekannt machen. Sarah ist Walter Kellings Tochter, Marcus. Du erinnerst dich doch sicher noch an Walter? Du bist mit ihm immer Pilze sammeln gegangen.«

»Tatsächlich?« Sarah hatte nie mit ihrem Vater Pilze gesammelt. Zuerst war sie dafür zu jung gewesen, danach zu beschäftigt mit der Organisation des Haushalts. Und dann war ihr Vater an Pilzvergiftung gestorben, und sie hatte keine Lust verspürt, in seine Fußstapfen zu treten. »Sind Sie immer noch Mitglied der Gesellschaft für Mykologie?«

Sie sagte nicht »Mr. Nie«, weil Anora den Nachnamen des Mannes nicht genannt hatte. Außerdem war dies sicher nicht der Beginn einer wunderbaren Freundschaft. Nie schenkte ihr einen kurzen, flüchtigen Blick, murmelte etwas, das Sarah bei dem Trubel nicht verstand, gab Anora ein Küsschen auf die Wange und eilte zur Bar.

Anora schien zufrieden. »Der arme Marcus, er hasst es, mit Leuten zusammen zu sein, die er nicht kennt. Aber seinen alten Patenonkel hat er wirklich geliebt. Die beiden haben Stunden miteinander verbracht. Sie haben einfach nur zusammen da gesessen. George ist ab und zu aufgewacht und hat über irgendetwas zu reden angefangen, du weißt ja, wie er war, und Marcus hat gelächelt und genickt und allem zugestimmt, was George sagte. Marcus hat wirklich ein charmantes Lächeln, auch wenn ich nicht glaube, dass du je in den Genuss kommen wirst, es zu sehen. Ich war so froh, als ich erfuhr, dass er jetzt für Bartolo arbeitet. Es ist genau das, was er braucht. Möchtest du nichts zu trinken?«

»Doch, eine Tasse Tee, wenn die Köchin die Zeit dazu findet.«

»Hm. Sie hat sich wahrscheinlich irgendwo hingesetzt, die Füße hochgelegt und ist eingeschlafen. Am besten gehst du sie wecken.«

Sarah hatte nicht vor, etwas Derartiges zu tun. In der Küche schlich sie vorsichtig um die schlummernde alte Köchin in dem gut gepolsterten Weidensessel herum, füllte den Kessel selbst mit Wasser und stellte ihn auf den Herd. Das Tablett stand bereits fertig auf dem Tisch. Das musste Mariposa gewesen sein. Außerdem gab es Teller mit Sandwiches und Gebäck. Sarah lüpfte die Plastikhaube von einem der Teller und nahm sich ein Shrimp-Röllchen.

Die Shrimps waren wirklich köstlich. Sarah war hungriger, als ihr bewusst gewesen war. Sie aß das erste Röllchen auf und nahm sich ein zweites. Sie konnte genauso gut hier in der Küche warten, bis das Wasser kochte. Wenn sie zurück zu den Gästen ging, würde sie bestimmt von jemandem angesprochen und abgelenkt, und die Köchin wachte vielleicht nicht rechtzeitig genug auf, um den Kessel zu retten. Außerdem taten auch ihr ein paar Minuten Ruhe gut.

Wie merkwürdig, plötzlich zu erfahren, dass Marcus Nie früher mit ihrem Vater Pilze gesammelt hatte. Noch viel merkwürdiger fand sie allerdings, dass er George Protheroes Patensohn war, auch wenn sie selbst nicht verstehen konnte, warum ihr diese Tatsache so zu schaffen machte. Sarah nahm an, dass es wohl daher kam, dass sie selbst George nur als Mitglied des vertrauten Kreises gekannt hatte, zu dem auch ihre Eltern und andere Kellings gehört hatten. Für sie hatten die Protheroes immer mehr oder weniger zur Familie gehört. Es war ein merkwürdiges Gefühl, nach all den Jahren erfahren zu müssen, dass ein Paar, das sie genau zu kennen geglaubt hatte, so viele ungeahnte Facetten hatte.

Die Enthüllung, dass ihr Vater Marcus Nie gekannt hatte, traf sie weniger hart. Walter Kelling war jahrelang ein aktives Mitglied der Gesellschaft für Mykologie gewesen. Doch Sarah konnte sich nicht erinnern, dass er den anderen Pilzenthusiasten je ähnliche Gefühle der Blutsbrüderschaft entgegengebracht hatte wie ihr Onkel Jeremy seinen Brüdern vom Club des Geselligen Kabeljaus. Bei den Pilzfreunden konnte jeder, der sich für das Thema interessierte und über genügend Zeit verfügte, Mitglied werden, wohingegen die Mitgliedschaft beim Club des Geselligen Kabeljaus nur ererbt werden konnte. Und selbst dieses Privileg wurde nur widerwillig gewährt.

Walter Kelling war zwar ein höflicher, aber kein geselliger Mann gewesen, eine Ausnahme bildeten nur bestimmte handverlesene Familienmitglieder und einige wenige alte Freunde. Sein bester Freund war sein entfernter Cousin Alexander gewesen. Walter Kelling hatte Alexander daher auch als Vormund seiner Tochter eingesetzt. Diese Entscheidung hatte aufgrund einer merkwürdigen Kette von Zufällen schließlich dazu geführt, dass Alexander später ihr erster Ehemann geworden war. Ein Glück, dass Vaters bester Freund nicht Marcus Nie gewesen war, dachte Sarah etwas verstört. Was wäre dann wohl aus ihr geworden?

Die Tatsache, dass Sarah kein einziges Mal den Namen Nie aus dem Mund ihres Vaters gehört hatte, war nicht verwunderlich. Ihre Eltern hatten nichts von unnötigen Reden gehalten, zumindest nicht in Gegenwart ihres einzigen Kindes. Die beiden waren ziemlich viel gereist. Als Walters Frau erfuhr, dass sie nicht mehr lange zu leben hatte, beschloss sie, all die Dinge zu tun, die sie immer schon hatte tun wollen, solange ihr dies noch möglich war. Zu Hause zu bleiben und sich um ihre kleine Tochter zu kümmern, hatte nicht zu diesen Dingen gehört. Walter Kelling hatte es abgelehnt, seine Tochter zur Schule zu schicken, sodass Sarah oft in der Obhut einer Gouvernante zurückgelassen oder bei irgendwelchen Verwandten abgesetzt wurde.

Mrs. Kelling schloss ihren Terminkalender, als Sarah zwölf war. Der Witwer entschied, dass seine Tochter alt genug sei, den Haushalt zu führen. Die Krankheit seiner verstorbenen Frau war äußerst kostspielig gewesen, sodass Sarah mit der Hilfe einer Teilzeitkraft, die gleichzeitig als Köchin und Hausmädchen fungierte, und einer Putzfrau, die zweimal die Woche erschien, auskommen musste. Walter arbeitete währenddessen in der Atheneum-Bibliothek an der Familiengeschichte der Kellings oder ging seinen privaten Interessen nach, die allesamt ehrbar waren, jedoch wenig dem Geschmack eines jungen Mädchens im Teenageralter entsprachen.

Die gemeinsamen Besuche bei den Protheroes hatten zu den frühesten Höhepunkten in Sarahs Kindheit gehört. Die Hauptattraktion waren die Köchin und ihr großer grauer Kater gewesen. Percival war ein ruhiger Vertreter gewesen, genauso beleibt wie alle anderen Hausbewohner, mit Ausnahme von Phyllis, und durchaus willig, sich von einem kleinen Mädchen im Haus herumschleppen zu lassen. Leider war er so schwer gewesen, dass Sarah es nie lange durchhielt. Am liebsten hatte er sich mit ihr in genau dem Weidensessel zusammengerollt, in dem die Köchin jetzt leise schnarchte. Hier hatte Sarah ihn auch mit allem gefüttert, was die liebe Köchin ihr zu essen gegeben hatte. Die Kost im Hause Walter Kellings war vorwiegend hochgeistiger Art gewesen, sodass Sarah die Leckereien, die sie hier bekam, wirklich genoss. Sie war froh, wenigstens für kurze Zeit in ihren Erinnerungen schwelgen zu dürfen.

Doch dann kochte das Wasser, und Sarah kam ihrer Pflicht nach. Sie wusste, wo sie den Lapsang Souchong finden würde. Er war in derselben alten schwarzen Teedose mit den verblassten goldenen Drachen, in der die Köchin ihn seit eh und je aufbewahrte. Sarah löffelte Teeblätter in die angewärmte Teekanne, eine große braune Kanne aus England mit einer kaputten Tülle. Sie kannte diese Tülle, solange sie sich erinnern konnte. In der Zwischenzeit hatte sich nicht viel hier im Haus verändert. Als der Tee stark genug, aber noch nicht zu stark war, goss sie ihn durch ein Sieb in die gute Porzellankanne, die schon auf dem Tablett bereit stand. Anora hielt nichts davon, die Blätter direkt in die gute Teekanne zu geben und erneut kochendes Wasser zuzugießen, wenn der Inhalt der Kanne zur Neige ging. Der Tee wurde dann nur mit jeder Tasse schwächer und musste jedes Mal neu gesiebt werden. Mit ihrer Methode dagegen bekam man jedes Mal eine perfekte Tasse.

Doch auf diese Weise las auch nie jemand in den Teeblättern. Man konnte natürlich immer das Sieb fallen lassen, dachte Sarah mit einem Aufflackern ihres alten Widerspruchsgeistes. Nein, es würde nicht funktionieren. Die Köchin würde beim Geschirrspülen die Teeblätter in der Tasse finden und ernsthaft an ihrem Verstand zweifeln. Das wäre eine schlechte Vergeltung für all die Male, die sie Sarah erlaubt hatte, Percival zu knuddeln. Sie goss sich eine Tasse aus der braunen Kanne ein und überlegte ernsthaft, ob sie nicht noch ein drittes Röllchen essen sollte, als Theonia in die Küche kam.

»Ah, da bist du ja, Sarah. Anora fragt sich schon, wo der Tee bleibt.«

»Er ist sofort fertig. Möchtest du eine Tasse, bevor ich ihn durch das Sieb gieße?«

»Warum nicht? Gieß mir einfach eine Tasse ein. Ich nehme das Tablett mit und komme dann zurück und hole die Kanne.«

»Nein, ich nehme das Tablett schon, es ist höchste Zeit, dass ich wieder auftauche. Wie läuft es denn so?«

»Oh, man redet miteinander. Ich habe mich die meiste Zeit mit Lydia Ouspenska unterhalten. Sie fühlt sich ein wenig fehl am Platz.«

Theonia selbst hatte sich so gut an das Kelling-Ambiente angepasst, dass einige nicht ganz so aufmerksame Verwandte sie inzwischen für eine Cousine dritten, vierten oder möglicherweise sogar fünften Grades hielten. Und Theonia war natürlich viel zu höflich, um ihnen diese Illusion zu rauben. Zudem bestand immer noch die Möglichkeit, dass es stimmte, da ihre schüchterne Mutter nicht den Mut aufgebracht hatte, ihren Vater während ihrer zwar kurzen, aber fruchtbaren Bekanntschaft nach seinem Nachnamen zu fragen.

Der Lärmpegel im Salon war inzwischen enorm gestiegen. Leila Lackridges schrilles Organ war bei der allgemeinen Lautstärke kaum noch hörbar. Lydia Ouspenska fühlte sich offenbar nicht mehr fehl am Platz. Sie hielt Dr. Harnett gerade einen Vortrag über byzantinische Ikonen in einer reichhaltigen Sprachmixtur, deren Bandbreite von Polnisch bis Hippie-Slang reichte. Lydia war damals schon ein wenig zu alt gewesen, um als Blumenkind durchzugehen, was sie jedoch nicht davon abgehalten hatte, sich begeistert der Gegenkultur der Sechziger anzuschließen. Sie hatte der Bewegung sogar die Treue gehalten, als die meisten ehemaligen Blumenkinder sich entweder mit allen möglichen Drogen das Gehirn ruinierten oder sich aus der Szene zurückzogen, um Börsenmakler zu werden. Ihre neue Persona passte besser in das momentane Ambiente. Vor allem die Männer fanden sie außerordentlich reizvoll. Lydia hätte es mit ihrem Charme vielleicht sogar geschafft, George Protheroe wach zu halten. Wie schade, dass man das nun nie herausfinden würde.

Anora sah besser aus als während der Beerdigung. Sie hatte ihren ersten und einzigen Highball zu sich genommen und trank jetzt eine Tasse von Sarahs Tee. Mariposa brachte ihr ständig neue Häppchen, und die Gäste gingen abwechselnd zu ihr und kümmerten sich um sie. Was für ein Glück, dass der Tag so warm war, dachte Sarah. Ein Feuer im Kamin ohne George, der in seiner Kaminecke auf die Gelegenheit lauerte, jemandem seine Bärengeschichte zu erzählen, hätte dem Zusammensein, das durchaus angenehm zu werden schien, einen ziemlichen Dämpfer versetzt.

Bartolo Arbalest hatte seine Weinkrämpfe überwunden und stimmte sich gerade auf die Damen aus Anoras Bridgeclub ein. Sarah hatte sich gefragt, wie Max und Brooks es schaffen würden, ihre Inkognitos in Anwesenheit von Jacques Dubrec und Marcus Nie zu wahren, doch sie hätte sich die Sorge sparen können. Sie versuchten nicht etwa, die Männer aus dem Atelier zu meiden, sondern suchten bewusst ihre Gesellschaft.

Max hörte gebannt dem alten Herrn zu, bei dem es sich in der Tat um Dubrec *père* handelte. Dubrec *fils* nickte, lächelte, warf etwas ein, sobald sich die Gelegenheit dazu bot, und genoss den Erfolg seines Vaters in dieser ungewohnten Umgebung. Brooks und Marcus Nie hatten sich in eine Ecke zurückgezogen. Nie trank etwas, das Sarah als Whiskey pur mit einem einsamen Eiswürfel zu identifizieren glaubte. Sie hegte den Verdacht, dass es nicht sein Erster war, da sein gelber Teint inzwischen einen etwas weniger unangenehmen saturnroten Farbton angenommen hatte. Jedenfalls schien der Drink eine belebende Wirkung zu haben, denn Nie redete wie ein Wasserfall. Der schlaue Fuchs Brooks tat so, als sei er zutiefst beeindruckt.

Jesse hatte es geschafft, sich von Charles einen Highball zu erschmeicheln. Wahrscheinlich handelte es sich dabei um Soda mit Limettensaft und einem kleinen Schuss Wodka. Er hing an Jacques Dubrec wie eine Klette. Sarah vermutete, dass sie dafür verantwortlich war. Sie hatte auf den Zettel gekritzelt, er solle die Dubrecs im Auge behalten. Auf die Weise hatte Jesse etwas zu tun und hatte keine Gelegenheit, Tante Bodie zu ärgern. Er dachte wohl, die beiden müssten immer noch streng überwacht werden. Vielleicht hatte er damit sogar Recht. Auch Max hatte offenbar nicht vor, sie in nächster Zeit sich selbst zu überlassen.

Edgar Merton hatte es endlich geschafft, sich vorübergehend von Lydia loszueisen. Er kam direkt auf Sarah zu, klagte darüber, wie lange er sie nicht gesehen habe, und erkundigte sich, wie es ihr in der Zwischenzeit ergangen sei.

»Sarah, du siehst wieder mal blendend aus. Anora hat mir erzählt, dass du wieder geheiratet hast. Ich würde deinen Mann sehr gern kennen lernen. Ist er auch hier?«

Sarah blieb nichts anderes übrig, als Edgar zu Max zu führen und die beiden einander vorzustellen. Und Max blieb nichts anderes übrig, als höflich zu Edgar zu sein. Dubrec der Jüngere nutzte die Gunst der Stunde, um sich einen neuen Drink zu holen und nachzusehen, was das Buffet zu bieten hatte. Sein Vater schien nichts dagegen zu haben, sich Sarah zuzuwenden und seine Aufmerksamkeit auf sie zu konzentrieren.

Obwohl der alte Herr ihr erzählt hatte, er lebe seit vielen Jahren in Amerika, sprach er mit einem starken französischen Akzent. Sarah hätte es sicher anstrengend gefunden, ihm zuzuhören, wenn das, was er sagte, nicht so faszinierend gewesen wäre. Vor vielen Jahren, als die Welt noch jung war, hatte Dubrec für die Protheroes gearbeitet. Gemeinsam mit George hatte er den Orient bereist. George war auf der Suche nach schönen und erlesenen Dingen gewesen, die er nach Boston zurückbringen und durch das Familienunternehmen verkaufen wollte. Amadée Dubrec fungierte als sein Berater. Seine Aufgabe bestand darin festzustellen, ob ein Objekt wertvoll genug war, um erstanden zu werden. George hatte tiefe Hochachtung vor Amadées genauen Kenntnissen im Bereich des Kunsthandwerks gehabt, Amadée dagegen hatte Georges Verhandlungsgeschick aufs Höchste bewundert. George war immer höflich gewesen, hatte nie die Stimme erhoben und nie versucht, den Verkäufer über den Tisch zu ziehen. Aber er hatte auch nie nur einen Sou mehr gezahlt, als das Objekt wirklich wert war. George beim Abschließen eines Handels zuzuschauen, war eine ähnliche Erfahrung gewesen, als habe man die Pavlova tanzen sehen oder der großen Bernhardt beim Rezitieren der unsterblichen Zeilen Racines oder Corneilles gelauscht. Und sie hatten immer nur Gewinn gemacht, niemals Verluste. Sie hatten stets das Richtige gekauft, George hatte instinktiv gewusst, was später auf dem Markt ein Erfolg werden würde. Madame Bittersohn konnte Amadée Dubrec glauben, dass George Protheroe ein wahrhaft großer Mann gewesen war.

Und dann kam es zu der Tragödie. Während eines Aufenthaltes in Indien – sie spürten gerade Kunstgegenstände auf, die noch viel exotischer waren als sonst – hatte sich George eine schreckliche Krankheit zugezogen. Amadée war es gewesen, der neben dem Palankin seines Freundes zum Bahnhof geschritten war. Amadée war es gewesen, der den Zug angehalten und den Schaffner bestochen hatte, damit er ihnen ein Einzelabteil zur Verfügung stellte, in dem George sich ausruhen konnte. Amadée hatte wie durch ein Wunder im Zug einen Arzt ausfindig gemacht, der George behandelte und ins Krankenhaus brachte. Amadée hatte am Bett seines Freundes gesessen und gewacht, bis die Krise überstanden war. Amadée hatte Depeschen an Georges Familie geschickt. Amadée war mit George auf dem Dampfer zurück in die Heimat gereist. Amadée hatte ihn während seiner langen Krankheit und der nie endenden Rekonvaleszenz regelmäßig besucht. Doch Amadée sah all dies keineswegs als besonderen Verdienst an. George hätte das Gleiche auch für ihn getan.

Als Georges Vater abgerufen wurde und klar war, dass George aus gesundheitlichen Gründen nicht in der Lage war, den Familienbetrieb fortzuführen, war die Firma verkauft worden. Amadée hatte eine großzügige Abfindung erhalten. Außerdem hatte ihm George eine goldene Uhr mit eingravierter Widmung geschenkt. Mr. Dubrec zog sie heraus, es war eine hübsche Deckeluhr, und zeigte ihr die Gravur auf der Innenseite des Sprungdeckels. »Für Amadée Dubrec zum Dank für seine unschätzbaren Dienste von seinem dankbaren Freund George Protheroe.«

Sarah spürte, wie ihr die Tränen in die Augen stiegen. »Das ist wunderschön, Mr. Dubrec. Ich bin so froh, dass Sie mir das alles erzählen. Haben Sie George in der letzten Zeit gesehen?«

»Ach, leider 'abe isch ihn seit vielen Jahren nischt gesehen. Wissen Sie, isch 'abe auch gesund'eitliche Probleme dursch meine Zeit im Orient. Bei mir sind es starke rheumatische Beschwerden. Mit dem Geld, das man vielleicht ›Abschiedsgeld‹ nennen kann, bin isch mit meiner Frau und meinem damals noch kleinen Sohn nach Arizona gezogen. In dem gesunden Klima dort ging es uns in jeder 'insicht sehr gut. Aber isch 'abe nie den Kontakt zu meinem alten Freund verloren. Obwohl unsere Korrespondenz während der letzten Jahre naturgemäß in der 'auptsache aus *cartes de Noël* bestand. Als mich mein Sohn anrief und mir mitteilte, dass mein lieber alter Freund auf so schreckliche Weise ums Leben gekommen ist, 'abe isch sofort seine Witwe angerufen und 'abe ihr gesagt, dass isch komme. Isch glaube, es war ein großer Trost. Sie 'at mir sofort angeboten, misch in ihrem 'aus aufzunehmen, in dem isch früher so oft zu Gast war. Also bin isch ins Flugzeug gestiegen, mit einundneunzig Jahren. Und jetzt bin isch 'ier. Isch musste kommen, daran ging kein Weg vorbei. Denn nur isch, isch ganz allein, kenne das Ge'eimnis.«

Kapitel 19

Charles und Mariposa hatten sich rührend um den alten Herrn gekümmert. Vielleicht ein wenig zu rührend, möglicherweise hatte er mehr Wein getrunken, als er vertragen konnte. Sarah wusste nicht, ob sie richtig gehört hatte oder ob der Mann dummes Zeug faselte. George Protheroe sollte sein Leben lang ein Geheimnis gehabt haben? Ein Geheimnis, von dem selbst seine Frau nichts wusste?

Amadée Dubrecs Antwort auf Sarahs unausgesprochene Frage war ein emphatisches gallisches Schulterzucken und eine kleine Grimasse, die in jeder Sprache verstanden worden wäre. Es musste also etwas sein, das George so unangenehm war, dass er nicht wollte, dass Anora es herausfand.

Nun ja, möglich war es schon. George war noch jung gewesen, als er mit Amadée den Orient bereist hatte. Er war reich und durchaus nicht unattraktiv gewesen, wenn man dem Portrait Glauben schenken konnte, das Anora nach einem alten Jugendfoto hatte anfertigen lassen. War eine faszinierende Madame Butterfly oder ihre tamilische Entsprechung in Georges Leben hinein und wieder herausgeflattert? Was für einen Unterschied machte das jetzt noch? Anora war zu alt, um sich darüber zu grämen, zu großzügig, um es ihm übel zu nehmen, zu vernünftig, um eifersüchtig zu sein. Möglicherweise hatte auch sie ein paar kleine Geheimnisse, von denen George nichts gewusst hatte. Das hatten die meisten Menschen, wenn sie ihr Leben einigermaßen gelebt hatten.

Sarah verspürte kein besonderes Bedürfnis, in George Protheroes Privatleben einzudringen, aber Dubrec der Ältere erwartete ganz klar eine Stellungnahme von ihr. Es wäre grausam, ihn zu enttäuschen. »Ein Geheimnis?« erwiderte sie mit genau dem richtigen Grad an höflichem Interesse. »Dann müssen Sie wirklich ein sehr enger Freund gewesen sein.«

»Enger geht es gar nischt. Isch und kein anderer ’abe George den Stift und das Papier ins Krankenhaus gebracht. In seiner braunen Aktentasche aus Saffianleder, die ihm auf so vielen unserer Reisen treue Dienste geleistet 'at und in der er seine Berichte über alle Käufe und Ausgaben und sein Tagebuch aufbewahrte. *Ma foi*, er war ein vorsischtiger Mann und schrieb immer alles auf, weil er nischts vergessen wollte. Und mir 'at George damals am Krankenbett, wir glaubten, es wäre sein Totenbett, das anvertraut, was er geschrieben 'atte. Stück für Stück, sofern es seine schwächer werdenden Kräfte zuließen. In einem Umschlag, der geöffnet werden sollte, wenn er durch die Himmelspforten gegangen war und von den Engeln willkommen ge'eißen wurde. Was inzwischen geschehen ist, daran besteht kein Zweifel. Wer 'ätte damals wissen können, dass George noch so lange leben würde und ein so 'ohes Alter erreischen würde? Ich sage Ihnen, dieser Mann war ein Titan!«

»Er war außerdem der Gatte einer treuen, hingebungsvollen und überaus vernünftigen Frau.« Sarah hatte nichts dagegen, sich anzuhören, wie George über den grünen Klee gelobt wurde, aber Gerechtigkeit musste sein.

Ihr Einwurf brachte Amadée keineswegs aus der Fassung. »Ah ja, man sieht, dass Anora eine Seele von Mensch ist. Die Güte selbst, eine Perle unter den Frauen. Immer 'at George von seiner geliebten Frau mit Respekt und größter 'ochachtung gesprochen. Sie wird zwar erstaunt sein, aber 'offentlisch nischt betrübt.«

»Ich kann mir nichts vorstellen, das Anora auf Dauer betrüben würde, Mr. Dubrec. Dann ist der Brief an sie gerichtet?«

»Es gibt, wie isch weiß, keine Kinder. Aber 'at die liebe Dame keinen Bruder? Keine Schwester? Nischt einmal eine Nischte oder einen Neffen?«

»Nein, sie war ein Einzelkind. Alle ihre Verwandten sind schon lange gestorben. George hatte eine Familie, wie Sie wissen, aber das ist nicht dasselbe, oder? Ich bin sicher, dass Anora lieber allein sein möchte, wenn sie Georges Brief liest. Haben Sie ihn mitgebracht?«

»Aber natürlisch. Jetzt ist die Zeit gekommen, um meinem lieben Freund den letzen Gefallen zu erweisen. Wie könnte isch das feierliche Versprechen vergessen, das isch gegeben 'abe, als er damals glaubte, seine letzte Stunde 'abe geschlagen. Man merkt, dass auch Sie, Madame Bittersohn, trotz Ihrer Jugend und Schönheit eine kluge, mitfühlende Frau sind. Würden Sie mir die große Güte erweisen, mir einen Rat zu geben?«

»Gerne, wenn ich kann. Was möchten Sie denn wissen, Monsieur Dubrec?«

»Isch weiß einfach nischt, wann ich unserer verehrten Anora Georges Brief geben soll. Ich bin, wie bereits erwähnt, Gast ihres 'auses, da'er 'abe isch eine Reihe von Möglischkeiten. Glauben Sie, es wäre weniger schockierend für sie, wenn ich später an sie 'erantrete, wenn die anderen gegangen sind und isch mit ihr allein bin? Oder soll isch meine Mission bis morgen nach dem Frühstück aufschieben, wenn sie sisch von dem schweren Tag 'eute ein wenisch ausgeruht 'at?«

Sarah konnte sich vorstellen, wie viel Ruhe Anora haben würde. »Ich glaube nicht, dass sie sich richtig ausruhen kann. Höchstens wenn Dr. Harnett ihr ein Beruhigungsmittel gibt. Ich halte es für das Beste, ihr den Brief zu geben, sobald die anderen Gäste gegangen sind. Wenn Anora beschließt, ihn erst später zu lesen, ist das ihre Entscheidung. Haben Sie ihn jetzt bei sich?«

»Aber nein, das wäre zu unbequem. Der Umschlag ist groß und sperrisch, wissen Sie. Mit einer Kordel und zwei kleinen Pappscheiben verschlossen. Außerdem ist er zugeklebt. Man kann ihn nischt einfach in die Tasche stecken. Ich bewahre den Umschlag natürlisch an einem sischeren Ort auf und 'ole ihn erst, wenn der Augenblick der Ent'üllung gekommen ist.«

»Ich verstehe. Wie lange wollen Sie denn noch bleiben?«

»Nur bis morgen früh um elf, dann werde isch in einer Limousine von Jacques abge'olt und zum Flug'afen gebracht. Jacques würde misch am liebsten persönlisch nach Arizona bringen, wissen Sie. Seine Liebe zu seinem Vater ist grenzenlos, aber sein Pflischtgefühl gegenüber Bartolo 'indert ihn daran.«

Sarah dachte, dass Jacques lieber an sein Pflichtgefühl seinem alten Vater gegenüber denken sollte. »Dann müssen Sie die ganze lange Reise allein zurücklegen?« fragte sie ziemlich ungehalten.

»Oh nein. Zwei meiner Enkel 'aben misch nach Boston begleitet. Sie wollten Madame Protheroe in ihrer schweren Stunde nischt zur Last fallen und 'aben da'er die Wahl getroffen, bei einem Freund aus ihrer Collegezeit zu wohnen. Sie wollen sisch die Se'enswürdigkeiten ansehen. Wir 'aben vereinbart, uns am Flug'afen zu treffen. Es sind Söhne von meinem Sohn aus zweiter Ehe, nischt Söhne von Jacques. Er stammt aus meiner ersten Ehe. Er und seine selige Schwester, Erminie. Sie war eine noch erlesenere Künstlerin als Jacques, möge ihre geliebte Seele in Frieden ruhen. Erminies schrecklischer Tod war eine furschtbare Tragödie. Ihrer lieben Mutter 'at sie das 'erz gebrochen. Aber isch will nischt von unserem Leid sprechen. Nischt im Haus meines lieben Freundes George, in dem schon genug getrauert wird.«

Jetzt übertrieb er ein wenig, dachte Sarah. Inzwischen war die Trauer der meisten Anwesenden sicher schon um einiges abgeflaut. Ein unbeteiligter Beobachter hätte den Eindruck gehabt, dass eine Party in vollem Gange war, wie es nach Begräbnissen so oft der Fall ist. Auch Jacques Dubrec schien nicht gerade gramgebeugt ob der Vorstellung, seinen Vater nicht mit nach Hause begleiten zu können. Er kam gerade mit einem vollen Weinglas in jeder Hand und höchstwahrscheinlich einigen weiteren im Magen zurück.

Max stand am Fenster und befand sich in den stymphalischen Klauen von Leila Lackridge. Es wäre unmenschlich, ihn nicht zu retten, und klug, ihm von Mr. Dubrecs geheimnisvoller Mission zu berichten. Marcus Nie hatte Anora momentan ganz für sich allein. Er saß auf einem Fußschemel neben ihrem mütterlichen Knie und hatte zwar sein Haupt nicht auf ihren Schoß gebettet, wirkte aber so, als würde er es gern tun. Bartolo Arbalest hatte Lydia Ouspenska vorübergehend an Dr. Harnett verloren. Sie machte ihm schöne Augen über einem Weinglas, wie nur sie es konnte. Und der alte Schurke genoss es auch noch.

Bartolo wanderte ganz allein umher und besah sich mit Expertenblick verschiedene alte Nippsachen. Vielleicht hoffte er insgeheim, einen weiteren Auftrag von Anora zu bekommen. Er schlenderte durch die Tür und verschwand in der Diele. Sarah erwartete beinahe, dass Carnaby Goudge hinter ihm aus dem Zimmer schlüpfen würde, doch der Leibwächter schien sich nicht im Raum zu befinden. Wo war Goudge überhaupt?

Nicht jeder, der am Grab gestanden hatte, war danach ins Trauerhaus gekommen. Der Raum war nicht wirklich voll, doch bei den vielen Möbeln, den vielen kleinen Tischen mit Nippes und mehr als dreißig Personen, die überall herumwuselten, war es nicht einfach, die Gäste zu unterscheiden. Auch die Kleidung war dabei wenig hilfreich. Mit wenigen Ausnahmen, beispielsweise Theonia und Lydia Ouspenska, wirkten die Anwesenden ziemlich unauffällig. Wenigstens ein halbes Dutzend Männer und einige Frauen trugen Allerweltsblazer in Marineblau, die bis auf die Knöpfe alle ziemlich gleich aussahen.

Wenigstens in diesem Punkt herrschte allerdings Vielfalt. Heutzutage war ein Satz Blazerknöpfe ziemlich »in«, das ideale Geschenk für einen Verwandten, der im Besitz eines Blazers war und vielleicht im Laufe der Jahre seine Originalknöpfe verschlissen hatte. Einige Knöpfe waren aus Messing, verziert mit Ankern, Ruderbooten, Katamaranen oder Schonern, in einem Fall sogar mit Rahseglern unter vollem Tuch. Bestimmt war es eine Heidenarbeit gewesen, die Darstellung auf den winzigen Jackenknopf zu bannen. Vielleicht waren auf den Ärmelknöpfen nur Dingis, doch Sarah fand es unhöflich, dieser Frage weiter nachzugehen. Einen stämmigen Mann, an dessen Namen sie sich nicht erinnern konnte, zierten Walbeinknöpfe mit Schnitzereien, die Walfangszenen darstellten. Ein dünner Zeitgenosse besaß Zinnknöpfe mit Windmühlen. Doch die schönsten Knöpfe gehörten Brooks Kelling, antikes Silber mit einem Schwarm Mittelsäger, die in hübschen Reihen über seine männliche Brust und seinen flachen Bauch schwammen. Theonia hatte ursprünglich nach Haubentauchern gesucht, aber keine gefunden. Anscheinend waren Haubentaucher noch nicht bis in die Welt der Mode vorgedrungen.

Sarah schaute sich suchend in dem großen, dämmerigen Raum um. Sie entdeckte vier marineblaue Blazer, die sich hinter dem Flügel versammelt hatten, an dem George in seinen jüngeren und noch nicht gänzlich unbeweglichen Tagen manchmal ein paar Takte von »Chopsticks« in die Tasten gehämmert hatte. Zwei Mitglieder des Quartetts waren relativ groß und schlank. Sie nahm an, dass Carnaby Goudge einer von ihnen war. Sie schienen eine tief schürfende Diskussion zu führen. Sarah befürchtete schon, sie könnten jeden Moment anfangen, »The Whiffenpoof Song« oder »Fight Fiercely, Harvard« zu schmettern, und hoffte um Anoras willen, dass sie sich irrte. Natürlich hatte sich die Sonne sofort wieder gezeigt, nachdem sich der letzte vor dem Regen ins Haus geflüchtet hatte. Anora hatte daraufhin Anweisung gegeben, die Jalousien zum Schutz vor der Hitze zu zwei Dritteln herunterzulassen, sodass Sarah die Gesichter der Männer nicht gut genug sehen konnte, um ganz sicher zu sein. Aber so wichtig war es nun auch wieder nicht.

Jacques Dubrec führte seinen alten Vater in Richtung Tür. Vielleicht wollten die beiden sich Bartolo Arbalest auf seinem Streifzug anschließen. Noch wahrscheinlicher war allerdings, dass der viele Wein seinen Tribut forderte, mutmaßte Sarah. Vielleicht war es keine schlechte Idee, die Köchin zu bitten, einen starken Kaffee zu kochen, und Charles schwächere Drinks mixen zu lassen, bevor sie Max aus Leilas Fängen errettete.

Natürlich schaffte Sarah es nicht, schnell in die Küche und wieder zurück zu eilen. Sie kam nicht umhin, sich für ein paar Minuten der alten Köchin anzunehmen. Sarahs alte Freundin hatte das Bedürfnis, von den vielen Jahren zu erzählen, die sie dem leiblichen Wohl ihres verstorbenen Arbeitgebers gewidmet hatte, mit besonderer Erwähnung des Schweinebratens, den sie ihm am Vorabend seines schrecklichen Ablebens zubereitet hatte.

Auch Phyllis, deren Selbstgefühl verletzt war, weil Mariposa die ganze Arbeit allein erledigte, galt es zu beruhigen. Alles in allem war Sarah wohl zehn Minuten beschäftigt. Als sie zurück ins Wohnzimmer kam, hatte sich Max schon aus eigener Kraft von Leila losgerissen und unterhielt sich mit Jacques Dubrec.

Amadée war nicht mehr bei seinem Sohn. Sarah vermutete, dass er sich ein wenig hingelegt hatte. Der lange Trauergottesdienst, die Fahrt zum Friedhof, das Stehen am Grab im Regen, die vielen Fremden und nicht zuletzt eine ordentliche Ladung Chardonnay waren für einen über Neunzigjährigen wohl ein bisschen viel, vor allem, wenn er am nächsten Tag einen langen Flug vor sich hatte. Auch die geheime Mission, die noch heute Abend erledigt werden musste, machte ihm sicher zu schaffen. Was mochte wohl in George Protheroes Brief stehen?

Es war kaum vorstellbar, dass er all die Jahre ein Geheimnis vor Anora gehabt hatte. Vielleicht hatte er nur die Liebe und Dankbarkeit eines jungen Gatten gegenüber seiner Gattin ausgedrückt, weil er annahm, dass sie bald seine Witwe sein würde. Vielleicht hatte George angesichts des schrecklichen Fiebers und der Narkolepsie, die ihn danach geplagt hatte, sogar vergessen, dass er den Brief je geschrieben hatte. Wie rührend, dass Amadée Dubrec dennoch all die Jahre lang in Freud und Leid das ihm Anvertraute gehütet hatte. Sarah hätte am liebsten wieder geweint. Sie tat daher das Vernünftigste, das sie in dieser Situation tun konnte, und ging nachschauen, ob es noch Shrimp-Röllchen gab.

Inzwischen hatten die meisten Gäste zu trauern aufgehört und alles gegessen, wonach es sie gelüstet hatte. Nicht so Jesse Kelling, der sich anscheinend immer noch von den mageren Tagen in Ireson's Landing erholte. Merkwürdigerweise schien er in Lydia Ouspenska eine verwandte Seele gefunden zu haben. Die beiden hatten das ganze Buffet für sich allein, sie standen da, stopften sich nach Herzenslust voll und redeten unablässig mit vollem Mund.

Sarah fragte sich, ob Bartolo Arbalests momentane Abwesenheit etwas mit Lydias Rückfall in alte Gewohnheiten zu tun hatte.

Nein, ganz so war es wohl doch nicht, denn Lydia verstaute diesmal nicht alles, was sie nicht essen konnte, in einer Serviette der Gastgeberin, um es zum späteren Verzehr mit nach Hause zu nehmen. Lydia und Jesse schienen sich jedenfalls prächtig zu verstehen. Der Junge schien ihr das Herz über irgendetwas auszuschütten, vielleicht sprach er über das Mädchen, mit dem er nicht die Nacht verbracht hatte, vielleicht auch über Jungfräulichkeit im Allgemeinen. Lydia war möglicherweise ein wenig rostig, was dieses Thema anging, doch ihr Erfahrungsschatz, was die Beziehungen zwischen Mann und Frau anging, war sicher sehr viel größer als der von Sarah Kelling Bittersohn. Lydia und Jesse hatten sämtliche Shrimp-Röllchen aufgegessen. Es gab also keinen Grund für Sarah, in diesem Raum zu bleiben, daher zog sie sich zurück und beschloss nachzusehen, wie es Max ging.

Jacques Dubrec war auf seine ruhige Art recht amüsant. Er unterhielt sich gerade mit Max darüber, wie man mit möglichst geringem Aufwand ein minimalistisches Gemälde malte. Die beiden wollten wissen, wie Sarah darüber dachte.

»Nun ja«, erwiderte sie, »der minimalste Aufwand wäre natürlich, die ganze Angelegenheit zu vergessen. Ich habe mich übrigens eben sehr nett mit Ihrem Vater unterhalten, Mr. Dubrec. Hat er sich zurückgezogen, um sich ein wenig auszuruhen?«

»Oh nein, Papa ruht sich niemals aus. Das behauptet er jedenfalls. Er wird bald wieder zurück sein. Er will seinem Freund George schließlich einen detaillierten Bericht über die Beerdigung geben, wenn sie sich irgendwann im Jenseits treffen. Es ist sehr nett von Mrs. Protheroe, dass sie ihn zu sich nach Hause eingeladen hat.«

»Sie sieht es sicher als besonderes Privileg an und bedauert, dass er nicht länger bleiben kann«, erwiderte Sarah. »Ihr Vater hat mir erzählt, dass er bereits morgen zurückfliegt. Wenn ich richtig verstanden habe, wollen Sie ihn mit einer Limousine abholen lassen?«

Dubrec zuckte mit den Achseln. »Das ist das Mindeste, das ich für ihn tun kann. Ich habe keinen eigenen Wagen. Ich bin nicht mehr gefahren, seit meine Schwester – aber das interessiert Sie bestimmt nicht. Wann fangen Sie denn an, das Atelier umzugestalten, Mr. – tut mir leid, ich habe neulich Ihren Namen nicht ganz verstanden.«

»Nennen Sie mich einfach Max, genau wie alle anderen auch. Was ist denn los, Sarah? Versuchst du mir zu sagen, dass wir schon fahren sollen?«

»Ich frage mich ernsthaft, wie lange Anora wohl noch durchhält. Wenn du Theonia und Brooks Bescheid sagst, verstehen vielleicht einige den Wink und verabschieden sich. Oh, entschuldigen Sie bitte, Mr. Dubrec, ich habe natürlich nicht Sie gemeint. Sie möchten sicher noch möglichst viel Zeit mit Ihrem Vater verbringen, wenn er schon morgen abreist. Ich dachte nur, dass Anora während der letzten Tage so viel Schreckliches durchgemacht hat, wie Sie sich bestimmt vorstellen können. Sie ist ziemlich am Ende ihrer Kräfte, auch wenn sie es selbst nie zugeben würde. Ein ruhiger Abend mit Freunden wie Ihnen, Ihrem Vater und Mr. Nie ohne all diese Leute, die alle gleichzeitig reden, wäre sicher sehr viel tröstlicher für sie. Sobald die Party vorbei ist, werde ich Charles und Mariposa noch schnell beim Aufräumen helfen. Dann verabschieden wir uns, und Sie drei haben Anora für sich allein. Fährt Mr. Nie Sie nach Boston zurück?«

Jacques Dubrec schüttelte den Kopf. »Ich habe keine Ahnung, ob Marcus überhaupt einen Wagen hat. Ich hätte nie im Leben erwartet, ihn hier zu sehen. Marcus spricht nicht viel, wissen Sie.«

»Ich war auch ein bisschen überrascht«, erwiderte Sarah. »Meine Eltern waren enge Freunde der Protheroes. Ich kenne sie sozusagen seit meiner Geburt, aber sie haben noch nie erwähnt, dass George ein Patenkind hatte. Anora scheint Marcus, wie sie ihn nennt, sehr zu mögen. Und er sie auch.«

»Jedenfalls bin ich froh, dass Marcus jemanden hat«, sagte Dubrec. »Er ist kein schlechter Kerl, arbeitet ordentlich und belästigt niemanden. Wir haben einen Knallkopf im Atelier, der meint, er müsste uns alle unterhalten. Er quatscht uns von morgens bis abends die Ohren voll.«

»Geht einem das nicht fürchterlich auf die Nerven?«

»Manchmal schon. Meistens blende ich ihn einfach aus. Wenn man aus einer großen Familie kommt, lernt man so etwas. Besonders, wenn man selbst Kinder hat.«

»Sie vermissen Ihre Kinder bestimmt sehr.«

»Manchmal schon. Aber Sie wissen ja, wie so etwas ist. Sie werden erwachsen, leben ihr eigenes Leben und brauchen einen nicht mehr. Wir telefonieren ziemlich oft miteinander und schreiben uns regelmäßig. Meine Enkel malen Bilder für mich.« Sein Lächeln wirkte ein wenig wehmütig. »Aber bei Bartolo ist es ganz nett, und es macht mir nichts aus, ihm ein wenig zu helfen. Er hat so viel Schlimmes erlebt – oje, vergessen Sie das am besten. Ich habe anscheinend ein bisschen zu tief ins Glas geschaut.«

»Drüben in der Kaffeemaschine ist heißer Kaffee, wenn Sie mögen.«

»Wahrscheinlich gar keine schlechte Idee. Es war nett, mit Ihnen zu plaudern, Mrs. –«

»Sagen Sie einfach Sarah. Vielleicht sehen wir uns ja bald noch mal.«

»Das würde mich sehr freuen. Also dann –«

Kapitel 20

Nur wenige Personen waren brutal und unsensibel genug, ein geselliges Beisammensein auf die Weise zu unterbrechen, wie Leila Lackridge es tat. Sie hatte den Raum erst vor etwa einer Minute verlassen. Sarah konnte sich vage erinnern, dass sie Leila hatte hinausgehen sehen. Jetzt war sie wieder da und hatte sich genau in der Mitte der großen Schwingtür postiert, damit sie nicht zu schreien brauchte. Doch ihre normale Stimmlage war schrill genug, um bis in die fernste Ecke vorzudringen.

»Anora, ich will euch wirklich nicht die Stimmung verderben, aber du solltest wissen, dass der alte Franzose, der sich hier seit zwei Stunden betrunken hat, mit eingeschlagenem Kopf draußen im Flur liegt. Sein Gehirn ist überallhin gespritzt. Phyllis, holen Sie einen Aufnehmer.«

»Leila, du bescheuerte, besoffene Kuh, halt endlich das Maul!« Dolph Kelling achtete nie sonderlich auf seine Ausdrucksweise, doch diesmal klang er so, als hätte er Leila am liebsten in der Luft zerrissen. »Max, was sollen wir tun?«

»Bleibt, wo ihr seid. Damit sind alle Anwesenden gemeint, auch Sie, Phyllis. Keiner verlässt den Raum. Leila, setzen Sie sich hin. Charles, holen Sie Mrs. Lackridge einen Drink. Ich gehe jetzt in den Flur und sehe nach, was passiert ist.«

Max trat hinaus in die Eingangshalle. Sie hörten, wie er »Oh Gott!« sagte. Dann rief er einen der Polizisten, die draußen an der Eingangstür Wache hielten. »Kommen Sie bitte herein, Sie werden gebraucht.«

Jetzt redeten die beiden miteinander. Sarah konnte nicht verstehen, was sie sagten. Sie hatte selbst alle Hände voll zu tun. Jacques Dubrec hatte Leila während ihrer schockierenden Meldung mit leerem Blick angestiert. Jetzt erwachte er aus seiner Starre. Als er auf die Tür zustürzte, packte Sarah ihn am Arm. Er versuchte, sich loszureißen.

»Lassen Sie mich in Ruhe, verdammt noch mal!«

»Sie dürfen da jetzt nicht hinaus. Dolph, hilf mir!«

Als Max seine Frau um Hilfe rufen hörte, rannte er zurück ins Zimmer. »Ganz ruhig, Dubrec. Sie können nichts mehr für ihn tun.«

»Aber es ist mein Vater! Ich muss unbedingt zu ihm!«

»Glauben Sie mir, es ist wirklich besser, wenn Sie da jetzt nicht hinausgehen. Es tut mir wirklich unendlich leid, Dubrec, aber Sie müssen auf die Polizei warten. Brooks, ruf bei der Mordkommission an. Jesse, erzähl dem Polizisten an der Hintertür, was passiert ist. Sag ihm, er soll jeden aufhalten, der versucht, das Haus durch die Hintertür zu verlassen. Und dann sag dem Mann Bescheid, der vor dem Haus den Verkehr regelt.«

»Bin schon unterwegs.«

Jesse zischte davon wie ein geölter Blitz. Dubrec kämpfte immer noch. Max und Dolph zwangen ihn, sich wieder auf seinen Stuhl zu setzen.

»Dr. Harnett, können Sie sich um ihn kümmern?«

»In einer Minute. Hier, Anora, schlucken Sie bitte diese Tablette. Wasser, Charles.«

Oh Gott, dachte Sarah, das hatte Anora gerade noch gefehlt, Georges ältester Freund ermordet in ihrem Haus. »Max«, sagte sie, »ich gehe besser in die Küche und versuche, der Köchin möglichst schonend beizubringen, was passiert ist. Sie hat auch ein schwaches Herz.«

»Geh bitte jetzt noch nicht, Sarah. Wir müssen erst sehen, ob alle da sind.« Max erhob die Stimme. »Wir brauchen dringend Ihre Mithilfe. Wir haben diesen Raum alle aus verschiedenen Gründen mehrfach verlassen. Der Polizist an der Eingangstür sagt, dass seit geraumer Zeit keiner das Haus verlassen habe. Wer ist also immer noch hier, wenn auch momentan nicht in diesem Raum?«

Marcus Nie kicherte. Es klang wie ein schreckliches, hohes Wiehern. »Jacques' Vater.«

Max ließ sich nicht provozieren. »Vielen Dank für den Hinweis, Nie, das hilft uns natürlich enorm weiter. Dubrec, Sie haben den Raum zusammen mit Ihrem Vater verlassen. Können Sie uns sagen, wann und wo Sie sich von Ihrem Vater getrennt haben?«

»Er musste zur Toilette. Ich habe ihn zum Gäste-WC in der Eingangshalle gebracht und gewartet, bis er wieder herauskam, um sicherzugehen, dass auch alles in Ordnung war. Papa – war schon sehr alt, wissen Sie. Papa kam wieder heraus und sagte, er wolle ein bisschen mit George allein sein. Damit meinte er, dass er sich in Georges Arbeitszimmer zurückziehen wollte. Papa sagte, er und George hätten dort immer zusammen gesessen, wenn sie Geschäftliches zu besprechen hatten. Die beiden ganz allein. Ich konnte das gut verstehen. Wir waren immer ziemlich eng, Papa und ich.«

»Haben Sie ihn dorthin begleitet?«

»Nein, ich weiß nicht mal, wo das Zimmer ist. Dieses Haus ist merkwürdig konstruiert. Ich finde mich nicht einmal hier im Erdgeschoss zurecht. Aber Papa kannte sich aus, und er wollte nicht, dass ich mitging. Er sagte, ich sollte wieder hineingehen und mich mit den hübschen Damen unterhalten. Papa wollte unbedingt, dass ich wieder heirate, so wie er, aber ich – na ja. Ich glaube, Papa wusste, dass er weinen würde, und wollte nicht, dass es jemand sieht. Er ist ein stolzer Mann, mein –«

Jacques Dubrec brach jetzt selbst in Tränen aus und scherte sich nicht darum, wer ihn sah. Er ließ sich auf seinen Stuhl fallen und wischte sich das Gesicht mit einer von Anoras spitzenverzierten Cocktailservietten. Dr. Harnett hatte inzwischen Anora unter Kontrolle, das Beruhigungsmittel begann zu wirken. Er kam zu ihnen, griff nach Dubrecs Handgelenk und fühlte ihm den Puls. Dubrec schien es nicht einmal zu bemerken.

Leila Lackridge machte immer noch ein Riesenspektakel. Sie hatte das, weswegen sie hinausgegangen war, noch nicht erledigt, und musste immer noch, doch die Leiche des alten Herrn versperrte den Zugang zur Toilette. Und wie kam Max Bittersohn überhaupt dazu, sich so aufzuführen? Sarah schlug vor, die Toilette im anderen Flur aufzusuchen, die auch die Köchin und

Phyllis benutzten. Mary Kelling bot an, die Polizistin für sie zu spielen. Leila machte eine abscheuliche Bemerkung über irische Polizisten und verließ mit Mary den Raum.

Ein hilfreicher Mensch in einem marineblauen Blazer merkte an, sein Cousin Bud sei verschwunden. Ein anderer Mann, der nicht nur die gleiche Jacke trug, sondern auch die gleiche Collegekrawatte, schaltete sich ein. Er sagte, dass Bud seit seiner Geburt immer weg gewesen und dass es sehr viel besser für die Menschheit wäre, wenn er für immer fort bliebe. Brooks Kelling wurde auf die Suche nach dem Verschwundenen geschickt und kam zurück, um zu berichten, dass Bud im Frühstückszimmer auf der Couch lag und den Schlaf des Bezechten schlief.

Es folgten ein oder zwei weitere Meldungen mit ähnlich frustrierenden Resultaten. »Okay«, sagte Max und wünschte sich aus tiefster Seele, dass die Typen von der Mordkommission endlich kämen und ihm die Last von den Schultern nähmen. »Wer fehlt sonst noch?«

Sarah hatte auf die Gelegenheit gewartet, ihre Bombe einschlagen zu lassen. »Bartolo Arbalest. Er ist durchs Haus gewandert und hat sich umgesehen. Er muss immer noch irgendwo sein. Er wäre bestimmt nicht ohne Lydia gegangen. Mr. Goudge, haben Sie ihn vielleicht gesehen?«

Goudge stand bereits seit geraumer Zeit an den Flügel gelehnt, die Arme über der Brust verschränkt. Er hob leicht den Kopf und erwiderte knapp und bündig: »Nein.«

»Wieso nicht?«

Was für eine dumme Frage, dachte Sarah sofort. Sie verdiente eine dumme Antwort, und bekam sie auch. »Weiller gesacht hat, ich soll abzischen.«

Brooks war wieder zurück, nachdem er dafür gesorgt hatte, dass Lieutenant Levitan durch einen seiner Männer informiert wurde. »Herr des Himmels«, rief er. »Der Mann ist ja voll wie ein Stinktier.«

»So'n Quatsch, ich bin voller. Viel voller. Ich stink gegen jedes Stinktier an. Holt mal eins, dann zeig ich's euch.«

Carnaby Goudge drosch in die Luft, vielleicht zielte er auf einen imaginären Mephitis mephitis. Was er traf, war ein kleiner Tisch mit Nippsachen, woraufhin Tisch und Bibelots zu Boden krachten. Lydia Ouspenska rannte zu ihm, wobei sie Verwünschungen in allen möglichen Sprachen ausstieß.

»Lout! Dummkopf! Xprzsylmbk! *Sacrebleu!* Woher wir sollen wissen, ob nicht auch Barto ist ermordet von Wahnsinnigem und liegt tot in Blutlache! Und da kommt Carnaby daher, besoffen wie ein Käfig mit *singes* voller Flöhe, und macht seine Arbeit nicht mehr. Los, mach schon, *sale cochon!* Geh und such Barto!«

Sie warf Goudge um, packte ihn bei den Schultern und begann, seinen Rücken wieder und wieder auf Anoras kostbaren antiken Teppich zu schlagen. Er lächelte sie nur lüstern an und versuchte, sie zu sich herunterzuziehen.

»Na komm schon, mein trauriges Bay-hay-by. Küss mich, Hardy.«

»Was'n für'n Hardy?« verlangte einer der anderen blauen Anzüge, der ebenfalls reichlich getankt hatte, zu wissen. »Was ist das für'n Kerl? Is' der schwul, oder was?«

»Nein«, antwortete der andere, der nur wenig angeheitert wirkte. »Ich glaube, er meint Tess Hardy. Du erinnerst dich doch bestimmt noch an Tess. Die Jungs im Sigma-Nu-Haus haben sie Hotcha Hardy genannt. Sie hat einen der d'Urbervilles geheiratet, wenn ich mich richtig erinnere. Hören Sie besser damit auf, Mrs. Ouspenska, sonst kotzt der Kerl gleich noch den Buchara voll. Wieso hat Anora überhaupt 'nen Yale-Mann eingeladen? Siehst du, das kommt davon, wenn man zu demokratisch ist, ich bitte vielmals um Verzeihung, das Wort in Anwesenheit von Damen benutzt zu haben.«

»Ich dachte, er hätte in Dartmouth studiert.«

»*Quelle différence?* He, Sie«, wandte er sich gebieterisch an Charles. »Entfernen Sie diese Kanaille. Werfen Sie ihn irgendwohin, bis er wieder nüchtern ist. Das hier ist eine ehrenwerte Gesellschaft, *ma foi*. Und wohl kaum die richtige Art und Weise, einem verstorbenen *compère* seinen Respekt zu erweisen. Einfach die Antiquitäten seiner Witwe zu zertrümmern und dergleichen. Das gehört sich nicht. *Tout à fait* nicht *comme il faut*, wenn Sie meine Meinung wissen wollen.«

»Sehr richtig, alter Junge. Männer kommen und gehen, zum Kuckuck, aber Chippendale ist und bleibt eine verflixt gute Investition.« Der Sprecher bückte sich mit angemessener Ehrerbietung, um den umgestürzten Tisch aufzuheben. Sein Begleiter beobachtete das Ganze mit amüsierter Distanz.

»Exportware aus China, würde ich sagen. George muss die Sachen bei einer seiner frühen Geschäftsreisen mitgebracht haben. Nun ja, *chacun à son goût*. Grundgütiger, ich glaube, ich bin möglicherweise selbst angeheitert. Ich spreche nie Französisch, wenn ich nüchtern bin. Margaret, meinst du nicht auch, dass wir langsam ans Nachhausegehen denken sollten?«

»Man wird uns nicht lassen, Godfrey«, erwiderte eine wettergegerbte Matrone, in der Sarah die Gewinnerin unzähliger Golfturniere der Damenamateure erkannte. Es war ungewohnt, sie nicht hinter irgendeinem Siegerpokal hervorlugen zu sehen. »Es hat wohl einen weiteren Zwischenfall gegeben. Angeblich will die Polizei uns Fragen stellen, auf die ich für meinen Teil nur mit Schwierigkeiten zufrieden stellend werde antworten können. Das Ganze kommt mir wirklich grässlich ungelegen. Eigentlich wollte ich den heutigen Nachmittag mit Chippen verbringen. Aber so ist das Leben, man muss den Ball spielen, wo er liegt. Doch vielleicht gibt es ja noch ein Schlückchen zu trinken. Da wir nun einmal bleiben müssen, werde ich mir jetzt ein Tässchen Kaffee gönnen. Hättest du Lust, dich mir anzuschließen?«

»Großartige Idee, Margaret. Ich könnte mir sogar vorstellen, ein wenig von dem Gebäck zu kosten. Langsam beschleicht mich ein kleines Hüngerchen.«

»Dann solltest du auf jeden Fall ein Häppchen zu dir nehmen. Wer ist denn diese Person schon wieder? Ich dachte, Anora hätte keine Fremden eingeladen.«

»Vielleicht jemand von der Polizei. Sie tragen nicht alle Uniform, weißt du.«

»Also, das wusste ich wirklich nicht, Godfrey. Wie interessant. Aber woher weiß man in diesem Fall, ob es nicht der Mörder ist? Jammerschade, dass ich mein 5er Eisen nicht bei mir habe. Oder besser noch einen Wedge?«

»Ich würde für den Wedge optieren, Margaret. Nun, dann lass uns unseren Kaffee trinken. Ich nehme nicht an, dass dieser Herr etwas dagegen einzuwenden hat, wer immer er auch sein mag.«

Lieutenant Levitan missgönnte niemandem seinen Kaffee. Er nahm selbst eine Tasse an und schien Geschmack daran zu finden. Doch dieser bescheidene Genuss hielt ihn nicht von der Ausübung seiner Pflicht ab. Er stellte die leere Tasse zurück auf das Tablett, lehnte eine weitere dankend ab und wandte sich mit der gebotenen Ehrerbietung, aber ohne jedes Zeichen von Unterwürfigkeit an Anora.

»Tut mir sehr leid, dass ich schon wieder in Ihr Haus platzen muss, ausgerechnet an einem Tag wie diesem, Mrs. Protheroe, aber ich benötige Ihre Hilfe und –«

»Lassen Sie die Frau in Ruhe!« Marcus Nie war aufgesprungen und hing dem Polizisten fast an der Gurgel. »Sie ist krank. Sie –«

»Jetzt ist aber Schluss, Marcus.« Anora führte immer noch selbst das Kommando. »Schon gut, beruhige dich. Ich werde – oh, ich kann mich nicht richtig konzentrieren. Mein Kopf ist völlig umnebelt. Wo ist Sarah?«

»Hier bin ich schon, Anora. Setzen Sie sich, Marcus. George wäre so viel Unruhe sicher nicht recht gewesen. Nicht wahr, Anora?«

»Sehr richtig. George hasste Unruhe. Das weißt du doch, Marcus. Es ist alles in Ordnung, es ist doch nur ein Polizist. Entschuldigen Sie bitte, Officer, ich kann einfach nicht klar denken. Ich habe eine Tablette eingenommen. Sarah wird Ihnen helfen.«

»Selbstverständlich. Fragen Sie mich, was Sie wollen, Lieutenant, ich werde mein Bestes tun. Ich bin die Frau von Max Bittersohn, wie Sie sich vielleicht erinnern werden. Wir haben uns bereits kennen gelernt – bei Ihrem letzten Besuch hier.«

»Ja, natürlich, Mrs. Bittersohn. Okay. Ich wüsste gern, wie viele Personen hier Mr. Amadée Dubrec kannten.«

Sarah schaute sich im Zimmer um. Von Georges ältesten Freunden war keiner anwesend, sie saßen entweder im Rollstuhl, lebten in Seniorenheimen oder waren ihm ins Jenseits vorangegangen. Die Anwesenden waren in der Hauptsache ihre Söhne und Töchter. »Ich bin mir, ehrlich gesagt, nicht sicher, ob ihn hier bis heute überhaupt jemand kannte. Außer Anora. Und seinem Sohn, natürlich. Mr. Dubrec war, wie sein Sohn Ihnen vielleicht schon erzählt hat, mit George in der Importfirma der Protheroes tätig, bis – so etwa in den dreißiger Jahren, glaube ich.«

»Siebenunddreißig«, sagte Anora mit heiserer Stimme. »Es hat George das Herz gebrochen, als er alles verkaufen musste.«

»Ich weiß, Anora. Aber George hat dafür gesorgt, dass sein Freund eine großzügige Abfindung erhielt. Das hat mir Mr. Dubrec selbst erzählt. Er ist nach Arizona gezogen, wegen seiner Arthritis oder was es auch war. Er hatte immer vor zurückzukommen, hat es jedoch nie getan. Aber er brach den Kontakt nie ab, nicht wahr?«

»Er hat manchmal geschrieben. Und ich habe zurückgeschrieben. George schaffte das nicht mehr.« Anora weinte wieder, diesmal völlig lautlos. Die Tränen rollten über ihre Wangen und fielen auf Marcus Nies Hand, die Anoras Hand fest umschlossen hielt. »Jetzt ist Amadée bei George. Der Glückliche.«

So ging es nicht weiter. »Lieutenant«, sagte Sarah. »Wir sind alle bereit, nach besten Kräften mit Ihnen zusammenzuarbeiten, aber kann es nicht in einer Weise geschehen, die Mrs. Protheroe weniger aufwühlt? Wie wäre es beispielsweise, wenn Sie in einen anderen Raum gingen und uns nacheinander herein rufen würden?«

»Wie in den Kriminalromanen? Sicher, warum nicht? Wo soll ich denn hingehen? Und wer möchte als Erster befragt werden?«

»Ich denke, Leila Lackridge. Sie hat den Toten gefunden«, erklärte Sarah. Außerdem wollte Leila ohnehin immer die Erste sein. »Ich würde sagen, Sie gehen ins Frühstückszimmer.«

Leila wollte nicht ins Frühstückszimmer. »Warum nehmen wir nicht das Arbeitszimmer?«

»Auch gut.«

Es gab keinerlei Grund, über einen so unwichtigen Punkt in Streit zu geraten. Leila führte sich eben auf wie Leila, genau wie immer. Sarah führte Leila und den Lieutenant aus dem Zimmer und machte sich noch eine Tasse Tee. Max kam zu ihr und legte ihr den Arm um die Taille.

»Müde, *Kätzele?*«

»Erschöpft. Meinst du, es ist in Ordnung, wenn ich schnell das Telefon benutze? Miriam macht sich bestimmt Sorgen, dass sie immer noch nichts von uns gehört hat.«

»Macht sie nicht. Ich habe sie vor einer Weile von der Eingangshalle aus angerufen, als abzusehen war, dass wir wahrscheinlich hier nicht so schnell wegkommen würden.«

»Oh, gut. Hast du mit Davy gesprochen?«

»Klar. Er hat eine neue Ente.«

»Doch wohl keine lebendige?« erkundigte sich Sarah ein wenig beunruhigt.

»Keine Angst. Eine Spielzeugente, mit der er im Planschbecken spielen kann.«

»Ich hoffe, Miriam passt auf, dass er keinen Sonnenbrand bekommt.«

Max verstärkte seinen Griff. »Sie passt schon auf, das weißt du doch. Du versuchst nur, deine Sorgen auf jemand anderen zu konzentrieren als auf Anora.«

»Du hast völlig Recht. Max, beug dich mal zu mir herunter.«

»Ist es so richtig?« Er zog sie noch näher zu sich heran und rieb seine Lippen zärtlich an ihrem Ohr. »Was für ein Geheimnis willst du mir denn erzählen?«

»Mr. Dubrec hat einen Brief mitgebracht, den George vor Jahren geschrieben hat. Er sollte Anora nach seinem Tod ausgehändigt werden. Er wollte ihn ihr geben, sobald die Gäste gegangen waren.«

»Oh Mann.«

»Du sprichst mir aus der Seele. Hat man Dubrecs Leiche und sein Schlafzimmer schon durchsucht?«

»Zu Dubrec kann ich nichts sagen, aber Levitan hat jemanden nach oben geschickt. Der Mann hat Arbalest in dem Zimmer gefunden. Ich habe so eine Ahnung, dass Arbalest wegen Mordverdachts verhaftet werden wird.«

»Und ich habe so eine Ahnung, dass die Frau aus seinem Atelier in Houston, die bei dem Autounfall ums Leben kam, Dubrecs Schwester Erminie war.«

»Was du nicht sagst! Was sollen wir denn jetzt machen?«

»Klaren Kopf behalten, nehme ich an. Ich habe der Köchin noch nichts gesagt. Meinst du, jemand hat es ihr schon erzählt?«

»Ist das wichtig? Sie findet es früher oder später sowieso heraus. Kommt sie denn nicht nachschauen, warum es hier nicht weitergeht?«

»Das würde sie niemals tun. Der Salon ist Phyllis' Reich. Die Köchin schwingt nur in der Küche das Zepter. Ich hoffe nur, Leila ist nicht zu ihr hereingestürzt, nachdem sie auf der Toilette war, und hat alles herausposaunt. Diese Frau hat so viel Takt wie eine Kettensäge. Max, warum bin ich bloß so hundemüde?«

»Das ist das Alter, Kleines. Man bricht zusammen und zerfällt in seine Bestandteile, wie mein Onkel Hymie so schön sagt. Wie alle anderen auch.«

»Wahrscheinlich hast du Recht. Die Köchin schläft wahrscheinlich ohnehin in ihrem Lehnstuhl, und ich mache mir grundlos Sorgen. Scheint mir ganz so, als hätte ich das in der letzten Zeit dauernd gemacht. Wir haben auch immer noch nichts wegen Annes Bild unternommen. Ein Wunder, dass Percy noch nicht seinen Vorschuss zurückverlangt hat. Er hat uns doch einen gegeben, oder? Ich kann mich nicht mehr erinnern. Versuch, mich so im Gedächtnis zu behalten, wie ich früher war, Liebster. Bevor ich in meine Bestandteile zerfiel.«

Kapitel 21

Levitan war anscheinend ein Verfechter des Prinzips Alter vor Schönheit, jedenfalls dauerte es beinahe eine Ewigkeit, bevor Sarah ins Arbeitszimmer gerufen wurde, das gleichzeitig auch George Protheroes Schlafzimmer gewesen war. In der Zwischenzeit waren fast alle Gäste befragt worden. Die meisten von ihnen waren schon nach Hause gegangen. Brooks und Theonia hatten etwas Geschäftliches zu erledigen. Sarah hatte gewollt, dass Max sie begleitete, weil sie sah, dass er Schmerzen hatte, doch er hatte sich geweigert, sie hier allein zurückzulassen. Der schlaue Jesse, der auf keinen Fall etwas verpassen wollte, hatte sich freiwillig zum Aufräumen gemeldet. Als sie ihn zuletzt gesehen hatten, war er in der Küche mit dem Abwasch beschäftigt gewesen. Phyllis stand neben ihm und überwachte jede seiner Bewegungen, damit er nur ja nichts zerbrach.

Aber auch Sarah war während des Wartens nicht untätig gewesen. Sie hatte der Köchin die Katastrophenmeldung schonend beigebracht und sie mit Erinnerungen an Percival wieder beruhigt. Auf Dr. Harnetts ausdrücklichen Rat hin hatte sie Anora nach oben gebracht und dafür gesorgt, dass sie sich auszog und ins Bett legte. Dann hatte sie Marcus Nie ausgeredet, sich umzubringen, damit er bei seinem Patenonkel sein konnte. Es sei äußerst unhöflich, hatte sie argumentiert, sein Wiedersehen mit Amadée Dubrec zu unterbrechen, bevor die beiden genug Zeit gehabt hatten, sich alles zu erzählen. Marcus' Zeit würde früher oder später ohnehin kommen. In der Zwischenzeit brauche Anora ihn noch. Es war eine absurde Unterhaltung gewesen, stellte Sarah im Nachhinein fest. Marcus Nie war wirklich ein merkwürdiger Mann.

Sie hatte geglaubt, dass der Kunsthandwerker seinen Platz zu Anoras Füßen während der ganzen Zeit nach der Beerdigung nicht verlassen hatte, doch dies schien nicht zu stimmen. Während sie Anora ins Bett brachte, hatte ihre alte Freundin erwähnt, dass Marcus allein in Georges Zimmer gegangen sei und von Weinkrämpfen geschüttelt vor Georges leerer Couch gekniet habe. Jedenfalls hatte er dies Anora erzählt, als er wieder zurückkam. Sarah hatte vergeblich versucht, den genauen Zeitpunkt aus Anora herauszubekommen. Anora war einfach zu verwirrt. Vielleicht bildete sie sich die ganze Geschichte auch nur ein. Doch Sarah hielt es für durchaus möglich. Man brauchte sich nur daran zu erinnern, wie sich das Patenkind aufgeführt hatte, nachdem Anora zu Bett gegangen war.

Sie konnte verstehen, warum Marcus so sehr an George gehangen hatte, er hatte sicher nur wenige Freunde. Doch sie konnte sich nicht vorstellen, warum Marcus ausgerechnet Amadée Dubrec den Schädel hätte einschlagen sollen. Es sei denn, aus Eifersucht darauf, dass der alte Mann noch vor Marcus' Geburt eng mit George befreundet gewesen war. Sie wusste immer noch nicht, wie es dazu gekommen war, dass Marcus Georges Patenkind geworden war. Als sie versucht hatte, etwas über die Beziehung der beiden zu erfahren, war Marcus in Schweigen verfallen, und sie hatte aufgeben müssen. Anora wusste es bestimmt. Wahrscheinlich war es ohnehin nicht wichtig, aber Sarah wollte es trotzdem herausfinden.

Doch momentan fragte Levitan, und sie antwortete.

»Mrs. Bittersohn, ich nehme an, Sie kennen alle Personen, die heute hier waren?«

»Die meisten habe ich irgendwann schon einmal getroffen.«

»Und Mrs. Lackridge? Sie behauptet, eine enge Freundin von Ihnen zu sein.«

»Wie reizend von ihr.« Sarah konnte nicht vermeiden, dass ihre Stimme eisig wurde. »Leila war in Wirklichkeit eine Freundin meiner verstorbenen Schwiegermutter. Die beiden waren in diversen Wohltätigkeitsorganisationen und haben mich einen Großteil der Sklavenarbeit verrichten lassen. Mein erster Mann war am College ein Zimmergefährte ihres ehemaligen Mannes – damals war sie noch mit Harry Lackridge verheiratet –, sodass wir uns naturgemäß ziemlich häufig sahen, als Alexander und

Tante Caroline noch lebten. Danach hatten Leila und ich nichts mehr miteinander zu tun und haben auch nicht den Versuch gemacht, den Kontakt aufrechtzuerhalten. Aber Sie wissen wahrscheinlich, wie es so ist, wenn man sich lange kennt. Wahrscheinlich empfindet man tatsächlich eine gewisse Verbundenheit.«

»Ich verstehe. Aber Sie sagen, Sie hätten mehrfach mit Mrs. Lackridge zusammengearbeitet. Was ist Ihrer Meinung nach von ihrer Zeugenaussage zu halten? Was ist sie für ein Mensch?«

»Sie ist arrogant, unverschämt und voreingenommen, aber sie sagt sicher nicht bewusst die Unwahrheit, wenn es das ist, was Sie wissen wollen.«

»Dann stimmt es also, dass sie nur wenige Sekunden nach Verlassen des Zimmers bereits Mr. Dubrecs Leiche fand?«

»Oh ja, ich habe selbst gesehen, wie sie das Zimmer verließ. Leila kam unmittelbar danach mit der schrecklichen Nachricht zurück. Sie verhielt sich nicht besonders taktvoll.«

»Was hat sie denn gesagt?«

»Sie sagte, der besoffene alte Franzose läge vor der Toilette im Erdgeschoss und sein Gehirn klebe überall auf dem Boden. Sie hat es nicht wörtlich so gesagt, aber darauf lief es hinaus. Mein Mann ist dann sofort nach draußen gegangen und hat nachgeschaut. Er kam mit einem der Polizisten zurück, bat meinen Cousin, bei Ihnen anzurufen, und sagte allen, sie sollten sich ruhig verhalten. Aber das wissen Sie wahrscheinlich alles bereits.«

»Richtig. Mrs. Lackridge hat mir erzählt, sie hätte keinen der Dubrecs je zuvor getroffen. Stimmt das?«

»Wahrscheinlich. Ich glaube, die meisten anderen kannten sie auch nicht. Ich übrigens auch nicht. Ich nehme an, der Sohn hat Ihnen über die Verbindung seines Vaters zur Familie Protheroe berichtet?«

»Oh ja. Mrs. Lackridge behauptete, sie wisse davon nichts.«

»Das entspricht wahrscheinlich der Wahrheit. Es ist alles schon so lange her. Leila hat die Protheroes mehr oder weniger von ihren Eltern geerbt, genau wie ich. Ihr Vater war Kommilitone von George in Harvard. Aber dann ist er in den Verlag der Familie eingestiegen. Ich bezweifle, ob er je viel Interesse am Importgeschäft der Protheroes gezeigt hat. Und er hätte sich bestimmt nie herabgelassen, Kontakt mit einem der Angestellten aufzunehmen.«

»Aha, so einer?«

»Genau so einer. Lieutenant, gibt es sonst noch etwas, das Sie mich fragen wollen? Sonst möchte ich Ihnen nämlich etwas erzählen, das Sie unbedingt wissen sollten.«

»Großartig. Nur zu, Mrs. Bittersohn.«

»Wie ich bereits erwähnte, hatte ich die Dubrecs noch nie getroffen und verstand daher auch nicht, warum sie an der Beerdigung teilnahmen. Ich wusste nur, dass Anora sie eingeladen haben musste, sonst hätte man sie gar nicht hereingelassen, wie Sie sicher wissen. Daher war ich natürlich neugierig. Sobald sich die Gelegenheit bot, ging ich zu ihnen und sprach sie an, wie man es bei derartigen Anlässen zu tun pflegt. Wir haben uns eine Zeit lang unterhalten, dann ging der Sohn und ließ mich mit seinem Vater allein.«

»Und dann?« drängte Levitan.

»Ich habe so eine Ahnung, dass Mr. Dubrec mich für eine Verwandte von Anora hielt. Aber vielleicht hatte er auch nur ein wenig zu viel Wein getrunken«, sagte Sarah. »Jedenfalls wurde er sehr vertraulich. Er erzählte mir, er sei auf einer geheimen Mission hier. Vor Jahren seien er und George Protheroe auf einer Handelsreise im Orient gewesen. Während der Reise sei George so furchtbar krank geworden, dass man stündlich mit seinem Tod rechnete. Im Krankenhaus habe er einen Brief an Anora geschrieben, den sie aber erst nach seinem Tod öffnen sollte. Den Brief hat er Mr. Dubrec anvertraut. Er sollte ihn dann später Anora übergeben. Wie Sie wissen, hat George danach natürlich noch viele Jahre gelebt, aber Mr. Dubrec hat die ganze Zeit den Brief gehütet wie ein Heiligtum. Aus diesem Grund ist er auch zu Georges Beerdigung gekommen. Ein Mann über neunzig, stellen Sie sich das vor!«

»Hat Dubrec Ihnen gesagt, was in dem Brief steht?«

»Oh nein, das geht mich schließlich nichts an. Ich glaube, er wusste es selbst nicht. Mr. Dubrec schien nicht der Typ Mensch zu sein, der anderer Leute Briefe liest. Allerdings waren George und er sehr enge Freunde, daher ist es durchaus möglich, dass er eine ziemlich gute Vorstellung vom Inhalt des Briefes hatte, ohne ihn je gelesen zu haben. Ich halte es sogar für möglich, dass sogar Anora es bereits weiß. George hatte lange Zeit hohes Fieber, nachdem Dubrec ihn aus dem Orient zurückgebracht hatte, und sie war die ganze Zeit Tag und Nacht bei ihm. Er könnte sein Geheimnis, wenn es denn wirklich eins gibt, im Fieberwahn ausgeplaudert haben. So, das ist die Geschichte, die ich Ihnen erzählen wollte.«

»Mhm. Hat Dubrec Ihnen zufällig erzählt, wo er den Brief aufbewahrt hatte? Wir haben nichts gefunden, als wir seine Kleidung durchsuchten. Meinen Sie, der Mörder hat ihn an sich genommen?«

»Er hatte ihn tatsächlich nicht bei sich. Mr. Dubrec hat mir erzählt, dass der Umschlag viel zu groß sei, um ihn mit sich herumzutragen, und ziemlich sperrig. Haben Sie das Zimmer, in dem er schlief, schon durchsucht?«

»Noch nicht sehr gründlich. Wann wollte Dubrec Mrs. Protheroe den Brief übergeben? Hat er das Ihnen gegenüber erwähnt?«

»Ja. Er hat mich um Rat gefragt. Er wusste nicht, ob er es besser heute Abend tun sollte oder ob er bis nach dem Frühstück warten sollte. Er wollte morgen am späten Vormittag abreisen. Aber das hat Ihnen sein Sohn wahrscheinlich schon erzählt.«

»Und was haben Sie ihm geraten?«

»Ich habe ihm vorgeschlagen, ihr den Brief zu geben, sobald die anderen gegangen waren. Dann hätte er die Sache möglichst schnell hinter sich gehabt. Es scheint ganz so, als hätte uns jemand belauscht und beschlossen, ihn umzubringen, damit Anora den Brief nicht bekommt. Warum habe ich bloß meinen Mund nicht gehalten?«

»Machen Sie sich keine Vorwürfe, Mrs. Bittersohn. Wer war denn nahe genug, um Ihre Unterhaltung belauschen zu können?«

»Ich hätte gedacht, keiner. Aber Sie wissen ja, wie es bei derartigen Anlässen ist. Die Leute wandern ständig hin und her. Wenn ich genauer darüber nachdenke, würde es mich nicht einmal wundern, wenn einige Gäste Wörter von den Lippen lesen können. So viele von Anoras Freunden sind schon ziemlich alt, einige von ihnen haben sicher Probleme mit ihrem Gehör.«

»Ah ja. Und Sie glauben nicht, dass sein Sohn von dem Brief wusste? Warum nicht? Hat er sich mit seinem Vater nicht gut verstanden?«

»Ich habe keine Ahnung, ob der Sohn etwas von der geheimen Mission seines Vaters wusste. Ich weiß nur, dass Jacques Dubrec nicht anwesend war, als sein Vater sich mit mir darüber unterhielt. Was ihr Verhältnis betrifft, schienen die beiden sich sehr nahe zu stehen. Der Sohn war völlig außer sich, als er begriff, dass Leila Lackridge über seinen Vater sprach. Er versuchte sofort, hinaus in die Eingangshalle zu laufen. Ich habe ihn daran gehindert.«

Levitan schien belustigt. »Sie haben ihn daran gehindert? Jacques Dubrec ist ein kräftiger Mann, Mrs. Bittersohn.«

»Ich weiß. Es war ja auch nur ganz kurz. Mein Mann und mein Vetter Dolph sind mir sofort zu Hilfe gekommen. Dann hat Jacques sich gesetzt und wieder beruhigt. Er hat erzählt, dass er seinen Vater zur Toilette gebracht habe und mit ihm zurück in den Salon gehen wollte. Doch sein Vater bat ihn ausdrücklich, nicht zu warten. Er wollte lieber hier in dieses Zimmer gehen und eine Weile mit George allein sein. Hier haben die beiden früher immer über ihre Geschäfte gesprochen. Es war«, Sarah konnte einen Moment lang nicht weitersprechen, »ziemlich bewegend. Dann brach der Sohn zusammen und fing an zu weinen. Dr. Harnett hat ihm ein Beruhigungsmittel gegeben. Aber das haben Sie sicher schon alles gehört.«

»Das macht nichts. Kommen Sie, wir suchen nach dem Umschlag.«

»Aber wir dürfen Anora nicht aufwecken. Ihr Schlafzimmer liegt unmittelbar oben am Treppenabsatz. Am besten schleichen wir uns hinten hoch.«

»Sie kennen das Haus ziemlich gut, nicht wahr, Mrs. Bittersohn?«

»Oh ja. Als Kind habe ich oft hier übernachtet, wenn meine Eltern fort waren. Anora und George waren immer sehr lieb zu mir.«

»Sie haben Sie wohl wie eine Tochter behandelt? Als kinderloses Ehepaar haben sie Ihnen vielleicht sogar etwas hinterlassen?«

Sarah fand diesen Gedankengang ganz und gar nicht lustig. »Das war nicht besonders subtil, Lieutenant. Die Antwort lautet: Nein, ich habe George Protheroe nicht ermordet, um an mein Erbe zu kommen. Die beiden haben mich auch nicht wie eine Tochter behandelt, sondern nur wie ein nettes kleines Kind, das zu Besuch gekommen ist. Wenn sie genug von mir hatten, haben sie mich in die Küche geschickt, damit ich dort mit dem Kater der Köchin spielen konnte. Zu besonderen Anlässen haben sie mir hübsche Geschenke gemacht, genau wie sie das bei den Töchtern und Söhnen ihrer anderen Freunde auch getan haben. George Protheroe wusste sehr wohl, dass meine Eltern in der Lage und willens waren, für mich zu sorgen, und auch, dass ich einen Ehemann und viele Verwandte habe, die fast alle wohlhabend sind.«

»Schon gut, Mrs. Bittersohn, versuchen kostet schließlich nichts. Nehmen Sie es mir nicht übel. Was ist mit seinen Freunden, den Dubrecs?«

»George hat Amadée Dubrec eine großzügige Abfindung gezahlt, als damals die Firma verkauft wurde. Mr. Dubrec hat mir erzählt, er habe sich mit dem Geld in Arizona eine Geschäftsexistenz aufgebaut und sei sehr erfolgreich gewesen. Sie blieben weiterhin in Kontakt. George muss also gewusst haben, dass es seinem Freund gut ging und dass er keine weitere Hilfe brauchte. Von Marcus Nie hatte ich bis heute keine Ahnung, aber Anora sagt, Marcus und George hätten sehr aneinander gehangen, sodass George wahrscheinlich entsprechende Vorkehrungen für seinen Patensohn getroffen hat. Es sei denn, Marcus besitzt bereits eigenes Geld, was sehr gut möglich ist. Er arbeitet für Bartolo Arbalest, hat er Ihnen das erzählt? Genau wie Jacques Dubrec. Aber ich vermute, dass George das meiste von dem, was an Geld noch übrig ist, Anora vermacht hat. Und nach ihrem Tod geht es vielleicht an seine Nichte und deren Kinder.«

Weder die Nichte noch die Kinder befanden sich unter den Anwesenden. Levitan warf einen Blick auf die Liste der Personen, die er bisher befragt hatte.

»Ich kann mich nicht erinnern, mit irgendwelchen Verwandten gesprochen zu haben. Es sei denn, der Patensohn gilt als Familienmitglied.«

»Vielleicht gehört er wirklich zur Familie, das kann ich nicht sagen. Georges Nichte konnte leider nicht kommen, sie ist selbst krank, wie Anora mir mitgeteilt hat. Ihr Sohn und ihre Tochter und deren Verlobter waren bei der Trauerfeier und der Beerdigung dabei, sind jedoch nicht mit zum Haus gekommen. Wahrscheinlich mussten sie zurück zu ihrer Arbeit.«

Oder sonst wohin. Wenigstens waren sie keine Heuchler. Die Nichte und ihr Mann hatten die Protheroes früher regelmäßig besucht. Der Mann war inzwischen verstorben. Die Kinder dagegen hatten George nicht gerade mit Aufmerksamkeit überschüttet. Sarah nahm an, dass man es ihnen nicht allzu sehr ankreiden konnte. George war im Alter der langweiligste Mensch gewesen, den man sich vorstellen konnte, und Anoras Partys waren auch nicht viel lebhafter gewesen. Sie hatte selbst ein paar Mal gekniffen. Sie hatte keine Lust, länger in diesem Zimmer zu bleiben, und stand daher auf.

»Ich dachte, wir wollten nach dem Umschlag suchen.«

»Das tun wir jetzt auch.« Levitan stand ebenfalls auf und winkte sie zur Tür. »Wie sollen wir gehen?«

»In diese Richtung.«

Das hintere Treppenhaus war eng und oben und unten durch

Eichentüren verschlossen. Die Wände über der Täfelung aus Eichenholz waren verputzt, aber nie tapeziert worden. Irgendwann hatten sie einen wenig ansprechenden bräunlichen Anstrich erhalten. Sarah konnte sich nicht erinnern, dass es hier je anders ausgesehen hatte. Das ganze Haus musste unbedingt renoviert werden. Anora würde sich die Mühe nicht machen. Sarah glaubte nicht, dass die Witwe noch lange leben würde, jetzt, wo sie ihren George nicht mehr umsorgen konnte. Sie war erleichtert, als Levitan endlich das Schweigen brach.

»Sie sagten, es sei ein großer Umschlag. Wie groß etwa?«

»Das hat Mr. Dubrec auch nicht genau gesagt. Ich habe mir spontan einen Umschlag für Blätter in Standard-Aktengröße vorgestellt. Er sagte, er sei braun und sehr sperrig. Ich habe schon überlegt, ob George vielleicht ein Geschenk für Anora hineingetan hat, vielleicht irgendetwas Witziges wie ein Foto von sich in einem Rajah-Kostüm. George hatte einen ziemlich kindlichen Sinn für Humor. Ach je, er wird mir bestimmt schrecklich fehlen.«

Levitan hatte keine Zeit für Trübsal. Er sah sich im Flur um. Alle Türen waren geschlossen. »Welches Zimmer ist es?«

»Gute Frage. Wir versuchen es einfach in allen, bis wir einen Koffer finden.«

Und vielleicht ein ungemachtes Bett. Phyllis hatte möglicherweise vor der Beerdigung keine Zeit gehabt, die Schlafzimmer aufzuräumen. Sarah öffnete die Tür am Ende des hinteren Flurs. Hier hatte sie die wenigen Male geschlafen, wenn Anora und George bei ihr Babysitter gespielt hatten. Sie fanden nur ein gemachtes Bett und eine Staubschicht auf der Frisierkommode. Die arme Phyllis schaffte es anscheinend nicht mehr, das Haus so gut in Schuss zu halten wie früher. Das nächste Zimmer, das genau gegenüber dem hinteren Treppenhaus lag, war belegt. Carnaby Goudge schlief darin seinen Rausch aus. Glücklicherweise hatte derjenige, der ihn zu Bett gebracht hatte, daran gedacht, ihm vorher die Schuhe auszuziehen.

»Wer ist der Mann?« erkundigte sich Levitan.

»Er heißt Carnaby Goudge und ist von Beruf Leibwächter. Momentan arbeitet er für Bartolo Arbalest. Vielleicht nicht mehr lange«, fügte Sarah hinzu. »Ich weiß nicht, wie die Tatsache, dass er sich bei der Beerdigung eines Kunden sinnlos betrunken hat, bei Mr. Arbalest ankommt. Aber ich weiß auch nicht, warum Anora sie überhaupt eingeladen hat.«

»Wer ist ›sie‹?«

»Arbalest höchstpersönlich, Mr. Goudge und Lydia Ouspenska. Wenn man Jacques Dubrec und Marcus Nie dazurechnet, sind insgesamt fünf Mitglieder von Arbalests Atelier hier.«

»Atelier? Sie meinen damit Werkstatt, nicht wahr? Warum hätte Mrs. Protheroe sie denn nicht einladen sollen?«

»Nun ja, Anora kann natürlich einladen, wen immer sie möchte. Es ist nur merkwürdig, dass sie eine Menge anderer Leute, die sie schon viel länger kennt und die mit einer Einladung gerechnet hatten, übergangen hat.«

»Was meinen Sie mit länger, Mrs. Bittersohn? Wie lange kennt Mrs. Protheroe Arbalest denn schon?«

»Gute Frage, Lieutenant. Ich kann sie nur nicht beantworten. Soweit ich weiß, haben sie sich erst vor wenigen Monaten kennen gelernt. Arbalest nennt sich selbst den Auferstehungsmann, er und seine Angestellten sind spezialisiert auf die Restaurierung von Kunstwerken und Gegenständen, die man als hochwertigen Nippes bezeichnen könnte. Anora und George hatten zwei Filigrankerzenleuchter aus indischem Silber, die sie Georges Großnichte zur Hochzeit schenken wollten. Sie mussten zuerst gereinigt und restauriert werden. Eine Freundin hat ihnen Mr. Arbalest empfohlen, also haben sie ihn kommen lassen. Anora hat Max und mir erzählt, dass George und Mr. Arbalest sich auf Anhieb blendend verstanden haben und ein langes Gespräch über indische Kunst geführt haben. Sie sagte, George sei seit Jahren nicht so aufgekratzt gewesen. Vielleicht hat sie Mr. Arbalest zur Beerdigung eingeladen, weil er so nett zu George war.«

»Aber warum auch den Leibwächter?«

»Weil Bartolo Arbalest seit etwa zwanzig Jahren von einer

Reihe von mysteriösen Unfällen verfolgt wird. Merkwürdigerweise stößt ihm selbst nie etwas zu, dafür aber den Kunsthandwerkern, die für ihn arbeiten. Mehrere von ihnen sind auf ungeklärte Weise ums Leben gekommen. Und das hat sich herumgesprochen. Er hat inzwischen große Schwierigkeiten, überhaupt noch gute Kunsthandwerker zu finden, die bereit sind, für ihn zu arbeiten. Er hat einmal sogar versucht, meinen Vetter Brooks einzustellen, damals lebte er noch in New York. Aber Brooks wollte nicht. Und auch sonst niemand, sodass Mr. Arbalest nach Los Angeles zog, bis ihn das Unglück auch dort ereilte. Danach ging er nach Houston, mit genau demselben Ergebnis. Jetzt lebt er wieder hier an der Ostküste. Diesmal wohnen alle Kunsthandwerker in seinem Haus in der Marlborough Street. Alle Fenster und Türen sind vergittert und gesichert, und Mr. Goudge ist sozusagen sein ständiger Sicherheitsoffizier.«

»Wie haben Sie von ihm erfahren?«

»Indirekt, durch Lydia Ouspenska. Wir kennen Lydia schon länger. Mein Mann ist ihr zufällig vor ein paar Tagen begegnet, und sie hat ihm erzählt, sie arbeite jetzt für Barto, wie sie ihn nannte. Sie kaufte gerade Trüffel für ihn ein. Barto sei ein passionierter Koch, sagte sie, und bereite die Mahlzeiten für die Kunsthandwerker persönlich zu. Ich nehme an, dass er damit verhindern will, dass sie vergiftet werden. Wenn man bedenkt, was alles bereits passiert ist, kann man ihm kaum verdenken, dass er so vorsichtig geworden ist.«

Kapitel 22

Levitan nickte. »Ich kann verstehen, warum Arbalest inzwischen ein wenig nervös ist. Was hat Ms. Ouspenska Ihrem Mann denn sonst noch erzählt?«

»Sie behauptet, die ganze Operation sei top-secret. Mr. Arbalest lasse nie jemanden in sein Atelier, er fahre selbst zu den Kunden. In einem Rolls-Royce mit Goudge als livriertem Chauffeur, wie wir später herausfanden. Lydia wollte Max nicht mal verraten, wo das Haus ist. Natürlich fragte er sich, auf was sie sich da wohl eingelassen hatte. Und als sie ihren Einkauf getätigt hatte, hat er mich angerufen, und wir haben sie observieren lassen.«

»Und dabei haben Sie herausgefunden, dass das Haus sich in der Marlborough Street befindet?«

»Ja«, sagte Sarah. »Am selben Abend schneite Mr. Goudge bei uns in der Tulip Street herein. Er fungierte als Lydias Leibwächter, wie sich herausstellte, und zwar auf Arbalests Anweisung. Er hielt es für besser, uns darüber zu informieren, um uns unnötige Arbeit zu ersparen. In Wirklichkeit wollte er uns nur auf höfliche Weise warnen und uns zu verstehen geben, wir sollten die Finger von der Sache lassen. Aber wir mussten den Fall weiterverfolgen, weil mein Cousin uns kurz darauf anrief und uns von einem Gemälde erzählte, das seiner Frau gehört und gestohlen worden war. Arbalest hatte es gerade erst restauriert und zurückgebracht. Er hatte es gereinigt und neu gerahmt und dabei hervorragende Arbeit geleistet. Übrigens wurde George ermordet, kurz nachdem Arbalest die Kerzenhalter der Protheroes zurückgebracht hatte.«

»Was noch nicht beweist, dass die Fälle etwas miteinander zu tun haben.«

»Wir sind keine Amateure, Lieutenant«, erinnerte ihn Sarah und versuchte dabei möglichst wie ihre Tante Emma zu klingen. »Es gab natürlich schon gewisse Zusammenhänge. Nachdem unser Mitarbeiter Lydia bis zu Arbalests Atelier gefolgt war, ist er auf den Weg hinter dem Haus gegangen, um nachzusehen, ob die Rückseite des Hauses genauso gut gesichert ist wie die Vorderseite. Dies ist der Fall. Er traf dort auf einen kleinen, asiatisch aussehenden Mann in einem dicken roten Jogginganzug, der draußen seine Turnübungen machte, unmittelbar hinter Arbalests Haus. Als Max und Brooks am nächsten Tag Arbalest besuchten, berichtete das Hausmädchen, Mr. Arbalest würde sich immer schrecklich aufregen, wenn er den Mann sähe.«

»Hat sie gesagt, warum?«

»Nein. Anscheinend ist sie nicht gerade die Hellste. Aber wir haben den Mann im roten Jogginganzug oder jemanden, der ihm sehr ähnlich sah, gestern ebenfalls gesehen, als wir unseren Wagen aus dem Parkhaus am Common holen wollten. Er lief genau vor uns her. Und wir hatten den Eindruck, dass er es ganz bewusst tat. Und als ich am Nachmittag Anne, die Frau meines Cousins, aufsuchte, weil eines ihrer Gemälde gestohlen worden war, hat sie mir eine merkwürdige Geschichte erzählt. Sie sagte, sie habe einen kleinen, dünnen, asiatisch aussehenden Mann am Morgen des Diebstahls hinter einem Busch in ihrem Garten gesehen.«

»Und er trug einen roten Jogginganzug.«

»Nein, ein Rhabarberblatt.«

Levitan konnte sich ein Grinsen nicht verkneifen. »Um Gottes willen! Hat er gesagt, warum?«

»Er hat sich nicht dazu geäußert, weil er versuchte, sich vor ihr zu verstecken. Es war noch sehr früh. Anne hatte noch gar nicht bemerkt, dass ihr Bild verschwunden war. Sie wusste, dass ihr Mann, mein Vetter Percy Kelling, an die Decke gehen würde, wenn sie ihm von dem nackten Mann im Garten erzählte. Daher hat sie eine alte Arbeitshose und ein T-Shirt genommen und wie beiläufig in der Nähe des Busches auf den Boden fallen lassen. Dann ist sie ins Haus gegangen, um zu frühstücken. Als sie kurze Zeit später aus dem Fenster schaute, waren die Kleidungsstücke und der Mann verschwunden.«

»Und das Bild?«

»Oh ja, das auch. Doch das merkten sie erst, als Percy es kurz danach vermisste. Er rief zuerst die Polizei und dann uns an, weil er wollte, dass wir ihm helfen, das Bild zurückzubekommen. Wir sind auf das Aufspüren gestohlener Kunstwerke spezialisiert, wissen Sie. Also bin ich zu ihnen gefahren, um mir alles anzusehen, und habe dabei herausgefunden, dass eine Belüftungsklappe im Gewächshaus von außen geöffnet worden war. Das Haus war verschlossen und ist im Übrigen mit einer Alarmanlage gesichert. Der Einbrecher kann nur auf diesem Weg ins Haus gelangt sein. Die Öffnung war nicht sehr groß, der Einbrecher muss klein und dünn gewesen sein. Wir nahmen daher an, dass es der Mann mit dem Rhabarberblatt gewesen war. Wir vermuten, dass er entweder seine Kleidung zerrissen hat, als er sich durch die Öffnung gezwängt hat, oder sie zuerst ausgezogen und draußen liegen gelassen hat und eine Person oder ein Tier sie weggenommen hat.«

»Aber dafür haben Sie keinerlei Beweise«, insistierte Levitan.

»Nein, haben wir nicht. Aber vielleicht interessiert Sie die Geschichte, die Anora mir am selben Nachmittag erzählt hat. Sie sagte, sie habe am Tag vor Georges Ermordung gemeinsam mit ihm draußen auf der Veranda gesessen. Sie sei für ein paar Minuten ins Haus gegangen. Als sie wieder herauskam, habe George am Geländer der Veranda gestanden. Er erklärte, er sei aufgestanden, um sich den kleinen braunen Mann in dem roten Jogginganzug anzusehen, der über den Rasen in den Garten gelaufen sei. George war der Meinung, der Mann hätte wie ein Tamile ausgesehen.«

»Wieso Tamile?«

»George kannte sich mit Asiaten recht gut aus. Er ist ziemlich viel im Orient herumgereist, als er noch die Importfirma leitete. Er konnte sogar ein wenig Tamil sprechen, hat Anora mir erzählt. Ich sollte hinzufügen, dass es eines ganz besonderen Anlasses bedurfte, um George aus seinem Schaukelstuhl zu locken, wenn man sein Alter, sein enormes Gewicht und seine allgemeine Unbeweglichkeit bedenkt. Ich weiß, dass auch dies kein richtiger

Beweis ist, aber Sie müssen zugeben, dass die so genannten Zufälle sich hier wirklich häufen.«

Sarah öffnete die nächste Tür und schloss sie wieder. »Anora hat Mr. Dubrec wohl in Georges Zimmer untergebracht. George hat das Zimmer früher benutzt, als er noch Treppen steigen konnte. Ah, da ist es ja.«

»Na da schau an«, sagte Levitan. »Wer hätte das gedacht? Hier haben wir Arbalest gefunden.«

»Tatsächlich? Was hat er denn hier gemacht?«

»Er lag auf den Knien und schaute unter das Bett. Er behauptete, sein Füller wäre ihm hingefallen.«

»Und, war er?«

»Keine Ahnung. Er hatte ihn in der Hand, als er aufstand. Ich habe ihn gefragt, was er denn geschrieben habe, und er sagte, er mache sich Notizen. Ich bat ihn, sie mir zu zeigen, und er sagte, er habe noch nicht damit angefangen. Angeblich wollte er gerade zu schreiben anfangen, als ihm der Füller hinfiel.«

Sarah zuckte mit den Achseln. »Tja, wie Sie bereits sagten, Lieutenant, versuchen kostet nichts. Wenn er wirklich nach dem Umschlag gesucht hat, hatte er ihn anscheinend noch nicht gefunden. Oder er hatte ihn gefunden und wollte nur nicht damit erwischt werden. Haben Sie schon unter der Matratze nachgesehen? Ich nehme an, die altmodischen Sprungfedern sind immer noch da. Anora schafft sich nie etwas Neues an, wenn es nicht unbedingt notwendig ist. Darin kann man leichter etwas verstecken als in einer Federkernmatratze, weil man dabei nichts kaputtmacht. Ich habe immer meine Malbücher dort versteckt, wenn ich hier übernachtet habe. Warum, weiß ich selbst nicht. Soll ich mal gucken?«

Levitan grinste. »Nur zu.«

So einfach war es gar nicht. Sie stocherten ein bisschen herum, konnten aber nichts entdecken. Plötzlich erinnerte sich Sarah daran, dass es bei soliden alten Kommoden unter der untersten Schublade oft eine Art Geheimfach gab.

»Das muss er sein.« Der große Umschlag sah genauso aus,

wie Sarah ihn sich vorgestellt hatte. Er war im Laufe der Jahre vergilbt, und die kleinen roten Pappscheiben, um die eine dünne Kordel geschlungen war, hatten eine traurige rostbraune Färbung angenommen. Sarah verspürte einen Anflug von Panik.

»Wir müssen warten, bis Anora wach ist. Es ist ihr Brief.«

Levitan wollte davon nichts hören. »Mrs. Bittersohn, innerhalb der letzten vier Tage sind in diesem Haus zwei Menschen ermordet worden. Mrs. Protheroe hat ein Beruhigungsmittel bekommen, und wir wissen nicht, wie lange sie noch schlafen wird. Bevor sie wieder aufwacht, gibt es vielleicht noch einen Toten. Herrgott noch mal! Ich habe keine Lust, mich an Formalitäten zu halten, wenn ich möglicherweise den Schlüssel zu diesem Fall in der Hand halte. Würden Sie jetzt bitte den Umschlag öffnen? Oder hätten Sie lieber, dass ich es tue?«

Sarah gab widerstrebend nach. »In Ordnung, Lieutenant. Wenn es wirklich sein muss, hätte Anora sicher lieber, dass ich es tue und kein Fremder. Aber ich würde mich weniger schlecht fühlen, wenn mein Mann bei uns wäre. Können wir nicht zurück ins Arbeitszimmer gehen?«

»Sicher, warum nicht? Möchten Sie, dass ich noch einen meiner Männer als zusätzlichen Zeugen hereinrufe?«

»Lieber nicht. Mein Mann und ich werden mit niemandem über den Inhalt des Briefes reden, und ich hoffe, dass wir auch Ihnen vertrauen können. Aber ich glaube wirklich, wir sollten sonst niemanden hinzuziehen, bis Anora den Brief selbst gelesen hat.«

»Einverstanden.« Levitan klemmte sich den Umschlag unter den Arm und folgte ihr nach unten. Diesmal benutzten sie die Vordertreppe.

Max tigerte zwischen den offenen Türen des Salons hin und her. Als er Sarah sah, blieb er stehen. »Was hast du die ganze Zeit gemacht? Wo zum Teufel warst du überhaupt?«

»Das wirst du gleich erfahren. Komm, Liebling, wir brauchen dich. Zumindest ich brauche dich«, verbesserte sie sich. Levitan hätte es wahrscheinlich vorgezogen, Max weiter tigern zu lassen.

Aber das war *sein* Problem. Sie war nicht gerade glücklich darüber, Levitan an Georges Schreibtisch sitzen zu sehen. Er wickelte die verschossene Kordel ab, griff in den dicken Umschlag und zog den Inhalt heraus. Das Sperrige war eine gepolsterte Mappe mit einem edlen grünen Ledereinband. Darin befand sich ein Photo. Der Brief bestand aus mehreren linierten Blättern, die von einem Schreibblock abgerissen worden waren.

Sarah erkannte die schöne Handschrift. Sie hatte manchmal mit George Wortspiele gemacht. Er hatte immer die Punkte notiert. Er hatte ihre Namen schön säuberlich oben auf den Block geschrieben und die Zahlen darunter absolut symmetrisch untereinander eingetragen. George war hervorragend im Kopfrechnen gewesen. Sarah hatte sich immer darüber gewundert, dass er derart schnell rechnen konnte, da er doch sonst alles so extrem langsam machte. Oh Gott! Sie hoffte nur, dass er nicht mitbekommen hatte, wie der Speer auf ihn zukam!

»Machen Sie schon«, stieß sie hervor, »lesen Sie den Brief.«

Doch das wollte Levitan gar nicht. »Vielleicht sollten Sie das übernehmen, Mrs. Bittersohn. Sie waren mit ihm befreundet.«

»Tut mir leid. Ich kann nicht. Max, bitte lies du ihn.«

»Okay, *Kätzele*.«

Max hatte sich notgedrungen eine Lesebrille zugelegt. Er zog die Halbbrille mit dem Horngestell heraus und setzte sie sich auf die Nase. Dann hielt er die Seiten so, dass er sie bequem lesen konnte, und begann.

Geliebte Anora,

Ich weiß nicht, wie lange die Ärzte es noch schaffen, mich am Leben zu erhalten, bevor der Bestatter mich bekommt, daher halte ich es für besser, dir etwas zu erzählen, das mir auf dem Herzen liegt, seit ich Indien verlassen habe. Amadée weiß davon, aber er wird es niemandem erzählen. Ich werde ihm diesen Brief geben, damit er ihn bis zu meinem Tode aufbewahrt. Wenn es mir wider Erwarten besser gehen sollte, kann ich ihn immer noch zerreißen, aber falls dies nicht der Fall sein sollte, möchte ich dich um einen Gefallen bitten. Es ist ungewöhnlich, eine Ehefrau um so etwas zu bitten, aber ich weiß, dass ich dir vertrauen kann. Du wirst schon das Richtige tun. Wie du weißt, kann ich meine Gefühle nicht besonders gut in Worte fassen. Aber du sollst wissen, dass ich dem Herrgott für jeden Tag danke, den ich mit dir verbringen darf, auch wenn ich weiß, dass ich dich nicht verdiene. Ich hoffe nur, dass ich noch lange genug am Leben bleibe, um dir ein bisschen von der Freude zurückzugeben, die du mir schenkst.

Hoffentlich kannst du meine Schrift lesen. Ich kann immer nur ganz kurz schreiben, dann bin ich schon wieder so schwach, dass ich den Stift nicht mehr halten kann und eine Pause machen muss. Ich mache es daher lieber kurz, wenn auch in diesem Fall nicht gut. Wie du weißt, habe ich sofort nach dem College angefangen, Handelsreisen mit Amadée zu unternehmen. Ich hatte keine Ahnung vom Orient und erst recht nicht vom Leben und bin natürlich in die üblichen Schwierigkeiten geraten.

Ihr Name war Medea. Das hätte mir eigentlich schon zu denken geben müssen. Hat es aber nicht. Sie war sehr schön, hatte schwarzes Haar und grüne Augen. Sie sagte, sie wäre die Tochter eines russischen Prinzen und einer Opernsängerin, aber ich bin ziemlich sicher, dass sie mich angelogen hat. Amadée sagte, sie sei etwas, das ich hier lieber nicht wiederholen möchte, und ich fürchte, er hatte Recht. Aber ich wollte nicht auf ihn hören. So führte eines zum anderen, bis sie mir schließlich mitteilte, sie sei in anderen Umständen.

Ich wollte sie sofort heiraten, aber Amadée riet mir, nichts zu überstürzen, weil Vater sich furchtbar aufregen würde, um es einmal harmlos auszudrücken. Medea selbst wollte auch nicht so richtig. Sie sagte, es gebe da noch etwas, das vorher erledigt werden müsse. Sie erzählte mir, dass die Familie ihres Vaters einst einen kostbaren Edelstein besessen habe, einen Diamanten, der so groß wie ein Ei sei. Sie sagte nicht, was für ein Ei, aber er war wohl mindestens so groß wie ein Hühnerei. Indische Mönche oder Lamas oder wer auch immer hätten den Diamanten dem Urgroßvater ihres Vaters gestohlen und in die Stirn einer Götterstatue in einem Tempel eingesetzt. Dieser Tempel war nicht weit entfernt von dem Ort, an dem Medea und ich damals wohnten. Dort hatten wir uns auch kennen gelernt.

Medea erzählte mir, dass seit dem Diebstahl alle männlichen Familienoberhäupter nacheinander versucht hätten, den Diamanten zurückzuholen, und dabei auf grausame Weise umgekommen waren. Sie sagte, sie könne mich nur heiraten und unserem Kind einen rechtmäßigen Vater geben, wenn der Stein seinem rechtmäßigen Besitzer zurückgegeben worden wäre, also dem Sohn, den sie unter dem Herzen trug. Als einzige Überlebende ihrer Familie sei sie nur nach Indien gekommen, um den Stein zu holen. Doch ich hätte sie von ihrem Ziel abgebracht, weil sie sich wahnsinnig in mich verliebt hätte. Daher sei es jetzt meine Pflicht, ihr zu helfen.

Du kannst sicher verstehen, dass mich dies in eine äußerst verzwickte Lage brachte. Da ich nicht das Familienoberhaupt dieser russischen Familie war, hatte ich wenig Lust, eines grausamen Todes zu sterben. Doch als Vater ihres Kindes (ich hatte natürlich keine Ahnung, ob das Kind ein Mädchen oder ein Junge war, sah darin aber keinen Grund, mich vor meiner Verantwortung zu drücken) betrachtete ich es als meine Pflicht, Medea bei der Erfüllung dessen zu helfen, was sie als Verpflichtung ihrer Familie gegenüber ansah. Ich wusste nicht einmal, um welche Familie es sich handelte, denn sie benutzte während unserer ganzen Liaison mir gegenüber immer nur den Namen Medea. Du würdest wahrscheinlich für diese Beziehung das Wort ›Mesalliance‹ vorziehen, und du hättest Recht.

Jedenfalls habe ich mich auf das Abenteuer eingelassen, für das ich es damals gehalten habe. Ich will dich nicht mit Einzelheiten langweilen, du würdest mich sicher für einen Dummkopf halten, dass ich all die Risiken auf mich genommen habe, wobei Medea mich immer noch mehr anstachelte. Die Mönche oder Lamas oder was weiß ich (du darfst nicht vergessen, dass ich damals zum ersten Mal im Orient war) hatten gemäß der dortigen

Tradition geschworen, jeden zu töten, der ihr Heiligtum entweihen wollte. Sie waren auch sicher nicht zimperlich, diesen Vorsatz in die Tat umzusetzen. Ich habe es mehrfach vergeblich versucht, aber schließlich gelang es Medea irgendwie, Opiumpulver in ihre Bettelschalen zu schütten, und sie schliefen alle ein, während sie in einem Halbkreis um ihre Statue saßen.

Dieser Umstand machte es mir sehr leicht, an der Statue hochzuklettern. Sie stand auf einem hohen Sockel und war selbst etwa drei Meter hoch, was die Sache nicht gerade vereinfachte. Doch der Sockel war mit einem Hochrelief mit Elefanten und anderen Tieren verziert, und die Statue hatte zahlreiche Arme und Beine, die in alle Richtungen wiesen, sodass ich zwischen den Rüsseln und Stoßzähnen und den einzelnen Extremitäten hin und her geklettert bin. Dank meiner Erfahrung als Bergsteiger, die ich als junger Student gemacht hatte, gab es kaum Probleme. Den Edelstein aus der Stirn zu klauben, ohne ihn dabei auf einen schlafenden Lama fallen zu lassen, war das Schwierigste. Es war dort oben ziemlich dunkel, und ich konnte nicht sehr gut sehen. Aber irgendwie schaffte ich es und kam mit dem großen Diamanten in der Hemdtasche wieder herunter. Er war erstaunlich schwer.

Ich hatte nie die Gelegenheit, mir den Diamanten richtig anzusehen. Medea wollte ihn sofort haben, und ich gab ihn ihr. Ich tat es sogar gern, denn ich wollte unbedingt weg, bevor die Lamas oder Mönche (oder Priester, was immer sie auch waren) aufwachten. Doch statt sich schnell aus dem Staub zu machen, wie ich erwartet hatte, begann Medea, mit einem Rasiermesser in der Hand, den Schlafenden kaltblütig die Kehle durchzuschneiden. Alle meine Versuche, sie daran zu hindern, waren vergeblich. Sie hörte nicht eher auf, bis sie die armen Kerle, die schließlich nur ihre Pflicht getan hatten, abgeschlachtet hatte. Mit einem Mal glitt mir der Schleier der Verliebtheit (verzeih den hochgegriffenen Ausdruck) von den Augen. Ich sah Medea, wie sie wirklich war, und muss sagen, dass ich sie abstoßend fand.

Wie sich herausstellte, hatte Medea auch von mir die Nase gestrichen voll. Nachdem wir den Tempel (oder das Heiligtum) verlassen hatten, teilte sie mir mit, dass zwischen uns alles aus sei. Sie sagte, dass ich ein absoluter Langweiler und Dummkopf sei und sie mich nicht länger brauche. Während ich auf die Statue gestiegen sei, habe sie die Gelegenheit genutzt, Rubine aus den Augen der Elefanten zu klauben. Sie könne daher in Zukunft sehr gut für sich selbst sorgen, woran ich keine Minute lang zweifelte.

Ich habe Amadée die ganze Geschichte erzählt, weil ich ihm erklären musste, warum ich es für angebracht hielt, jenen Ort möglichst schnell zu verlassen (selbst jetzt möchte ich lieber nicht verraten, wo genau sich all dies abspielte, weil ich fürchte, dass die asiatische Geistlichkeit sehr hartnäckig sein kann, wenn jemand ihr Heiligtum schändet). Amadée meinte, ich solle am besten nach Hause zurückkehren und ein nettes Mädchen aus meinen eigenen Kreisen heiraten. Wie du weißt, habe ich diesen hervorragenden Rat befolgt und bedaure sehr, dass ich nicht vernünftig genug war, dies bereits früher getan zu haben.

Jetzt kennst du mein schmutziges Geheimnis, Liebste. Ich hoffe nur, du wirst den schrecklichen Langweiler, der dich mehr liebt als je einen anderen Menschen in seinem Leben, und das meine ich wirklich ernst, nicht zu streng verurteilen. Ich möchte nur noch hinzufügen, dass ich Medea während dieser letzten Reise zufällig wieder begegnet bin, und zwar ausgerechnet in Bangalore. Sie war fein herausgeputzt, und hinter ihr ging eine Ayah mit einem kleinen Jungen an der Hand. Ich muss gestehen, dass der Kleine mir wie aus dem Gesicht geschnitten war. Sogar Amadée, der mich begleitete, bemerkte es sofort.

Ich wollte mit dem Jungen sprechen, doch Medea schickte ihn und die Ayah fort. Sie schlug vor, ich sollte Amadée ebenfalls wegschicken und mit ihr irgendwo etwas trinken gehen und dabei über die Zukunft des Jungen reden. Ich war gern bereit, dieser Bitte nachzukommen, bestand jedoch darauf, dass Amadée mich begleitete und sie den Jungen mitbrächte, damit ich ihn endlich kennen lernen könne. Sie stimmte zu, was die Anwesenheit von Amadée betraf, sagte jedoch, sie wolle nicht, dass ich den Kleinen treffe. Er habe jetzt einen Stiefvater, und ein Treffen mit mir würde die beiden nur aufregen. Sie wollte unbedingt, dass ich für die Ausbildung des Kleinen einen Fonds einrichte, und verlangte eine sofortige Auszahlung von tausend amerikanischen Dollars. Ich sagte, sie werde das Geld bekommen, doch zuerst wolle ich ein Foto des Kindes. Außerdem solle sie jedes Mal, wenn sie weiteres Geld verlange, ein aktuelles Foto schicken. Die weiteren Zahlungen würde ich durch unseren Agenten in Bangalore überweisen lassen, und zwar in einen Treuhandfonds auf den Namen des Jungen, denn ihr traute ich nicht über den Weg.

Am nächsten Morgen kam die Ayah in mein Hotel und brachte ein hübsches handkoloriertes Foto in einer Ledermappe, und ich gab ihr das Geld für Medea. Danach habe ich nie wieder etwas von ihr gehört. Ich lege das Foto ebenfalls in den Umschlag, sodass du wenigstens weißt, wie der Junge aussieht, falls man dich bitten sollte, die Verantwortung für ihn zu übernehmen. Falls du zustimmen solltest, prüfe bitte alles genau nach, um sicherzugehen, dass Medea nicht wieder eines ihrer Spielchen treibt. Doch wenn sich herausstellen sollte, dass er wirklich in Not ist, bitte ich dich, für den Jungen zu sorgen. Nicht als dein eigenes Kind, das kann ich von dir nicht erwarten, doch als den Sohn, den dein Gatte hätte lieben können, wenn er je die Möglichkeit gehabt hätte, ihn näher kennen zu lernen.

Für immer dein, ganz egal, was auch passieren mag,
George

Max legte den Brief auf den Tisch. »Das war's. Der arme Kerl. Ich wüsste nur gern, was aus dem Kind geworden ist.«

Kapitel 23

»Schauen wir uns das Foto einmal an.« Levitan öffnete die elegante Ledermappe. »Meine Güte! Ziemlich vornehm. Handkoloriert, nehme ich an. Gute Arbeit. Was meinen Sie, Mrs. Bittersohn, sieht das Kind George Protheroe ähnlich?«

»Oh ja, daran besteht kein Zweifel. Die Ähnlichkeit ist unverkennbar. Merkwürdigerweise erinnert er mich aber auch noch an jemand anderen. Mir fällt nur nicht ein, an wen.«

»Vielleicht an einen der Großneffen?«

»Nein. Die Kinder von Georges Schwester kommen eher auf die andere Seite der Familie. Außerdem hatten die Protheroes nie grüne Augen, und George schon gar nicht. Seine Augen waren hellblau.«

»Er schreibt in dem Brief, dass die Augen seiner Freundin grün waren«, erinnerte Levitan Sarah.

»Oh ja, stimmt, der Junge muss sie von seiner Mutter geerbt haben. Aber diese andere Person, deren Name mir nicht einfällt, hat auch grüne Augen, und auch so einen kleinen Hubbel oben auf der Nasenspitze. Max, du bist besser als ich, was Gesichter betrifft. Kannst du uns nicht weiterhelfen?«

»Teufel auch«, erwiderte Max, nachdem er eine Weile überlegt hatte. »Es ist Bartolo Arbalest. Die Form der Nase und der Schnitt der Augen sind eindeutig. Deshalb hat er also bei der Beerdigung so geweint, der arme Kerl. Was haben Sie übrigens mit ihm gemacht, Levitan?«

»Er ist im Esszimmer, mit einem meiner Männer. Ich habe Arbalest noch nicht festgenommen, aber aufgrund der Beweislage bleibt mir wohl nichts anderes übrig.«

»Wäre es möglich, dass Sie damit so lange warten, bis meine Frau und ich mit ihm gesprochen haben?«

»Aber nur in meiner Gegenwart.«

»Selbstverständlich, ich kenne die Regeln. Ich dachte nur, wir wären vielleicht in der Lage, von ihm ein klein wenig mehr Hintergrundwissen zu bekommen. Vielleicht beschleunigt es ja auch die Aufklärung, sodass wir endlich alle nach Hause können. Sarah und ich müssen noch bis nach Ireson's Town fahren und unser Kind abholen, bevor es meiner Schwester den Verstand raubt.«

»Okay, Bittersohn, aber versprechen Sie mir, dass Sie für die Mithilfe bei der Aufklärung keine Rechnung an meine Abteilung schicken. Bleiben Sie hier, ich gehe Arbalest holen.«

Er hatte das Foto offen auf dem Schreibtisch liegen lassen. Als Arbalest es sah, brach er erneut zusammen.

»Dann stimmt es also wirklich. Oh Gott, warum lastet dieser Fluch auf mir? Warum? Warum?«

Max schob einen Stuhl unter den hysterischen Auferstehungsmann, bevor seine Knie völlig nachgaben. »Beruhigen Sie sich, Arbalest. Möchten Sie etwas trinken? Ein Glas Wasser? Brandy?«

»Nein, nein. Ich – woher haben Sie das Foto?«

»Sie wissen, wer das ist?«

»Natürlich weiß ich das. Ich musste unter einer scheußlichen grellen Lampe sitzen, während der Fotograf an seinem Apparat herumhantierte. Und am nächsten Morgen, noch vor Sonnenaufgang, brachte mich meine Ayah wieder dorthin. Ich musste eine Ewigkeit still sitzen, während jemand das Bild kolorierte. Ich hatte damals keine Ahnung, was da vor sich ging. Ich glaube, ich war erst fünf. Das war unmittelbar nachdem wir diesen Mann gesehen hatten, daran erinnere ich mich noch ganz genau. Wie könnte ich das je vergessen?«

»Was war das für ein Mann?« verlangte Levitan zu wissen.

»Der Mann, der unbedingt mit mir reden wollte. Aber meine Mutter hat es ihm nicht erlaubt. Dabei wollte ich es auch!«

»Sie erinnern sich daran, obwohl Sie damals erst fünf waren?«

»Natürlich. Ich kann mich sogar noch an Dinge erinnern, die passierten, als ich drei war. Es waren zwei Männer, beide waren groß. An den einen erinnere ich mich nicht mehr sehr gut, ich weiß nur noch, dass er dünn war. Ich erinnere mich nur noch an den stämmigen Mann, der so nett war und mir ähnlich sah. Ich wollte am liebsten zu ihm laufen, aber meine Ayah hat mich festgehalten und es mir nicht erlaubt. Dann hat meine Mutter den Mann am Arm gefasst und weggeführt. Und ich habe mich, wie soll ich sagen, irgendwie verloren gefühlt. Es war schrecklich, ich habe lange immer wieder von ihm geträumt. Ich träume sogar jetzt noch manchmal davon. Und dann, an dem Abend, als Carnaby und ich herkamen, um die Elefantenleuchter zu holen, war er auf einmal da. Alt und dick und bereit, bald zu sterben, aber lieb und freundlich. Und diesmal gehörte er ganz mir.«

Arbalest kämpfte um Fassung. »Ich fühlte, wie seine Güte mich einhüllte wie eine warme Wolldecke. Ich habe in Mr. Protheroes Gesicht geschaut, und es war das Gesicht aus meinen Träumen. Ich habe mein eigenes Gesicht darin erkannt und wusste, dass er mein Vater sein musste.«

»Haben Sie Mr. Protheroe erzählt, wer Sie sind?«

»Während seine Frau direkt neben ihm saß? Was hätte ich denn sagen sollen? Hier ist dein lang verlorener unehelicher Sohn, der jetzt nach Hause zurückgekehrt ist und bei dir bleiben will? Ich weiß, dass ich naiv bin, was einige Dinge betrifft, Lieutenant, aber so dämlich bin ich nun auch wieder nicht. Ich habe einfach nur da gesessen und mit ihm geplaudert und – ich habe ihn geliebt. Zum ersten Mal in meinem Leben war ich wirklich glücklich. Ich glaube, mein Vater hat auch etwas gespürt. Und es war sogar noch besser, als Carnaby und ich die Leuchter zurückgebracht haben, weil mein Vater und ich uns inzwischen schon ein wenig kannten.«

»Und Mrs. Protheroe hatte keine Ahnung von dem, was da vor sich ging?«

»Ich bin sicher, dass sie nichts gemerkt hat. Ich glaube, sie hat sich nur gefreut, dass es ihm so gut ging. Ich wollte gar nicht gehen, aber ich habe gesehen, dass mein Vater müde wurde, und ich wusste, ich durfte seine Gastfreundschaft nicht missbrauchen. Sie sagten beide, ich sollte doch wieder bei ihnen hereinschauen, wenn ich in der Nähe wäre. Jetzt bin ich hier, und –«

Arbalests Gesicht zuckte, und er konnte nicht weiterreden. Sarah holte ihm ein Glas Sodawasser und ein paar Servietten, damit er sich das tränenüberströmte Gesicht abwischen konnte. Sie wollte ihn fragen, wie er auf die Liste der Trauergäste gekommen war, hielt es jedoch für therapeutisch zweckmäßiger, das Thema zu wechseln.

»Wo haben Sie Ihr handwerkliches Geschick erworben, Mr. Arbalest?«

»Hauptsächlich in Indien. Die Brüder meiner Ayah waren alle hervorragende Kunsthandwerker. Sie hatten eine Werkstatt ganz in der Nähe der Wohnung, in der meine Mutter und ich lebten. Meine Ayah hat mich fast jeden Tag dorthin mitgenommen. Sie ist dann weg gegangen und hat sich mit den Frauen unterhalten, und ich blieb in der Werkstatt bei den Männern. Ich habe ihnen bei der Arbeit zugesehen und war absolut fasziniert. Ich habe stundenlang da gesessen, habe kaum gewagt, mich zu bewegen, vor lauter Angst, sie könnten mich wegschicken. Als die Brüder merkten, wie interessiert ich war, haben sie angefangen, mir alle möglichen Fertigkeiten beizubringen, und mich kleine Arbeiten verrichten lassen. Ich muss ein Naturtalent gewesen sein, denn ich habe sehr schnell gelernt. Nach kurzer Zeit war ich so nützlich für sie, dass sie mich ausgeschimpft haben, wenn ich nicht früh genug da war.«

»Hat man Sie bezahlt?«

»Um Gottes willen, nein, an so etwas hätten sie nicht einmal im Traum gedacht. Kinder waren kleine Sklaven. Mir war das egal. Ich war schon glücklich, dass sie mich bei sich haben wollten, egal warum. Meine Mutter wusste nichts davon. Sie nahm ohnehin nur Notiz von mir, wenn ich ihr in die Quere kam oder meine Sachen schmutzig machte. Meine Ayah hat mich immer ausgezogen und mir ein Leinentuch umgebunden, sobald wir in der Werkstatt waren. Und bevor wir zurück nach Hause gingen, hat sie mich gewaschen und wieder angezogen.«

»Sind Sie denn nie zur Schule gegangen?« fragte Sarah.

»Oh doch, in gewisser Weise schon. Meine Ayah konnte einigermaßen gut Englisch lesen und schreiben. Sie hat mir die Grundkenntnisse beigebracht. Meine Mutter fand nicht nur mein Aussehen wichtig, sondern auch meine Manieren und meine Aussprache. Als ich neun war, hat sie mich in eine teure kleine Tagesschule für die Söhne von feinen Herren gesteckt. Womit natürlich britische Gentlemen, Sahibs, gemeint sind. Aber in Wirklichkeit waren die meisten Jungen genau wie ich, stammten aus irgendwelchen gemischtrassigen Beziehungen. Ihre Eltern setzten große Erwartungen in sie und hatten genug Geld, um das Schulgeld zu bezahlen. Sie haben uns dort im Grunde nichts anderes beigebracht, als unsere Vokale richtig zu aspirieren und auf Menschen mit geringerem gesellschaftlichen Rang hinabzusehen. Ich war nicht oft in der Schule. Ich habe mich meistens weggeschlichen und bin in die Werkstatt, sobald sich mir die Gelegenheit dazu bot. Der Schuldirektor hat mich anscheinend nie vermisst, er war ohnehin die meiste Zeit betrunken. Wir Jungen haben alle gelernt, mit einem leichten Schluckauf zu sprechen.«

»Das war sicher lustig. Dann war Ihre Mutter wohl recht wohlhabend?«

»Das weiß ich nicht. Anscheinend haben wir ziemlich gut gelebt, als ich noch klein war. Dann war es eine Zeit lang etwas schwieriger, und ich hatte zwei so genannte Stiefväter, die ziemlich rasch aufeinander folgten. Beide haben mich nicht beachtet, was wahrscheinlich gar nicht so schlecht für mich war. Und zum Schluss kam Roderick.«

»Auch ein Stiefvater?«

»Nein, ein Nachbar. Er mietete den Bungalow neben unserem, kurz nachdem der zweite Stiefvater ausgezogen war. Er hatte einen Sohn, den alle Barn nannten. Ich weiß nicht, ob das sein richtiger Name oder bloß sein Spitzname war. Wir sind zusammen zur Schule gegangen, und er war ein richtig feiner Pinkel. Roderick war mit dem Schuldirektor verwandt. Ich glaube, er war sein Vetter oder so. Barn war zwei Klassen über mir. Er hat mich nicht mal erkannt bei den wenigen Malen, die wir uns getroffen haben. Wie ich bereits erwähnt habe, war ich nicht oft in der Schule. Ich bin nur an den Tagen hingegangen, an denen wir Kunstunterricht hatten.«

»Kunstunterricht? Was für eine Art Unterricht war das?«

»Oh, wir haben uns meistens Bilder von Kunstwerken angesehen und einen kurzen Vortrag über den jeweiligen Künstler gehört. Als junge Gentlemen sollten wir neben Cricket auch ein wenig Kultur abbekommen. Cricket habe ich gehasst, wie ich zugeben muss. Einen Schläger richtig zu halten, habe ich nie als eine meiner Prioritäten angesehen. Aber den Kunstlehrer mochte ich, wahrscheinlich habe ich ihn zu einer Art Vaterfigur hochstilisiert. Der arme Kerl war in Wirklichkeit drogenabhängig. Er ist während meines dritten und, wie sich herausstellte, letzten Schuljahres an einer Überdosis gestorben. So munkelte man jedenfalls. Natürlich durften wir Schüler nichts davon wissen, aber wir fanden es natürlich doch heraus. Oder dachten es zumindest.«

Arbalest trank noch ein wenig von dem Sodawasser, das Sarah ihm gegeben hatte. »Ich hatte zu dem Zeitpunkt selbst Drogenprobleme, könnte man sagen. Meine Mutter war die meiste Zeit völlig zugedröhnt. Ich glaube, Roderick hat ihr den Stoff besorgt, obwohl nicht er es war, der sie auf den Geschmack gebracht hat. Wenn ich so zurückdenke, glaube ich, dass meine Mutter schon Jahre zuvor damit angefangen hatte. Sie war immer sehr launisch. Ich wusste nie, in welcher Stimmung sie im nächsten Moment sein würde. Manchmal vergaß sie einfach, dass es mich gab. Manchmal machte sie mich stundenlang wegen nichts und wieder nichts fertig. Und manchmal war sie richtig süß. Wenn sie gut drauf war, erzählte sie mir die tollsten Geschichten über ihren adeligen Vater. Angeblich war er ein russischer Prinz und lebte in einem wunderschönen Palast. Eines Tages kamen die bösen Bolschewiken, ermordeten ihn und raubten sein ganzes Geld. Bis auf den kostbaren Familienschatz, den ich eines Tages erben würde. Aber ich sollte Ihnen das alles gar nicht erzählen.«

»Ganz im Gegenteil, Arbalest. Ich finde, das sollten Sie unbedingt«, sagte Max. »Wir haben Grund zu der Annahme, dass Ihr

Vater sehr viel mehr über diesen Familienschatz wusste, als Ihre Mutter Ihnen je erzählt hat.«

»Aber woher denn?«

»Vertrauen Sie uns, Arbalest. Wir werden es Ihnen zu gegebener Zeit erklären. Was wurde aus Ihrer Mutter, und wo ist dieser Schatz jetzt? Wissen Sie das?«

»Natürlich weiß ich es. Es blieb ihr nichts anderes übrig, als es mir zu sagen. Ich kam eines Tages von der Schule nach Hause – es muss ein Tag gewesen sein, an dem wir Kunst hatten – und fand meine Mutter auf dem Boden liegend vor. Sie blutete, und ihr Körper war mit Blutergüssen übersät. Sie versuchte, zum Sofa zu kriechen. Roderick war da gewesen und hatte sie so schrecklich verprügelt, dass sie nicht mal mehr aufstehen konnte. Ich glaube, ihre Beine waren gebrochen, jedenfalls schrie sie, als ich versuchte, ihr aufzuhelfen. Er hatte versucht, ihr den Schatz abzunehmen, und gedroht, zurückzukommen und sie zu töten, wenn sie ihm nicht erzählte, wo er sei.«

»Um Gottes willen!« rief Sarah. »Und was haben Sie getan?«

»Ich habe Wasser geholt und das Blut von Mutters Gesicht gewischt. Ich konnte es nicht ertragen, sie so zu sehen. Aber sie war wie eine wilde Furie. Sie stieß meine Hand fort, schrie, sie wolle sich nicht unterkriegen lassen. Lieber wolle sie sterben. Ich sollte den Schatz aus dem Versteck holen – sie verriet mir, wo sie ihn versteckt hatte – und damit fliehen und ihn fortan mit meinem Leben verteidigen. Sie packte meine Hand – ihre Hand war ganz klebrig vor Blut, es war schrecklich – und presste sie an ihr Herz. Dann ließ sie mich schwören, dass ich mein Versprechen halten würde, sonst würden die Götter meiner Vorfahren furchtbare Rache an mir nehmen. Sie machte mir höllische Angst, wenn Sie die Wahrheit wissen wollen. Und tut es immer noch.«

»Das kann ich mir vorstellen«, sagte Max. »Und was passierte dann?«

»Ich holte den Schatz und stopfte ihn unter mein Unterhemd. Ich brachte ihr etwas zu trinken und versuchte, es ihr ein bisschen bequemer zu machen. Aber ich konnte nicht viel für sie tun.

Ich wusste, dass es keinen Sinn hatte, die Polizei zu holen, ganz abgesehen davon, dass sie es ohnehin nicht zugelassen hätte. Dann hörten wir Roderick draußen im Garten zwischen den Bungalows. Er stürmte auf das Haus zu. Mutter stieß mich fort und sagte, ich sollte um mein Leben rennen. Als ich aus dem Fenster sprang, sah ich noch, wie sie ein Rasiermesser unter einem Sofakissen hervorzog. Sie hielt es offen in der Hand und starrte die Tür an, die Lippen zu einem teuflischen Grinsen verzerrt. Ihr langes schwarzes Haar fiel ihr wirr ins Gesicht, und in ihren Augen blitzte grünes Feuer. Ich weiß nicht, wer von den beiden zuerst starb. Ich bin nie zurückgekehrt und habe nie versucht, es herauszufinden.«

»Wo war die Ayah?« wollte Sarah wissen. »Konnte sie entkommen?«

»Sie war schon fort, als ich nach Hause kam. Ich bin sicher, dass ihre Verwandten sie versteckt haben. Ich lief zur Werkstatt, aber sie wollten mich nicht hereinlassen. Sie sagten, ich solle machen, dass ich fortkomme, und mich nie wieder blicken lassen. Irgendwie konnte ich sie verstehen. Sie waren nur arme Leute, die versuchten, sich ihren Lebensunterhalt zu verdienen. Sie konnten nicht riskieren, dass ein wahnsinniger Mörder ihre Werkstatt kurz und klein schlug. Ich sagte, es tue mir leid, und lief weiter. Einer der Männer, der immer sehr nett zu mir gewesen war, steckte mir ein paar Annas zu und gab mir Chapatis als Wegzehrung.«

Arbalest hielt sein Glas schräg, um auch die letzten Tropfen trinken zu können. Sarah bot ihm an, neues zu holen, doch er schüttelte den Kopf. »Lassen Sie nur, es geht mir wieder gut. Soll ich weiterreden?«

»Ja, bitte. Was haben Sie als Nächstes getan?«

»Meine Chapatis gegessen und nachgedacht. Ich trug meine Schuluniform noch, Roderick hätte mich darin sofort gefunden. Also bin ich zum Basar gegangen und haben meine schönen Sachen gegen ein paar alte Lumpen eingetauscht, ein zerrissenes Hemd, schmutzige Shorts und ein Paar ausgetretene Sandalen.

Natürlich hat man mich dabei über den Tisch gezogen, aber ich war nicht in der Verfassung zu feilschen. Ich konnte den Händler nur überreden, noch eine abgenutzte alte Sonnenbrille draufzulegen. Ich war fast am ganzen Körper tiefbraun, weil ich so viel in dem Lendentuch gearbeitet hatte, und mein Haar war pechschwarz. Ich wäre durchaus als Inder durchgegangen, wenn ich nicht meine grünen Augen gehabt hätte. Daher wollte ich auch unbedingt die Sonnenbrille. Ich ließ mir einen Lappen geben, um sie damit zu säubern. Als ich ein Stück weit weg war, band ich mir ein Stück von dem Stoff um den einen Brillenbügel und zerkratzte die Gläser ein bisschen, damit es aussah, als hätte ich die Brille im Abfall gefunden. Die Verkleidung war gar nicht so schlecht. Roderick war viel zu eingebildet, um sich vorstellen zu können, dass ein Junge wie ich wie ein Straßenkind herumlaufen würde. Für jemanden aus meiner angeblichen Kaste hätte das eine tiefe Erniedrigung bedeutet.«

»Und der Schatz?« fragte Sarah. »Wie konnten Sie ihn in der zerrissenen Kleidung bei sich tragen?«

Arbalest lächelte. »Ganz einfach. Mutter bewahrte ihn in einem kleinen Lederbeutel auf. Viele Inder tragen einen Beutel mit einem Talisman um den Hals. Ich habe einfach noch ein Stück von dem Lumpenstoff abgerissen und den Beutel darin eingewickelt. Dann habe ich eine Knoblauchzehe hineingetan, die ich aus dem Korb eines Händlers gestohlen hatte. Um böse Geister abzuwehren. Ich trage den Beutel immer noch, allerdings ohne die Lumpen. Sehen Sie?«

Die Krawatte, die er trug, war sehr dezent, jedoch breiter als gewöhnlich. Er schob den Knoten nach unten, öffnete die obersten Hemdenknöpfe und enthüllte einen weichen Lederbeutel, der an einer schmalen Goldkette hing. »Das Ding fühlt sich ein bisschen an wie ein Kropf an der falschen Stelle, aber ich habe mich in all den Jahren so sehr an den Beutel gewöhnt, dass ich mir ohne ihn richtig nackt vorkäme.«

Levitan wurde unruhig. »Können wir uns Ihren Schatz einmal ansehen?«

»Aber ich – ich habe ihn noch nie jemandem gezeigt, wirklich, noch nie«, stammelte der Auferstehungsmann.

»Schauen Sie, Mr. Arbalest, Sie haben uns eben geschildert, dass Sie mehr oder weniger Zeuge waren, wie man Ihre Mutter wegen dieses Steins umbrachte. Inzwischen haben wir es mit zwei weiteren Morden zu tun. Wahrscheinlich steckt hinter beiden dasselbe Motiv. Eines der Opfer war Ihr Vater, das andere sein bester Freund. Bitte öffnen Sie den Beutel, Mr. Arbalest.«

Kapitel 24

Bartolo Arbalest bewegte sich langsam und mechanisch, wie ein Mensch, der unter Schock steht, was möglicherweise sogar der Fall war. Er zog die Goldkette über den Kopf und legte seinen Talismanbeutel vor Max auf den Tisch.

»Machen Sie ihn auf«, sagte er. »Ich bringe es nicht fertig.«

»Warum nicht?« fragte Max. »Sie haben es doch bestimmt schon oft genug getan.«

»Nein, noch nie. Kein einziges Mal. Ich habe es ein paar Mal versucht, aber dann habe ich immer Mutters Gesicht gesehen, wie sie aussah, als sie mir den Beutel gab, und ich – ich kann es einfach nicht. Bitte, Mr. Bittersohn.«

Max zuckte mit den Achseln, nestelte einen Moment an den mit den Jahren starr gewordenen Falten an der Öffnung herum, drehte den Beutel um und ließ den schweren Stein auf George Protheroes Schreibunterlage gleiten. In Größe und Form entsprach er in der Tat einem großen Hühnerei. Zahlreiche Facetten fingen die Strahlen der Schreibtischlampe auf und verwandelten sie in ein kühles, ruhiges Spiel von hell und dunkel, farbigem und weißem Licht.

»Sehr hübsch«, sagte Max.

Sarah starrte den großen Edelstein wie gebannt an. »Er ist so klar, so still. Was ist das für ein Stein, Max?«

»Ein Bergkristall. Mitte des achtzehnten Jahrhunderts, würde ich sagen. Wahrscheinlich stammt er vom Türknauf irgendeines Nabobs.«

»Was ist er wert?« erkundigte sich Levitan.

»In Dollar? Einige Tausend, mehr oder weniger. Tut mir leid, Arbalest.«

»Nein! Oh mein Gott! Das alles nur für – Mutter, Vater, Erminie, Mr. Dubrec, all die anderen, getötet wegen eines Türknaufs aus Bergkristall! Nehmen Sie das Ding weg, um Gottes willen! Werfen Sie es ins Meer. Und werfen Sie mich am besten direkt hinterher, wenn Sie schon mal dabei sind. Ich tauge nicht für dieses Leben.«

»Immer mit der Ruhe, Mr. Arbalest«, sagte Levitan. »Gleich geht es Ihnen wieder besser. Kann ihm jemand einen Brandy holen? Ich werde diesen – wie soll ich ihn nennen? Kristalltürknauf? – als Beweisstück sicherstellen. Ich gebe Ihnen eine Quittung.«

»Ich will keine Quittung.«

»Tut mir leid, aber das sind nun mal die Regeln. Sie wollen doch sicher nicht, dass ich meinen Job verliere.«

Levitan riss ein Blatt von seinem Notizblock, der auf Georges Schreibtisch lag, und begann zu schreiben. Seine Schrift war erstaunlich schön. Sarah holte schnell den Brandy und für alle Fälle auch noch ein frisches Glas Sodawasser. Als sie zurückkam, fragte Max gerade Arbalest: »Haben Sie den Leibwächter wegen des Steins engagiert?«

Arbalest zuckte mit den Achseln. »Kann schon sein. Jedenfalls indirekt. Es waren so viele schreckliche Dinge passiert, und das schon seit so langer Zeit. Erminie Dubrec war meine große Liebe. Ich wollte sie unbedingt heiraten, aber ich habe mich nicht getraut, sie zu fragen. Es gab andere vor ihr, wissen Sie. Es traf jeden, der mir nahe stand, ob Mann oder Frau – ich bin von Natur aus ein geselliger Mensch, ich brauche Menschen um mich. Wahrscheinlich würde ein Psychiater es als Relikt aus der Zeit deuten, als ich noch mit Ayahs Brüdern in der Werkstatt gearbeitet habe. Ich liebe es, Freunde um mich zu haben, ich kann nichts dagegen machen. Ich gehe Bindungen ein, und kurz darauf werden sie auf grausamste, schrecklichste Weise zerstört. Es sieht ganz so aus, als stünden alle Menschen, die mir zu nahe kommen, unter einem Fluch.«

Er weinte wieder. »Ich habe so viel Liebe in mir, aber ich vergifte alle, die ich liebe. Ich habe so viele Menschen zum Tode verurteilt, nur weil ich sie gern hatte. Oh Gott! Ich halte es nicht mehr aus! Ich will sterben und bei meinem Vater sein.«

Das war der dritte Mensch, der George Protheroe geliebt hatte und jetzt an Charons Fähre Schlange stand, Anora nicht mitgerechnet. Ausgerechnet der dicke alte George. Wer hätte gedacht, dass er so vielen Menschen etwas bedeutete? Sarah ertrug es nicht länger, hier zu stehen und den Auferstehungsmann schluchzen zu hören, daher ging sie wieder, um noch mehr Sodawasser zu holen. Als sie in das Arbeitszimmer zurückkehrte, hatte sich Arbalest wieder im Griff und beantwortete gerade eine Frage, die wahrscheinlich Max gestellt hatte.

»Nein, ich habe Goudge nichts von dem Kristall gesagt, als ich ihn eingestellt habe. Ich wüsste auch nicht, warum ich das hätte tun sollen. Die Katastrophen, die meinen früheren Kunsthandwerkern zugestoßen waren, waren Grund genug, so vorsichtig wie möglich zu sein.«

»Haben Sie je einem Menschen davon erzählt?« Die Frage kam von Levitan.

»Nein, noch nicht einmal Erminie. Niemand weiß davon. Es sei denn, Roderick ist noch am Leben. Ich kann mir nicht vorstellen, dass meine Mutter ihr letztes Treffen mit ihm überlebt hat. Sonst wäre sie sicher hinter mir her gewesen, um sich ihren so genannten Schatz zurückzuholen. Sie war wirklich überzeugt davon, dass es ein echter Diamant war, wissen Sie. Man musste ihr einfach glauben, sie war sich so sicher. Ich habe keinen Moment an ihren Worten gezweifelt. Und ich bin sicher, dass Roderick es auch geglaubt hat. Aber man glaubt natürlich immer das, was man glauben will.«

»Woher hätte sie wissen sollen, wo sie nach Ihnen suchen sollte?« fragte Max.

»Keine Ahnung. Aber sie hätte mich bestimmt gefunden. Ich habe mich manchmal gefragt, ob meine Mutter nicht vielleicht eine Hexe sein könnte. Übrigens bin ich an den ersten Tagen damals nicht sehr weit gekommen. Ich war zu Fuß, und für die paar Annas wäre ich auch mit dem Zug nicht weit gekommen. Außerdem musste ich mir etwas zu essen kaufen. Wie Sie sehen, habe ich Nahrungsmittel schon immer für äußerst wichtig gehalten.«

Die Zuhörer interessierten sich nicht für Arbalests *Embon-*

point, sie wollten, dass er weiterredete. Da er ein höflicher Mensch war, tat er ihnen den Gefallen.

»Merkwürdigerweise habe ich mir wegen Roderick wenig Sorgen gemacht. Ich sah immer wieder meine Mutter mit dem Rasiermesser in der Hand vor mir. Ich war ziemlich sicher, dass meine Mutter ihn zumindest übel zugerichtet hatte, bevor er sie hätte töten können. Und selbst wenn sie ihn nicht lebensgefährlich verletzt hätte, wäre er bestimmt eine geraume Zeit damit beschäftigt gewesen, unseren Bungalow mit bloßen Händen Stück für Stück in seine Bestandteile zu zerlegen, um nach dem Geheimversteck meiner Mutter zu suchen. Es hätte bestimmt ziemlich lange gedauert, bevor ihm der Gedanke gekommen wäre, dass ich vielleicht mit dem Ding auf und davon war. Roderick war kein besonders schneller Denker.«

»Und sein Sohn?« fragte Max.

»Herr des Himmels! Wissen Sie, Bittersohn, ich habe in all den Jahren noch nie daran gedacht, dass der Sohn vielleicht auch etwas mit der Sache zu tun gehabt haben könnte. Ziemlich dumm von mir, denn Barn war ein gemeiner kleiner Teufel. Ich erinnere mich noch, wie ich einmal von der Werkstatt nach Hause kam und ihn draußen erwischte, wie er mit einer Kamera in der Hand unter dem Fenster meiner Mutter herumlungerte.«

»Was haben Sie gemacht?«

»Nichts, natürlich. Barn war älter als ich, wissen Sie. Ich bin bloß in den Schuppen geschlichen und habe gewartet, bis er genug davon hatte herumzuspionieren und sich wieder nach Hause verzog. Heute sehe ich die Sache etwas anders. Gott weiß, was für ein Leben der arme Junge geführt hat. Ich habe keine Ahnung, ob Roderick nicht nur mit Drogen gehandelt hat, sondern sie auch genommen hat. Jedenfalls hat er eine Menge getrunken, auch wenn er leider nie besinnungslos betrunken war. Mutter und ich wussten immer genau, wann er getrunken hatte. Wir haben gehört, wie er seine Dienstboten angebrüllt hat. Er hat sie mit den schlimmsten Schimpfwörtern belegt und sie beschuldigt, ihn bestohlen zu haben. Ihnen war es egal, sie wurden gut genug bezahlt, und sie haben sowieso nur die Hälfte von dem verstanden, was er sagte. Außerdem war Roderick Amerikaner und galt daher nicht als Sahib.«

»Woher genau kam Roderick?« fragte Max.

»Keine Ahnung. Er hatte keinen besonderen Dialekt, soweit ich mich erinnere. Er sprach genauso wie Carnaby. Wo ist Carnaby überhaupt?«

»Oben. Er hält ein Nickerchen«, sagte Levitan. »Er hat jetzt selbst einen Leibwächter, wie Sie sicher interessieren wird. Wir hielten es nicht für klug, einen Mann allein dort oben liegen zu lassen, nach allem, was sich hier in diesem Haus zugetragen hat. Hat er ein Alkoholproblem?«

Arbalest zeigte den Anflug eines Lächelns. »Ach herrje. Nein, damit hat er bestimmt kein Problem. Carnaby könnte sogar das Heidelberger Fass austrinken, ohne auch nur im Geringsten beschwipst zu sein. Er sagt, es gebe einen Trick, wie man absolut trinkfest wird. Den hat er in Texas gelernt, als er den Leibwächter für all die Ölbarone gespielt hat. Er muss sich ständig als jemand ausgeben, der er nicht ist, wissen Sie. Und oft gerät er in Situationen, wo er einfach mittrinken muss, damit er sich nicht verdächtig macht. Wie kommen Sie darauf, dass er ein Alkoholproblem haben könnte?«

»Weil er betrunken ist. Er ist völlig weggetreten.«

»Ganz bestimmt nicht! Kann es sein, dass ihn jemand betäubt hat?«

»Er hat sich nicht so verhalten, als ich ihn gesehen habe«, sagte Sarah. »Er sang ›Melancholy Baby‹ und hat Lydia angemacht. Max, warte! Geh nicht da hoch!«

»Bleiben Sie sitzen, Bittersohn, das ist Sache von Supercop.« Levitan war bereits aufgesprungen, überprüfte sein Schulterhalfter und rannte ins Treppenhaus.

Bartolo Arbalest schaute ihm verwundert nach. »Will er Carnaby verhaften, weil er Madame Ouspenska zu nahe getreten ist?«

»Wer weiß?« Max gefiel es nicht, zurückgehalten zu werden. »Wie lautete Rodericks Nachname, Arbalest?«

»Ich kann mich nicht mehr erinnern. Ich habe es bestimmt mal gewusst, aber es ist mir entfallen. Wahrscheinlich eine Freudsche Fehlleistung. Ich habe ihn und seinen Sohn immer gehasst, selbst bevor – Gott! Wie konnte ich nur so ein Feigling sein und meine Mutter allein und hilflos auf dem Boden liegen lassen, als dieser Wahnsinnige kam, um sie zu töten?«

Der pflichtbewusste Sohn wusste nichts von George Protheroes Kletterpartie auf der vielarmigen Statue oder dem Kreis der schlafenden Mönche, denen Medea kaltblütig die Kehle durchgeschnitten hatte. Medea musste gewusst haben, dass ihre Chancen, Rodericks zweitem Angriff lebend zu entkommen, gleich null waren, sonst hätte sie ihren Diamanten nie fortgegeben, nicht einmal ihrem Sohn, dachte Sarah. Wahrscheinlich hatte die Frau selbst an das Märchen mit dem russischen Prinzen geglaubt und es auch ihrem Sohn eingeredet. Wie sonst war es möglich, dass Arbalest sein Versprechen während so vieler Jahre und trotz all der Tragödien gehalten hatte? Wenn je die Sünden der Eltern an den Kindern heimgesucht wurden, dann hier! Was war das bloß für ein Krach draußen?

Durch die Tür kam eine merkwürdige Mischung aus Armen und Beinen. Wie sich herausstellte, war es Jesse Kelling, der einen kleinen Mann im roten Jogginganzug hinter sich herzerrte. Der Mann versuchte, seinen Fänger vors Schienbein zu treten, doch Jesse hatte sich nicht umsonst jahrelang mit seinen blutrünstigen Brüdern herumgebalgt.

»Ich hab' ihn, Max!«

»Da hol mich doch der Teufel! Wie hast du das denn geschafft?«

»Hab' ihn durch den Garten kommen sehen, bin aus dem Fenster gesprungen und auf seinem Rücken gelandet. Wir können ihm unbefugtes Betreten eines Grundstücks anhängen, nicht?«

»Und er kann dich wegen grundloser Körperverletzung anzeigen. Das hast du ja toll gemacht, Jesse. Okay, Meister, wer immer Sie auch sind, was soll der ganze Mist mit dem roten Jogginganzug und den Gymnastikübungen?«

Jesses Gefangener gab eine unverständliche Äußerung von sich, die nur Bartolo Arbalest zu verstehen schien, denn er gab eine ebenso unverständliche Äußerung zurück.

»Er sagt, Sie sollen ihn bitte gehen lassen. Er habe nur seine Arbeit getan. Er sagt, wenn wir ihm wehtun, wird mein Chef sauer sein.«

»Sein Chef?«

»Nein, meiner. Interessant, nicht?«

Arbalest brachte weitere Geräusche hervor, die mit mehreren verzweifelten Äußerungen beantwortet wurden. »Er sagt, ich sei ein schlechter und undankbarer Diener und müsse eine ordentliche Lektion erhalten. Er sagt, er würde meinem Chef sagen, dass ich Kontakt mit Personen pflege, die einen schlechten Charakter haben. Er sagt, diese Frau sei zu schön, um tugendhaft zu sein, sie gehöre in eine Zenana. Er hat nicht wörtlich Zenana gesagt. Entschuldigen Sie bitte, Mrs. Bittersohn.«

»Schon gut. Fragen Sie ihn nach dem Namen seines Chefs. Welche Sprache spricht er übrigens? Hindi?«

»Nein, Tamil. Das ist wirklich interessant. Ich dachte immer, ich hätte alles vergessen, aber ich habe ganz automatisch geantwortet. Merkwürdig, wie einem plötzlich alles wieder einfällt. Ich kann den Mann nicht nach dem Namen meines angeblichen Chefs fragen, Mrs. Bittersohn. Ich glaube, dann würde er mich für verrückt halten. Vielleicht hätte er damit sogar Recht. Was macht er hier überhaupt?«

»Ich weiß es nicht. Ihr Vater sah ihn am Abend vor seiner Ermordung über den Rasen laufen. George sagte, der Mann habe wie ein Tamile ausgesehen.«

»Wie klug von Vater, was muss er doch für ein wunderbarer Mann gewesen sein! Mein Gott, was geht denn da oben vor?«

»Ich geh' nachschauen.« Jesse setzte zum Spurt an.

Max versperrte ihm mit dem Spazierstock den Weg. »Von wegen! Da oben sind zwei bewaffnete Polizisten. Die brauchen dich nicht. Trägt Goudge normalerweise eine Waffe, Arbalest?«

»Ich weiß es nicht. Aber eigentlich würde es mich kaum wundern. Ich habe ihn nie gefragt, weil ich es lieber nicht wissen wollte. Ich hasse Schusswaffen. Ich mache meinem Vater wirklich keine Ehre, nicht?«

Sarah wollte auf keinen Fall, dass er schon wieder anfing zu weinen. »Das ist doch Unsinn. Ich glaube nicht, dass George je in seinem Leben eine Schusswaffe angerührt hat.«

»Oh, Mrs. Bittersohn, Sie glauben gar nicht, wie erleichtert ich bin! Aber Carnaby – ich bin völlig verwirrt. Sollten wir nicht vielleicht auch nach oben gehen?«

»Nein«, sagte Max. »Wie kommt es, dass Sie ausgerechnet Goudge engagiert haben?«

»Durch eine Verkettung von Umständen, könnte man sagen. Ich traf ihn zum ersten Mal in New York, als ich gerade anfing, mir eine Existenz als Restaurator aufzubauen. Ich hatte mir die Fahrt von Madras nach New York als Hilfskoch auf einem Frachtdampfer verdient. Das war einige Jahre nach meiner Flucht vor Roderick. Ich habe an verschiedenen Orten in Indien und auch in New York gearbeitet, bevor ich genug Mut hatte, mein eigenes Geschäft aufzubauen. Aber ich sollte nicht abschweifen. In New York gab es einen kleinen Coffee Shop, in den ich regelmäßig ging. Und den auch Goudge besuchte.«

»Dann haben Sie sich dort näher kennen gelernt?«

»Eigentlich nicht. In New York spricht man keine Fremden an, es sei denn, man will sie überfallen und ausrauben. Aber man merkt sich Gesichter. Er hatte meistens eine Kamera dabei, daher dachte ich, er sei vielleicht Fotograf. Dann bekam ich Probleme, wie Brooks Ihnen vielleicht schon erzählt hat, und bin an die Westküste gezogen. Und was meinen Sie, wen ich an meinem ersten Tag in Los Angeles traf? Goudge!«

»Haben Sie mit ihm gesprochen?«

»Nein, ich habe ihm nur zugenickt. Aber ich glaube nicht, dass er es registriert hat. Danach habe ich ihn lange Zeit nicht mehr gesehen. Als ich auch in Los Angeles Probleme bekam, bin ich nach Houston gezogen. Dort lernte ich Erminie kennen, aber darüber kann ich jetzt nicht sprechen. Nachdem sie – nach ihrem

Unfall saß ich eines Tages auf einer Parkbank und überlegte, ob ich mich umbringen sollte, da kam auf einmal wieder dieser Mann vorbei. Er blieb stehen und schaute mich an. Und dann sagte er: ›Kenne ich Sie nicht von irgendwoher?‹

Ich sagte: ›Ja, in gewisser Weise schon, wir haben uns vor Jahren häufig in New York gesehen.‹ Da haben wir darüber gesprochen, wie klein doch die Welt ist, und schließlich beschlossen, zusammen etwas trinken zu gehen. Ich bin ein Mensch, der die Gesellschaft anderer braucht, wie ich bereits sagte. Inzwischen hatten meine texanischen Kunsthandwerker von meinen Problemen erfahren und bis auf Jacques alle das Weite gesucht. Und Jacques war vollauf damit beschäftigt, seine Familie zu trösten. Die Dubrecs waren natürlich völlig verzweifelt über Erminies Tod. Wer war das nicht?«

»Und dann haben Sie Goudge endlich näher kennen gelernt«, bohrte Max weiter. »Hat er auch über sich gesprochen?«

»Ja, er sagte, er hätte mit Fotografieren kein Glück gehabt. Daher habe er es aufgegeben und verdiene sich jetzt sein Geld als Leibwächter. Er hatte einen texanischen Ölbaron beschützt, der in irgendwelche Schwierigkeiten geraten war. Aber die Sache war inzwischen geklärt, und er war frei für ein neues Engagement. Genau wie ich versuchte auch er, sich zu entscheiden, was er als Nächstes machen sollte. Er sagte, er komme von der Ostküste, wolle gern wieder dorthin zurück und habe keinerlei Verpflichtungen, die ihn in Texas hielten.«

Arbalest seufzte. »Daraufhin hatte ich eine brillante Idee. Ich dachte, ich könnte diesmal vielleicht verhindern, dass meine Kunsthandwerker ermordet würden, indem ich eine neue Werkstatt einrichten würde, mit höchstem Sicherheitsstandard und beschützt von einem Leibwächter. Ich fragte Carnaby, ob er daran interessiert sei. Ich wies ihn darauf hin, dass ich ihn natürlich nicht so gut bezahlen könne wie die Ölbarone, aber er sagte, das sei ihm egal. Er sei Junggeselle, sei allein für sich selbst verantwortlich, komme aus einer reichen Familie und brauche im Grunde überhaupt nicht zu arbeiten. Er habe nur gern etwas zu tun, und meine Idee gefalle ihm. Vielleicht würde das Zusammenleben mit anderen Künstlern ihn stimulieren, wieder zur Fotografie zurückzukehren.«

»Und so hat es angefangen?«

»Ja, genau so. Carnaby und ich sind dann gemeinsam an die Ostküste geflogen. Er hat mir geholfen, ein Haus zu finden und das Sicherheitssystem zu entwickeln. Gitter an allen Fenstern, eine Wechselsprechanlage, überall Schlösser und Sicherheitsriegel. Es war sehr beruhigend. Ich begann, mich nach fähigen Kunsthandwerkern umzusehen, und pickte mir ein paar heraus, die mit meinem Konzept einverstanden waren. Sie haben sie ja bereits kennen gelernt. Und dann habe ich Jacques nachkommen lassen. Er hatte versprochen, sofort wieder bei mir einzusteigen, sobald ich etwas aufgebaut hatte. Und jetzt bin ich also hier. Aber wahrscheinlich nicht mehr lange. Fragt sich nur, wohin es als Nächstes geht.«

»Und Sie hatten nie den Verdacht, dass Goudge Sie all die Zeit verfolgt haben könnte?«

»Oh nein.« Arbalest war schockiert. »Warum sollte er das?«

»Das fragen Sie ihn am besten selbst«, sagte Max. »Da kommt er schon.«

Kapitel 25

»Barnaby Rudge!« brüllte Arbalest. »Jetzt habe ich dich endlich durchschaut, Barn. Du hast dein Gesicht kosmetisch verändern lassen, aber deine gemeinen kleinen Augen hätte ich trotzdem erkennen müssen. Du bist Roderick Rudges Sohn. Er hat meine Mutter umgebracht!«

Der Mann, der sich Carnaby Goudge nannte, schenkte ihm ein gemeines kleines Lächeln. »*Au contraire*, Barty, alter Schwachkopf. Deine Mutter hat meinen Vater ermordet. Hat ihm die Kehle durchgeschnitten. Fein säuberlich, von einem Ohr zum anderen. Der schönste Schnitt, den ich je gesehen habe. Ich habe ein paar hübsche Fotos davon. Ich konnte den alten Roddy sowieso nie leiden.«

»Aber was ist dann mit meiner Mutter passiert?«

»Eine Zeit lang nicht sehr viel. Wir haben Roddys Leiche entsorgt, aber die Einzelheiten interessieren dich sicher nicht. Ich habe meine Diener den ganzen Dreck wegmachen lassen, weil Medea abgehauen ist, wie sie es so oft machte, wenn man sie brauchte. Und dann bin ich bei ihr eingezogen. Unser eigener Bungalow war eine ziemliche Bruchbude. Roddy hatte die unangenehme Angewohnheit, Wände und Dielen zu zerstören, wenn er einen seiner Wutanfälle hatte.«

»Du meinst, du hast mit meiner Mutter –«

»Oh ja, Medea konnte auf ihre Weise ganz amüsant sein. Hatte natürlich auch ihre Macken. Sie war ganz schön sauer auf dich, dass du mit ihrem Diamanten abgehauen bist, Barty. Hat mich schwören lassen, dass ich dich bis ans Ende der Welt verfolge und schreckliche Rache an dir übe, weil du ihr Vertrauen auf so niederträchtige Weise getäuscht hast und so weiter und so fort. Medea war rhetorisch recht begabt, wie du sicher weißt.«

»Aber Mutter hat ihn mir selbst gegeben! Sie wusste, dass Roderick zurückkommen würde, um sie zu töten. Sie wollte, dass ich vor dem Unheil, das ihr drohte, entkam. Ich musste ihr schwören, den Familienschatz mit meinem Leben zu verteidigen wie ein Heiligtum.«

»Ach ja? Das wirft natürlich ein ganz anderes Licht auf die Sache. Und, hast du deinen Schwur auch gehalten?«

»Natürlich.«

»Braver Junge. Genau das konnte Medea an dir nicht ausstehen, Barty. Sie hat mir ständig damit in den Ohren gelegen, wie verdammt nett du doch wärst. Genau wie dein Vater. Nach all der Zeit in deinem gemütlichen kleinen Ashram hier kann ich gut verstehen, was sie damit meinte. Du bist wirklich ein verdammter Langweiler, Barty.«

Der Auferstehungsmann zuckte mit den Schultern. »Tut mir leid, dass es dir bei uns nicht gefallen hat, Carnaby. Oder Barn, wenn dir das lieber ist. Ich habe mir wirklich alle Mühe gegeben. Aber du hast mich auch nicht gerade glücklich gemacht, oder? Soll ich daraus schließen, dass all die schrecklichen Unfälle, die mich verfolgt und gequält haben, seit ich in Amerika bin, auf dein Konto gehen? Hast du so versucht, den Schwur, den du meiner Mutter geleistet hast, in die Tat umzusetzen?«

»In gewisser Weise schon. Auf die Art hatte ich wenigstens immer was zu tun. Ich bin gern aktiv, weißt du. Genau das hat mir an Medea so gefallen. Ihr ist immer etwas eingefallen, das man unternehmen konnte. Sie hatte diesen wunderbaren Trick, der immer klappte. Wir suchten nach einem Tempel, der eine Götterstatue mit einem wirklich schönen Edelstein in der Stirn enthielt, gaben den Mönchen, die sie bewachten, ein Schlafmittel, stahlen den Edelstein und schnitten den Mönchen zum Abschied die Kehle durch. Ziemlich raffiniert, findest du nicht?«

»Der Trick ist nicht neu«, sagte Max Bittersohn.

»Ach ja? Einmal waren wir wieder mal auf der Suche nach einer passenden Statue, als Medea von einem riesigen Bengalen auf einem Motorrad überfahren wurde und starb. Vielleicht bin ich sentimental, aber ich habe es einfach nicht fertig gebracht, ohne sie weiterzumachen. Ich war damals erst vierzehn, weißt du, wenn auch sehr reif für mein Alter. Also habe ich beschlossen, in die Staaten zurückzukehren und mich an dir zu rächen, wie sie es sich gewünscht hat.«

»Und wovon haben Sie die Reise bezahlt?« Jesse Kelling war schon dabei, sich Notizen zu machen.

»Das war kinderleicht«, erwiderte Goudge. »Geld war für mich kein Problem. Roderick hatte mit seinem Drogenhandel sehr gut verdient, er hatte den Hohlraum unter den Dielenbrettern in unserem Bungalow völlig mit Rupienbündeln ausgelegt. Eingepackt in Aluminiumfolie, um die Insekten fernzuhalten. Medea habe ich davon natürlich nichts erzählt. Ich habe ein oder zwei Wochen damit verbracht, die Rupien in Reiseschecks und amerikanische Dollars umzutauschen. Dann habe ich mich einem netten amerikanischen Gentleman angeschlossen, der für ein entsprechendes Entgelt bereit war, mich als seinen Sohn auszugeben, und buchte einen Flug nach New York, mit einem gefälschten Pass.«

»Warum mit einem gefälschten Pass?« fragte Levitan.

»Der Mann, der mich ›adoptieren‹ wollte, hielt es für besser, wenn wir beide denselben Namen benutzten. Er wollte nicht, dass man ihm üble Motive unterstellte. Ich habe ihn sofort fallen lassen, nachdem ich das Flugzeug verlassen hatte. Dann bin ich nach Connecticut gefahren, wo Roddys Eltern damals noch lebten. Ich habe mich bei ihnen vorgestellt, mit sauberen Fingernägeln und angeklatschten Haaren, und ihnen die traurige Nachricht vom Tode ihres Sohnes überbracht. Ich machte ihnen weis, Roddy habe heldenhaft sein Leben geopfert, als er ein kleines Kind aus den Fängen eines Krokodils riss, am Ufer des großen graugrünen lehmigen Brahmaputra, weit, weit fort. Außerdem habe ich ihnen die angeblich letzten Worte ihres lieben Sohnes überbracht, die (a) Mater! Und (b) Pater! lauteten. So eine Art von Familie war das, wissen Sie. Natürlich waren sie überglücklich, mich zu sehen, und haben mich auf der Stelle in genau die richtige Schule und später auf genau das richtige College geschickt, wo ich die guten Manieren gelernt habe, die mir als Leibwächter so nützlich gewesen sind.«

Goudge bedachte die kleine Gruppe, die ihm gebannt zuhörte, mit einem wohlwollenden Lächeln. Nur der Mann im roten Jogginganzug wirkte außerordentlich verwirrt. »So gewann ich das Herz meiner Großeltern und sorgte dafür, dass sie ihr Testament zu meinen Gunsten änderten. Dafür bekamen sie auch ein erstklassiges Begräbnis. Daraufhin beschloss ich, meinen Rachefeldzug fortzuführen, da ansonsten nichts Interessantes anstand. Was danach kam, weißt du ja selbst, nicht wahr, Barty, alter Knabe? Und jetzt wäre es nett, wenn Ihre Gesetzeshüter mir freundlicherweise die Handschellen abnehmen würden und mich zu jemandem bringen würden, der mich auf Kaution hier rausholt.«

»Das können Sie vergessen«, sagte Levitan. »Nicht nachdem ich gesehen habe, wie Sie versucht haben, Officer Greenaway zu erdrosseln. Was macht Ihr Hals, Greenaway?«

»Awk!« erwiderte sein Gefolgsmann.

»Ich hole Ihnen etwas zu trinken.« Sarah hatte das Bedürfnis, sich irgendwie nützlich zu machen, und ansonsten gab es für sie momentan nichts zu tun. »Heißen Tee? Oder Kaffee? Sodawasser? Vielleicht ein therapeutisches Schlückchen Whiskey?«

»Awk!« sagte Greenaway.

»Sodawasser«, knurrte der Lieutenant. »Mit viel Eis. Warum haben Sie George Protheroe umgebracht, Goudge? Oder Rudge, oder wie immer Sie auch heißen.«

»Goudge ist unser richtiger Familienname. Barnaby Rudge war nur ein persönlicher Spaß von Roddy. Den alten George um die Ecke zu bringen, war ein kleiner Gefallen, den ich mir selbst getan habe. Vergessen Sie nicht, dass ich gezwungen war, zwei endlos lange Abende strammzustehen, und mir anhören musste, wie er und Barty Süßholz geraspelt haben. Dem intelligenten Betrachter, also mir, war sofort klar, dass es sich bei den beiden um Vater und Sohn handeln musste, und dass Barty dabei war, einen schweren Anfall von Sohnesliebe zu erleiden. So etwas kann man doch nicht einfach tatenlos mitansehen, oder? Außerdem hatte Mrs. Protheroe ausdrücklich gesagt, wir sollten unbedingt wieder hereinschauen, wenn wir in der Nähe wären. Es wäre unhöflich gewesen, sie nicht beim Wort zu nehmen. Ich möchte noch hinzufügen, dass dieses Haus geradezu nach Einbrechern schreit. Sie sollten dem alten Mädchen unbedingt den Tipp geben, einen guten Schlosser herzubestellen, Mrs. Bittersohn.«

»Vielen Dank, ich werde daran denken. Und warum haben Sie Mr. Dubrec umgebracht?«

»Das war nicht meine Schuld, verehrte gnädige Frau. Das haben allein Sie zu verantworten. Ich bin wirklich ein böser Junge, sehr geschickt, wenn es darum geht, andere zu belauschen, ohne dabei gesehen zu werden. Ich habe gehört, wie Monsieur Dubrec von seiner geheimen Mission geplappert hat. Dabei kam mir der Gedanke, dass George vielleicht Medea einen Glasklumpen untergeschoben haben könnte. Dann hätte Dubrec all die Jahre den echten Diamanten gehütet, auch wenn ich mir nicht vorstellen könnte, warum. Jedenfalls hielt ich es für besser, auf Nummer Sicher zu gehen. Leider gab es nichts Stehlenswertes in Dubrecs Taschen, außer vielleicht einem goldenen Zahnstocher und einem antiken silbernen Korkenzieher. Recht hübsches Ding, ich würde es Ihnen gern zeigen, wenn ich nicht diese Handschellen trüge.«

»Und dann sind Sie nach oben und haben sein Zimmer durchsucht, stimmt's?« sagte Levitan.

»Treffer, Euer Ehren. Aber ich habe nicht gewagt, mir genug Zeit zu nehmen, um sorgfältig zu suchen. Ich hatte vor zurückzugehen, sobald mein guter Samariter sich verzogen hätte und ich aus meinem Vollrausch erwacht wäre. Doch das haben Sie mir vermasselt, indem Sie mir diesen Mann – Greenaway heißt er, glaube ich – ans Bett gesetzt haben. Ich muss mich für meine Unfähigkeit entschuldigen. Tut mir leid, dass ich Sie nicht fachmännisch erwürgt habe, Mr. Greenaway. Normalerweise bin ich nicht so ungeschickt.«

»Schon in Ordnung, macht nichts.« Officer Greenaways Stimme klang immer noch heiser, doch das Sodawasser schien zu helfen.

»Na, da bin ich aber dankbar«, sagte Goudge. »Wirklich sehr großzügig von Ihnen. Ich bedaure trotzdem, dass ich meine Suche nicht abschließen konnte. Ich werde das Gefühl nicht los, dass der Diamant immer noch da oben liegt.«

»Nein, da liegt er nicht.« Bartolo Arbalest klopfte auf seine Krawatte. »Ich hatte Mutters kleinen Schatz genau hier, unter meinem Hemd. Seit ich dich eingestellt habe, hast du die ganze Zeit das Auge der Statue bewacht, ohne dass du es wusstest, Carnaby.«

»Verflucht! Wieder nichts! Wie schlau von dir, Barty. Ich fürchte, du wirst mich jetzt aus deinem Atelier verstoßen.«

»Machen Sie sich keine Sorgen, Mr. Goudge«, tröstete ihn Levitan. »Wir haben eine hübsche, gemütliche Zelle für Sie. Wären Sie so nett, auf dem Revier anzurufen, Bittersohn? Bitte sagen Sie der Zentrale, sie sollen eine große Limousine schicken und nicht einen unserer üblichen Viehwaggons. Mr. Goudge ist daran gewöhnt, stilvoll zu reisen.«

»Das ist furchtbar nett von Ihnen, Lieutenant«, sagte der Verhaftete. »Aber die Limousine können Sie sich sparen. Jetzt, wo es für mich nichts mehr zu tun gibt, können Sie genauso gut den Leichenwagen rufen.«

***

»Meine Güte«, sagte Max, nachdem er Levitan und Greenaway dabei geholfen hatte, sich von Goudges Leiche loszuketten. »Wie rücksichtsvoll und aufmerksam von ihm. Anscheinend hatte er eine Zyanidkapsel hinter seiner Brücke.«

»Total durchgeknallt.« Officer Greenaways Artikulation hatte sich deutlich verbessert. Anoras Sodawasser schien wirklich erstklassig zu sein. Der Polizist wollte noch etwas sagen, doch seine Worte gingen im lauten Jammern des kleinen braunen Mannes im knallroten Jogginganzug unter.

»Was hat er denn?« rief Sarah und versuchte, ihn zu übertönen. »Trauert er etwa um diesen abscheulichen Mörder?«

»Nein«, sagte Arbalest. »Er trauert, weil Goudge gestorben ist, ohne ihm das Geld auszuzahlen, das er ihm für all seine Sporteinlagen zugesagt hat. Er meint, es sei weitaus schlimmer, in dem dicken roten Ding durch Boston zu rennen, als in Windrichtung eines brennenden Ghat zu stehen. Der arme Kerl.«

Arbalest schrie ein paar Worte auf Tamil, und das Jammern verwandelte sich in laute Dankesbezeugungen. Sarah dachte, dass eine Runde Sodawasser vielleicht hilfreich sein könnte. Sie war schon auf dem Weg, um Nachschub zu holen, als sie auf Anora stieß, die in einem Chenille-Morgenrock in schrillem Gelb und Magentarot mit braunen Pantoffeln an den Füßen durch den Flur schwankte.

»Anora! Warum bist du denn aufgestanden? Ich dachte, der Arzt hätte dir ein Schlafmittel gegeben?«

»Das hat er auch. Was ist hier unten los? Wer heult da so schrecklich?«

»Der Mann in dem roten Jogginganzug. Du weißt schon, der kleine Mann, den George durch den Garten hat rennen sehen. Aber es geht ihm schon wieder besser. Es ist eine lange Geschichte, Anora. Bist du sicher, dass du sie wirklich hören willst?«

»Nein. Zuerst muss ich irgendetwas zu mir nehmen. Phyllis, hör auf, herumzuflattern wie ein nasses Huhn. Bitte die Köchin, eine frische Kanne Tee zu machen und ein wenig Suppe aufzuwärmen. Ich sterbe vor Hunger. Wer ist hier? Sarah, warum starrst du mich so an? Sag bloß, es ist schon wieder jemand ermordet worden?«

»Nein, nicht ganz. Diesmal hat sich jemand selbst umgebracht.«

»Wer?«

»Goudge. Der Mann, der Mr. Arbalests Wagen gefahren hat.«

»Der Kerl mit den gemeinen kleinen Augen? Ich habe gesehen, wie er George an dem zweiten Abend, als sie uns besucht haben, angestarrt hat. Mir ist es dabei kalt den Rücken runtergelaufen. Hat er meinen George umgebracht?«

»Ja, Anora.«

»Schade, dass er sich selbst umgebracht hat«, knurrte Anora. »Ich hätte ihm diese Arbeit gern abgenommen. Wo ist Max?«

»In Georges Arbeitszimmer. Mit den Polizisten und der Leiche. Er hat schon einen Leichenwagen gerufen.«

»Gut. Sag ihm vielen Dank von mir. Was ist mit Marcus?«

»Brooks und Theonia haben ihn und Lydia Ouspenska im Wagen nach Boston mitgenommen«, erklärte Sarah. »Ich soll dir bestellen, dass er nächsten Sonntag herkommt und du ihn im Atelier anrufen sollst, falls er vorher noch irgendetwas für dich tun kann.«

»Na, das ist ja ein richtig langer Vortrag für Marcus, Gott schütze ihn, den lieben Jungen. Ist Amadées Sohn noch hier?«

»Nein, er ist mit dem Leichenwagen gefahren, der seinen toten Vater abgeholt hat. Jacques will dir noch Bescheid sagen, wie es weitergeht.«

»Wahrscheinlich werden sie Amadée hier kremieren und die Trauerfeier in Arizona abhalten. Das ist heutzutage wohl die praktischste Lösung. Ich werde hin müssen, falls ich bis dahin nicht selbst tot bin. Er ist schließlich auch zu Georges Beerdigung gekommen. Ich habe wenig, das mich jetzt nach Georges Tod noch am Leben hält.«

»Da wäre ich mir nicht so sicher, Anora. Setz dich bitte, sonst fällst du nachher noch. Ich sage Max, dass du hier bist. Er möchte mit dir sprechen.« Sarah eilte zum Arbeitszimmer. »Max, Anora ist unten. Bringst du bitte Georges Brief und das Foto mit? Mr. Arbalest, Sie kommen am besten auch mit. Und der Tamile auch. Hat er einen Namen?«

»Ja sicher.« Arbalest erhob sich ein wenig unsicher. »Er sagt, sein Name sei Cijay, Cijay Cattahoochee, wenn ich ihn richtig verstanden habe. Es ist schon ziemlich lange her, dass ich Tamil gesprochen habe. Cijay ist wirklich ein netter Kerl, wir haben uns eben ein bisschen unterhalten. Er ist ein illegaler Einwanderer, wie Sie sicher bereits vermutet haben. Carnaby hat ihn vor einigen Wochen am Hafen aufgegabelt und hat ihn in Angst und

Schrecken versetzt. Er hat ihm erzählt, er würde für immer im Gefängnis verschwinden, wenn man ihn erwischt, doch er, Carnaby, könne ihn vor diesem Schicksal bewahren. In Wirklichkeit meinte er wohl damit, dass er den armen Kerl als seinen Sklaven missbrauchen wollte. Eine Schande, denn Cijay ist ein recht intelligenter, geselliger Mann. Er sagt, er könne ein klein wenig Englisch, doch er spreche nur sehr schlecht, weil Carnaby es abgelehnt habe, ihm zu helfen. Außerdem hat er ihn wohl davor gewarnt, mit irgendjemand anderem zu sprechen.«

»Hat er verraten, warum Goudge die ganze Rennerei veranstaltet hat?« fragte Levitan.

»Er glaubt, dass sein Herr ein sehr merkwürdiger Mensch war. Er hat keine Ahnung, warum er diesen roten Anzug tragen und den ganzen Affenzirkus veranstalten musste. Er vermutet, dass Carnaby vielleicht nicht ganz richtig im Kopf war.«

»Ist ihm nie in den Sinn gekommen, dass Goudge versuchte, ihn als Verrückten darzustellen, um ihm dann den Mord an George anzuhängen?« sagte Max. »Aber das ist jetzt ohnehin Schnee von gestern. Kommen Sie, wir kümmern uns besser um Anora.«

»Ich hoffe, Mrs. Protheroe ist nicht zu – nun ja, bringen wir es einfach schnell hinter uns. Ich halte mich am besten ganz im Hintergrund.« Der Auferstehungsmann hatte eine Heidenangst, aber wer hätte das in seiner Situation nicht gehabt?

»Was immer Ihnen am angenehmsten ist«, teilte Sarah ihm mit.

Sie ließ Max mit der Ledermappe und dem inhaltsschweren Brief vorangehen und legte ihre Hand auf Arbalests Arm. Er brauchte jetzt möglichst viel moralische Unterstützung, sie fühlte genau, wie er zitterte. Anora saß in ihrem großen Lehnstuhl, die Hände auf die Armlehnen mit dem abgenutzten Stoffbezug gelegt, den Blick ins Leere gerichtet. Sie bewegte kaum den Kopf, als sie ins Zimmer traten. Max öffnete die Mappe und hielt das Bild hoch, sodass sie es gut sehen konnte.

»Ach du liebe Zeit, das ist ja George! Woher hast du das Foto,

Max? Ich habe es noch nie zuvor gesehen.« Sie kramte ein Taschentuch aus ihrer Morgenrocktasche und schnäuzte sich die Nase. »Sehr hübsch. Nur die Augenfarbe stimmt nicht. Was hat sich die Person, die es koloriert hat, bloß dabei gedacht, ihm grüne Augen zu geben?«

»Das ist nicht George, Anora.« Max reichte ihr den Brief. »Am besten, du liest es selbst.«

Jetzt hatte er ihre ganze und ungeteilte Aufmerksamkeit. »Max, das ist Georges Schrift. Wo hast du diesen Brief her?«

»Amadée Dubrec hat ihn mitgebracht. George hat ihn vor vielen Jahren an dich geschrieben, als er im Krankenhaus lag und so krank war, dass er glaubte, er würde bald sterben. Er gab den Brief Dubrec. Er sollte ihn dir nach Georges Beerdigung überreichen. Wie sich herausstellte, hütete Dubrec den Brief sehr viel länger als erwartet. Er wollte ihn dir heute Abend geben, nachdem alle anderen Gäste gegangen waren.«

»Gib mir meine Lesebrille, Sarah. Sie liegt auf dem Kaminsims.«

Anora setzte die Brille auf und las langsam und aufmerksam den vergilbten Brief. Schließlich faltete sie die Blätter zusammen, nahm die Brille wieder ab und legte sie vorsichtig auf den kleinen Tisch neben sich.

»Wer hätte das gedacht! Und ich hatte in all den Jahren keine Ahnung davon! Was mag wohl aus dem Jungen geworden sein?«

»Ich bin hier.«

Bartolo Arbalest sprach mit leiser, zitternder Stimme. Er kniete sich vor die Witwe hin, entweder aus Demut oder weil ihn seine Beine nicht länger trugen.

»In dem Moment, als ich ihn zum ersten Mal sah, wusste ich sofort, dass ich sein Sohn war, Mrs. Protheroe. Ich habe es sofort gespürt, als ich in seine Nähe kam. Und ich hatte das Gefühl, dass er mich erkannte und sich freute, mich zu sehen. Ich weiß sehr wohl, dass Sie mich nie wiedersehen wollen, aber ich wollte Ihnen vorher noch sagen, wie verzweifelt ich bin, dass ich die Schuld an seinem Tod trage. Warum konnte ich nicht an seiner

Statt sterben? Oh Gott, ich wünschte, ich wäre tot und er wäre noch am Leben!«

»Na, na!« Anora streichelte seine Schulter, strich ihm durch das grau melierte Haar. »Hör auf zu weinen, Junge, es war doch nicht deine Schuld. Komm, wir essen eine schöne heiße Suppe, wir beide ganz allein. Ihr entschuldigt uns doch, nicht wahr, Sarah? Mein Stiefsohn und ich haben eine Menge zu besprechen. Also, George, erstens glaube ich nicht, dass Marcus seine Medikamente regelmäßig nimmt. Du musst darauf achten, dass er es tut. Du hast doch nichts dagegen, wenn ich dich mit dem Namen deines Vaters anrede? Du bist ihm so ähnlich, ich werde mich bestimmt irgendwann versprechen und dich George nennen. Bevor wir essen, möchte ich, dass du dir deinen Rauschebart abrasierst, damit ich dein Gesicht richtig sehen kann. Und was machen wir mit dem Kerl in dem roten Anzug? Kann er gärtnern?«

»Ich bin sicher, dass er eine Menge Sachen kann, wenn man ihm die Gelegenheit dazu gibt. Sein Name ist Cijay Cattahoochee. Er sagt, er könne Marcus am Wochenende herfahren. Und mich auch, wenn du möchtest.«

»Wie meinst du das? Hier ist dein Zuhause, George! Und irgendjemand muss verhindern, dass dieses Haus verfällt. Du kannst nicht von mir erwarten, dass ich das ganz allein übernehme, nicht in meinem Alter. Hat Cijay irgendetwas zum Anziehen außer diesem albernen roten Jogginganzug? Du musst dafür sorgen, dass er sich ordentlich einkleidet. Wo wohnt er überhaupt?«

Arbalest sagte etwas auf Tamil, und sein Gegenüber lächelte zum ersten Mal und antwortete.

»Cijay wohnt in einem Apartment, das Carnaby direkt gegenüber vom Atelier für ihn gemietet hat. Ich habe ihn dort mehrfach gesehen. Er hat mich jedes Mal völlig aus der Fassung gebracht, weil er mich an so viele Dinge erinnerte, die ich am liebsten vergessen hätte. Er sagt, er habe noch ein paar andere Kleidungsstücke, die ihm eine freundliche Dame vorige Woche gegeben habe.«

»Anne«, rief Sarah. »Die Frau meines Vetters Percy. Fragen Sie ihn bitte mal, was er mit dem Gemälde von dem kleinen Mädchen mit dem Papagei gemacht hat.«

»Oh ja, ein hübsches Bild, ich erinnere mich gut.« Weitere Worte wurden gewechselt. Cijay sah ängstlich aus. Arbalest nicht.

»Er sagt, das Bild sei in seinem Apartment. Er bedauert, dass er es gestohlen hat, doch sein Herr habe es ihm befohlen, sagt er. Sein Herr habe ihm auch die Kleidungsstücke weggenommen und ihn gezwungen, nackt durch die Belüftungsklappe in das Gewächshaus zu klettern. Er habe seinem Herrn das Bild durch das Fenster hinausgereicht und sei dann stecken geblieben, als er versucht habe, wieder durch die Klappe nach draußen zu klettern. Als er zu lange brauchte, um sich zu befreien, sei sein Meister ungeduldig geworden und ohne ihn weggefahren. Seine Kleider waren auch fort. Aber dann sei die nette Dame gekommen und habe ihm etwas zum Anziehen gegeben. Damit sei er zu Fuß nach Boston zurückgelaufen. Ich fürchte, Carnaby hat ihn nicht sehr freundlich behandelt.«

»Phyllis«, sagte Anora. »Nimm diesen Mann mit in die Küche und gib ihm etwas zu essen. Er heißt Cijay und wird für uns arbeiten, bis wir etwas Geeigneteres für ihn finden. Er kann das Zimmer über der Garage haben. Und das hier ist mein Stiefsohn George. Marcus arbeitet für ihn. Sie kommen beide morgen zum Abendessen. Wie kommst du ohne Chauffeur zurecht, George?«

»Ich kann selbst fahren, Mutter. Oh, es fühlt sich so gut an, das zu sagen! Mrs. Bittersohn, Mr. – tut mir leid, aber ich weiß nicht, wie der junge Mann hier heißt.«

»Er heißt Jesse Kelling«, sagte Sarah. »Und ich bin Sarah, und mein Mann heißt Max. Und wenn es Ihnen nichts ausmacht, nennen wir Sie auch George.«

»Ich würde mich darüber freuen. Ehrlich gesagt, habe ich nie viel von dem Namen gehalten, den meine Mutter mir gegeben hat. Auch wenn ich ihn wahrscheinlich aus beruflichen Gründen beibehalten werde. Wollen Sie schon fahren?«

»Ja, wir müssen noch eine Menge erledigen.«

»Sagen Sie Cijay, dass es mir leid tut, falls ich ihm wehgetan habe, als ich auf ihn gesprungen bin«, sagte Jesse.

»Es war ja für einen guten Zweck. Cijay hat sicher Verständnis dafür. Ich möchte, dass Sie alle wissen, wie dankbar ich Ihnen bin. Und natürlich auch Brooks. Ich muss ihm unbedingt schreiben. Ich werde dafür sorgen, dass Sie morgen Mrs. Percy Kellings Bild zurückbekommen, und würde mich freuen, Sie alle in meinem Atelier zu bewirten, sobald wir uns auf ein Datum geeinigt haben und Mutter sich für die Fahrt wohl genug fühlt. Ich fürchte, das alles hat dich viel Kraft gekostet, Mutter. Vielleicht sollten wir jetzt besser die Suppe essen gehen.«

»Ich dachte, du wolltest dich erst rasieren«, sagte Anora.

Über das Gesicht des frisch getauften George Protheroe glitt ein unendlich glückliches Lächeln. »Ist sie nicht wunderbar? Schon kommandiert sie mich herum«

Max Bittersohn zuckte mit den Achseln und grinste. »Dazu sind Mütter schließlich da, oder? Komm, Sarah, wir bringen Jesse zurück in die Tulip Street und holen unseren Kleinen ab.«

Nachwort

Als Arthur Conan Doyle die erste Sherlock-Holmes-Geschichte schrieb, die 1887 von der lesenden Öffentlichkeit nahezu unbemerkt in »Beeton's Christmas Annual« erschien, legte er nicht nur mit dem zur Nachahmung herausfordernden Sherlock Holmes die Grundlage für alle weiteren Detektivromane, sondern kreierte auch mit Dr. Watson als Erzähler eine Erzählperspektive, die nicht nur das gesamte Werk von S. S. Van Dine (»Der Mordfall Bischof«, DuMonts Kriminal-Bibliothek Bd. 1006; »Der Mordfall Greene«, Bd. 1029; »Der Mordfall Canary«, Bd. 1062; »Der Mordfall Benson«, Bd. 1089), sondern auch die frühen Werke von Agatha Christie, Phoebe Atwood Taylor (»Kraft seines Wortes«, DuMonts Kriminal-Bibliothek Bd. 1003) und John Dickson Carr (»Die Schädelburg«, DuMonts Kriminal-Bibliothek Bd. 1027) prägen sollte.

Mindestens ebenso wichtig war jedoch ein kleiner Dialog zwischen Watson und Holmes, der dem Schweizer Scherz-Verlag noch in den fünfziger Jahren des vorigen Jahrhunderts so belanglos erschien, dass er ihn in seiner »einzigen autorisierten Übersetzung aus dem Englischen« einfach wegkürzte: Watson versucht sich über seinen rätselhaften WG-Partner Klarheit zu verschaffen und spricht Holmes auf Auguste Dupin und Monsieur Lecoq, die literarischen Detektive von Edgar Allan Poe und Émile Gaboriau an: »Ich wußte gar nicht, dass solche Individuen auch außerhalb von Büchern vorkommen.« Zum einen gibt die Anspielung Holmes Gelegenheit, seine maßlose Eitelkeit zu demonstrieren – Dupin ist ein subalterner Charakter und Lecoq ein elender Pfuscher –, zum andern legt der junge Schriftsteller Doyle die beiden Vorbilder offen, die er für seine eigene Schöpfung benutzt hat. Er eröffnet damit ein Spiel, das nach über hundert Jahren vor allem im englischen Sprachraum immer noch unermüdlich gespielt wird: Detektivromane beziehen sich nicht auf Wirklichkeit – das wird in Deutschland immer noch häufig angenommen –, sondern auf andere Detektivromane, wie Umberto Eco in einem der schönsten Beispiele für dieses Spiel erläutert: In »Der Name der Rose« erläutert William von Baskerville alias Holmes seinem Adlatus Adson alias Watson in einer großen Bibliothek, es gebe Bücher, die sich nur auf Bücher bezögen – ›Intertextualität‹ ist der neue Fachbegriff für dieses uralte Phänomen.

Niemand spielt zurzeit wohl dieses intertextuelle Spiel im Detektivroman länger, besser und begeisterter als Charlotte MacLeod. Im hier vorgelegten neuesten Abenteuer ihres Detektivpaars Kelling-Bittersohn von 1992 beginnt es bereits mit dem Titel des Originals: »The Resurrection Man«. Diese makabre Berufsbezeichnung hat sich der Restaurator Bartolo Arbalest zugelegt, ist es doch seine Spezialität, Kunstwerke, aber auch Erzeugnisse des Kunsthandwerks bis hin zum gehobenen Nippes, aus Asche, Trümmern und Ruinen auferstehen zu lassen. »Resurrection Men – Auferstehungsmänner« hießen aber auch die Leichenräuber, die um die Wende vom 18. zum 19. Jahrhundert in England und Schottland ihr Unwesen trieben. Den Medizinern war die Sektion Toter offiziell verboten, aber gleichzeitig hatte die Anatomie großen Leichenbedarf in Forschung und Lehre. Professionelle Leichenräuber exhumierten deshalb frisch Beerdigte und verkauften sie heimlich an Anatome. Schöpften die Angehörigen Verdacht und gruben nach, fanden sie – ein leeres Grab, wie einst die Frauen am Ostermorgen. Daher der zynische Name.

Die im Roman erwähnten William Burke und William Hare gingen in den späten zwanziger Jahren des 19. Jahrhunderts in Edinburgh noch einen Schritt weiter: Warum sollte man das Risiko auffälligen und mühsamen nächtlichen Grabens auf Friedhöfen auf sich nehmen, wenn man Leichen auch mit weniger Aufwand beschaffen konnte, indem man sie selbst herstellte? Nachdem sie zunächst einen natürlich verstorbenen Untermieter zwecks Ausgleichs seines Mietrückstands an einen Anatom verkauft hatten, lockten sie im großen Stil Opfer an, töteten sie und verkauften sie an skrupellose Ärzte, die um ihrer Wissenschaft willen naheliegende Zweifel bereitwillig unterdrückten. Zwei ruchlose Schurken, die im nächtlichen, von armseligen Laternen kaum erleuchteten Edinburgh auf Menschenjagd gingen, um die Opfer dann ebenso verstohlen an verrückte oder bloß ehrgeizige Wissenschaftler zu verkaufen, haben fast mythische Qualitäten – nächst Jack the Ripper sind Burke und Hare die populärsten britischen Mörder.

Max Bittersohn wird auf den neuen »Auferstehungsmann« aufmerksam, als er eine alte Bekannte, die Gräfin Lydia Ouspenska, trifft. Sie ist bekannt für ihre hervorragenden Ikonen, deren Qualität ebenso unbestritten ist wie ihr Alter umstritten: Der Verdacht liegt nahe, dass von ihr gekaufte altrussische Ikonen ebenso echt und alt sind wie ihr Adel. Aber diesmal gibt sie an, auf dem Pfade der Tugend zu wandeln: Sie arbeitet als Spezialistin für Ikonen, illuminierte Manuskripte und generell Vergoldungen in »Arbalests Atelier«. Viel mehr darf sie schon nicht verraten, denn ihr Arbeitgeber besteht auf höchster Geheimhaltung, die bei der Adresse beginnt. Er nimmt Aufträge nur am Telefon an, holt die Objekte persönlich ab und bringt sie nach getaner Arbeit persönlich wieder zurück. Seine Mitarbeiter leben mit ihm in klösterlicher Gemeinschaft, tragen wallende Gewänder, lose gebundene Schleifen um den Hals und Samtbaretts auf dem Kopf. Arbalest will so den Gildengeist und die Zunftgesinnung der Renaissance bewahren, zudem ist diese Kleidung recht praktisch, wenn es gilt, kahle Köpfe und dicke Bäuche zu kaschieren, hält das Haupt der Gilde seine Genossen doch auch durch von ihm persönlich zubereitete üppige Mahlzeiten bei Laune. Zusätzlich hat der Restaurator einen Leibwächter bester Provenienz im Solde, der über das Haus im ganzen, aber unauffällig auch über jeden einzelnen Insassen wacht.

Diese Nachricht von einer großangelegten Restaurierungswerkstatt der höchsten Geheimhaltungsstufe, zu deren Personal die schillernde Gräfin gehört, weckt natürlich Max Bittersohns Misstrauen. Schließlich ist der promovierte Kunsthistoriker höchst erfolgreich als Detektiv mit den dunkleren Seiten des

Kunstmarkts wie Kunstraub, Fälschungen und Versicherungsbetrug befasst. Arbalests Atelier ist da für die abenteuerlichsten Möglichkeiten gut: Es kann Originale zur Restaurierung annehmen und Fälschungen abliefern, es kann geraubte Kunstwerke ›waschen‹, und es kann, wie einst Burke und Hare, die Originale selbst herstellen. Wie Max Bitterson bei einem Besuch feststellt, kocht hier der Chef nicht nur persönlich, sondern malt auch zu seiner Entspannung. In der Eingangshalle hängen und stehen Correggios, Delacroixs und Rodins, nur macht Rodins berühmte »Hand« eine obszöne Geste und auf dem prächtigen Delacroix streiten zwei Gazellen um einen toten Löwen.

Für den Besuch gibt es einen handfesten Anlass: Sobald Bittersohns Aufmerksamkeit geweckt ist, überschlagen sich die Ereignisse. Es gibt Anzeichen für eine Serie von Kunstdiebstählen, bei denen das Verbindungsglied die Tatsache ist, dass die gestohlenen Objekte zuvor von Arbalest restauriert worden sind. Gehört die brutale Ermordung von Sarah Kellings Uraltfreund George Protheroe mit einem Speer auch in diese Serie? Auch bei den Protheroes ist kurz zuvor ein kleiner brauner Exot – Tamile, Inder, Malaie? – im roten Jogginganzug gesichtet worden, der sich ebenfalls als roter Faden – oder ›roter Hering‹, ›red herring‹ alias falsche Fährte? – durch die Fälle zieht.

Darin liegt eine weitere Anspielung verborgen, die – so viel darf hier verraten werden – ins Herz des Romans führt. Bei sinistren braunen Gestalten denkt der in der Kriminalliteratur belesene Angelsachse gleich an Wilkie Collins' »Monddiamanten«, und Charlotte MacLeods Gestalten tun dies auch. Andere Beziehungen ergeben sich zu »Barnaby Rudge«, dem Kriminal- und Geheimnisroman von Collins' Freund Charles Dickens, den Edgar Allan Poe einst rezensierte und analysierte. Und wenn Arbalest in einem gepflegten alten Rolls Royce mit livriertem Chauffeur bei seinen Kunden vorfährt, erinnert das an die Auftritte der Krimi-Autorin Mary Roberts Rinehart (u.a. »Der große Fehler«, DuMonts Kriminal-Bibliothek Bd. 1011) in den vierziger Jahren, als sie die erfolgreichste Autorin der Welt und steinreich war.

Charlotte MacLeods Domäne ist nach dem einhelligen Urteil der amerikanischen Presse die hochartifizielle Detektivkomödie, »witty and literate« – geistreich und voller literarischer Anspielungen. Niemand sollte nach Boston fahren, um dort die Welt der Charlotte MacLeod zu suchen – aber literarische Besuche in Charlotte MacLeods Boston lohnen immer.

Volker Neuhaus

Band 1081	John Ball	**Die Augen des Buddha**
Band 1082	Lee Martin	**Keine Milch für Cameron**
Band 1083	William L. DeAndrea	**Schneeblind**
Band 1084	Charlotte MacLeod	**Rolls Royce und Bienenstich**
Band 1085	Ellery Queen	**… und raus bist du!**
Band 1086	Phoebe Atwood Taylor	**Kalt erwischt**
Band 1087	Conor Daly	**Mord am Loch acht**
Band 1088	Lee Martin	**Saubere Sachen**
Band 1089	S. S. van Dine	**Der Mordfall Benson**
Band 1090	Charlotte MacLeod	**Aus für den Milchmann**
Band 1091	William L. DeAndrea	**Im Netz der Quoten**
Band 1092	Charlotte MacLeod	**Jodeln und Juwelen**
Band 1093	John Dickson Carr	**Die Tür im Schott**
Band 1094	Ellery Queen	**Am zehnten Tag**
Band 1095	Michael Innes	**Appleby's End**
Band 1096	Conor Daly	**Tod eines Caddie**
Band 1097	Charlotte MacLeod	**Arbalests Atelier**
Band 1098	William L. DeAndrea	**Mord live**
Band 1099	Lee Martin	**Hacker** (Mai 2001)
Band 1103	Steve Hamilton	**Ein kalter Tag im Paradies** (Mai 2001)
Band 2001	Lee Martin	**Neun mörderische Monate** (3 Romane)
Band 2002	Charlotte MacLeod	**Mord in stiller Nacht** (Sonder-Doppelband)